BUCH&media

»Geh nach Padua, vielleicht findest du, was ich zurücklassen musste«, sagt Julias im Sterben liegende Großmutter zu ihr und löst damit ein magisches Orakel aus, das Julia Andresens Leben bestimmt.

Als wichtige Zeugin zweier Mordfälle hat sie sich in den *dirigente* der Mordkommission, Roberto Bassner, verliebt, der mit ihrer Hilfe den lange zurückliegenden Mord an seiner Schwester sühnen will. Er glaubt, dass Erasmo Saccardo, einer der Anführer des berüchtigten Drogensyndikats *Tre Condottieri*, den Decknamen *Gattamelata* benutzt. Ein folgenschwerer Irrtum, denn in Wahrheit verbirgt sich hinter ihm *Carmagnola*, der hinter der falschen Maske ein höchst undurchsichtiges Spiel spielt und Julia und Roberto in lebensgefährliche Situationen bringt, denen sie nur wie durch ein Wunder entkommen. Wie lange noch?

In den euganeischen Hügeln kommen sich der Kommissar und das Mädchen nahe, doch Carmagnola kanalisiert im Hintergrund höchst raffiniert Robertos Eifersucht. Die beiden trennen sich. Julia gerät in eine schier aussichtslose Lage. Carmagnola legt sich den letzten Zug zurecht, um Roberto zu töten. Doch überraschend holt ihn seine Vergangenheit ein – und der wahre Gattamelata ...

WIEBKE LÜBBERS studierte in Berlin und Flensburg Pädagogik und Anglistik. In der unterrichtsfreien Zeit arbeitete sie fast ein Jahrzehnt lang ehrenamtlich als Campleader in internationalen Workcamps in Deutschland und Israel des *Aufbauwerks der Jugend* (heute *prointernational e. V.*). Nach 22 Jahren als Schulrektorin lebt sie jetzt in der Nähe von Hannover. Sie ist mit einem Rechtsanwalt verheiratet und hat drei erwachsene Kinder. Bei Buch&media erschien 2006 ihr historischer Roman *Fra Moriale*.

WIEBKE LÜBBERS

CARMAGNOLA

Historischer Roman

BUCH&media

Weitere Informationen über den Verlag und sein Programm
unter www.buchmedia.de

Bibliografische Information der Deutschen Bibliothek

Die Deutsche Bibliothek verzeichnet diese Publikation
in der Deutschen Nationalbibliografie;
detaillierte bibliographische Daten sind im Internet
über <http://dnb.d-nb.de> abrufbar.

Januar 2008
© 2008 Buch&media GmbH, München
Umschlaggestaltung: Kay Fretwurst, Freienbrink
Herstellung: Books on Demand GmbH, Norderstedt
Printed in Germany · ISBN 978-3-86520-288-8

Inhalt

Prolog 9

Carmagnola Teil I

A.D. 1385 / Lombardei – Vom Kind zum Mann 13

Kapitel 1 A.D. August 2000
Padova 16
Padova 17
Noventa Padova 20
Padova 23
Padova 26
Noventa Padovana 31
Treviso 33
Treviso 36
Padova 39
Canale di Brenta 44
Padova 46
Noventa Padova 47
Treviso 52

Kapitel 2 A.D. September 2000
Montagnana 55
Padova 59
Piazzola sul Brenta 65
Treviso 67
Roccolo – Colli Euganei 74
Padova 80

Kapitel 3 A.D. September 2000
Venezia 86
Treviso 95
Padova 98
Padova 101
Canale di Brenta 106
Laguna Veneta 112

CARMAGNOLA TEIL II

A.D. 1414–1427 / Milano / Venezia – Auf dem Höhepunkt der Macht 119

Kapitel 1 A.D. Oktober 2000 Padova
Montegrotto Terme 131
Padova 136
Lido-Alberoni 137
Lido di Venezia 141
Lido-Alberoni 145

Kapitel 2 A.D. Oktober 2000
Padova 147
Colli Euganei 149
Colli Euganei 153
Colli Euganei 156
Università Padova 159
Padova 163
Colli Euganei 166
Colli Euganei 168

Kapitel 3 A.D. November 2000
Padova 172
Padova 173
Padova 176
Colli Euganei 179
Padova / Bologna 185
Bologna 189
Padova 190
Colli Euganei 194
Padova 198
Treviso 204
Padova 207

CARMAGNOLA TEIL III

A.D. 1429–1432 / Veneto – Niedergang und Tod 215

Kapitel 1 A.D. November 2000
Noventa Padovana 224
Padova 226
Ca' Rosso 233

Kapitel 2 A.D. Dezember 2000
Padova 238
Padova 241
Noventa Padovana 244
Ca' Rosso 246

Kapitel 3 A.D. Dezember 2000/Februar 2001
Padova 250
Padova 253
Padova 254
Padova 256
Padova 257
Abano Terme 259
Padova 262
Torreglia 264

Epilog
Die Totengondel 266

Literatur 268

»Und nachdem sie unter seiner Führung
den Herzog von Mailand
geschlagen hatten und merkten, dass sein Eifer erkaltete,
glaubten sie, von ihm keine Siege mehr erwarten zu können.
Da sie ihn aber weder entlassen wollten noch konnten,
um ihre Eroberung nicht zu verlieren,
so waren sie, um vor ihm sicher zu sein,
genötigt, ihn umbringen zu lassen.«

(Niccolò Machiavelli, *Der Fürst*. 1513)

Carmagnola
alias
Francesco Bussone

* 1385 in Carmagnola
† 5.5.1432 in Venedig (enthauptet)

PROLOG

Die Macht ist ihrem Wesen nach böse ...

»Ich sollte mich von meiner Frau trennen!«
Carmagnola wanderte ruhelos in seiner Bibliothek hin und her.
»Über ihr primitives Machtstreben bin ich doch längst hinaus. Macht durch Geld, wer braucht das noch?«
Nein, Machtkonzentration, gipfelnd in totaler Herrschaft über Leben und Tod, war sein Ziel, sein wiederholbares Ziel. Und immer richtete es sich auf Frauen. Psychologen würden seine unglückselige Ehe als Erklärung heranziehen, aber damals, bei seinem ersten Mord, war er noch gar nicht verheiratet gewesen.

Die Macht ist ihrem Wesen nach böse, hatte der Schweizer Humanist Jacob Burckhardt gesagt, dem pflichtete Sir John Francis Edward Acton bei, der meinte: *Macht neigt dazu, verderblich zu wirken, absolute Macht verdirbt bedingungslos.*

Den Verlust seiner großen Liebe würden die Psychologen als Zweites hervorholen oder seine starke Mutterbindung, irgendetwas würden sie jedenfalls an den Haaren herbeiziehen, um seine Lust auf Herrschaft über Leben und Tod der Frauen zu erklären. Sollten sie, es war ihm einerlei.

Dieser Kitzel war unbeschreiblich schön, wenn er das Pochen der Halsschlagader sah, wie es sich noch einmal verstärkte, bevor es, tok – tok – tok, aufhörte, nicht plötzlich, nein, leise vibrierend, selbst bei diesen beiden alten Frauen. Obwohl es unter Wasser nicht halb so schön gewesen war. Was für ein ordinäres Gefühl war ein Orgasmus dagegen!

Nein, Blut brauchte er nicht, ihm wurde sogar schlecht, wenn er es sah, wie damals, als Fra Moriale am Türrahmen hinunterrutschte. Das Blut seines ersten Opfers sah er noch manchmal im Traum, nein, seine Vision war der unblutige Tod.

Er konnte es den Menschen gut nachempfinden, die das Todeszucken der eben enthaupteten Garnele auf ihrer Zunge als Lust empfanden. Die Japaner hatten es da zu einer unglaublichen Perfektion und Schnelligkeit gebracht. Auch die chinesische Sitte, das Hirn eines lebenden Affen aus der geöffneten Hirnschale zu löffeln, musste seinen unbestreitbaren Reiz haben.

Doch er zog seine höchste Lustbefriedigung aus eben diesem zitternden Ersterben, dem Erlöschen des Pochens eines weiblichen Herzens, und im Geiste hatte er schon hundertmal Angelas Halsschlagader ein letztes Mal zucken sehen.

Nein, Fra Moriale selbst zum Erlöschen zu bringen, entbehrte jeden Reizes. Er war geschichtskonform gestorben, mit sehr viel Blut.

»Ich werde mich von meiner Frau trennen!«, sagte Carmagnola laut und zog an seinen Manschetten, bis sie perfekt saßen und in der vorgeschriebenen Länge aus den Anzugsärmeln schauten. Niemand würde vermuten, dass in seinem rechten Manschettenknopf ein Minisender versteckt war.

Er atmete unruhig.

»Und ich werde ihren Tod genießen. Tok – tok – tok.«

Gattamelata schaltete das Abspielgerät aus.

»Du solltest sehr vorsichtig sein, meine Liebe. Wir können auf die *Serenissima* nicht verzichten, ein Carmagnola ist ersetzbar! Und ich bin mir auch fast sicher, dass er etwas mit dem spurlosen Verschwinden von Fra Moriale zu tun hat.«

»Er trug an dem Tag ein Hemd ohne Manschettenknöpfe, leider!«

Angela drehte nachdenklich an ihrem Brilliantring.

»Lass ihn uns noch eine Zeitlang beobachten, obwohl …«

»Obwohl?«, fragte Gattamelata mit verhaltener Neugier nach.

»Obwohl, wenn es ihn nicht mehr gäbe, ich endlich meine alte Liebe heiraten könnte.«

Liebe hätte ich nun nie und nimmer mit dieser eiskalten Geschäftsfrau in Verbindung gebracht, dachte Gattamelata, aber jeder hat wohl irgendwo eine schwache Stelle.

»Kenne ich sie?«

»Wieso *sie*?«

Angela schaute leicht irritiert.

»Deine Liebe.«

»Ich denke schon, sie ist ein alter Studienfreund von mir.«

»Nicht etwa der *marchese*?«

»Du hast es erraten. Du meinst, das sei gefährlich? Solange er Carmagnola für Gattamelata hält, bestimmt nicht. Und in dem Glauben wollen wir die Polizei doch ruhig lassen.«

»*Giusto*. Also bleiben wir dabei, wir halten deinen Mann gut im Auge, aber wie der historische Carmagnola könnte er leicht zum Verräter werden, und dann …«

»… wird er wie sein historisches Vorbild enden«, vollendete Angela den Satz und blies ein unsichtbares Stäubchen von ihren glutrot lackierten Fingernägeln.

Carmagnola

Teil I

quae nocent, docent!
was schadet, lehrt!

a.d. 1385 / Lombardei

Vom Kind zum Mann

er *von einem Kastell geschützte Marktflecken Carmagnola liegt südlich von Turin rechts des Po, ehemals ein Lehen der Marktgrafen von Saluzzo.*
Francesco Bussone erblickte hier in einem kleinen Bauernhaus aus dem Dunkel der Geschichte heraus und aus einfachen Verhältnissen stammend – wie so viele andere talentierte condottieri *auch – in der ersten Hälfte der Achtzigerjahre des vierzehnten Jahrhunderts das Licht der Welt.*
Sein Vater, Macomao Bussone, besaß hauptsächlich Schafe, die der kleine rotwangige Francesco hüten musste. Den Namen seiner Mutter fanden die Geschichtsschreiber zu unwichtig, als dass sie ihn notierten.
Mit seinem kastanienbraunen Haar, kühnen Zügen und einer kräftigen Portion Charme fiel Francesco vierzehnjährig dem condottiero *Facino Cane auf, zum Glück positiv, denn unter allen Söldnerführern, die miteinander um die Gunst des ausschweifenden und pervers willkürlichen Mailänder Herzogs Giovanni Maria Visconti wetteiferten, war er der skrupelloseste und somit erfolgreichste.*
Die Zeit der vielen ausländischen condottieri *war vorüber, Italiener übernahmen die Führungsaufgaben als* capitani generali, *wobei überwiegend Italiener unter ihnen als Söldner dienten.*
Das System an sich, dass nämlich Stadtrepubliken, Herzogtümer, der Papst und Königreiche sich keine festen Bürgerheere leisteten, blieb bestehen, das Söldnerwesen blühte sogar noch auf und fand seinen Höhepunkt in der ersten Hälfte des 15. Jahrhunderts. Nach wie vor wurde die condotta* *mit dem Meistbietenden geschlossen, wobei es nicht immer nur um Geld ging. Titel, Lehen und Ehen mit oft unehelichen Fürstentöchtern waren ein gefragter Lohn.*
Francesco Bussone begann seine Karriere als Rossknecht und folgte Facino Cane, der gerade für kurze Zeit im Sold der Carmagnolesen den Herzog von Savoyen bekämpfte und schlug. Das Rossknechtsdasein endete schnell, Francesco rückte zum Soldaten auf, klug, stark und der

---

* lat. conducere = verpachten; ital. condurre = Führung

Gunst seiner Kameraden gewiss, die er durch sein freundliches Wesen für sich einnahm.

Facino Cane schätzte ihn, setzte ihn bei schwierigen Unternehmen ein, hielt ihn aber weiterhin in untergeordneter Stellung, denn er behauptete:

»Der hat solch eine Natur, dass er die Ehre nur etwas schmecken darf, um gleich unersättlich zu werden. Nichts ist schlimmer auf der Welt als bäuerliche Anmaßung.«

Doch Francesco Bussones große Chance sollte kommen, als Facino Cane den in Pavia im Kastell weilenden jüngeren Bruder des Herzogs gefangen nehmen und töten sollte. Filippo Maria war der einzige legitime, eventuelle Erbe des kinderlosen Herzogs. Francesco Bussone, Anfang zwanzig, handelte überaus mutig, vorausschauend und strategisch richtig, als er heimlich Filippo Maria Visconti vor dem Anschlag seines Bruders warnte und er entkommen konnte. Damit hatte Francesco Bussone aus Carmagnola den Grundstein zu seinem späteren, kometenhaften Aufstieg gelegt.

Noch schien es, als ob niemand dem Duo Giovanni Maria Visconti und Facino Cane die Stirn bieten konnte. Ersterer gab sich den schlimmsten Ausschweifungen hin, sein liebstes Vergnügen bestand darin, sich um Mitternacht mit seiner Meute ausgehungerter Hunde auf Bürgerjagd zu begeben. Durch die nächtlichen Straßen wurde jeder gejagt, der die Unvorsichtigkeit beging, draußen zu sein, was er nicht selten mit dem Leben bezahlte, indem er durch die Hunde des Herzogs zerfleischt wurde.

Dass er seine Halbschwester vergiftet haben sollte, konnte Giovanni Maria Visconti nicht nachgewiesen werden, aber es wäre ihm zuzutrauen gewesen. Sieben Jahre nach Regierungsbeginn lebte das Volk in großer Angst, Facino Cane mehrte sie, stand treu zu seinem Dienstherrn und vergaß dabei auch nicht, ein ungeheures Vermögen anzuhäufen.

Trotzdem rotteten sich mutige Bürger zusammen, liefen durch die Straßen und schrien: »Pace, Frieden, pace!« Die Söldner des Facino Cane jedoch knüppelten die Bürger nieder, zweihundert blieben erschlagen liegen.

Der Herzog verbot daraufhin bei Todesstrafe die Benutzung der Wörter pace, Frieden, *und* guerra, Krieg, *und selbst die Priester in den Kirchen und Klöstern mussten statt* dona nobis pacem *beten:* Dona nobis tranquillitatem.

Drei Jahre später, 1412, als die Positionen von Herzog und condottiero *auf ewig gefestigt schienen, geschah das Unerwartete: Facino Cane erkrankte bei der Belagerung von Brescia schwer und wurde nach Pavia gebracht, wo der jüngere Bruder des Herzogs sich inzwischen wieder aufhielt.*

Die Gunst der Stunde nutzend, entledigte sich eine Gruppe Mailänder Adliger des verhassten Tyrannen Giovanni Maria. In der Kirche San

Gottardo brach er, von unzähligen Dolchstichen getroffen, blutüberströmt zusammen; seine Leiche ließ man unbeachtet liegen.

Im zwei Reitstunden entfernt liegenden Pavia erhielt Cane die Nachricht auf dem Sterbelager. Seine Offiziere mussten den Treueeid auf Filippo Maria ablegen, und seine Frau Beatrice beschwor er, den neuen Herzog nach seinem, Canes, Tod zu ehelichen.

Dazu drängte auch der Erzbischof von Mailand den jungen Herzog, um ihm die Loyalität von Facino Canes Truppen zu sichern. Der zweite Grund, nämlich sich das riesige Privatvermögen der Canes anzueignen, ließ Filippo Maria schnell vergessen, dass Beatrice doppelt so alt war wie er, und so folgte er der Staatsräson; wenn das Fürstentum in seinen alten Grenzen gesichert war, fanden sich bestimmt ein anderer Weg und eine andere Frau.

Francesco Bussone überflügelte alle übrigen Offiziere in der Gunstgewinnung des neuen Herrschers. Er hatte ihn in gefährlicher und trauriger Lage gewarnt und gerettet und besaß darüber hinaus größere Talente als seine Mitbewerber.

Schon am 1. Mai 1413, während eines Staatsaktes, wurde er mit den Worten geehrt:

»Der ausgezeichnete und tapfere Francesco Bussone, Carmagnola genannt, unser geliebter Rat und Marschall!«

Und nur anderthalb Jahre später, am 11. November 1414 erhielt er für seinen tapferen Einsatz bei der Befriedung Mailands und aller umliegenden Gebiete Castelnuovo und Caselle zum Lehen und das Recht, Wappen und Beinamen der Visconti zu führen.

Sein Vater Macomao Bussone starb in diesem Jahr, stolz hatte er den Aufstieg seines Sohnes beobachtet und sich mit ihm über die Ehren gefreut. Mit diesen ging es jedoch noch immer weiter. Eben erst dreißigjährig bekleidete der Graf von Carmagnola nach dem Herzog die zweitmächtigste Position im Fürstentum; er erhielt den Oberbefehl über das Heer, wurde Erster Rat Filippo Marias, erhielt einen Palast in Mailand, fürstliche Zuwendungen, und als Krönung heiratete er die mit reicher Mitgift ausgestatte Antonia Visconti di Jerago, unehelich geboren, aber eine Visconti. Mit unglaublichem Pomp richtete der Herzog selbst die Hochzeit aus.

Als Carmagnola dann noch mit Guido Torelli, dem zweiten Günstling Filippo Marias, die Zügel des Maultieres halten durfte, als der Papst Martin V. auf seinem Weg von Konstanz nach Rom durch Mailand ritt, war der Zenit seines Aufstiegs in Mailand erreicht.

Kapitel 1
A.D. August 2000

Padova

ie zehntausend kleine Proseccoperlen spürte sie ein Prickeln, das unten an ihrem Rückgrat begann und bis in den letzten Nackenwirbel hinaufstieg, wenn sie nur seine Stimme hörte.

Dabei hatte sie seit dem vierzehnten Lebensjahr ihr Leben ganz ohne Männer geplant, das warnende Beispiel ihrer Mutter vor Augen, die sich zwischen zweien nicht hatte entscheiden können und schließlich den Tod suchte. Um Gottes willen sich nicht verlieben! Um Gottes willen nie heiraten! Und als sie dieses Muster im vergangenen Jahr durchbrochen hatte, war sie beinahe in Dantes Fegefeuer gelandet.

Doch nicht wirklich, denn sie hatte sich nur vorgespielt, in Robert Tauber oder *Roberto Colombo*, wie er sich hier gern nannte, verliebt zu sein, um mit seiner Hilfe in Padova Fuß zu fassen.

Aber jetzt – fast zehn Jahre nach ihrem Gelübde – war es soweit: Sie hatte sich in einen anderen Roberto verliebt, erst in seine Stimme und dann, als er sie das erste Mal geküsst hatte, unwiderruflich und ganz in ihn. Er aber tat so, als habe er nur dieses eine Mal die Kontrolle verloren und behandelte sie weiter wie eine kleine Schwester, die er schützen musste, denn sie war seine wichtigste Zeugin in einem Doppelmordfall und ein Verbindungsglied zu dem Syndikatsboss Gattamelata, der Robertos Schwester seit einer Ewigkeit ungesühnt auf dem Gewissen hatte.

Roberto gab vor, bei der dünnen Personaldecke in der *questura* ihren Personenschutz selbst in die Hand nehmen zu müssen, er oder sein Kollegenfreund Umberto; und das in jeder freien Minute? Er brachte sicher auch nicht gleich jede Zeugin im *Ca' Rosso*, dem Haus seiner Mutter unter, in dem der alte Hausdiener Pietro Julia stets daran erinnerte, dass es hier und dort noch Spuren gab, die in die Vergangenheit führten; jedenfalls hatte sich der Satz ihrer verstorbenen Großmutter in ihre Seele gebrannt:

»Geh du nach Padua, vielleicht findest du dort, was ich zurücklassen musste.«

Den alten Gartenarchitekten Bertolini vielleicht? Oder ein besonders gestaltetes Blumenparterre? Die Schuld ihres Großvaters am Tod seines Freundes, der wiederum der Großvater ihrer großen Liebe war?

Julia streifte gedankenverloren durch den reichlich verwahrlosten

Garten des *Ca' Rosso*, die Vergangenheit ließ sich hier mit den Händen greifen, und am liebsten hätte sie sofort mit der Umgestaltung dieses ehemals so gediegenen Renaissancegartens begonnen; aber erst einmal musste die *marchesa* ihre Pläne absegnen.

Padova

In der ersten Augustwoche verabredete sich Roberto mit Julia an einem Mittwoch, ihrem unterrichtsfreien Tag an der Sprachenschule, frühmorgens zum Tennis. Es versprach wieder ein sehr heißer Tag zu werden, der dann irgendwann am Nachmittag mit einem Gewitter enden würde.

Im Tennisclub wässerte man intensiv die Rasenflächen, auch jetzt im Hochsommer wirkte die ganze Anlage überaus gepflegt. Alle bespielbaren Plätze waren besetzt. Roberto und Julia standen etwas ratlos am Zaun zu dem ihnen zugewiesenen Platz, auf dem bereits ein athletisch gebauter Mann in Robertos Alter mit einer hübschen jungen Blondine spielte. Als er sie herumstehen sah, kam er ans Gitter, und Julia stellte mit leichtem Entsetzen fest, dass sie ihn kannte.

»*Buongiorno*«, erwiderte Roberto den Gruß des anderen überrascht, »bist du sicher, Emo, dass ihr auf dem richtigen Platz spielt?«

Julias leichtes Entsetzen steigerte sich, als sie in Emo jenen Erasmo erkannte, der sie im vergangenen Frühjahr in einem Padovaner Hotel belästigt und sich als Gattamelata empfohlen hatte. Gattamelata, der Mörder von Roberts Schwester. Und der Freund und Geschäftspartner von Robert Tauber.

»Darf ich vorstellen?«, hörte sie Robertos Worte wie aus einer anderen Welt.

»Das brauchst du nicht, Roberto. *Signorina* Andresen und ich sind gute alte Bekannte.«

Sie erwachte wie aus einem Albtraum und bemerkte Robertos Erstarrung, sah sein wie aus Granit gemeißeltes Profil, und seine Augen hatten die Farbe kalten Schiefers. Als er sich ihr zuwandte, meinte sie, sein wiedererwachtes Misstrauen zu spüren. Röte flammte an ihrem Hals hoch. Bevor sich Roberto vor ihren Augen wieder in diesen mitleidslosen *commissario* verwandeln konnte, beschloss sie, die Flucht nach vorn anzutreten, anstatt sich wie gewohnt in sich zurückzuziehen.

Sie verweigerte ihm den Händedruck und antwortete kalt:

»Das ist lange her, *signor* Erasmo!«

»Saccardo. Erasmo ist mein Vorname«, stellte er richtig.

Julia fuhr ebenso kalt fort, ohne auf die Unterbrechung zu achten, und sie bewunderte sich selbst dafür:

»Ihr Freund und Geschäftspartner Robert Tauber und ich gehen schon lange getrennte Wege.«

Sie maßen sich mit Blicken, und Julia senkte ihren nicht.

»Nicht mein Freund und Geschäftspartner, *signorina*, das haben Sie falsch verstanden. Robert Tauber ist mein Mandant! Und die kann man sich ja bekanntlich nicht immer aussuchen!«

Robertos Stimme klang angespannt, als er sie unterbrach.

»Wir wollen euch nicht vom Spielen abhalten, wenn das euer Platz ist.«

»Warum spielen wir nicht ein Doppel?«, bot Saccardo an.

Alle akzeptierten, nachdem Erasmo seine Partnerin, eine Mara Soundso, vorgestellt hatte. Während sie auf ihre Seite gingen, zwinkerte Roberto Julia zu.

Als das deutsch-italienische Team seinen Rhythmus gefunden hatte, unterliefen Roberto plötzlich Fehler, die nicht hätten passieren müssen. Julia hatte ihn noch nie so nervös erlebt, während Erasmo auf der anderen Seite souverän retournierte.

So war es kein Wunder, dass sie den ersten Satz ziemlich schnell abgaben. Julia musste ihren Partner sogar zweimal ins richtige Feld weisen. Als sie wie verabredet die Seiten wechselten, legte sie Roberto die Hand auf die Schulter und sagte leise:

»Du willst doch gewinnen, oder? Dann musst du aber anders spielen, dich konzentrieren und deine Gedanken nicht zwanzig Jahre zurückwandern lassen! Alles, was mit mir und deinem Gattamelata zu tun hat, erzähle ich dir nachher haarklein, okay?«

»Danke, Trainer!«

Tatsächlich hatte sie ihn so motiviert, dass er sich von nun an auf das Tennis konzentrierte und sie den zweiten Satz fast so schnell gewannen wie die andern den ersten. Danach verabredete man sich an der Bar, nur Mara Soundso verabschiedete sich, und Julia ging ausgiebig duschen, um Roberto zu einem Gespräch mit Gattamelata Zeit zu lassen.

Als sie an die Bar trat, fand sie die beiden in ein ernsthaftes Gespräch verwickelt. Wenn sie nicht um Robertos tödlichen Hass gewusst hätte, wäre sie nie auf die Idee gekommen, dass die beiden etwas anderes hätten sein können als gute alte Freunde. Bei ihrer Ankunft beendeten sie ihr Gespräch und erhoben sich höflich. Gattamelata rückte ihr einen Barhocker zurecht und erkundigte sich nach ihren Getränkewünschen. Er beglückwünschte Roberto zu einer so exzellenten und bezaubernden Tennispartnerin und lächelte ihr zu.

Er sieht gut aus, wenn man diesen Typ Mann mag, dachte Julia. Gattamelata trug volles braunes Haar ohne graue Fäden, nur die Schläfen schimmerten silbrig wie gefärbt, und so wirkte er insgesamt zwar selbstbewusst und charmant wie ein Mann von Welt, aber irgendwie unecht.

»Wir sprachen eben von Treviso«, bezog er sie in das Gespräch ein. »Eine schöne Stadt, im Charakter ganz anders als Padova oder gar Venezia. Roberto erzählte mir gerade, dass Sie beide in der nächsten Woche dorthin wollen. Wir wohnen in der Nähe, vielleicht schauen Sie mal vorbei.«

Julia verbarg ihr Erstaunen, von Treviso war zwischen ihr und Roberto nie die Rede gewesen, aber er hatte sicherlich seine Gründe, und deshalb widersprach sie nicht.

»Hast du etwas erreicht?«, wollte sie wissen, nachdem Gattamelata sich verabschiedet und sie noch einmal eingeladen hatte.

»Ich bin mir nicht sicher! Wenn mein Gattamelata und der Syndikats-Gattamelata ein und dieselbe Person sind, könnte uns das weiterbringen.«

Seine Stimme und seine Miene hatten alle Verbindlichkeit verloren, Härte stand in seinen Augen, wie damals bei dem ersten Verhör, und der alte *commissario*, den sie gefürchtet hatte, saß wieder vor ihr. Weshalb, das meinte sie zu ahnen. Er würde wissen wollen, wie gut sie seinen Gattamelata kannte. Umso erstaunter reagierte sie, als er sagte:

»Erzähl mir nicht, wie du ihn kennengelernt hast!«

»Warum nicht?«

»Damit du mir nicht vorwirfst, dass ich dir nicht vertraue.«

»Das ist doch Blödsinn! Dein Misstrauen ist doch vorhanden, ich kann nur versuchen, es auszuräumen.«

»Brauchst du nicht! Er hat mir bereits wortreich erklärt, wie er dich kennengelernt hat.«

»Vielleicht hörst du dir meine Version an?«

»Nein! Ich werde dir seine Version erzählen, und du bestätigst oder korrigierst sie.«

Er drehte sein Campariglas in den Händen und wirkte sehr ernst.

»Glaube mir, Giulia, ich würde dich aus alldem hier gern raushalten, aber du bist leider mittendrin. Worin, weiß ich noch nicht so genau, deshalb weiß ich auch nicht, wie ich dich wirksam schützen kann. Doch glaube mir bitte, dass du mein Vertrauen hast! Wirklich, aber verschone mich damit, es dir täglich versichern zu müssen!«

Dann berichtete er knapp, was Gattamelata ihm erzählt hatte, dabei entspannte er sich langsam; Julia bestätigte alles, nur zweifelte sie daran, dass Robert Tauber wirklich nur ein Mandant sein sollte.

»Er hat ihn wörtlich als Freund bezeichnet!«, sagte sie.

»Das glaube ich gern, die Mandantenversion ist eine reine Defensivbemerkung«, antwortete Roberto.

»Verstärkt das deinen Verdacht, dass Umbertos und dein Gattamelata identisch sind?«

»Ja, die Existenz von zwei Gattamelatas ist unwahrscheinlich, doch es beweist überhaupt nichts. Aber ganz etwas anderes: Heute Abend gibt es Open-Air-Jazz auf dem Prato della Valle, hast du Lust mit mir hinzugehen?«

Oh ja, das hatte sie.

Noventa Padova

Giancarlo Bertolini zeigte sich von Julias Gartenentwurf für seine Villa in Noventa Padovana sehr angetan.

»Wenn ich dich so vor mir sitzen sehe, meine ich um Jahre jünger zu sein, du ähnelst deiner Großmutter Giuliana sehr!«

Er duzte sie einfach.

Früh am Samstagmorgen hatte er sie in seiner überlangen Limousine abholen lassen und sie mit einem Glas Prosecco empfangen. Sie schlug es ihm nicht ab, fühlte sich schnell wie auf Wolken und erklärte ihm, warum die Gartengestaltung bei dem alten Richter misslungen war. Den Namen Fra Moriale benutzte sie auf Robertos Wunsch hin nicht.

»So ein alter Halunke!«, kommentierte Bertolini. »Eine erst siebzig Jahre alte Villa für eine 500er auszugeben, ist schon ganz schön dreist! Kein Wunder, dass ihm das peinlich ist und er sich vorübergehend in Luft aufgelöst hat.«

Julia stimmte Bertolinis Vorschlag euphorisch zu, ihm einen Tag lang bei einem Hotelgartenprojekt zu assistieren. Sie fragte weder wo noch wann und fand sich zu ihrer Überraschung fünfundvierzig Minuten später im Garten des Hotels Farfallone wieder, einen Skizzenblock auf den Knien und den Auftrag des *maestro* ausführend, die Gartenanlage zwischen Speisesaal und Tennisplätzen in ihrem gegenwärtigen Zustand aufzunehmen, während er mit seinem festen Stab durch die Parkanlagen des Hotels spazierte und Inspiration suchte.

Das ihr vom *maestro* zugewiesene Gartenstück beinhaltete ein ganzes Sammelsurium von Elementen eines italienischen Gartens, Beete, Hecken, schöne alte Bäume, Rasen, italienische Gartenmöbel aus Kunststein und zwei dicht nebeneinanderliegende plätschernde Springbrunnen, getrennt durch eine Tischtennisplatte. Ihr gefiel die Stille in diesem vergessenen Winkel, denn die Hotelgäste frequentierten hauptsächlich die Poolanlagen. Von zwitschernden Vögeln begleitet begann sie mit der Bestandsaufnahme, die wie von selbst auf dem Papier entstand.

Sie mochte wohl eine Stunde lang gearbeitet haben, als sie in ihrer Idylle gestört wurde. Vom Speisesaal her kam ein Mann mit einer Flasche Champagner im Eiskühler und zwei Gläsern auf sie zu, Erasmo

Saccardo, den sie hier weiß Gott nicht vermutet hatte. Er weidete sich an ihrer Überraschung, stellte den Champagnerkühler und die Gläser auf einen der Kunststeintische, schenkte ein und meinte jovial lächelnd:

»Sie schlagen mir doch hoffentlich einen Versöhnungstrunk nicht aus?«

»Sie hatten doch keinen Streit mit mir, also müssen wir uns nicht versöhnen! Was machen Sie überhaupt hier?«

Sie machte keine Anstalten, ihm das Glas abzunehmen.

»Meinem Vater gehört das Farfallone, und ich helfe meinen alten Eltern regelmäßig samstags«, erklärte er bereitwillig, doch diese übergroße Offenheit ließ Julia noch vorsichtiger werden.

»Und wie haben Sie mich hier gefunden?«

»Der *maestro* erwähnte eine *signorina* Andresen als Assistentin! Nun, wie wäre es mit einem Entschuldigungstrunk?«

Sie verspürte keine Lust, mit dem Mörder von Robertos Schwester in diesem einsamen Gartenteil Champagner zu trinken; zwar spürte sie merkwürdigerweise keine Angst, aber sie wollte ihn nicht reizen.

»Ich wüsste nicht, wofür Sie sich entschuldigen müssten.«

Er hielt ihr das Glas jetzt so dicht vor die Nase, dass sie es nehmen musste.

»O doch, *signorina!* Sie müssen mir verzeihen, dass ich Sie bei unserer ersten Begegnung so falsch eingeschätzt habe. Aber«, er zuckte entschuldigend mit der Schulter, »Mädchen in der Nähe von *Colombo* sind durchweg eher von der leichten Art!«

»*Colombo*?«, sie tat, als kenne sie Roberts italienisierten Namen nicht.

»Tauber, Robert Tauber, er nennt sich hier gern Roberto *Colombo*.«

»Ah, ich verstehe! Er und ich haben in Deutschland dieselbe Schule besucht.«

»*Eh, vero?* Ich habe mich schon gefragt, wie Sie an einen Typ wie ihn geraten konnten. Also, entschuldigen Sie nun mein Differenzierungsdefizit?«

Ihr blieb nichts anderes übrig. Er prostete ihr zu, und sie nippte an ihrem Glas.

»Ich schäme mich«, sagte er, aber sie glaubte ihm kein Wort, auch heute wirkte er unecht, »dass ich die Assistentin des großen Bertolini und die Freundin eines *commissario* so falsch beurteilt habe. Wo blieb nur meine Menschenkenntnis?«

Jetzt sülzt er ein wenig zu viel, dachte Julia und packte ihre Zeichensachen zusammen, sah auf ihre Uhr und meinte, der *maestro* erwarte sie im Foyer.

»Ach ja, richtig! Wir wollen gleich die Pläne besprechen. Es war übrigens meine Idee, den Park neu zu gestalten, auch da lohnen sich Investitionen!«

Auf dem Weg ins Hotel versuchte er, sie über ihre Freundschaft mit dem anderen Roberto, dem *commissario*, auszuhorchen, biss bei ihr aber auf Granit.

Die meisten Menschen reden zu viel, wenn sie etwas geheim halten wollen, und dabei machen sie Fehler, hatte Roberto kürzlich gesagt, und so beschränkte sie sich auf die Bemerkung, sie sei eine Freundin der Familie und wohne bei der *marchesa*.

Auf seine direkte Frage, wann und wie sie Roberto kennengelernt habe, antwortete sie kurz:

»Durch seinen Bruder.«

Sie trafen Bertolini und seinen ihn umschwänzelnden Stab im Foyer des Hotels; man diskutierte die Möglichkeiten und beschränkte sich auf Saccardos Wunsch hin nur noch auf die Umgestaltung des Poolareals, wobei Julias Anwesenheit nicht erforderlich war. Sie stahl sich davon und rief in der *questura* an, ihr Handy hatte sie in der Eile des morgendlichen Aufbruchs vergessen, und so benutzte sie eine der hoteleigenen Sprechzellen.

Roberto hatte an diesem Samstag Dienst, seine neue Sekretärin hob ab, irgendetwas klappte beim Durchstellen nicht, und so konnte sie die süffisante Stimme der ihr unbekannten Frau hören.

»Chef? Ihre kleine deutsche Freundin verlangt nach ihnen!«

Bevor sie sich darüber ärgern konnte, klang seine äußerst ungeduldig klingende Stimme an ihr Ohr:

»Ja?«

»Ich bin heute Morgen bei Giancarlo Bertolini gewesen und ...«

»Giulia! Hat das nicht Zeit bis heute Abend? Ich bin in einer sehr wichtigen Besprechung!«

Sein Unwille klang deutlich durch.

»Wenn du nicht wissen willst, dass Gattamelata mich heute im Farfallone nach dir ausgefragt hat, kann ich ja auflegen!«

»Was machst du denn im ...?«

Aber da hatte sie den Hörer schon eingehängt.

Kurz darauf ärgerte sie sich über sich selbst, so wie sie das Gespräch begonnen hatte, konnte er nicht wissen, dass Gattamelata ihr Grund zum Anrufen gewesen war. Aber zu einem zweiten Anruf fehlte ihr die Gelegenheit, denn der *maestro* blies plötzlich zum Aufbruch und verfügte, dass Julia mit ihm, seinem Sohn und Dr. Saccardo nach Noventa Padovana fahren solle, er habe mit beiden Verträge durchzusprechen.

So fand sich Julia überraschend im Mercedes des Anwalts wieder, in dem er über Vertragsklauseln mit Giancarlo Bertolini sprach, während der etwa dreißigjährige, schmächtige Gianluca, Sohn des *maestro*, Julia ignorierte und aus dem Fenster blickte. Ihre gegenseitige Abneigung war seit dem ersten Händedruck heute Morgen offensichtlich gewesen.

In der Villa wurde ihr bedeutet, sie solle im Garten auf den *maestro* warten, und während Julia mit knurrendem Magen und immer noch leicht beschwipst auf einer Bank im Schatten Platz nahm, ahnte sie nicht, dass Roberto fieberhaft nach ihr suchte und im Farfallone schließlich die Auskunft erhielt, *signorina* Andresen sei mit Dr. Saccardo in dessen Mercedes davongefahren.

Die Haushälterin in Bertolinis Villa hatte Julias zweite Ankunft an diesem Tage nicht bemerkt und erteilte dem *commissario* die Auskunft, die *signorina* sei zwar am frühen Morgen, dann aber nicht wieder in der Villa gewesen.

Und so leitete Roberto am Nachmittag eine Großfahndung nach Julia Andresen ein.

Padova

Julia lehnte sich mit einem Seufzer der Erleichterung in das Lederpolster der Limousine zurück und atmete die klimatisierte Luft tief ein. Ein anstrengender, aber rundherum erfreulicher Tag, wenn man von der kurzen und ihr unangenehmen Begegnung mit Gattamelata absah, neigte sich seinem Ende entgegen; auch kulinarisch war der Abend in dem eindrucksvollen Speisesaal der Bertolini-Villa ein Erlebnis gewesen.

Die Verträge, die sie in Ruhe durchsehen und anschließend dem *maestro* unterschrieben zurückgeben sollte, hielt sie fest an sich gepresst, sie garantierten ihr eine gesicherte Zukunft. Eigentlich hatte Giancarlo erwartet, dass sie sie gleich unterzeichnete, aber für so folgeschwere Entscheidungen bat sie um Bedenkzeit. Auf alle Fälle wollte sie Robertos Meinung dazu hören.

Mit jedem Kilometer, mit dem sie sich von der Villa Bertolini in Noventa Padovana entfernte, erschien ihr der Verlauf dieses Tages unwirklicher. Aber die Verträge in ihrer Hand waren eine Tatsache, und müde und glücklich schloss sie, eingeschläfert vom sonoren Brummen des Motors, die Augen. Gleich morgen früh würde sie Roberto anrufen, jetzt war es schon zu spät: beinahe dreiundzwanzig Uhr. Mit halbem Auge sah sie, dass der Fahrer die Abkürzung durch das Industriegebiet nahm.

Vor dem Hauptbahnhof gerieten sie in eine Polizeikontrolle. Die Limousine hielt an, und die indignierte Stimme von Bertolinis Fahrer schreckte Julia auf.

»*Signorina*, Sie werden von der Polizei gesucht!«

Ehe sie antworten konnte, wurde die Tür aufgerissen und ein Befehl zum Aussteigen in nicht übermäßig freundlichem Ton an sie gerichtet.

Das muss ein Irrtum sein, dachte sie verwirrt, aber ein uniformierter Polizist holte ihre große Zeichenmappe hinter ihr aus dem Wagen und sagte: »Wir nehmen Sie mit!«

Ein zweiter Polizist stand mit entsicherter Maschinenpistole neben dem Polizeiwagen. Der traumhaft schöne Tag endete mit einem albtraumartigen Donnerschlag, denn sie glaubte, verhaftet worden zu sein.

In der *questura* begleiteten sie die beiden Polizisten trotz ihres Protests bis in das Zimmer des *dirigente*, salutierten, stellten die Zeichenmappe an die Wand und ließen sie mit Roberto allein. Der saß hinter seinem Schreibtisch und sah mit seinen zusammengezogenen Brauen, der steilen Falte über der Nasenwurzel und dem ihr bekannten steinharten Blick zornig zu ihr auf, weder erhob er sich, noch bot er ihr einen Stuhl, sondern fuhr sie ohne jede Begrüßung auf Italienisch an.

»Was fällt dir eigentlich ein, gegen jede Abmachung zwischen uns zu handeln! Erst verschwindest du aus dem *Ca' Rosso*, ohne jemanden zu informieren, dann triffst du dich ohne jede Sicherheitsvorkehrung mit Gattamelata und fährst mit ihm auch noch weg! Es müsste doch in deinen kleinen Kopf reingehen, dass er gefährlich ist, denn ich bin sicher, dass er der ist, für den wir ihn halten!

Und dann – das nehme ich dir besonders übel – lässt du dich, wahrscheinlich, weil ich unfreundlich am Telefon reagiert habe, in Bertolinis Haus verleugnen! Was du damit ausgelöst hast, ist dir wohl gar nicht bewusst, wie? Weißt du, wie viele Polizisten nach dir gesucht und an einem Samstagabend Überstunden für dich gemacht haben? Ganz abgesehen von meinen und Umbertos!«

Während seiner Worte durchlebte Julia ein Wechselbad der Gefühle, den Eintritt Umbertos nahm sie gar nicht wahr. Wenn sie sich am Anfang von Robertos Zornesausbruch noch ein klein wenig schuldig gefühlt hatte, begann sie jetzt, sich zunehmend über seine Vorwürfe zu ärgern.

»Ach, und was du mit deiner übergroßen Sorge um mich angerichtet hast, ist wohl ganz egal, wie? Du hältst dich für wahnsinnig klug, und ich bin wohl nur blöd, ja? Ich bin weder aus dem *Ca' Rosso* verschwunden, ohne dem alten Pietro Bescheid zu sagen – aber der ignoriert mich ja einfach –, noch habe ich Gattamelata aufgesucht, sondern er durch Zufall mich, denn sein Hotelgarten wird durch Bertolini neu angelegt, und der hat mich mit ins Farfallone genommen! Und allein mit Gattamelata bin ich auch nicht gefahren, sondern zusammen mit Bertolini und seinem Sohn!

Und die Haushälterin in Bertolinis Villa hat mein Zurückkommen nicht bemerkt, weil er mich gleich in den Garten geschickt hat!«

Sie holte tief Luft, noch nie hatte ein Mann sie so in Rage gebracht.

»Aber du, du hast mir heute die größte Chance meines Lebens vermasselt! Um eines hatte Bertolini mich inständig gebeten: immer diskret zu sein und nie einen Skandal zu verursachen! Und du lässt mich von Polizeibeamten mit schussbereiten Maschinenpistolen aus seiner Limousine zerren und in die *questura* schleppen! Wenn das kein Skandal ist! Er hat mir angeboten, für ihn zu arbeiten und mir als Assistentin ein traumhaftes Gehalt in Aussicht gestellt! In seiner Villa sollte ich eine abgeschlossene Wohnung mit Atelier bekommen! Und obendrein wäre ich in den Genuss eines nagelneuen Jeeps gekommen! Aber das alles kann ich jetzt vergessen! Hier sind die Verträge!«

Sie warf sie ihm auf den Tisch.

»Ich wollte erst deinen Rat hören, bevor ich sie unterschreibe, aber nun haben sie Altpapierwert!«

Ihr Herz raste, sie zitterte vor Aufregung und Zorn und wandte sich ab, dabei fiel ihr Blick auf Umberto.

»Giulietta«, sagte er beruhigend und nahm sie in den Arm, wobei er sich etwas hochrecken musste, »reg dich ab; es wird nichts so heiß gegessen, wie es gekocht wird! Morgen bei Tag sieht alles nicht mehr so grau aus! Nur gut, dass dir nichts passiert ist!«

»Bring mich bitte nach Hause«, bat sie ihn und vergrub ihren Kopf an seiner Schulter, damit keiner ihre Tränen sah.

»*Ottima idea!*«, hörte sie Robertos unnachgiebige Stimme.

Während der ersten fünf Minuten, die sie durch das stille Stadtviertel gingen, fand Julia keine Worte. Umberto hatte seinen Arm beschützend um ihre Schulter gelegt, und sie war ihm dankbar dafür, auch dass er schwieg und ihr Zeit gab, sich zu sammeln.

Schon als sie Roberto ihre ersten Vorwürfe an den Kopf geworfen hatte, geschah etwas Merkwürdiges: Die eine Julia schrie ihn an, die andere dachte, dass sie bei Annahme dieser Verträge im Begriff war, sich auf etwas einzulassen, was sie eigentlich gar nicht wollte, nämlich sich ganz und gar abhängig vom Wohlwollen des *maestro* zu machen, der mit ihr vielleicht nur seine Jugendträume nachholen wollte, in denen sie anstelle ihrer Großmutter vorkam.

»So etwas Schizophrenes!«, platzte sie plötzlich heraus. »Ich war ziemlich ungerecht zu Roberto!«

Umberto schmunzelte.

»Er wird dasselbe von sich denken.«

»Meinst du?«

»Eins muss man dir lassen, Giulietta, Mut hast du! Ich habe bisher noch nie gewagt, einem zornigen Roberto Widerstand zu leisten! Allerdings«, fügte er nachdenklich hinzu, »äußert sich sein Zorn normalerweise nicht so direkt, sondern in beißendem Spott oder Sarkasmus. So wütend wie heute habe ich ihn allerdings noch nie erlebt. Das muss an dir liegen.«

Julia brauchte jemanden, mit dem sie reden konnte, und so erklärte sie Umberto, warum sie in Bertolinis Angebot nun nicht mehr ihre große Chance sah.

»Außerdem«, schloss sie, »habe ich das Gefühl, dass er gern kleine Mädchen mag. Hab ich recht?«

»In dem Ruf steht er«, bestätigte Umberto.

Am *Ca' Rosso* angekommen, bedankte sich Julia für seine Begleitung und moralische Unterstützung.

»Die wird Roberto mir bestimmt noch aufs *panino* schmieren, aber ich habe breite Schultern. Danke für dein Vertrauen, Giulietta. Erlaubst du mir noch eine neugierige Frage?«

»Ob zwischen Roberto und mir etwas ist?«

»Du bist zu klug und zu mutig für mich. Und?«

»Ich liebe ihn.«

»Dachte ich mir doch gleich! Sei geduldig mit ihm, Giulietta, er ist ein ziemlich schwieriger Mensch. *Bisogna aver pazienza,* man muss Geduld haben!«

»Ich weiß!«

Padova

Der Garten des *Ca' Rosso* zog sich über die ganze Breite des Hauses hin, seine Tiefe betrug nicht mehr als dreißig Meter. Wie die *marchesa* Julia erzählt hatte, stammte die Anlage im Prinzip noch aus dem *Seicento*, natürlich hatte man die Beeteinfassungen aus Lavendel und Buchsbaum im Laufe der Jahrhunderte immer wieder neu angepflanzt und dabei sicherlich auch hier und da die Muster verändert.

Vom rückwärtigen Portal schlossen sich an die drei in den Garten hinunterführenden Stufen vier breitgezogene, durch ein Wegkreuz getrennte rechteckige Parterres an, in dessen Mitte eine alte Brunnenschale zerbröckelte. Die ursprüngliche Symmetrie gab es nicht mehr, die beiden rechten Parterres waren in eine Rasenfläche umgewandelt, das linke vordere war mit ziemlich angegriffenen Buchsbäumen bepflanzt und das dahinterliegende mit einem Gemisch aus Lavendel und Rosmarin zugewuchert.

Die nicht mehr vollständige Buchsbaumbepflanzung des linken vorderen Parterres erinnerten sie an ein Muster, das sie unlängst gesehen hatte. Sie schloss die Augen, um die fehlenden Teile in ihrer Fantasie zu ergänzen. Im Garten des *vice-questore*, in seiner Villa in Noventa Padovana, hatte sie das gleiche Muster gesehen, allerdings perfekt geschnitten und gekonnt bepflanzt, ein merkwürdig in sich verschlungenes Knotenparterre, wie sie es noch nie vorher gesehen hatte.

Hinter dieser nicht mehr recht erkennbaren Parterreanlage zog sich eine höhere, nicht beschnittene und zum Teil vertrocknete Taxushecke hin, über die die Zweige eines Orangen- und eines Limonenbaumes ragten. An den hohen Seitenmauern wucherten riesige, unbeschnittene Büsche von Kletterrosen, die früher wohl hölzerne Laubengänge überrankt hatten.

Julia saß mit dem Rücken an eine der Halbsäulen der rückwärtigen Fassade gelehnt auf der obersten Treppenstufe. Vor ihrem inneren Auge verwandelte sich der Garten wieder in den ursprünglich im *Seicento* angelegten. Mit sich uneins überlegte sie, ob sie das rechte vordere Blumenparterre in der Form eines elisabethanischen Knotens anlegen, oder ob sie die Formen des linken Beetes sich im rechten wiederholen lassen solle. Beide Möglichkeiten ließ sie noch einmal mit geschlossenen Augen wie lebende Bilder an sich vorbeiziehen, und sie entschied sich für die zweite. Vielleicht konnte sie im Garten von Robertos Onkel das Muster rekonstruierend zeichnen.

Schon seit Sonnenaufgang saß sie hier, nach unruhigem und von Gewissensbissen geplagtem Schlaf hatte sie sich zum Arbeiten entschlossen; Roberto wollte sie vor neun Uhr am Sonntag nicht stören, und so flüchtete sie in die Vergangenheit und in die Arbeit. Als es von *Il Santo* sieben Uhr läutete, stand ihr Gartenentwurf. Steif vom langen Sitzen und der morgendlichen Kühle erhob sie sich und begann mit sehr unzureichenden Gartengeräten aus einem Verschlag hinter der Taxushecke das Buchsbaumparterre zu entkrauten.

Als sie die Hintertür klappen hörte, blickte sie hoch. Pietro konnte es nicht sein, er stand nie vor acht Uhr auf, die *marchesa* hielt sich in der Toskana auf, also musste es ihr Sohn sein; andere besäßen keinen Schlüssel, hatte sie gesagt.

Roberto stand abwartend auf der oberen Treppenstufe, in seinem in Lilatönen gehaltenen Seidenhemd, den schwarzen Jeans und einem pflaumenfarbenen, um die Schultern geschlungenen Pullover hätte er ein perfektes Bild für ein Modejournal abgegeben, wenn nicht sein verschlossenes Gesicht gewesen wäre, die steile Falte über seiner Nase und die zusammengezogenen Brauen, die Julia eine erneute Strafpredigt erwarten ließen.

Sie blieb zwischen ihren Unkrauthaufen hocken und wartete. Er steckte eine Hand in die Hosentasche, in der anderen hielt er die ihr wohlbekannte Mappe mit Bertolinis Verträgen. Ohne jegliche Begrüßung erkundigte er sich schroff, ob sie Zeit habe, und auf ihre zustimmende Bewegung hin sagte er:

»Dann lass uns zu Bertolini fahren. Ich werde ihm erklären, dass es nicht deine Schuld war!«

Robertos Art der Entschuldigung! Sie zeigte ihre Erleichterung nicht.

»Das brauchst du nicht!«

»Hat Bertolini dir etwa schon abgesagt?«

»Nein, wie ich dir gestern schon sagte, für mich haben die Verträge Altpapierwert!«

»Das verstehe ich nicht. Hilfst du mir?«

»Aber gern. Ich werde die Verträge so oder so nicht unterschreiben, das wurde mir gestern klar, als du mir deine Vorwürfe um die Ohren schlugst.«

Er hob fragend die Augenbrauen, dabei verschwand notgedrungen die steile Falte.

»Ich will meine Freiheit behalten«, sagte sie kurz angebunden, zog die Arbeitshandschuhe aus und sah zu ihm hoch. »Hast du heute Zeit? Dann lass uns in die Colli Euganei fahren, am liebsten zu deinem *Ca' Vecchia* Brandolin. Ich bin so in Arbeitsstimmung, dass ich gleich weitermachen könnte!«

Sein Konflikt verheißender Gesichtsausdruck war verschwunden, als er ihr mit so viel Schwung hochhalf, dass sie in seinen Armen landete. Bertolinis Mappe lag vergessen im Staub.

»Frieden, Giulia?«

»Frieden, Ro!«

»Keine Vorwürfe wegen meiner übertriebenen Sorge um dich?«

»Keine! Aber nur, wenn du keine erhebst wegen meiner ungerechten Beschuldigungen?«

»*Niente!*«

Ihre Gesichter waren so nah aneinander, dass Julia sich nur ein klein wenig hätte recken müssen, damit ihre Lippen sich berührten. Er schob sie von sich, als wollte er sagen, dass sie ihn nicht in Versuchung führen solle, und bevor sie sich ihrer Nähe zu sehr bewusst wurden, trennten sie sich.

»Wir fahren trotzdem zu Bertolini!«

Auf ihre abwehrende Bewegung hin erklärte er ihr, dass *sie* Bertolini ihre Entscheidung mitteilen müsse und nicht er.

»Das ist für dein Selbstwertgefühl besser und auch für meins. Dann bin ich sicher, dass ich mich nicht schuldig fühlen muss, dir deine Zukunft verdorben zu haben.«

»*D'accordo!* Aber dafür ist es wohl noch etwas früh. Wollen wir nicht erst hier draußen frühstücken?«

Während Roberto einen wackeligen, wurmstichigen Tisch und drei Stühle organisierte, bereitete Julia ein üppiges Frühstück zu; sie wusste noch von ihrer gemeinsamen Zeit in Südtirol her, dass er ein ausgiebiges, mitteleuropäisches Frühstück dem kargen italienischen vorzog, welches ihr wiederum mehr lag.

Eben schickte die Sonne ihre ersten Strahlen über die hohe, östliche Mauer und beschien ihr Frühstücksidyll. Ein zerschlissenes Damasttischtuch bedeckte den altersschwachen Tisch, ein großer Busch gerade erblühter Kletterrosen steckte in einem alten Tongefäß, und während Roberto den Kaffee und einen Korb mit Pfirsichen, Nektarinen und Aprikosen auf den Tisch stellte, die Pietro gestern vom Markt geholt hatte, kam Julia mit einer Pfanne voller Eier und Schinken heraus.

Sie trank ihren *caffè latte*, Roberto aß genießerisch die Spiegeleier, und sie kamen wieder auf das Thema Bertolini zu sprechen.

»Ich habe die Verträge durchgesehen«, Roberto nahm sich ein frisch aufgeröstetes Brot, »die Bedingungen waren sehr großzügig.«

»Zu großzügig«, befand Julia und schenkte sich Kaffee ein, »Künstler übertreiben gern. Das Appartement und das Gehalt hätte ich akzeptiert, ohne groß nachzudenken, sozusagen als Glückstreffer. Aber der Jeep als Draufgabe des *maestro* war zu viel!«

Sie nahm einen Pfirsich, zerteilte ihn und reichte Roberto eine Hälfte.

»Meine Fähigkeit, alte Gärten wie eine Vision zu sehen und zu Papier zu bringen, ist eine für Bertolini letztlich unbrauchbare Gabe. Gestern im Farfallone konnte ich ihn genau beobachten, wie er seine künstlerischen Ideen fallen lässt, um Kundenwünsche zu erfüllen. Ich käme schon in Gewissenskonflikte, wenn ich ein Tränendes Herz in den Renaissancegarten deiner Mutter pflanzen müsste.«

Sie schnitt ihre Pfirsichhälfte in kleine Stücke.

»Ich bin zwar eine nicht ganz unbegabte Dilettantin auf einem ganz kleinen, eingeschränkten Gebiet, doch zur Gartenarchitektin fehlt mir die Ausbildung, und um finanziell erfolgreich zu sein, Bertolinis Kompromissbereitschaft. Verstehst du, was ich ausdrücken will?«

»Ich glaube schon.«

»Nun, bei Bertolini habe ich durch allerlei Anzeichen gemerkt, dass er nicht meine vielleicht vorhandene gartenarchitektonische Begabung, sondern meine Person und die Erinnerung an meine Großmutter schätzt. Mit dem Jeep hat er eben übertrieben!«

»Deine Großmutter?«

»Hab ich dir doch schon mal erzählt, sie hat in Padova Gartenarchitektur studiert, Bertolini hat sie angehimmelt, obwohl er viel jünger gewesen sein muss als sie, ein Teenager. Und sie …«

»Ja?«

»Ach, dein Onkel meint, im *Ca' Rosso* erinnerte man sich lieber nicht an sie und meinen Großvater.«

Ehe er antworten konnte, sahen sie den alten Pietro aus der Tür schlurfen. Als er Julia bemerkte, drehte er sich abrupt um und wollte verschwinden, aber Roberto rief ihn zu sich.

»Mit dem muss ich noch ein Hühnchen rupfen wegen gestern.«

Der alte Pietro, der die siebzig schon weit überschritten hatte, setzte sich widerwillig auf den Stuhl, den Roberto ihm hinschob.

»Pietro! So geht das nicht! *Signorina* Andresen ist Gast in unserem Hause. Du verletzt die elementaren Formen der Gastfreundschaft!«

Julia musste lächeln, Roberto schlug den Ton eines *padrone* gegenüber einem *servo* an.

Der Alte brummelte und blickte finster.

»Pietro! Die *signorina* ist freundlich und hilft dir im Haus, in der Küche und im Garten! Sie hat dir sogar ihren Koffer geliehen, als du verreisen wolltest! Und du grüßt sie nicht einmal! Warum?«

»Ich grüße keine Deutschen!«

Julia stand auf und ging ins Haus, um für den Alten Kaffee zu kochen, es war ihr unangenehm, die Maßregelung des alten Mannes mitzuerleben, obwohl sie zum anderen Roberto dafür dankbar war, dass er das häusliche Problem zu lösen versuchte.

Als sie nach einiger Zeit mit dem Kaffee in den Garten kam, fand sie die beiden schweigend vor, doch zu ihrem Erstaunen nahm der alte Pietro ihr den Becher mit dem frischen Kaffee ab und brummelte etwas, das entfernt wie *grazie* klang.

»Er akzeptiert dich als Gast des Hauses«, informierte Roberto sie.

»Die Deutschen haben deinen Großvater getötet, junger Herr!«

Der alte Mann hatte seinen Widerstand gegen Julia aufgegeben, aber nicht gegen die Deutschen im Allgemeinen.

»Pietro, ich weiß! Aber das ist mehr als ein halbes Jahrhundert her. Die Deutschen und wir Italiener sind jetzt Freunde!«

»Freunde? Und wie erklärst du dir, junger Herr, dass ein guter Freund deines Großvaters, er war ein Deutscher und hat vor dem Krieg hier im Haus gelebt, den Befehl gegeben hat, deinen Großvater aufzuhängen?«

»Pietro, was soll das! Woher willst du das wissen?«

»Ich war dabei, junger Herr!«

Ohne ein weiteres Wort stand er auf und schlurfte ins Haus zurück. Julia saß totenblass am Tisch, unfähig, sich zu rühren, und erst auf Robertos besorgte Frage, ob ihr etwas fehle, kam sie in die Gegenwart zurück.

»Es war mein Großvater«, sagte sie fast unhörbar. »Dein Onkel hatte ein Bild von den vieren, deinen und meinen Großeltern. Vielleicht sollte ich das *Ca' Rosso* verlassen, wenn ihr es wünscht.«

»Giulia, hallo, Giulia! Wir schreiben das Jahr 2000, und du und ich sind lange nach dem Zweiten Weltkrieg geboren!«

»Trotzdem! Wenn deine Mutter das erfährt.«

Er kam um den Tisch herum, zog sie vom Stuhl hoch und nahm sie tröstend in den Arm.

»*Cara*! Ohne deinen Großvater wäre ich jetzt nicht hier bei dir, wahrscheinlich gar nicht auf der Welt! Mein Onkel hat dir doch sicher auch erzählt, dass dein Großvater die Familie Visian und die Familie Deganello gerettet hat. Sonst wäre es ihnen bestimmt so ergangen wie der Familie von Roberto Einstein, einem Vetter von Albert Einstein, drüben in der Toscana! Als man den Vater nicht in die Hände bekam, haben deutsche Soldaten seine Frau und seine beiden kleinen Töchter erschossen. Dein Großvater hat so etwas verhindert.«

»Ja, aber das andere, seinen Freund aufhängen lassen? Du hast ihn nicht gekannt, er war gütig und klug, mein Großvater, ich weiß das von meiner Großmutter! Er war Justizsenator. Wie konnte er so etwas tun?«

»Es herrschte Krieg! Den Grund werden wir wohl nie erfahren! Aber wir leben jetzt, lass die Schatten der Vergangenheit nicht in die Gegenwart reichen.«

Er ließ sie los.

»Zeig mir lieber deinen neuen Gartenentwurf vom *Ca' Rosso*, ich habe ihn vorhin schon aus der Ferne bewundert!«

Noventa Padovana

Gianluca Bertolini saß hinter seinem Schreibtisch und erklärte ihnen kalt lächelnd, dass der *maestro* durch die Ereignisse der letzten Nacht einen Schwächeanfall erlitten habe und auf ein Wiedersehen mit der *signorina* von nun ab verzichten wolle.

Obwohl sein ganzes Auftreten eine einzige Provokation war, erklärte Roberto gelassen, dass Julia als wichtige Zeugin unter Polizeischutz stünde und am vorangegangenen Abend durch eine Verkettung unglücklicher Zufälle als vermisst gemeldet worden sei, was man dem *maestro* erklären wolle.

Das müsse man ihm überlassen, aber er sei sicher, sein Vater wolle auf die Dienste der *signorina* verzichten, meinte Gianluca und grinste anzüglich, worauf Roberto eine Nuance schärfer antwortete, dass die Verträge nicht mehr zur Diskussion stünden, und das wolle man dem *maestro* persönlich sagen.

Die Verträge habe er auch nicht gemeint, versicherte der andere und fügte unverschämt hinzu, nachdem er erst Julia, dann Roberto und schließlich wieder sie anblickte, ganz taufrisch sei die *signorina* ja nun auch nicht mehr.

Julia verschlug es die Sprache, ihr Herzschlag wurde schneller und das Blut stieg ihr zu Kopf. Wenn sie Zorn als Robertos Reaktion erwartet hatte, wurde sie enttäuscht. Mit einer Herablassung, die Gianluca blass werden ließ, erhob er sich, zog Julia hoch und sagte mit ruhiger, aber messerscharfer Stimme, dass er sich bei dieser Unterhaltung nicht auf das sprachliche und schon gar nicht auf das geistige Niveau seines Gegenübers begeben wolle. Er schnipste ihm seine Visitenkarte auf den Tisch und erklärte im Hinausgehen, dass Gianluca nicht der einzige Weg zum *maestro* sei und der *maestro* es sicher nicht schätze, dass ein subalterner Angestellter Entscheidungen träfe. Und im Übrigen habe zwar der *maestro* akzeptiert, dass Gianluca seinen Namen trüge, aber die Padovaner Gesellschaft noch lange nicht.

Gianluca öffnete sprachlos den Mund.

Julia ging vor Roberto her, ihre Schultern zuckten.

»Es tut mir leid, Giulia, so hatte ich das nicht geplant!«

Aber dann merkte Roberto, dass ihre Schultern nicht vom Weinen zuckten, sondern sie an ihrem Lachen fast erstickte.

»Sie waren großartig, *marchese!*«, prustete sie los. »Du sahst wie das leibhaftige Bild deines Großvaters aus, wie es da im *Ca' Rosso* in der Halle hängt!«

»Du solltest tief getroffen sein, er hat uns beide schwer beleidigt.«

Jetzt lachte Roberto auch.

»Du hast mich wunderbar verteidigt, wie ein Ritter ohne Furcht und Tadel! Und wie du ihm die Visitenkarte hingeworfen hast! Wie einen Fehdehandschuh! – Sag mal, stimmt es, dass er in Wirklichkeit nicht sein leiblicher Sohn ist?«

»Er ist der Sohn eines Freundes von Bertolini, mit dem Bertolini eine Zeitlang zusammengelebt hat und der dann verstorben ist.«

»Das klingt ja wie eine Seifenoper!«

»Und wenn ich dir jetzt noch erzähle, dass Bertolini und meine Mutter in jungen Jahren …«

Er ließ den Satz in der Schwebe und genoss Julias vor Neugierde platzenden Blick.

»Es war keine besondere Leistung, Gianluca so niederzumachen«, schloss er das Thema. »Ich bin noch unter sein Niveau gegangen. Komm, wir fahren zum Essen in die Hügel, ich kenne da ein nettes Lokal in Torreglia Alta, im *ristorante rifugio* Monte Rua gibt es eine vorzügliche, gefüllte Perlhuhnbrust, die hilft uns über diesen Morgen hinweg.«

»Und zum Nachtisch das *Ca' Vecchia* Brandolin!«
»*Sia pure!*«
Das *Ca' Vecchia* Brandolin barg für beide schönste Erinnerungen. Aber eins hatte er sich geschworen: das ungeschriebene Gesetz nicht zu brechen, das einem Ermittler verbietet, sexuelle Beziehungen zu einer Belastungszeugin aufzunehmen, geschweige denn zu unterhalten.

Das Zauberhafte an ihr jedoch war, dass sie nicht einmal bemerkte, wie sie ihn zu verführen begann, seine Abwehr bröckelte wie die alte Brunnenschale im *Ca' Rosso*, und er musste dringend etwas dagegen unternehmen.

Treviso

Sie knüpften ein feines Netz, wer sich darin verfing, blieb abzuwarten. Der *vice-questore* war zuerst dagegen gewesen, Umberto sah skeptisch aus, nur Luciano stimmte seinem Plan zu, allerdings mit einer Einschränkung. Er beschwor seinen Chef regelrecht, *La Tedesca* einzuweihen.

Als sie am Sonntagabend aus den Hügeln zurückgekehrt waren, entdeckte Roberto, dass das *Ca' Rosso* beobachtet wurde, und er beschloss den Plan, den er im Stillen entworfen hatte, am kommenden Mittwochmorgen in Treviso in die Tat umzusetzen. Ein dort seit langem feststehender Gerichtstermin bildete die perfekte Tarnung. In diesem Zusammenhang kam die Einladung Gattamelatas wie gerufen.

Ewig konnte der Personenschutz für *La Tedesca* ohne jeden im Augenblick ersichtlichen Grund nicht aufrechterhalten werden, denn schließlich konnte er ihr auf Dauer nicht zumuten, jeden ihrer Schritte mit ihm abzusprechen, und außerdem reichten ihm die bisher aufgetretenen Missverständnisse schon völlig.

»Wenn sie weiß, was Sache ist, mimt sie mit, Chef!«
Luciano gab nicht auf.
»Wenn alles nach Plan geht, merkt sie nicht einmal, was um sie herum vorgeht!«, sagte Roberto. »Ich möchte, dass sie sich ganz natürlich benimmt und sich nicht dauernd nach etwaigen Verfolgern umsieht. Ihr passiert schon nichts! Tun Sie Ihren Teil, der Rest ist meine Sache, Treviso ist informiert und unterstützt uns.«

Als er noch immer Zweifel im Gesicht seines jungen Kollegen sah, wurde er ungeduldig.

»Wir werden *La Tedesca* nicht unnötig beunruhigen, *adesso basta!*«
Julia freute sich auf Treviso, das Roberto ihr als heitere Stadt im *giar-*

dino di Venezia* beschrieb, mit laubengesäumten Gassen, vielen Kanälen und gotischen Kirchen. Schon in der dritten Woche in Folge verbrachte er einen ganzen Tag mit ihr, die Abende, an denen er ins *Ca' Rosso* kam und ihr half, das Gartengrundstück vom Wildwuchs zu befreien, oder sie zu einem Stadtbummel abzuholen, konnte sie schon gar nicht mehr zählen, zweimal waren sie außerdem in einem Jazzclub gewesen; all das führte dazu, dass Julia glückselig durch die Tage schwebte.

Die inzwischen zurückgekehrte *marchesa* kannte ihren Garten kaum wieder und war voll des Lobes.

In Treviso hatten die Geschäfte zwar noch nicht geöffnet, aber der Marktbetrieb lief schon auf vollen Touren. Sie frühstückten in einer der Bars am Rande des Marktgedränges, ganz in der Nähe der ehemaligen Wallanlagen, die sie anschließend bestiegen, um von oben in das bunte Marktgewimmel hinunterzublicken.

Als sie den *mercato del pesce*, den Fischmarkt, auf einer von Kanälen umspülten Insel betraten, war Julia begeistert: Sie liebte Markttage und ganz besonders die Fischstände, an denen die Vielfalt des Meeres vor ihr ausgebreitet lag; der Geruch von Meer und Seetang erinnerte sie an ihre Großmutter in Lübeck und an die Ostsee.

Die Frachtkähne, die früher von Venedig durch ein weitverzweigtes Kanalnetz bis hierhergefahren und direkt am *mercato del pesce* in Treviso angelegt hatten, wurden seit einiger Zeit schon durch umweltunfreundliche Kühllaster ersetzt.

Sie staunte über die zahlreichen gotischen *palazzi* mit ihren für Treviso so charakteristischen Außenbemalungen und die vielen Kanäle, die zum Teil unter den Häusern hindurchflossen; es gab herunterzuklappende Holzbalkons, die wie Minizugbrücken mit Blumentöpfen aussahen; selbst im Stadtzentrum wurde an den unterschiedlichsten Wasserläufen geangelt; das alles fand Julia äußerst gewinnend.

»In Treviso stehst du auf dem Boden, den die *condottieri* im Dienste Venezias nutzten, um ihre Söldnerheere aufzustellen, auszurüsten und in Bereitschaft zu halten; die Inseln in der Lagune eigneten sich dafür nicht. Hier haben die Mailänder vergebens versucht, den großen Carmagnola zu vergiften, als er seine Leute sammelte. Hier hat seine Frau nach seiner Hinrichtung gewohnt, und auch Gattamelata war kein Fremder, er und sein Freund Brandolini wurden mit Valmarano in der Mark Treviso belehnt; gleichzeitig galt Treviso auch als Gemüse- und Obstgarten für die auf ihren kleinen Inseln eingezwängten Venezianer«, erläuterte Roberto die Bedeutung der Stadt für Venedig.

* Garten von Venedig

Der Tag versprach heiß zu werden, aber noch fröstelte Julia im Schatten der Arkadengänge. Als sie an einem kleinen Laden mit herrlich exotischen Seidenstoffen vorbeikamen, zog Roberto sie in den eben geöffneten Laden und suchte ein großes Seidentuch in grauen, türkisfarbenen und grünen Farben für sie aus und legte es ihr um. Ihren Dank wehrte er ab.

»Ich bin dir noch den Ersatz für ein zerrissenes Kleid schuldig! Nimm dies als Anzahlung!«

Das wies sie weit von sich.

»Wir waren doch quitt!«

Aber er bestand darauf. Gegen elf kehrten sie zum Parkplatz am *duomo* zurück, wo Roberto sie bat, auf den Stufen vor der kolossalen ionischen Säulenhalle, die der Renaissancefassade im vorvergangenen Jahrhundert vorgesetzt worden war, zu warten. Das Gericht lag direkt gegenüber, Roberto meinte, in höchstens zwanzig Minuten fertig zu sein, es ginge nur um eine Unterschrift.

Aus zwanzig Minuten wurden vierzig, und dann schickte er ihr noch zu allem Überfluss einen Gerichtsdiener, um ihr ausrichten zu lassen, dass er noch eine weitere Stunde festgehalten würde.

»Ist es weit bis San Niccolò?«, fragte sie den Gerichtsdiener, woraufhin der Mann einen Stadtplan aus der Jackentasche zog und ihr den Weg erklärte.

Die Altstadt begann gleich hinter dem Dom, die Stunde konnte sie zur Besichtigung nutzen. Roberto hatte mit ihr noch unbedingt zu San Niccolò gehen wollen, einem besonders schönen, dreischiffigen Backsteinbau aus dem dreizehnten Jahrhundert, vielleicht schaffte sie die Besichtigung noch vor der Mittagspause.

So schlenderte sie los, noch herrschte überall viel Betrieb, aber mit dem Glockenschlag um halb eins schlossen die Geschäfte, der Markt war abgebaut, und die Mittagspause, die bis vier Uhr währen sollte, brach an. Unter den Arkaden staute sich jetzt schon die Hitze, und bei San Niccolò stand sie vor verschlossenen Türen.

Sie suchte den Weg zurück zum *duomo*, Roberto würde ihren Alleingang sicher beanstanden, deshalb wollte sie vor ihm eintreffen. Doch durch die vielen Gässchen, Plätze und Brücken hatte sich Julia verwirren lassen und die Orientierung verloren. Weit und breit gab es keine Menschenseele mehr, die sie nach dem Weg fragen konnte, selbst die Angler waren in ihre schattigen und kühleren Häuser heimgekehrt.

Nur zwei nicht besonders vertrauenerweckende junge Männer lümmelten an einer Ecke herum; sie meinte, sie schon vor dem Dom gesehen zu haben. Als Julia ihre Schritte beschleunigte, setzten sich die beiden ebenfalls in Bewegung. Hinter einem Durchgang zu einem kleinen Platz verlor sie sie aus den Augen und atmete auf. Sie holte ihren Stadtplan aus der Tasche, um ihren Standort herauszufinden. Da tauchten die beiden Männer plötzlich wie aus dem Nichts vor ihr auf. Julia machte kehrt, stopfte den Stadtplan in die Handtasche und eilte den Weg zurück. Als sie die Verfolger immer noch hinter sich hörte, spürte sie Angst in sich hoch kriechen, und sie begann zu laufen.

Sie dachte daran, wie stocksauer Roberto über ihren Alleingang sein würde. Panik erfasste sie und sie rannte, rannte ohne zu wissen, wohin. Sie hatte das Gefühl, sich im Kreis zu drehen und aus dem Labyrinth dieser Gassen nie wieder rauszufinden.

Hatte sie diese Brücke nicht schon überquert, jene Arkade eben nicht in einer anderen Richtung durchschritten? Oh Gott, war sie jetzt in einer Sackgasse gelandet?

Doch im letzten Augenblick öffnete sich ihr ein Durchgang.

War die Stadt denn ausgestorben? Gab es außer ihr und ihren Verfolgern keine anderen Menschen in dieser sonnendurchglühten Stadt?

Die Luft wurde ihr knapp, noch konnte sie dank ihrer flachen Sandalen und ihrer guten Kondition den Vorsprung zu den Verfolgern halten. Aber wie lange noch? Sie hatte vollkommen die Richtung verloren, planlos lief sie durch die Gassen und sah, fast am Ende ihrer Kräfte, im Vorbeihasten ein Hinweisschild auf San Niccolò.

Hoffnung keimte auf, von dort meinte sie, den Weg zum Dom zu finden, und ihre letzten Kräfte mobilisierend, rannte sie über einen größeren Platz, an dessen jenseitigem Ende ein schmaler Durchlass zur Kirche führte. Hier kannte sie sich wieder aus.

Bevor sie den Durchgang jedoch erreichte, hörte sie ein zischendes Geräusch und spürte gleichzeitig einen brennenden Schmerz an der Innenseite ihres rechten Oberarms. Sie taumelte etwas, fing sich und rannte weiter, erreichte den Durchlass zur Kirche und fühlte sich beinahe schon sicher. Doch in dem Moment, als sie um die Ecke bog, wurde sie mit unerbittlicher Gewalt und völlig überraschend zur Seite gerissen, ein Arm umklammerte sie, eine Hand presste sich auf ihren Mund, und obwohl sie sich mit aller Kraft zur Wehr setzte, konnte sie gegen die Stärke ihres Gegners nichts ausrichten.

Treviso

Roberto hatte in der Padovaner *questura* unauffällig verbreiten lassen, dass er den ganzen Mittwochmorgen wegen eines leidigen Termins bei Gericht in Treviso verbringen müsse, *La Tedesca,* seine Hauptzeugin in den Fangomordfällen, nähme er mit, in Treviso sei sie wohl nicht gefährdet. Nun wussten es alle innerhalb der *questura*, er hatte eine Zeugin und sie hatte einen Namen: *La Tedesca*. Er rief Erasmo Saccardo an und verabredete einen Besuch für den Mittwochnachmittag.

Der Spitzel der *Tre Condottieri* in der *questura* würde sicher Gattamelata verständigen, und vielleicht konnte eine Verbindung zwischen ihm, *La Tedesca* und den *Tre Condottieri* hergestellt werden.

Zu Beginn des Mittwochmorgen verlief alles planmäßig, Luciano hatte sich über den Polizeifunk bei dem Trevisianer Kollegen Macchioni gemeldet: Er folge den beiden Motorradfahrern, die das Auto seines Chefs verfolgten; in Treviso seien sie plötzlich wie vom Erdboden verschluckt gewesen. Dafür meldeten Macchionis Leute, dass zwei junge, der Polizei als gewalttätig bekannte Männer auf den Stufen des Domes herumlungerten, in der offensichtlichen Absicht, *La Tedesca* zu observieren.

Er hätte auf Luciano hören und *La Tedesca* in ihren Plan einweihen sollen, dann wäre sie nicht in panischer Flucht vor den beiden Verfolgern in einem Tempo davongelaufen, dass die die Verfolger verfolgenden Polizisten in Zivil die drei aus den Augen verloren. Als die Meldung kurz nach dreizehn Uhr bei seinem Kollegen Macchioni einging, organisierte der sofort eine Großfahndung und schickte alle verfügbaren Beamten in die Altstadt, und Roberto verfluchte sich für seinen Plan.

San Niccolò fiel ihm ein, er hatte die Kirche erwähnt, und man hatte sie dort gesehen, bevor die Verfolgungsjagd begann. Roberto bat Macchioni um zwei Beamte und einen Wagen, und sie machten sich zu der alten Backsteinkirche auf den Weg.

Hilflos hörte er die eingehenden Negativmeldungen. Nur gut, dass die Altstadt von Treviso nicht so groß wie die von Padova war. Sie postierten sich nahe der Kirche, und tatsächlich, bald kam die Meldung, man habe die Spur von *La Tedesca* aufnehmen können, weil man sie an ihrem flatternden Seidentuch wiedererkannt habe; sie renne auf San Niccolò zu.

Als sie um die Ecke kam, ergriff er sie, hielt ihr den Mund zu und zog sie in den Schatten der Arkade. Weil er hinter ihr stand, erkannte sie ihn nicht gleich und wehrte sich mit aller Macht.

Ihre Verfolger waren dagegen zu sehr überrascht, als dass sie den beiden Polizisten auf der anderen Seite des Durchgangs Widerstand leisten und verhindern konnten, dass sie ihnen Handschellen anlegten.

Die Hand löste sich von Julias Mund und unendlich erleichtert erkannte sie Roberto. Völlig außer Atem lehnte sie sich gegen die Hauswand, rang keuchend nach Luft und hörte ihr Herz hämmern.

Er sprach mit den beiden Polizisten, die die Festgenommenen in ihrem Wagen unterbrachten und mit ihnen davonfuhren, bevor er sich ihr zuwandte und seinen überstandenen Schrecken herauspolterte.

Obwohl zornig auf sich selbst, machte er ihr Vorhaltungen, dass sie allein in die Stadt gelaufen sei, aber sie schien ihn gar nicht zu hören, und obwohl sie wieder ruhig atmete, war sie völlig außer Fassung.

»Ich hab ihnen doch überhaupt nichts getan«, flüsterte sie, »warum haben sie auf mich geschossen?«

So musste sich ihre Schwester Gisi damals gefühlt haben, als sie von den Skins angegriffen wurde.

»Nun werde nicht hysterisch!«, herrschte er sie ungeduldig an. »Auf dich hat niemand geschossen!«

Sie hörte ihm nicht zu, wiederholte immer wieder, dass auf sie geschossen worden sei, bis er restlos die Geduld verlor und sie am Arm packte. Ihr entfuhr ein Schmerzenslaut, er zog seine Hand erschrocken zurück und musterte sie; frisches, warmes Blut klebte an ihr, Giulias Blut. Nach einer Schrecksekunde wich der Zorn und machte großer Besorgnis Platz.

»*Per amor di Dio*«, entfuhr ihm, »zeig her, Giulia!«

Blut tränkte die rechte Seite ihres T-Shirts. Vorsichtig untersuchte er ihren Arm. Er knotete sein großes weißes Taschentuch um die Wunde, und erklärte ihr erleichtert, dass es sich wohl um einen Streifschuss an der Innenseite ihres rechten Oberarms handeln müsse, sicher sehr schmerzhaft und stark blutend, aber soweit er es beurteilen könne, nicht gefährlich.

»Entweder er war ein Meisterschütze oder du bist ein Glückskind, *nato con la camicia!*«[*]

Und er dachte, dass sie nur einen Schritt nach rechts hätte machen müssen, um tödlich getroffen zu werden.

Ihre Knie zitterten, sie musste sich von Roberto stützen lassen, um zum inzwischen vorgefahrenen Streifenwagen zu gehen. Auf dem Weg zum *ospedale* hielt sie vertrauensvoll seine Hand, und er kam sich wie der letzte *mascalzone*[**] vor.

Als Roberto zum Verhör hinzustieß, erfuhr er, dass die beiden Galgenvögel auf das Stichwort *tentato omicidio*, Mordversuch, zu singen begonnen hatten. Ein graubärtiger Unbekannter habe sie am Vorabend angeheuert mit dem Auftrag, Julia in eine stillgelegte Autoreparaturwerkstatt zu entführen, da sie etwas besitze, was dem graubärtigen Unbekannten gehöre und was er nun zurückfordere, dafür habe er ihnen Geld und eine Pistole mit Schalldämpfer übergeben, die aber nur als Einschüchterungsmittel eingesetzt werden sollte. Als Julia zu entkommen drohte, habe der Jüngere der beiden die Pistole gezogen, aber er habe sie auf keinen Fall treffen wollen, mit *omicidio*, Mord, wollten sie nichts zu tun haben. Beide blieben wie eingelernt bei dieser Aussage.

[*] »... im Glückshemd geboren!«
[**] Lump

Da die Beschreibung des Unbekannten eigentümlich konturlos blieb, zeigte ihnen Roberto einer inneren Eingebung folgend das Phantombild des Fangomörders, das er immer bei sich trug. Beide nickten, ja, das sei der Mann, mit dem sie sich am Vortag auf dem Stadtwall getroffen hätten.

Robertos Überzeugung, dass niemand *La Tedesca* unter seinem Schutz Gewalt zufügen könne, schwand mit einem Schlag. Jetzt musste die Fahndung nach dem Fangomörder mit Hochdruck ausgedehnt werden, und er hoffte, hier in Treviso vielleicht den Goldschmied zu finden, der den Manschettenknopf angefertigt hatte. Unklar blieb nur, warum der Fangomörder sich zwei derart unfähige Amateure ausgesucht hatte.

Die Aussage ging ihm nicht aus dem Kopf: »Sie besitzt etwas, was dem graubärtigen Unbekannten gehört.« Dem Fangomörder. Also doch kein Mordversuch?

Mit seinen Ermittlungen kam Roberto an diesem Tag nicht wesentlich weiter, ein paar Puzzleteile mehr passten, doch für sein leichtsinniges Verhalten, mit dem er Giulias Leben in große Gefahr gebracht hatte, gab es keine Entschuldigung.

Kurz vor Einbruch der Dunkelheit holte er Giulia aus dem *ospedale* ab, der sie behandelnde Arzt, der die etwa ein Zentimeter tiefe und fünf Zentimeter lange Wunde genäht hatte, wollte gerade Feierabend machen und informierte Roberto, dass der Kreislauf der Patientin stabil sei, er ihr aber dennoch, weil sie unter Schock zu stehen scheine, ein Beruhigungsmittel verabreicht habe, wonach sie seitdem so fest schliefe, als habe sie eine ganze Handvoll Valium geschluckt. Roberto erklärte ihm, dass sie auch auf Drogen so überreagiert habe, worauf der Arzt nur mit den Schultern zuckte, bei manchen Menschen sei das eben so, Roberto könne sie mit nach Padova nehmen, empfehlenswert aber sei, sie heute Nacht gut zu beobachten.

Padova

Die Dunkelheit brach herein, als Roberto auf die *autostrada* einbog. Er konnte Giulia in diesem Zustand nicht gut ins *Ca' Rosso* bringen, ohne seiner Mutter Rede und Antwort stehen zu müssen. Ihre Vorwürfe hörte er jetzt schon. Also musste er sie zu sich mit nach Hause nehmen.

In Mestre-Ovest hielt er kurz, um mit Umberto zu telefonieren.

Mit vereinten Kräften schleppten sie Giulia in den vierten Stock. Während Gina ihr beim Waschen half und sie in einen viel zu großen Schlafanzug von Roberto steckte, erzählte Roberto Umberto auf dem Balkon, was für ein Desaster der heutige Tag in Bezug auf *La Tedesca* gewesen sei, aber auch welche Erkenntnisse er gewonnen habe.

»Giulietta muss irgendetwas enorm Wichtiges besitzen oder wissen! Wir brauchen unbedingt Robert Tauber, aber der ist wie Wasser in der hohlen Hand«, sagte Umberto, die Selbstvorwürfe seines Freundes übergehend. »Frag doch noch mal bei den Kollegen in Deutschland nach!«

Zu dritt sahen sie auf die schlafende Giulia hinunter, die auf Robertos Bettcouch lag.

»Konntest du nicht besser auf sie aufpassen?«, fragte Gina vorwurfsvoll.

»*Non tutto va sempre liscio,* es geht nicht immer alles glatt«, nahm Umberto seinen Freund in Schutz.

In dieser Nacht fand Roberto nicht viel Schlaf, er grübelte, warum er *La Tedesca* der Gegenseite als Köder angeboten hatte. Monatelang war sie unter Polizeischutz gestellt worden, und nun hatte er sie mit vollem Risiko bewusst in Gefahr gebracht, wenn er auch den Waffengebrauch nicht mit einkalkuliert und ihn für undenkbar gehalten hatte.

Er hörte sie leise aus dem Nachbarzimmer stöhnen. Sie hatte sich im Schlaf bewegt und lag nun auf ihrem verletzten Arm. Er drehte sie vorsichtig auf die andere Seite, worauf sie etwas Unverständliches murmelte und weiterschlief. Er strich ihr einige ins Gesicht hängende Haare aus der Stirn und setzte sich neben sie. Das Mondlicht malte ein paar Kringel auf ihrem Gesicht.

Gegen Morgen gab er vor sich selbst zu, dass er sich hatte beweisen wollen, in *La Tedesca* vorrangig die Belastungszeugin für den Fangomörder zu sehen. Obwohl er mit Giulia neuerdings einen Großteil seiner Freizeit verbracht hatte und ihre Person sehr liebenswert fand, wollte er sich nicht ganz auf sie einlassen, sie war ihm ohnehin schon zu nahe gekommen.

Am frühen Morgen legte er ihr einen Zettel hin, sie möge auf ihn warten, er käme gegen zwei Uhr vom Dienst. In der *questura* fand er einen übel zugerichteten Luciano und einen höchst unzufriedenen *vicequestore,* der von Roberto eine Übersicht über die Ereignisse des vergangenen Tages forderte.

Er kritisierte seinen Neffen nicht, ließ aber merken, dass er mit seiner Vorgehensweise nicht einverstanden war, und befahl erneuten intensiven Polizeischutz für *La Tedesca.*

Luciano berichtete, dass er durch Zufall die beiden Motorradfahrer auf der Ausfallstraße nach Cittadella wiederentdeckt habe, nachdem er sie bei der Einfahrt in Treviso verloren hatte. Er habe natürlich sofort die Verfolgung wieder aufgenommen. Kurz hinter Castelfranco habe ihn ein Pkw von der Straße gedrängt, worauf er mit dem Motorrad von der Straße abgekommen und in ein Feld mit Reben gestürzt sei, dort sei er einen Moment bewusstlos liegen geblieben, bevor sie zu dritt über ihn hergefallen seien und ihn kunstgerecht zusammengeschlagen hätten.

Wie er wieder zurückgekommen sei?

Ein junger Bauer habe ihn kurz nach Sonnenaufgang gefunden und ihm geholfen, das verbogene Schutzblech seines Motorrades zu richten, und nun sei er wieder da.

Unvorsichtigkeit, Verstoß gegen mehrere Dienstvorschriften und Tollkühnheit warf sein Chef ihm vor und wollte ihn in ärztliche Behandlung schicken. Luciano weigerte sich. Wie es mit *La Tedesca* gelaufen sei?

Auf Robertos kurze Antwort, sie habe einen Streifschuss abbekommen, flippte Luciano vollkommen aus, warf seinem Chef einige zwar nicht ganz unberechtigte Vorwürfe an den Kopf, aber diese in einem völlig unangemessenen Ton, und erstmals während ihrer vierjährigen Zusammenarbeit schrien sie sich gegenseitig an, bevor Roberto ihn hinauswarf und Luciano hinkend das Schlachtfeld verließ.

Mit mehreren Einkaufstüten beladen kehrte Roberto um zwei Uhr in seine Wohnung zurück. Giulia schien immer noch zu schlafen. Als er sie ansah, öffnete sie die Augen, lächelte ihn an und sagte mit Blick auf seine Tüten:

»Hab ich einen Hunger! Und Durst! Aber erst einmal muss ich duschen, ich habe den Angstgeruch von gestern noch in der Nase.«

Gina klingelte und brachte Giulias gewaschene Kleidung zurück. Der Riss im T-Shirt war geflickt. Mit Blick auf Roberto meinte sie, er solle sich gefälligst nützlich und etwas zu essen machen.

»Wenn Männer ein schlechtes Gewissen haben, schreien sie entweder rum oder lassen sich um den Finger wickeln! Nutz das nur richtig aus!«, meinte sie augenzwinkernd zu Giulia und verabschiedete sich, um sich auf den Weg nach Lido-Alberoni zu ihren Kindern zu machen.

Julia hatte nicht, wie die beiden fälschlicherweise vermuteten, den ganzen Morgen durchgeschlafen, sondern immer wieder die Ereignisse Revue passieren lassen. Nun überlegte sie unter der Dusche, den Verband mit einer Plastiktüte schützend, wie sie mit Roberto wieder ins Reine kommen sollte, er konnte so verdammt herablassend sein.

So trank sie sich später mit einem Cognac aus seinen Vorräten Mut an. Während er ebenfalls duschte, schob sie Vivaldis ›Le quattro stagioni‹ in den CD-Player. Als sie sich schließlich an der Küchenbar gegenübersaßen, fiel Julia heißhungrig über die *panini* mit Schinken, Käse und Oliven her, Roberto dagegen zerkrümelte gedankenschwer sein Brot, jeder darauf wartend, dass der andere das bereits überfällige Gespräch begann.

»Hast du noch starke Schmerzen?«

»Kaum noch, ein bisschen Wundschmerz.«

»*Buonissimo*! War ziemlich aufregend gestern, nicht? Besonders als wir deine Spur verloren hatten.«

»Ich hatte eine Wahnsinnsangst gestern! Und du wusstest, dass man mich verfolgt?«

»Dass wir dich verlieren könnten und du in akute Gefahr geraten könntest, damit haben wir nicht gerechnet. Sonst hätte ich mich nicht darauf eingelassen, das kannst du mir glauben, Giulia.«

»Du hast doch gewollt, dass ich allein in die Stadt ging!«, beschwerte sie sich. »Und obwohl ich tat, was du wolltest, hast du mir hinterher auch noch Vorwürfe gemacht. Das war unfair!«

Seine Hoffnung, sie könne seinen Plan, wozu er sie benutzt hatte, nicht durchschaut haben, zerrann.

»Meine Art, Erleichterung über die vorübergegangene Gefahr zu zeigen, müsstest du von mir doch eigentlich kennen.«

»*Veramente*!«, sagte sie und dachte daran, wie er seine Erleichterung herausgepoltert hatte, als sie im Frühjahr angefahren worden und mit ihrem Fahrrad in einen Acker gestürzt war.

»Aber warum hast du mir von deinem Plan nichts gesagt? Warum hast du mich diese Wahnsinnsangst ausstehen lassen? Wenn du mich vorher gefragt hättest, wäre ich auch gegangen, aber ohne Angst und im Vertrauen auf dich und die Polizei! So hast du mich wie ein Zicklein an der Tigerfalle angebunden.«

Er schwieg.

»Dass du mich als Lockvogel für deine *Tre Condottieri* oder für Gattamelata gebraucht hast, das nehme ich dir nicht übel, Roberto! Aber ich möchte informiert sein und wissen, worauf ich mich einlasse, und zwar vorher!«

Der *vice-questore* hatte ihn sein Missfallen merken lassen, Umberto hatte ihn durch Schweigen kritisiert, Luciano mit Lautstärke, aber erst Giulia gelang es, ihn in eine Ecke zu drängen, aus der er kein Entkommen sah.

Doch sie half ihm dabei.

»Versprichst du mir, dass du mein Vertrauen nie wieder so missbrauchst?«

»Reicht dir mein Ehrenwort?«

Sie antwortete nicht gleich, er tat ihr in seiner Betroffenheit fast leid, und gleichzeitig war sie stolz auf sich, dass sie ihre Vorwürfe überhaupt und in einem für ihn erträglichen Maß geäußert hatte.

»Was du mir vorwirfst, Giulia, habe ich mir heute Nacht auch vorgeworfen. Die Schwierigkeit, die ich im Umgang mit dir habe, ist die, dass sich Beruf und Privatleben zu mischen beginnen, dabei geht die Objektivität verloren.«

Ihr eben noch vorwurfsvoller Blick verwandelte sich in einen fast übermütigen.

»Okay, dein Ehrenwort reicht mir, allerdings …«

»Ich höre.«

»Strafe muss sein!«

»Ich höre!«

»Zwei Strafen müssen sein!«

»Ich ahne Schreckliches!«

»Die erste Strafe betrifft deinen Geldbeutel, die zweite deine Seele!«

»Hörst du, Giulia, wie bei Vivaldi Blitz, Donner und wütende Insektenschwärme die Ruhe des unter der Hitze Schmachtenden stören?«

»Lenk nicht ab! Also erstens: Du lädst mich heute Abend zu einem ausgiebigen Essen ein, mir fehlen seit gestern drei Hauptmahlzeiten!«

»Akzeptiert! Und jetzt die Strafe für meine Seele. Auch sie werde ich annehmen!«

Aus ihren Augen sprühte pure Ausgelassenheit.

»Auch, wenn es dich quält, wenn es richtig weh tut?«

»Ich nehme alles auf mich!«

»Dann wünsche ich mir von dir an deinem nächsten freien Tag eine Stadtführung in Venedig, *Venezia*!«

Er stöhnte auf.

»Du überschreitest die Verhältnismäßigkeit der Mittel. Das kannst du mir nicht antun!«

»Oh doch!«

»Okay«, seufzte er, »aber ich glaube nicht, dass das ein Vergnügen wird.«

»Für dich oder für mich?«

»Du wirst schon sehen!«

Sie lauschten der Musik, bis im Schlusssatz ein mächtiges Gewitter über die reifen Ähren zu fegen schien, und Robertos Gedanken verdüsterten sich wieder, Julia sah es an seiner gefurchten Stirn. Er ging zu seinem Schreibtisch, wühlte in einer der Schubladen herum, bis er schließlich mit einem kleinen Kästchen zurückkam und es ihr gab.

»Als Student habe ich Ägypten bereist und meiner Schwester diese Kette mit dem Ankh–Zeichen gekauft. Ich hatte damals nicht viel Geld, es ist nur vergoldetes Silber. Sie hat es immer getragen, das Zeichen des ewigen Lebens, nur in der Nacht ihres Todes nicht, da trug sie die Kette ihres Verlobten. Ich hoffe, dir bringt sie mehr Glück, Giulia; du musst sie nicht tragen, aber hab sie immer bei dir!«

Trauer sprach aus seiner Stimme, und Julia versprach ihm, sich nie von der Kette zu trennen. Die Art, wie er sich für sein Verhalten entschuldigte, ließen sie die Tränen spüren.

Canale di Brenta

Bevor sie sich zum Restaurant *Il Burchiello* in Mira aufmachten, mussten noch zwei Dinge erledigt werden: Julia wollte sich im *Ca' Rosso* umziehen und Roberto bestand darauf, dass sie im *ospedale* der Barmherzigen Schwestern ihre Wunde neu verbinden ließe.

Im *Ca' Rosso* verstand sie es geschickt, ihren Verband zu verdecken, um den Fragen der *marchesa* zu entgehen; und nach bemerkenswert kurzer Zeit erschien Julia in einem hübschen Sommerkleid mit halblangen Ärmeln; Francesca überreichte ihr eine handgeschriebene Einladung. Roberto lächelte befriedigt und eine Spur amüsiert, als Julia erstaunt las, dass Giancarlo Bertolini sich die Ehre gab, die *marchesa* Visian, ihren Sohn und *signorina* Andresen am kommenden Samstag zu einer Vernissage einzuladen, Gesellschaftskleidung sei erwünscht.

»Hattest du es dir so gedacht, Roberto?«, erkundigte seine Mutter sich, und er dankte ihr für ihre Bemühungen.

Nach einer Stippvisite im *ospedale,* die Wunde sah gut aus, fuhren sie über Strà, Dolo, bis hinter Mira am Brentakanal entlang und unterhielten sich über Bertolinis Einladung.

»Diese *blatta*, diese Kakerlake Gianluca soll mit seinem Verhalten dir gegenüber nicht durchkommen, hatte ich mir geschworen. Sonst liebe ich das Ausnutzen von Beziehungen nicht so sehr, aber in diesem Falle musste es einmal sein!«

»Ja, ja, die Ehre der Visian ist eine heikle Sache.«

»Du sagst es!«

Er meinte es ernst.

Julia wünschte sich nur Fisch und Meeresgetier und während eines *insalata di mare* mit Garnelen, Krabben, Miesmuscheln, kleinen Kraken, Tintenfischen und Venusmuscheln, zu dem Prosecco hervorragend passte, unterhielten sie sich angeregt, ebenso bei dem köstlichen *risotto nero* und dem dann folgenden *coda di rospo* mit seinem an Hummer erinnernden herrlichen Geschmack, darauf folgte *gorgonzola dolce* und schließlich Zitronensorbet, wovon Julia zwei Portionen verspeiste. Roberto hatte schon lange zu essen aufgehört.

»Meine Güte«, lästerte er, »der Mann, den du einmal heiratest, muss Millionär sein, um dich ernähren zu können!«

Aber trotz der inzwischen gelockerten Stimmung quälten ihn immer noch Gewissensbisse.

Er nimmt alles so schwer, dachte Julia und fühlte sich ihm sehr nahe. Die überhebliche Art, die sie am Anfang ihrer Bekanntschaft so unangenehm zu spüren bekommen hatte, war in ihrer Gegenwart gänzlich verschwunden; wohl eine Fassade, die er aufrichtete, um Menschen nicht an sich heranzulassen; wenn sie niedergerissen war, kam ein schwerblütiger, sensibler Mensch zum Vorschein.

Er schenkte den Rest des Weines aus und drehte das Glas nachdenklich hin und her.

»Auf unser Wohl, Ro!«, sagte sie und erhob ihr Glas. »Bitte ärgere dich nicht so über dich selbst. Sprich dir das Recht zu, Fehler machen zu dürfen. Stell dir mal vor, ich hätte bei dem, was ich im vergangenen Jahr alles falsch gemacht habe, jedes Mal soviel Trübsal geblasen wie du jetzt!«

»Auf dich, Giulia, auf deine Gesundheit und deine Träume!«

Sie tranken, stellten die Gläser weg, und er legte seine Hände über ihre.

»Weißt du, warum ich mit dir so gern zusammen bin, Julia Andresen? Ich habe das erste Mal in meinem Leben das Gefühl, ich sein zu können, keine Fassade aufbauen zu wollen, keinen Panzer um mich zu legen und mich vor dir nicht selbst darstellen zu müssen. Bei dir brauche ich keine Rolle zu spielen.«

Sie empfand seine Worte wie eine Liebeserklärung, und zwischen ihnen baute sich eine ähnliche Stimmung wie am *Ca' Vecchia* Brandolin auf. Ihr Herz klopfte, sie brachte kein Wort heraus und sah nur auf seine schlanken, feingliedrigen Finger, die ihre immer noch umschlossen hielten. Er hat Pianistenhände, dachte sie.

In diesem Augenblick brachte der Kellner den *caffè*, und Roberto flüchtete sich in historische Betrachtungen über *Il Burchiello*.

»Vor über zweihundert Jahren schrieb Goldoni ein berühmtes Gedicht über *Il Burchiello*, ein Schiff, das Reisende zwischen Venezia und Padova auf dem Brentakanal beförderte.

Musa, cantiam del Padovan Burcchiello
La deliziosa, comoda vettura,
in cui per Brenta viaggiasi bel bello ...

... weiter weiß ich nicht mehr. Euer Goethe ist 1786 auf diesem Schiff von Padova nach Venezia gereist, auch Casanova und Montaigne, und Maler wie Canaletto malten es für die Nachwelt. Heute verkehrt ein modernes Burchiello mit Motor und allem erdenklichem Komfort, inklusive einem Bordrestaurant, auf dieser alten Wasserstraße. Lass uns demnächst eine Fahrt auf diesem hübschen Schiff machen!«

»Erst Venezia!«

Julia kannte keine Gnade. Ich habe mich wahrlich zuerst in seine Stimme verliebt, dachte sie, sie kann zwar sehr hart klingen, aber wenn er Goldoni zitiert oder über Villen spricht, dann könnte ich ihm jahrhundertelang zuhören.

Padova

Mutter und Sohn waren so in ihren Streit vertieft, dass sie Julia nicht hörten und sie ungewollt Zeugin der Auseinandersetzung wurde. Sie hielt oben am Geländer inne, versäumte, sich sofort bemerkbar zu machen, und dann war es zu spät, über die knarrenden Dielen konnte sie nicht zurück, vorwärts auch nicht.

»Das wirst du *nicht* tun!«, hörte sie Robertos entschiedene und wie so häufig ungeduldige Stimme, »*La Tedesca* wird schon nicht in Jeans kommen, so viel kannst du ihr zutrauen!«

»Aber ich würde so gern ein Kleid mit ihr aussuchen und sie auch bei ihrer Frisur beraten!«

»Damit du sie herausputzt wie ein Zirkuspferd, das du vorführen kannst?«

»Du bist ungerecht«, sagte Francesca vorwurfsvoll.

»Du wirst ihr ganz allein überlassen, was sie anzieht, Mutter! Und du wirst auch nicht weiter eine Karriere für sie planen, ist das klar?«

»Ich tue, was ich für richtig halte, deine Belehrungen brauche ich nicht!«

»Lass *La Tedesca* in Ruhe und ohne Beeinflussung ihren eigenen Weg gehen! Misch dich nicht in ihr Leben ein, wie du es immer noch bei mir tust! Sie ist so wohlerzogen, dass sie dir zuliebe Dinge tut, die ihr eigentlich widerstreben. Im Gegensatz zu mir.«

Jetzt reagierte Francesca beleidigt und verließ die Halle ohne ein weiteres Wort. Julia trat überaus vorsichtig den Rückzug an, schlich über die leise karrende Diele und öffnete unhörbar ihre Zimmertür, um sie laut wieder zu schließen und mit festen Schritten in die Halle hinunterzugehen, wo Roberto mit verschränkten Armen am Fenster stand und in die Dunkelheit hinausblickte. Bei Julias Kommen drehte er sich um.

»Eine Frage, Ro. Diese Vernissage am Samstag. Kannst du mit mir ein Kleid dafür aussuchen gehen?«

Sein Gesichtsausdruck gab ihr Rätsel auf.

»Ich werde doch für mich nicht ein Recht in Anspruch nehmen, dass ich meiner Mutter eben versagt habe.«

Julia gab vor, nicht zu verstehen, was er meinte. Seine faltige Stirn glättete sich, er wirkte belustigt.

»Komm, Giulia! Du weißt genau, was ich meine. Du hast gelauscht. Erst knarrten die Dielen, dann klappte deine Tür, danach knarrte es wieder, und dann tauchtest du auf einmal auf!«

»Kriminalist!«

»*Giusto!*«

Noventa Padova

In seinem weinroten Smoking mit einer silbernen Fliege, in die ein großer Brillant eingearbeitet war, und mit den bis auf den Kragen wallenden weißen Haaren wirkte der *maestro* wie ein etwas vergreister Paradiesvogel, als er Francesca – wieder in schwarzen Spitzen – die Hand küsste, um sich anschließend Julia zuzuwenden und sie schweigend von Kopf bis Fuß zu mustern.

Sie hatte sich kein neues Kleid gekauft, nach einem Blick auf die Preise in einigen Boutiquen und fehlender Modelle in ihrer Größe entschied sie sich, ihr einziges festliches Kleid anzuziehen: das schlichte nachtblaue und tief ausgeschnittene Seidenkleid, das sie schon bei dem Abschiedsfestmahl bei Fra Moriale getragen hatte; der Rock weitschwingend in Zipfelform, ebenso die Ärmel, die ihren Verband verdeckten. Hin und her gerissen zwischen dem Ankh-Anhänger und dem extravaganten, ihr von ihrem Jet-Set-Patenonkel zum Ersten Staatsexamen geschenkten Schmuck, den sie aus Mangel an Gelegenheit bisher selten getragen hatte, entschied sie sich für letzteren, Bescheidenheit schien ihr in dieser Gesellschaft nicht angebracht.

»Paolo Wunderlich, *signorina*? Dieses Collier ist unverwechselbar, Silber sein Metall, und die Mythologie passt, Sie sind wie Nike die Göttin des Sieges!«

Er siezte sie wieder, küsste ihr sehr formell die Hand und Julia musste an sich halten, so kitschig wirkten er und sein Auftritt. Wie hatte sie nur jemals in Betracht ziehen können, für ihn zu arbeiten?

»Ah, und diese Ohrringe, ebenfalls Wunderlich? Ja, Tropfen aus Weißgold, Ebenholz, mit einem Brillianten gekrönt, geradezu verführerisch! Passen Sie mir nur gut auf diese junge Dame auf, Roberto, sie ist etwas ganz Besonderes, ihr Kleid und ihr Schmuck bewiesen es, wenn ich es nicht schon wüsste. Genau wie Ihre Großmutter, Sinn für Stil und Kunst, wo findet man das in der heutigen Generation noch?«

Er drehte sich zu Francesca um. Julia kam sich wie in einer Hollywoodkulisse vor, seine Monologe waren drehbuchreif.

»Ich beneide dich um diesen Sohn, meine Teuerste, er hätte unserer sein können!«

Julia wandte sich ab, um ihre Heiterkeit zu verbergen und bemerkte, dass es auch Roberto schwerfiel, ernst zu bleiben. Er hatte allerlei Ausflüchte gesucht, um an diesem gesellschaftlichen Spektakel nicht teilnehmen zu müssen, aber es hatte ihm nichts genutzt. Seine Mutter intrigierte so geschickt mit dem *vice-questore*, der ebenfalls erwartet wurde, dass sie Roberto der Lüge überführen konnte, als er dienstliche

Abwesenheitsgründe vortrug. Gottergeben fügte er sich in sein Schicksal und zog den ungeliebten Smoking an.

Jetzt setzte er eine verschlossene Miene auf, die er erst recht beibehielt, als der *maestro* Francesca in den Garten entführte und Roberto mit Julia in die Bibliothek schickte. Dort fanden sie den Grund für die ungewöhnlich frühe Einladungszeit, nämlich Gianluca, der sich auf Geheiß seines Vaters bei ihnen förmlich, wenn auch innerlich wutschnaubend, entschuldigen musste. Kaum, dass er die Zähne auseinander bekam, beschränkte er sich auf ein Minimum an Entschuldigungsfloskeln, während Julia die Anzahl seiner Worte bei der Annahme der Entschuldigung sogar noch unterbot und Roberto nur akzeptierend nickte, womit die Kommunikation zwischen ihnen auch für die Zukunft beendet war.

Im Garten trafen sie auf die ersten Gäste. Roberto stellte seine Begleiterin vor, soweit er die Gäste kannte, und das waren die meisten. Ihr schwirrte der Kopf vor Namen, Titeln, Küsschen hier und Handkuss dort, und sie bewunderte Roberto, wie elegant er sich auf diesem Parkett der Eitelkeiten bewegte und trotzdem Julia spüren ließ, dass er eigentlich lieber weit weg wäre, zum Beispiel am *Ca' Vecchia* Brandolin.

Als sie für einen Moment ungestört in einer Ecke standen, sagte Roberto leise zu ihr, fast ohne die Lippen zu bewegen:

»Wie ich diese Selbstdarstellung unserer ehrenwerten Gesellschaft liebe, die es doch so außerordentlich schwer hat! Nimm zum Beispiel meine Tante, die fast unter der Last ihres Erbschmuckes zusammenbricht. Meine Mutter hat ihren schon lange verkaufen müssen. Und schau dir den alten Abgeordneten an, diesen Suffkopf, er kann vor Wichtigkeit kaum stehen. Er ist so aufgeblasen, dass er sich mit Alkohol beschweren muss, sonst würde er abheben.«

Julia kicherte und musste um Beherrschung ringen, als er ihr formvollendet den Abgeordneten und *conte* Berini vorstellte. Als die *contessa* Berini dazukam, begrüßte Julia sie mit neuem Selbstbewusstsein, ihr innerlich ihre frühere, ungerechtfertigte Eifersucht abbittend.

An Robertos Haltung – er versteifte die Nackenmuskeln und zog die Schultern ein wenig hoch – merkte sie, dass er jemanden Unerfreulichen entdeckt hatte, und sie ahnte, dass auch Gattamelata geladen war. Sie wandte sich um, und tatsächlich betrat Erasmo Saccardo mit einer sehr attraktiven Frau in einem hautengen schwarzen, über und über mit Pailletten bestickten Kleid die Empfangsbühne. Ihre bis über die Schultern wallende Lockenfrisur in venezianischem Blond zog zahlreiche Augenpaare auf sich.

Julia verharrte sprachlos, Robertos Gattamelata und Angela waren ein Paar! Nie hätte sie diese beiden in Zusammenhang gebracht: *La*

Leonessa, die Nichte Fra Moriales, die den gleichen Spitznamen wie die Frau des historischen Gattamelatas trug, und Erasmo Saccardo, der sich nach dem historischen Vorbild Gattamelata nannte. Das alles konnte doch kein Zufall sein! Kein Mensch hatte Angelas Nachnamen je erwähnt.

»*La Leonessa* hat sich kaum verändert«, bemerkte Francesca, die neben ihnen stand, und eine Begegnung mit ihrer Schwester erfolgreich mied; sie wurden einer Antwort enthoben, weil alle Gäste in diesem Augenblick zur Terrasse gebeten wurden, wo man sich unterhalb der Stufen auf den im Halbkreis angeordneten Gartenstühlen niederließ.

Auf eine große Leinwand wurden mit Hilfe eines Beamers die letzten Inspirationen und fertigen Gartenentwürfe des *maestro* als eine perfekte Show projiziert, Gianluca bediente den Computer, während Giancarlo sehr eloquent seine Entwürfe vorstellte.

Ahs und Ohs, Klatschen und beifälliges Gemurmel klangen aus dem Publikum, das immer wieder mit frischem Champagner versorgt wurde. Die Strahlen der untergehenden Sonne tauchten die Szene in ein romantisches, sicherlich auch so eingeplantes Licht. Rufe wie »Exzellent!«, »Genial!«, oder »Göttlich!«, begleiteten die Show, und Robertos Mundwinkel zuckten mehr als einmal verächtlich.

Plötzlich jedoch, der *maestro* mochte eine halbe Stunde lang geredet haben, hielt er inne und deklamierte mit einer großartigen Handbewegung.

»Und nun, verehrte Freundinnen und Freunde meiner Kunst, etwas ganz Neues! Ich werde älter«, abwehrendes Gemurmel. »Ja, ja. Aber ich halte Ausschau nach der Zukunft! Schicksal oder Vorsehung? Eins davon hat ein junges Talent, die Enkelin einer sehr lieben, alten deutschen Freundin an die Gestade der Brenta geworfen, das ich die Ehre hatte …«, wirkungs- und erwartungsschwangere Pause, »… zu entdecken. Ich stelle Ihnen Giulia Andresen vor!«

Klatschen und neugierige Blicke in ihre Richtung.

»Gianluca, wo bleiben die Bilder, und vergiss den Ton nicht!«

Gianluca kam seiner Aufforderung deutlich widerstrebend nach. Kurz darauf erschien zu den Klängen eines Gitarrenkonzerts von Vivaldi Julias Zeichnung vom Garten des *Ca' Rosso* auf der Leinwand.

»Das habt ihr ja glänzend eingefädelt!«

Aus Robertos Stimme klang beißender Spott, aber nach einem Blick auf Julias totenblasses Gesicht bereute er seine Bemerkung, sie war genau so überrascht worden wie er selbst, das Komplott hatten offensichtlich Francesca und Giancarlo geschmiedet; wenn Giulia in der Sprachenschule war, hatten sie ungehindert Zutritt zu Giulias Zimmer gehabt und alle ihre Arbeiten durchsehen können.

»Ich hatte keine Ahnung, Roberto, wirklich! Was soll ich jetzt machen?«

»Mutter! Ich hätte es ahnen müssen, sie tat so geheimnisvoll! Ganz ruhig, Giulia, geh zum *maestro* und sag ein paar Worte!«

»Aber was?«

Die Stimme des *maestro* holte sie auf die Terrasse, und während er erklärte, dass das junge Talent mit dieser Vorführung überrumpelt worden sei, die junge Dame hätte mit der ihr angeborenen Bescheidenheit dieser Präsentation sonst nie zugestimmt, fing sie sich und erklärte mit ganz einfachen Worten, was sie bei alten Häusern und Gärten empfand, und wie die Vergangenheit in ihrem Inneren zum Leben erwachte.

Der alte Zanella-Hof mit dem Bauerngarten erschien auf der Leinwand, Haus und Garten Bertolinis und schließlich ihre beste Arbeit, das *Ca' Vecchia* Brandolin, an dem sie mehrere Abende gearbeitet hatte.

Ein wunderschönes Gartenparterre mit Wasserspielen, im Vordergrund eine Treppenanlage mit Balustraden hatte sie dem Haus zugedichtet. Nach einem Blick auf das Gesicht der *marchesa* sah Julia, dass diese ihr Eigentum nicht erkannte, und nach einem zweiten auf Robertos, das Enttäuschung über die Enthüllung seines Geheimnisses widerspiegelte, verlegte sie das Haus kurzerhand in die Monte Berici und schloss dann ihren Vortrag.

Nach nicht nur höflichem, sondern herzlichem Beifall bedauerte der *maestro*, dass sich diese talentierte junge Dame leider nicht vermarkten lassen wolle, da sie einen unheimlichen Freiheitsdrang besitze; aber wer sie für ein altes Haus begeistern könne, dem werde sie sicher einen einmaligen Gartenentwurf liefern, ganz anders als seine, nämlich ausschließlich historischen Entwürfe, und auf dieses Stichwort hin begann er, seine zukunftsorientierten Arbeiten vorzustellen.

Das in der Villa aufgebaute kalte Büfett bog sich vor Köstlichkeiten, aber Julia kam kaum zum Essen, weil sie von Neugierigen umlagert und immer wieder nach ihren Projekten befragt wurde. Sie konnte Roberto nirgendwo sehen, ebenso wenig *La Leonessa*, dafür drängte ihr Mann sich zu Julia durch. Wenn er seine Anzüglichkeiten ließ, konnte er durchaus als charmant durchgehen; er sorgte für ein frisches Glas Champagner, holte ihr einige Delikatessen vom Büfett und überschüttete sie mit Komplimenten.

»Sie müssen sich unbedingt unsere Villa anschauen«, insistierte er, »vielleicht fällt Ihnen auch zu unserem Garten etwas ein.«

»Roberto und ich waren schon auf dem Weg zu Ihnen«, erinnerte Julia ihn, »leider kam etwas dazwischen.«

»Roberto rief an, ja. Schrecklich diese Gewalt heutzutage. Sehen Sie Roberto häufig?«

»Viel zu selten. Ich wohne im Haus seiner Mutter. Er kommt nur gelegentlich vorbei.« Es entstand eine Pause.

»Haben Sie Ihren Mandanten Robert Tauber, *colombo*, eigentlich kürzlich gesehen?«

»Nein, zuletzt bei seinem Prozess um Pfingsten herum. Ich empfahl ihm damals einen Anwalt in Padova. Der alte Richter Gallardi, der so plötzlich von der Bildfläche verschwunden ist, hat ihn verurteilt. Viel zu hoch, meiner Meinung nach.«

»Weshalb denn?«

»Das wissen Sie nicht? Ihretwegen. Fahrerflucht. Nur waren Sie als Zeugin nicht verfügbar, aber er hat auf meinen Rat hin alles zugegeben.«

Warum hatte Roberto ihr nicht davon erzählt?, fragte sie sich überrascht.

»Sie sehen befremdet aus; er hat eine ziemlich hohe Geldstrafe zahlen müssen und eine Bewährungsstrafe erhalten. Ich denke, er wird Italien meiden, durch seine Erbschaft ist er ja auch unabhängig geworden.«

»War er das vorher nicht?«

Gattamelata redet zu viel, dachte sie schadenfroh, als sie sah, wie er überaus konzentriert in seinem *grancevola**-Cocktail herumstocherte.

»Wie? Ach so! Ich habe keine Ahnung.«

Aber das glaubte sie ihm nicht. Bald darauf überließ er sie einem Ehepaar, das Julia sehr gezielte Fragen zu ihren Gartenentwürfen stellte und echtes Interesse zeigte. Sie waren sich sympathisch, und so verabredeten sie einen Termin in ihrem südlich von Padova in Richtung Etsch gelegenen Haus.

Einen zweiten Termin in der kommenden Woche verabredete zu ihrem Erstaunen die Gattin des *vice-questore* mit ihr.

»Gattamelata zeigt ein auffallend großes Interesse an dir«, bemerkte Roberto auf der Rückfahrt zum *Ca' Rosso*, und Julia berichtete ausführlich von ihrem Gespräch. Im Übrigen war Roberto genauso über *Colombos* Gerichtsverhandlung überrascht, wie sie es war.

»Das muss in der Zeit gewesen sein, als ich bei euch im *Alto Adige*** war. Wer das hinter meinem Rücken inszeniert hat, das würde ich gerne wissen.«

»*La Leonessa* zeigt ein auffallend großes Interesse an dir«, ahmte sie Roberto nach, aber der war mit seinen Gedanken ganz woanders, so lehnte sie sich behaglich in das Polster zurück und überdachte den Abend.

Diese Art Gesellschaft schätzt Roberto nicht, dachte sie, aber er hat mich in sie eingeführt und erstaunlicherweise hat man mir allgemein Akzeptanz entgegengebracht.

---

* Meeresspinne
** Südtirol

Glücklich schloss sie ihre Augen. Wenn Roberto sie jetzt noch in seine Arme nähme und küsste, wäre der Abend perfekt.

Seine Gedanken bewegten sich in die gleiche Richtung. Er verabscheute diese hochherrschaftliche Gesellschaft aus mehreren Gründen, war aber froh, Giulia in ihr aufgenommen zu wissen. Wie sie vorhin nach einer Schrecksekunde ihre Visionen und Pläne vorgestellt hatte, beeindruckte ihn. Nun war sie nicht mehr irgendeine kleine ausländische Studentin, die man sang- und klanglos verschwinden lassen konnte. Ihr Platz in der Gesellschaft bedeutete Sicherheit. Wenn es auch ein vergleichsweise unbedeutender Erfolg gegen die *Tre Condottieri* war, mussten sie dennoch ihre Kriegsführung überdenken, und das erforderte vor allem Zeit.

Treviso

»Das Mädchen ist durch und durch harmlos, oder was sagst du?«, fragte Gattamelata und hob die Kiste mit dem Schachspiel auf einen Hocker.

»Identifizieren kann sie keinen von uns, das hätte sie nicht verbergen können«, stimmte Carmagnola zu und stemmte den Holzdeckel ab, »insofern war die Vernissage ein Erfolg, und wir können sicher sein, dass *Colombo* ihr nichts über unsere Identität verraten hat.«

»Er hat doch nur geblufft, darauf hatten wir uns doch schon geeinigt, oder?«

»*Sicuramente*«, beeilte sich Carmagnola zu versichern.

»Nur: Leider ist sie der Schlüssel zu zwei Kilogramm Heroin! Doch im Haus der *marchesa* ist sie unerreichbar für uns.«

»Schlüssel? Na klar! Sie ist nicht der Schlüssel, sie hat ihn! *Colombo* hat das Heroin in einem Schließfach sichergestellt und den Schlüssel ihr übergeben«, schlussfolgerte Carmagnola und dachte: Als ob ich das nicht seit Langem wüsste; aber sie weiß nicht, dass *Colombo* ihn bei ihr im Futter eines Koffers versteckt hat, und leider hat sie zwei völlig gleiche Koffer, und wir haben immer den falschen erwischt.

»Und wenn sie ihn dem *marchese* gegeben hat? Dann wartet die Polizei in der Bank auf den Abholer!«

Colombo hatte sie ganz schön ausgetrickst, seine Übereinkunft mit der Bank bestand darin, dass nur er persönlich und kein Überbringer an das Schließfach kam.

»Das würde der *marchese* nicht für sich behalten können, denn alles, was er plant oder über seinen Schreibtisch geht, wird uns hinterbracht: Seine neue Sekretärin hat eine *condotta* mit uns«, antwortete Gattamelata kopfschüttelnd. »Wir brauchen das Mädchen, und wenn sie tatsächlich den Schlüssel haben sollte, brauchen wir unbedingt *Colombo* hier.«

Carmagnola tat, als entwickele er gerade einen Plan.

»Ich hätte da eine Idee, wie wir sie aus dem *Ca' Rosso* nach Treviso locken könnten. Wir könnten eine Geiselnahme durch, sagen wir arabische, Terroristen simulieren. Fra Moriales Versuch, sie in seine Villa zu locken, war an sich gut, nur hat er nichts daraus gemacht! Vier Tage war *La Tedesca* in seinen Händen, vier Tage! – Den *marchese* stellen wir, sagen wir mal in Rovigo, kalt, das ist weit genug weg. – Und *Colombo* kommt, wenn wir ihn rufen. Nachdem seine Kantine ausbrannte und ein Großteil seiner Software unbrauchbar gemacht wurde, ist dies Schachspiel doch ein deutliches Friedensangebot, oder nicht?«

Gattamelata tat, als interessiere ihn nur das Auspacken der Schachfiguren, doch seine eigentliche Aufmerksamkeit galt Carmagnola. Auch jetzt verbarg er sein wachsames Interesse, packte den schwarzen König in Gestalt eines Minotaurus aus und stellte ihn auf das bereits ausgewickelte Schachbrett aus Wurzelholz.

»Das Nike-Collier, das *La Tedesca* trug, stammt übrigens vom selben Künstler.«

Gattamelata schaute nachdenklich auf die nächste Figur in seiner Hand, eine geflügelte Nike.

»Zufall?«

»Bestimmt!«

»Der *marchese* dehnt seine Fahndung nach Treviso aus, Carmagnola. Er hat Spuren des Fangomörders gefunden, die dorthin führen, er wird die Herkunft des Manschettenknopfes in Treviso suchen. Hast du meine Warnung neulich, keine Alleingänge zu unternehmen, eigentlich nicht ernst genommen? Warum musstest du ausgerechnet in Treviso zwei so unfähige Typen anheuern? Und woher kommt dieser Fangomörder, ich denke, er ist im *mezzogiorno*[*] untergetaucht? Was hast du mit ihm hier vor? Trägst du etwa auf zwei Schultern, *condottiero*?«

Carmagnola blieb die Sprache weg, alle Farbe wich aus seinem Gesicht, so deutlich hatte der *capitano generale* noch nie Kritik an ihm geübt. Um Zeit zu gewinnen, wickelte er einige Figuren aus der Seidenpapierumhüllung und stellte den schwarzen Obelisken als Turm und die volutenartigen Schnecken als Bauern auf das Schachbrett. Er schwieg und wartete, Gattamelata sprach weiter und streifte die weißen Stoffhandschuhe ab.

»Ich habe das Gefühl, du kochst dein eigenes Süppchen! Als die *Serenissima* das deinem historischen Namensvetter vorwarf, hatte er verspielt. Der Henker brauchte drei wuchtige Schläge, bevor sein Kopf rollte. Und glaube ja nicht, dass ich dir wie seinerzeit ihm die Mönche von der Bruderschaft der Gnadenreichen Maria das letzte Geleit gebe!«

---

[*] Süditalien

»Ich schwöre dir, ich handle nur im Interesse der *Tre Condottieri* und der *Serenissima!*«

»Lass das Schwören lieber! Die *Serenissima* ist sehr unzufrieden mit dir! Es hat den Anschein, dass du alles nur sehr halbherzig anpackst. Es ist noch gar nicht so lange her, da handeltest du entschlossen und in ihrem Sinn, aber seit der Drogengeschichte mit *Colombo* ist sie dir gegenüber misstrauisch. Sie vermutet, dass du das Heroin längst auf eigene Rechnung verkauft hast. Das glaube ich nicht, ich denke eher, dass deine Hypothese von vorhin gar keine war und du nur Tatsachen erzählt hast. Ein für allemal, Carmagnola, wir *condottieri* vertreten die Interessen der *Serenissima* und arbeiten nicht auf eigene Rechnung, wir verdienen sehr gut dabei, aber wir führen kein Eigenleben und haben keine Machtansprüche, und unsere Namengeber früher hatten auch keine!«

»Du scheinst zu wissen, wer sich hinter der *Serenissima* verbirgt, also bestell ihr, dass sie sich auf meine Loyalität verlassen kann, ich werde den Schlüssel und die Drogen so schnell und diskret wie möglich besorgen. Reicht dir das erst einmal, Gattamelata?«

»Die Zeit der Diskretion ist vorbei, jedermann weiß von der Existenz einer Zeugin. Der *marchese* ist mehr auf der Hut denn je, *La Tedesca* und er sind unzertrennlich!«

Carmagnola überlegte einen Moment.

»Wenn sie nach meinem Plan in unserer Gewalt ist, setzen wir den *marchese* damit unter Druck. Hast du gesehen, wie sie ihn anhimmelt? Und er scheint seine gewohnte Kälte auch verloren zu haben.«

»Da täuscht du dich in ihm, er ist zu professionell, als dass uns das gelänge. Er hat keine Minute gezögert, sie als Köder zu gebrauchen. Nein, umgekehrt wird ein Schuh daraus: *La Tedesca* ist rettungslos verliebt in ihn, das sieht jeder. Wenn wir sie haben, setzen wir sie mit ihm und seiner Sicherheit unter Druck, das hält sie nicht durch.«

»Kompliment, Gattamelata, das ist raffiniert!«

»Hast du inzwischen etwas von Fra Moriale gehört? Sein spurloses Untertauchen befremdet mich doch einigermaßen.«

Gattamelatas Blick schweifte über das Schachspiel.

»Ich weiß nur, dass er sich eine neue Identität besorgen und mit ihr den letzten Abschnitt seines Lebens ohne Erinnerungen an die *Tre Condottieri* verbringen wollte.«

»Seine Tochter weiß auch nichts. Ach, Carmagnola, es gibt auch noch etwas Positives, der *marchese* scheint jetzt überzeugt, dass du Gattamelata bist! Also mach meinem Namen keine Schande!«

Carmagnola lächelte breit, wenn der Alte schon wieder spaßhafte Bemerkungen machte, stand seine Sache doch nicht so schlecht.

kapitel 2
a.d. september 2000

Montagnana

er geflügelte Löwe am *palazzo* neben dem Dom erinnerte an die allgegenwärtige Präsenz der *Serenissima*, die die Carraresi hier um 1405 aus Montagnana vertrieben hatte. Die fast zwei Kilometer lange Stadtmauer aus dem Mittelalter mit ihren vierundzwanzig erhaltenen Wehrtürmen und zwei Kastellen hatte ihnen gegen die Venezianer nichts genutzt. Eins der Kastelle diente jetzt als Jugendherberge, dessen Turm Julia und Roberto über durch Schlafräume führende Treppen erstiegen.

Von dort oben blickte man nicht nur auf die westlich der Euganeischen Hügel mitten in der Poebene liegende mittelalterliche Stadt, sondern auch nach Norden auf die im Dunst fast verschwimmenden Monte Berici und auf die von Osten nach Westen verlaufende SS 10, die, von Padua kommend, an Montagnana vorbei bis nach Mantua führte. Wieder einmal hatte Roberto sie überraschend an ihrem freien Mittwoch abgeholt. Er hatte dienstlich in Montagnana zu tun und wollte ihr bei der Gelegenheit die von ihm sehr geschätzte Stadt zeigen. Er wurde heute nicht mehr in der *questura* erwartet.

Nach einem *cappuccio* auf dem Hauptplatz, einer Stippvisite im Dom mit einem kurzen Blick auf Paolo Veroneses Tafelbild nahm Roberto sie mit auf die Polizeistation, wo er mit einem Kollegen zu einer Besprechung verabredet war.

»Ich lass dich nie wieder auf den Treppen eines Domes warten! Du kommst mit rein!«

So fand sich Julia denn auf einem Stuhl zwischen den Schreibtischen einiger Beamter wieder, die den ungewohnten Besuch der großen *signorina* erst misstrauisch, dann neugierig und schließlich als Abwechslung betrachteten.

Glücklicherweise tauchte Roberto schneller als erwartet wieder auf, und sie kauften krosse *ciabatta*, Mineralwasser und *prosciutto crudo* an der Hauptstraße. Roberto zeigte ihr den *Palazzo* Lombardesco mit seinen maurisch anmutenden Fünfbogenfenstern, in dem der *condottiero* Gattamelata und seine Frau eine Zeitlang gewohnt hatten. Anschließend wanderten sie durch das östliche Stadttor, wo sie sich gegenüber der palladianischen Villa Pisani im Schatten der hohen Stadtmauer ein Picknickplätzchen suchten und den luftgetrockneten Schinken gleich aus dem Einwickelpapier aßen, sich Stücke aus dem knusprigen Brot brachen und abwechselnd aus der Flasche tranken.

»Köstlich, dieser Schinken«, meinte Julia und nahm das letzte Stück.

»*Prosciutto crudo di Montagnana* schmeckt noch etwas feiner als der von San Daniele, und ich mag sein nussartiges Aroma«, sagte Roberto.

»Und ich dachte, der aus Parma sei der beste.«

»Der am meisten nach Deutschland exportierte«, erklärte Roberto und streckte sich lang im Gras aus. »Deshalb ist er bei euch auch der bekannteste. Gleich danach kommt der aus San Daniele, aber für meinen Geschmack ist er nicht der beste. Das ist der aus Montagnana. Bei dem kannst du wenigstens sicher sein, dass er nicht aus riesigen Schweinefabriken stammt.«

»Wie sieht es Sonntag mit unserem Venedigbesuch aus?«, fragte Julia.

»Schlecht!«, er sah keineswegs traurig aus. »Ich vertrete einen Kollegen in Rovigo!«

»Das machst du mit Absicht!«

»Nein, *parola d'onore*, er hat mich angerufen und mich gebeten, ihn zu vertreten, weil er einen Unfall hatte, und ich habe versprochen, für ihn zu pfeifen.«

»Du und Verkehrspolizist! Du veräppelst mich!«

»Als Schiedsrichter beim Basketball! Nach meiner aktiven Zeit habe ich das regelmäßig gemacht, aber mein Beruf passt nicht zu regelmäßigen Verpflichtungen. Nun springe ich manchmal ein, meine Lizenz habe ich noch. Du siehst, es ist kein Vorsatz, mein Versprechen nicht zu halten.«

Die Stadtmauer bestand aus sich abwechselnden Schichten von Ziegeln und schwarzem Trachytgestein, Hunderte von Eidechsen flitzten an ihr hin und her, alle anderen, Mensch und Tier, hielten Mittagsruhe. Julia legte sich auch hin und döste satt und zufrieden vor sich hin, bis sie Robertos so ganz nebenbei geäußerte Frage hellwach werden ließ.

»Am Samstag findet der Sommerabschlussball im Tennisclub statt. Kommst du mit?«

»Ich habe überhaupt nichts zum Anziehen!«

Er lachte schallend.

»Wenn etwas nicht zu dir passt, dann sind es Kleidersorgen!«

»Das ist das erste Mal, dass ich dich laut habe lachen hören!«

»Ich glaube, es ist das erste Mal seit zwanzig Jahren! Aber was das Anziehen betrifft: Dein Kleid neulich war sehr hübsch!«

»Danke, aber sicher kommen dieselben Leute wie bei Bertolini und deshalb ...«

Sie krauste die Stirn und fand die Kleiderfrage auf einmal nicht mehr wichtig.

»Denkst du an dein Ehrenwort, Ro?«

»Wieso?«

»Dass du plötzlich mit mir tanzen gehen willst, halte ich – entschuldige, wenn ich mich irre – für unwahrscheinlich. Dass du die gesellschaftliche Bühne, die dir bisher so zuwider war, schon wieder betreten willst, halte ich deshalb in diesem Zusammenhang für gänzlich unwahrscheinlich. Welcher Grund bleibt also? Du willst Gattamelata treffen. Vielleicht um ihn zu provozieren? Oder du willst demonstrieren, dass ich unter deinem persönlichen Schutz stehe. Wer etwas von mir will, muss sich mit dir anlegen, ja? Oder brauchst du mich wieder als Zicklein an der Tigerfalle?«

Er setzte sich auf und blickte sie nachdenklich an.

»Du wirst mir langsam unheimlich, *La Tedesca*!«

»Ah, jetzt hast du dich verraten! *La Tedesca* bin ich immer dann, wenn du mich in Bezug auf deinen Beruf meinst, Giulia bin ich in deiner Privatsphäre, stimmt's?«

Er fuhr sich mit der Hand durch die Haare, eine typische Bewegung, wenn er sich bei etwas ertappt fühlte, sich dabei aber amüsierte.

»Giulia! Giulia! Bei dir komme ich mir wie ein gläserner Mensch vor! Nein, ich hatte nicht vor, mein Ehrenwort zu brechen, sondern dich zu bitten, uns zu helfen. Es geht diesmal nicht primär um Gattamelata. Umberto bat mich um Hilfe bei der Drogenfahndung, es führen Spuren in den Tennisclub, dem nicht nur Gattamelata und ich, sondern auch der *vice-questore* und der *questore* angehören.

Umberto hat meinem Onkel pflichtgemäß seinen Verdacht mitgeteilt und eine Riesenabfuhr erhalten. Drogen in seinem Tennisclub? Ob der *commissario* nicht wisse, was für bedeutende Menschen dort verkehrten? Das weiß Umberto wohl, und er bittet mich, bei diesem Ball herauszufinden, ob die *Tre Condottieri* dreist genug sind, im Schutze der großen Veranstaltung Drogen umzuschlagen. Umberto weiß auch, dass ich nicht als *agente di polizia giudiziaria* gelitten bin, sondern als Enkel des *marchese* Visian, deshalb kann ich mich dort, ohne Verdacht zu erregen, umsehen, denn mit dir, *La Tedesca*, habe ich unauffällig die gesellschaftliche Bühne wieder betreten, und bei der Gelegenheit, liebe Giulia, würde ich auf dem Ball gern mit dir tanzen. Beim letzten Mal wurden wir leider abrupt unterbrochen.«

»Das war gemein, ein Tiefschlag.«

»Weshalb? Wir waren doch beide beteiligt? – Übrigens führen nicht nur Gattamelatas Spuren nach Montagnana, seine Enkelin Caterina hat hier gewohnt. Und seine Witwe, bei ihr im *casa dei* Gattesco da Narni in der *via* Borgo Eniano.«

»Seine Witwe? Ach, du redest vom alten Gattamelata!«

»*Vero*, Giacoma Leonessa hat ihren Erasmo um dreiundzwanzig Jahre überlebt und starb 1466 hier in Montagnana im Hause ihrer Enkelin Catarina Gattesca Dotti.«

»Was für ein seltsamer Name, Gattesca ist sicher eine Ableitung von Gattamelata?«

»Ja. Gianantonio, einziger Sohn des *capitano generale*, hat nie geheiratet. Er lebte mit einer Kurtisane zusammen, die sich Antonia *casa* Liona nennen durfte. Er starb, wie ich dir neulich schon erzählte, ziemlich früh, die *condotta* seines Vaters war auf ihn übergegangen; 1453 schwer verwundet starb er zwei Jahre später an den Folgen. Seine einzige Tochter, Catarina Gattesca, heiratete trotz ihrer nicht ganz edlen Herkunft in die hochangesehene padovanische Familie Dotti ein, möglich nur wegen ihres geadelten Großvaters und, was wohl noch schwerer wog, wegen ihrer Mitgift von 4.000 Golddukaten aus seiner Hinterlassenschaft und der Hälfte des Vermögens ihrer Großmutter.«

»Du bist ja das reinste Lexikon!«

Roberto blickte sinnend auf die gegenüberliegende Renaissancevilla und meinte, Erasmo und Angela hätten nur Töchter, aber keinen Sohn, schon gar nicht einen namens Gianantonio. Julia schüttelte den Kopf:

»Du glaubst doch nicht etwa an Parallelen zwischen den historischen *condottieri* und deinen *Tre Condottieri* vom Verbrechersyndikat? Wahrscheinlich machst du dir mehr Gedanken um sein historisches Vorbild als Erasmo Saccardo das selbst je getan hat.«

»Du hast wohl recht. Tauchen wir aus der Vergangenheit wieder auf! Was hältst du von einem kleinen Spaziergang auf den Monte Lozzo, und einem leckeres Abendessen im Aldo Moro hier in Montagnana? Sozusagen die Bezahlung für deine Polizeihilfsarbeit! Kürbisrisotto mit Schinken aus Montagnana? Und dann vielleicht Entenbrust mit Steinpilzen?«

Julia lief das Wasser im Mund zusammen.

»Und für mich *pasta*?«

»*Ma certo! Tagliatelle* auf Hühnerleber vielleicht?«

Der Monte Lozzo erhob sich wie ein kleiner, nachträglich hingetupfter Trachytkegel, in der Ebene westlich der Colli Euganei. Die vergossenen Schweißtropfen beim Aufstieg lohnten die Mühe, meinte Julia, als sie kurz vor Sonnenuntergang auf dem Parkplatz neben der Kirche von Lozzo wieder ins Auto stiegen, das gesamte Panorama der euganeischen Hügel vom nördlich gelegenen Monte della Madonna bis zum Monte

Cero im Süden hatte vor ihnen gelegen. Der Blick auf das ehemals großzügig angelegte Kanalsystem rund um die Hügel, in deren verzweigten Wasserarmen die niedrig stehende Sonne sich sattgolden gespiegelt hatte, ließen die schweißtreibenden Steigungen vergessen.

»Wenn ich Euganeer gewesen wäre«, sagte Julia und ließ die Hand zur Kühlung aus dem geöffneten Seitenfenster hängen, »hätte ich mich auch dort oben auf der Kalkebene des Monte Lozzo niedergelassen und gewünscht, dass der September nie zu Ende gehen möge. Giuggiole* und Hagebutten, Pilze und Mandeln, man muss nur zugreifen. Kein Wunder, dass auch Goethe im September im Veneto herumreiste. Er wusste, wo und wann das Paradies zu finden war!«

Padova

Als er sie die Treppe im *Ca' Rosso* herunterkommen sah, wusste er, dass sie im TCCP Aufsehen erregen würden. Die meisten Mitglieder, die zum Sommerabschlussball erwartet wurden, waren in Robertos Alter oder darüber, so dass *La Tedesca* durch ihre Jugend an sich auffallen musste und durch ihre Größe.

Die Haare fielen in Locken auf ihre nackten Schultern, an der Seite von türkisfarbenen Kämmen gehalten und etwas hochgesteckt. Nagellack und Lidschatten harmonierten perfekt mit der Farbe der Kämme und den Blüten ihres schulterfreien Seidenkleides in Grün und Türkis auf dunkelblauem Grund. Diese Farbkombination, ein Hauch von Lippenstift und dunkelblau getuschte Wimpern, verliehen ihr etwas von einer *ondina***. Robertos Herz schlug eine Extrasystole. Außer der Kette mit dem Ankh–Anhänger trug sie keinen Schmuck.

Roberto schenkte ihr ein in goldfarbenes Papier eingeschlagenes Päckchen, sie wickelte es aus und freute sich sichtlich über den Flakon.

»Woher kanntest du mein altmodisches Lieblingsparfum?«

»Kannte ich nicht, ich dachte nur, ›Rive gauche‹ passt zu dir, ein wenig nach Meer und sehr frisch duftend. Ich habe es aus mehreren Sorten herausgesucht und mir dafür in der *questura* von Umberto einige anzügliche Bemerkungen gefallen lassen müssen!«

»Ich danke dir! Funktioniert das Mikro?«

Gina hatte als gelernte Schneiderin den ganzen Donnerstag und Freitag an dem Kleid gearbeitet und nur unter Protest eine kleine Tasche für ein Mikrofon eingearbeitet.

* Brustbeere
** Undine

»Und dann passiert Giulietta wieder etwas!«, hatte sie sich ereifert und auch Umberto, ihren Mann, in die Kritik mit einbezogen. Als sie Julias Einverständnis mit den Männern bemerkte, gab sie seufzend nach, beruhigte sich aber erst, als Umberto ihr versprach, den ganzen Abend im Abhörwagen zu verbringen und die Gegend von seinen Männern kontrollieren zu lassen. Wohlweislich verschwieg er, dass Roberto und er die gesamte Streitmacht bildeten: Der *vice-questore* war nicht informiert, auch sonst keiner.

Francesca fehlte auf diesem Sommerabschlussball, sie pflegte jedes Jahr im September für einige Zeit zu Freunden in die Emilia zu reisen. Sie überließ den Hausschlüssel, die Sorge um den alten Pietro, das *Ca'* und den Garten Julia und meinte, bei ihr sei alles in besten Händen.

Es war einer von diesen wunderbar warmen Septembernächten im Veneto, die Goethes Vermutung zu bestätigen schienen, dass hier das Paradies gelegen haben müsse. Die Zikaden zirpten laut, der Mond ging wie eine große orangefarbenen Scheibe über dem Park auf und Musik einer Kapelle tönte gedämpft durch die mildsamtene Abendluft.

Julia fühlte sich hier schon fast heimisch, einen Teil der Gäste kannte sie bereits von der Vernissage bei Bertolini, und an Robertos Arm fühlte sie sich sicher und beschützt. Er hatte ihr vor dem Ball Anweisungen gegeben. Keine Spaziergänge, mit wem auch immer im Park, kein Entfernen aus der sicheren Menschengruppe, kein Rendezvous im Mondschein! Die Tanzfläche, ihr Tisch und die Bar, keinen Schritt weiter!

»*Signorsì, capitano!*«*, hatte sie geantwortet.

Sie schlenderten von einer Gruppe zur anderen, Roberto und sie wurden herzlich begrüßt, außer Julias Jugend fiel die Größe des Paares auf, auch auf der Tanzfläche schauten sie später aus der Menge der Tanzenden turmhoch heraus.

Die Frau des *vice-questore* schien heute wieder reservierter, aber vielleicht war das ihre Art, denn trotz ihrer Kälte wiederholte sie ihre Einladung an Julia.

So, die *marchesa* sei in der Toskana, meinte sie missachtend. Ein Seitenblick streifte Roberto.

Wie in jedem Jahr, bestätigte Roberto.

Und die *signorina* sei im *Ca' Rosso*? Allein? Nun.

Die schweren Augenlider senkten sich, und Julia fühlte sich irgendwie entlassen. Ihr Blick fiel auf die Hände der erneut reichlich mit Schmuck behängten mageren und mit Altersflecken übersäten Frau. Ihre ältere

---

* »Jawohl, mein Herr Hauptmann!«

Schwester Francesca sah um Jahre jünger aus. Wie bei Bertolinis Vernissage fand sie die Reglosigkeit der Frau unnatürlich, nur die Finger ihrer rechten Hand drehten pausenlos an den Ringen der linken.

Robertos Onkel kümmerte sich umso freundlicher um Julia, vielleicht war das der Grund für die Frostigkeit seiner Frau. Als er Julia auch noch vor seiner Frau zum Tanzen aufforderte, traten deren Wangenknochen stark hervor. Roberto entschärfte die Atmosphäre, indem er seine Tante um den Tanz bat.

Der *vice-questore* reichte ihr nur bis zur Nasenspitze, aber da er trotz seines Alters ein feuriger Tänzer war und Julia ordentlich herumwirbelte, fiel das nicht so auf. Außerdem plauderte er amüsant und brachte Julia immer wieder zum Lachen.

»Darf ich Sie Giulia nennen, *signorina* Andresen klingt so hochoffiziell«, bat er sie, als er ihr, ganz Kavalier alter Schule, nach dem Tanz seinen Arm reichte. Hatte er sie nicht schon während der Hochzeit so genannt? Aber vor seiner Frau war er wieder zu *signorina* Andresen übergegangen.

»Ein bisschen sind Sie durch Ihren Großvater ja so etwas wie ein Familienmitglied.«

»Gern, wenn ich nicht immer *signor vice-questore* zu Ihnen sagen muss!«

Er lachte.

»Wie wäre es mit *zio**?«

»Ich glaube, das wäre ein wenig zu familiär, und Ihre Frau ...«

Er lachte wieder.

»Sehr klug beobachtet, Giulia! Was schlagen Sie vor?«

»Ein formloses *dottore*?«, zog sie ihn auf, aber er bemerkte es nicht.

»*D'accordo*, einverstanden!«

Sie gingen zur Bar, und Julia bestellte ein Glas Prosecco.

»Der Einladung meiner Frau schließe ich mich übrigens an«, sagte er, nachdem sie angestoßen hatten. »Es war durchaus keine rhetorische Einladung, sie hat es ernst gemeint. Sie möchte mit Ihnen über Ihre Großeltern sprechen, vermute ich.«

Sie verabredeten einen Termin in der folgenden Woche. Roberto sollte sie vorbeibringen.

»Ach, da kommt er ja mit meiner Frau! Der *marchese* passt doch wohl gut auf Sie auf? Ja? Tun Sie nichts, was er für gefährlich hält! So wie ich ihn einschätze, fängt er den Fangomörder über kurz oder lang. Er lässt sich manchmal viel Zeit, wie eine Katze beim Jagen der Maus. Wenn sich die Maus in Sicherheit wiegt, schlägt die Katze zu. Ich halte große

---

* Onkel

Stücke auf ihn, ich wünschte, ich hätte mehr Männer mit seinen Fähigkeiten. – Nun, meine Liebe, was willst du trinken?«, wandte er sich an seine Frau, nachdem er die Hoffnung ausgesprochen hatte, Julia im Laufe des Abends noch zu sehen.

La Leonessa rauschte mit ihrem Mann sehr spät herein, so, als ob sie sicher sein wollte, dass alle Anwesenden ihren Auftritt bemerkten. Zugegebenermaßen sah sie fantastisch aus, das venezianische Blond ihrer Locken glänzte in der festlichen Beleuchtung, und ihr tief ausgeschnittenes Kleid, diesmal tiefdunkelblau mit entsprechender Paillettenverzierung verriet ein teures Modehaus. Nur den Brillantschmuck fand Julia ein wenig zu aufdringlich.

Als Julia sie auf der Vernissage getroffen hatte, war sie von *La Leonessa* mit einem kurzen, im Abwenden begriffenen Nicken bedacht worden, heute ignorierte sie Julia völlig und wandte sich ausschließlich Roberto zu. Zwei Jahre nach dem Tod seiner Schwester hatte Roberto erfahren, dass Angela Gallardi und Erasmo geheiratet hatten. Ein verbitterter Zug und harte Linien um Mund und Nase deuteten darauf hin, dass ihr Leben einen nicht ungetrübten Verlauf genommen hatte.

Sie hängte sich ohne ein weiteres Wort bei Roberto ein.

»Warum haben wir zwei uns eigentlich je getrennt?«, fragte sie ihn, während ihr Mann die Bemerkung ignorierte und Julia nichts als Peinlichkeit verspürte.

»Ach, liebe Angela, die Interessen in unser beider Leben liegen zu weit auseinander«, Roberto beherrschte diesen nichtssagenden Plauderton perfekt, aber Julia wusste, wie sehr er diese Art Gespräch verabscheute. »Du hast einen sehr erfolgreichen, in der Gesellschaft hoch angesehenen Gatten und die Umgebung, die dir entspricht. Und ich? Ich jage nach wie vor kleine und größere und manchmal auch ganz große Kriminelle, das harmoniert mit deinem Stil eben nicht.«

Sein letzter Satz war anzüglich gemeint und wurde auch so aufgefasst.

»Die beiden wetzen gern die Krallen«, sagte Gattamelata und hakte sich bei Julia ein, »lassen wir sie und widmen uns den schönen Vergnügungen heute Abend. Darf ich bitten?«

Julias Gedanken beschäftigten sich mit dem Ehepaar Saccardo. Komisch, dachte sie, ich denke nur noch an Gattamelata bei ihm. Nach dem Tanz führte der obligatorische Weg wieder an die Bar, und er erinnerte sie an seine Einladung nach Treviso, damit sie sich den Garten der Villa ansehen könne.

»Ich glaube nicht, dass Ihre Frau …«

Aber er fiel ihr ins Wort.

»Angela? Aber die ist ganz wild darauf, den Garten von Ihnen umgestaltet zu bekommen. Sie könnten sogar bei uns wohnen, damit Sie ungestört arbeiten können und nicht immer nach Padova fahren müssen. Nur ...« Er zögerte.

»Ja?«

»Wenn Roberto in der Nähe ist, hat kein anderes Denken Platz in ihr. Sie müssen wissen, er war ihre ganz große Liebe. Es wäre besser, Sie kämen ohne ihn.«

»Und Roberto?«

»Ach, Sie meinen, er und meine Frau? Ich glaube nicht, dass sie ihm irgendetwas bedeutet hat. Vielleicht früher einmal kurzfristig. Er war kein Kostverächter als Student!«

Wenn das mit den Einladungen so weitergeht, dachte Julia, bin ich die nächsten Wochen ausgebucht! Und sie vertiefte sich mit Erasmo Saccardo in ein von ihrer Seite ernsthaft geführtes Gespräch über Renaissancegärten, das erst durch die Rückkehr des *vice-questore* unterbrochen wurde, der den *questore* Stefano Tramontan im Schlepptau hatte, dem er unbedingt Julia als die einzige und wichtigste Belastungszeugin im Fangomordfall vorstellen wollte.

Ein paar scharfe blaue Augen musterten Julia interessiert, fast inquisitorisch. Nachdenklich strich er immer wieder den dichten weißen Haarschopf nach hinten, sodass seine altersfaltige Stirn zu sehen war. An der Brusttasche seines Smokings wies eine kleine Nadel dezent darauf hin, dass der *questore* Mitglied des Lions Club war.

»Deganello hat mir von Ihnen und Ihren Gartenideen vorgeschwärmt«, sagte er.

Julia fühlte sich mit ihm allein irgendwie unwohl, auf der einen Seite musterte er sie wie der Großinquisitor, auf der anderen meinte sie, ihn irgendwo schon einmal getroffen zu haben. Irgendwie überkam sie in Tramontans Gegenwart ein unbestimmbares merkwürdiges Gefühl.

»Sie müssen unbedingt ...«

Hoffentlich lädt er mich jetzt nicht auch noch ein, dachte Julia. Sie sollte nie erfahren, was sie unbedingt musste, denn der für diese Stunde noch erstaunlich nüchterne *conte* Berini drängte sich zwischen sie und unterbrach ihr Gespräch. Und endlich erschien auch noch *maestro* Bertolini höchstpersönlich, diesmal in einer brokatenen Smokingjacke, die wallenden weißen Haare in einem Zöpfchen gebändigt.

Julia blickte sich Hilfe suchend nach Roberto um, aber der stand beobachtend abseits und ignorierte ihren Blick.

Er war Angela rasch an einen bekannten Immobilienmakler losgeworden und überlegte, nicht nur mit räumlicher, sondern auch innerer Distanz, dass eigentlich jeder von diesen Julia umringenden Herren der guten Gesellschaft einer der *Tre Condottieri* sein konnte. Bei Erasmo war er sich ziemlich sicher, in ihm den Gattamelata des Syndikats vor sich zu haben, seine Verbindung zu *Colombo* und damit der Drogenszene war eindeutig, aber derzeit nicht beweisbar.

Fra Moriale war auch ein TCCP-Mitglied gewesen, wenn auch in den letzten Jahren ein selten anwesendes. Aber wer war Carmagnola? Vom Alter her konnten Bertolini ebenso wie der *conte* Berini, bestimmt aber deren Väter, noch in der *resistenza* mitgekämpft haben, aber auch mindestens zwanzig andere, die heute Abend anwesend waren, und die den TCCP jederzeit unverdächtig betreten konnten, kamen in Frage.

Aber wer? Fra Moriale blieb verschwunden. Roberto war sich ziemlich sicher, dass er ihn durch seinen unvermuteten Besuch in seiner Villa in Abano Terme gewarnt hatte, denn ab den frühen Morgenstunden des folgenden Morgens verlor sich seine Spur.

Schließlich erlöste er Julia und entführte sie den immer enger um sie zusammenrückenden Männern, indem er sie zum Tanzen aufforderte und für die nächste Zeit auf der Tanzfläche festhielt. Im wahrsten Sinne des Wortes, denn mit ihrem kleinen Schwips, der sie diesmal nicht aggressiv, sondern sehr anschmiegsam werden ließ, musste er sie richtiggehend festhalten. Für eine halbe Stunde befahl er sich, die Probleme und die Aufgabe des heutigen Abends zu vergessen, und in dieser kurzen Zeit gab er sich der Illusion hin, nichts als ein Mitglied des Tennisclubs zu sein und mit einer lebensfrohen, entzückend aussehenden jungen Frau im Arm die Septemberstimmung zu genießen.

Aber dann trieb es ihn wieder um, er umrundete die Terrasse, zog immer weitere Kreise im dunklen Park, hielt sich in den Waschräumen auf, suchte und fand Gespräche mit verschiedenen Festteilnehmern, ganz besonders mit den Angestellten des Clubs, deren Namen er mit einer Liste verglich, die er im Vorfeld vom Manager erhalten hatte. Man tat, als sei seine Rückkehr auf die gesellschaftliche Bühne des Clubs lange überfällig gewesen, für seine Begleiterin fand man teils lobende, teils anzügliche Bemerkungen, die er überhörte. Roberto tanzte noch mehrmals mit ihr, lobte sie, weil sie zu Mineralwasser übergegangen war, und stellte erstaunt fest, wie gut ihre und seine Bewegungen beim Tanzen harmonierten.

In den frühen Morgenstunden fuhren sie als fast letzte Gäste in die Stadt zurück. Vor der Tür des *Ca' Rosso* sagte sie, wohl mutig geworden durch den Alkoholgenuss:

»Was würde ich dir wohl antworten, wenn du mich jetzt fragtest, ob ich mit in deine Wohnung käme?«

Sie errötete bei ihren eigenen Worten und blickte aus dem Fenster. *Allettante*, verlockend, dachte er, und sein Herzschlag beschleunigte sich ein wenig.

»Wenn ich dich heute fragte, würdest du *ja* sagen, stimmt's? Aber leider kann ich dich nicht fragen, ich bin mit Umberto in der *questura* verabredet. Schade!«

Sie seufzte, und nach einem freundschaftlichen Kuss auf die Wange schloss sich die festungsartige Tür des *Ca' Rosso* hinter ihr.

Piazzola sul Brenta

Am Tag nach dem Sommerabschlussball rief ihn Julia gegen elf Uhr an. Er hatte nach den absolut negativ verlaufenen Auswertungen der Tonaufzeichnungen und der Bedienstetenliste nur zwei Stunden geschlafen. Er wollte gegen zwei Uhr nach Rovigo und reagierte auf ihren frühen Anruf unausgeschlafen und ungehalten.

Sie entschuldigte sich und eröffnete ihm, eben habe Angela Saccardo sie angerufen, um sie spontan zum Tee am Nachmittag einzuladen, und sie habe ebenso spontan zugesagt.

»Du sagst natürlich sofort wieder ab!«, befahl er, und das machte sie bockig.

»Meinst du, ich will Angela vor den Kopf stoßen und im ganzen TCCP als *La Tedesca* ohne Manieren gelten?«

»Das ist mir ganz egal, aber in Gattamelatas Nähe lasse ich dich nicht allein, und wie du weißt, habe ich heute Verpflichtungen in Rovigo!«

»Dann gib mir Luciano als Eskorte mit, wenn er Zeit hat. Ich habe ihn lange nicht mehr gesehen.«

»Ich auch nicht«, antwortete Roberto kurz, »er ist seit unserem Streit nicht mehr in der *questura* gewesen. Und da er mit gebrochenem Schlüsselbein und Handgelenk krankgeschrieben ist, habe ich auch keinen Grund ihn zu suchen.«

»Hatte er einen Unfall? Und was für ein Streit?«

»Das erzähle ich dir ein anderes Mal! Pass auf, ich schick dir gegen drei einen Polizeiwagen, mit wem auch immer, zufrieden?«

»Danke!«

Doch dann erschien er selbst und schüttelte ungläubig seinen Kopf.

»Du musst ein Liebling der Götter sein, Giulia, genauer gesagt: ein Liebling des Wettergottes!«

»Wieso?«

»Gerade als ich losfahren wollte, kam ein Anruf aus Rovigo. Der Gewittersturm heute Morgen hat dort das Dach der Sporthalle abgedeckt, und nun steht sie unter Wasser, und das Spiel fällt aus!«

Weil sie erst gegen fünf bei den Saccardos erwartet wurde, schlug Roberto vor, statt der *autostrada* Nebenstraßen zu benutzen und über Piazzola sul Brenta zu fahren, um dort in Anbetracht ihrer Vivaldi-Liebe einen Blick in die Villa Contarini *ora* Simes zu werfen, Vivaldi habe dort in dem berühmten Musiksaal selbst seine Werke dirigiert. Julia erklärte sich mit allem einverstanden, kam sie doch ganz unerwartet in den Genuss von Robertos Gesellschaft. Am liebsten wäre sie gar nicht mehr zu den Saccardos gefahren.

Er bemerkte etwas neidisch, dass keine Spuren der durchfeierten Nacht bei ihr zu bemerken waren, aber in seiner Jugend hatten ihn lange Nächte auch nicht gestört.

»Das soll eine Villa sein? Die sieht ja aus wie ein Schloss! Ein Gegenstück zur Villa La Nazionale in Strà, auch so eine *villa-reggia**«, bemerkte Julia, als sie von dem im Halbrund der Wirtschaftsgebäude gelegenen Parkplatz auf die Villa zugingen.

»Ab dem siebzehnten Jahrhundert diente sie den Contarinis für prächtige Feste und zur Demonstration ihres Reichtums. Schau dir den bescheideneren Zentralbau an!«

»Palladio?«

»Trotz der barockisierten Fenster hast du das gut erkannt! Was sagst du zum Garten?«

»Desolat! Rasen und Schotter!«

»So desolat war die ganze Villa nach dem Krieg. Erst 1970 wurde sie restauriert.«

»Von den Contarini?«

»Nein, denen gehört die Villa schon lange nicht mehr, auch den Simes nicht. Ein Pharmakonzern hat sich hier multikulturell betätigt.«

»Ach, dann kam mein Onkel im Frühjahr von einem Ärztekongress aus dieser Villa?

»Genau. Der im englischen Stil angelegte Landschaftsgarten hinter der Villa wird auch keine Gnade vor deinen Augen finden, stattdessen lass uns noch einen kurzen Blick in den *salla della chitarra rovesciata* werfen, wir nennen ihn den ›Saal der umgedrehten Gitarre‹ wegen des Schalllochs oben in der Decke. Der Saal wirkt wie ein riesiger Resonanzboden. Die Solisti Italiani haben hier Vivaldis ›Vier Jahreszeiten‹ aufgenommen, eine Interpretation, die dir dein Bruder überspielt hat. Dieselben Interpreten haben hier auch eines meiner Lieblingsstücke eingespielt: ›Mendelssohns Oktett‹!«

»Danke, *professore*, Tartini auch?«

»Selbstredend, allerdings mit den Solisti Veneti! Wir Veneter sind stolz auf diese Villa. ›Königspalast‹ hieß sie einst. Hier haben die unübertroffensten, rauschendsten Feste des siebzehnten und achtzehnten

---

* Villen-Palast

Jahrhunderts stattgefunden. Allerdings war der Niedergang bereits eingeleitet. Wir im Veneto hatten im sechzehnten Jahrhundert dagegen unser goldenes Zeitalter.«

»Wir Veneter?«, zog sie ihn auf. »Ich denke, du bist Padovaner?«

»Als Padovaner fühle ich mich, wenn von der Giotto-Kapelle die Rede ist; als Veneter bei Vivaldi. Und wenn von der *villegiatura,* der venezianischen Villenkultur und von Italien als dem kulturellen Nabel der Welt gesprochen wird, bin ich Italiener; und wenn von der abendländischen Kultur gesprochen wird, fühle ich mich selbstverständlich als Europäer!«

»Ach, das ist ja sehr bequem! Du suchst dir überall das Beste heraus und ordnest dich da ein. Und das gilt wohl auch umgekehrt, nicht? Wenn von den Schrecken der europäischen Kolonialherrschaft gesprochen wird, dann bist du selbstverständlich nicht mehr Europäer, sondern Italiener. Und wenn von der Mafia oder den Übergriffen italienischer Soldaten in Somalia die Rede ist, dann bist du Veneter, aber keinesfalls Italiener. Und wenn die Dekadenz und der Zerfall Venezias zur Sprache kommen, das Verschleudern des Kulturerbes der Unesco und die Touristenausbeutung, dann, ja dann bist du selbstverständlich Padovaner.«

»*Si, bella,* und wenn ich dich anschaue und mit dir zusammen sein kann, bin ich weder Italiener noch Padovaner, sondern einfach nur …«, er sah ihr tief in die Augen, »… ein Mann!«

Sie errötete tief, und unter den Klängen Vivaldis verließen sie im gemeinsamen Schweigen die Villa.

Treviso

Erasmo Saccardos Villa lag etwas außerhalb von Treviso an der Straße nach Castelfranco. Vor einigen Jahren hatte er sie in stark verwahrlostem Zustand billig gekauft und sie und den Park wieder herrichten lassen. Das Gebäude stammte in seinen wesentlichen Teilen aus dem 19. Jahrhundert, sehr verspielt und völlig anders als die herberen Renaissancevillen. Der Park, auch hier im englischen Stil angelegt, ließ Julia innerlich die Nase rümpfen, er ergänzte das Haus nicht, sondern machte ihm Konkurrenz.

Villa und Haus wirkten sehr gepflegt und sahen nach viel Geld aus, das Erasmo als angesehener Anwalt und seine Frau als Maklerin reichlich verdienten. Außerdem standen ihm neuerdings auch noch Einnahmen aus dem Farfallone zu, und wenn er dann noch als Syndikats–Gattamelata Einkünfte hatte, konnte er sich neben dieser Villa noch viel mehr leisten. Und darüber hinaus stammte Angela auch noch aus einer reichen Familie und besaß Vermögen.

Früher, bevor sie diese Villa bezogen hatten, wohnten die Saccardos in

Padova, daher auch die Beziehungen zum TCCP, aber Angela mochte die Stadt nicht und hätte wohl am liebsten direkt in Venezia gewohnt, aber Erasmo bevorzugte Landbesitz, und so war Treviso ein Kompromiss. Roberto wusste um Hintergründe und Vermögen genauestens Bescheid. *La Leonessa* begrüßte sie ohne jegliches Erstaunen. In ihrem cremeweißen Seidenkleid wirkte sie kühl und vornehm. Als Roberto höflich, wenn auch nicht wahrheitsgemäß fragte, wann er *La Tedesca* wieder abholen solle, er habe sie nur vorbeigebracht, weil die Busverbindungen am Sonntag so schlecht seien, bestand Angela darauf, dass er auch zum Tee bleibe. Erasmo, der eben in die Halle trat, stimmte seiner Frau zu, aber Roberto meinte, ein kurzes Zögern an ihm wahrgenommen zu haben, das nur bedeuten konnte, dass ihm Robertos Anwesenheit nicht recht war. Aber als vorzüglicher Gastgeber überspielte er das mit einer Herzlichkeit, die ein wenig zu dick aufgetragen schien.

Für den sonst so überaus korrekt gekleideten Anwalt gab Erasmo sich fast leger. Er trug einen weißen Anzug, ein dunkles Hemd und an Stelle einer Krawatte ein Seidentuch im offenen Hemdkragen, Roberto in seinem hellgrauen Anzug mit dunkelgrauem Hemd und noch dunklerer Krawatte wirkte dagegen formell elegant, allerdings schloss er sein Jackett nur mit einem Knopf. Julia hatte voll Verwunderung gesehen, dass er ein Schulterhalfter trug, in das er seine im Handschuhfach aufbewahrte Dienstwaffe geschoben hatte, bevor sie aus dem Auto gestiegen waren.

Angela bot Julia vor dem Tee einen Rundgang durch Haus und Garten an, während Erasmo sich erkundigte, ob Roberto sich in der Bibliothek seine Schachsammlung ansehen wolle.

»Du interessierst dich doch noch für Schach, Roberto?«

»Aber ja!«

Vor den hohen Glasschränken mit vielen, sicherlich kostbaren Lederbänden standen auf zierlichen barocken Schachtischen vier Schachspiele aus verschiedenen Epochen. Erasmo barst fast vor Besitzerstolz.

Sie standen vor einem chinesischen Schachspiel.

»Neunzehntes Jahrhundert«, bemerkte Emo stolz, »hier daneben eine Rarität aus dem arabischen Raum. Das dritte von den vieren, die ich zur Zeit ausstelle – ich besitze natürlich weitaus mehr –, stammt aus der Staatlichen Porzellanmanufaktur von Meißen, 1927, ein Tierschach namens Frutti di Mare.«

Während die ersten beiden Robertos ungeteilte Bewunderung erregten, meinte er von dem dritten, dass es wohl mehr einen Kuriositäteneffekt habe, und brachte mit dieser Bemerkung Emo dazu, sich über den finanziellen Wert des Spiels auszulassen.

Komisch, dachte Roberto, es ist das erste Mal seit Giulianas Tod, dass ich mit ihm ganz allein privat zusammen bin. Wo ist mein Hass? Wo sind meine Rachegefühle? Was will ich noch? Gerechtigkeit? Oder will ich ihn als den Syndikatsboss mit Verbindung zu den Fangomorden hinter Gitter bringen?

Die Antworten hierzu musste er sich später geben.

»Und hier ein modernes Schachspiel«, fuhr Erasmo fort, »Paolo Wunderlich, ein deutscher Künstler. Der, der auch das Collier und die Ohrringe deiner ständigen Begleiterin kreiert hat. Schau, der Minotaurus als König, ist das nicht ein ästhetischer Genuss?«

»Der Ort des Minotaurus ist das Labyrinth«, antwortete Roberto, ohne auf die Bemerkung über Julia einzugehen. »Wie das Leben. Er kann sich ebenso wenig daraus lösen wie wir.«

»Aber ist er, sind seine Mitfiguren nicht vollkommen?«

»Ist ihre Vollkommenheit nicht Panzer, Maske, Fassade wie dein Haus hier, deine Ehe, dein Leben, Emo?«

Saccardo ignorierte den direkten Angriff.

»Die Bauern finde ich, abgesehen von König und Dame, am gelungensten. Ich stell mir den Sockel als Kopf vor, dann sehe ich darauf die Kopfbedeckung der Jakobiner, sechzehnfach! Zusammen wirken sie wie eine dumpfe, bedrohliche Horde im Gegensatz zu den feingliedrigen Türmen in Form von Obelisken. Oder hast du eine andere Interpretation, Roberto?«

»Ich würde eher sagen, jeder einzelne sieht aus wie ein Ammonit auf einem Sockel.«

»So, Ammoniten siehst du darin?«

»Und du die Jakobiner, den terroristischen Stoßtrupp nach der Französischen Revolution? Du änderst dich nicht, Emo.«

»Und du gibst nie auf, nicht wahr, *marchese rosso*?«

»Nein, Gattamelata, nie!«

Sie musterten sich nicht hasserfüllt, nicht einmal feindselig, nur beide sehr sicher, dass ihr Kampf gegeneinander eine neue Dimension erreicht hatte. Roberto brach schließlich das Schweigen, ihm war es nicht lieb, Julia so lange mit Angela allein zu wissen.

»Wie wäre es jetzt mit einer Tasse Tee?«

»*Ma certo*! Lass uns auf die Terrasse gehen!«

Die Saccardos schwärmten offensichtlich für die britische Teezeremonie, deshalb die Einladung um fünf, ein altes Wedgewood-Teeservice, zwei Teekannen, Zuckerschale und Sahnekännchen aus Silber auf einem großen Tablett aus gleichem Material, *scones* mit Sahne und Erdbeermarmelade, alles *very British* und alles hundertprozentig stilrein. Julia war froh, ihr kurzärmeliges, hellgraues Leinenkostüm und hochhackige Sandaletten zu tragen, die sie vorhin im Auto noch schnell gegen ihre bequemen Sandalen getauscht hatte.

Der Teetisch stand im Schatten hoher, beschnittener Taxushecken, feinstes irisches Leinen mit Madeirastickerei bedeckte ihn, die passenden Servietten dazu verstanden sich von selbst. Eben legte ein Mädchen unauffällig ein weiteres Gedeck auf. Nach der Kühle im Haus herrschten hier draußen fast hochsommerliche Temperaturen, und Julia machte Anstalten, ihre Kostümjacke auszuziehen. Erasmo eilte sofort hinzu und half ihr heraus. Darunter trug sie eine ärmellose Spitzenbluse mit einem tiefen Ausschnitt. Emo bewunderte ihr Dekolleté wohlgefällig. Vor Roberto hatte sie kein Hehl daraus gemacht, dass sie an Designerklamotten, wie sie es nannte, kein Interesse hatte, und ihr Geld nur für Kleidung aus Clementes Second-hand-Quelle ausgab, wobei sie großen Geschmack bewies, wie ihr heutiges Outfit bewies. Wenn Angela das wüsste, dachte Roberto amüsiert und verglich die beiden Frauen miteinander, die eine durchgestylt bis in die langen, dunkelrot lackierten Fingernägel, die jugendfrische Julia dagegen ohne einen Hauch von Makeup, selbst die gestern noch türkisfarben lackierten Fingernägel glänzten ungelackt wieder naturrosa.

Erasmo rückte ihr einen Stuhl zurecht, sie ließ sich nieder, schlug ihre langen, schönen Beine ein wenig provokant übereinander und schenkte ihrem Gastgeber ein Lächeln des Dankes. Ein bisschen erinnerte sie Roberto an die Julia, die er zuerst gemeint hatte, kennengelernt zu haben, nur wusste er jetzt mit Sicherheit, dass ihr damaliges Verhalten genauso gespielt war wie jetzt.

Angela musterte ihren Mann und Julia, wie sie meinte unauffällig, aber Roberto entging nicht ein verachtungsvolles Zucken ihres linken Mundwinkels.

»Ceylon oder Darjeeling?«, fragte sie Julia.

Julia entschied sich ebenso wie Roberto für Ceylontee, und man genoss das Gebäck, den vorzüglichen Tee und die gepflegte Konversation. Die Szene wirkte harmlos und friedlich, aber das war eine Täuschung.

Dass sie Julia bei ihren drei vorangegangenen Begegnungen entweder an die Wand gespielt, sie nicht beachtet und einmal sogar nicht begrüßt hatte, schien Angela völlig vergessen zu haben.

Die Disharmonie zwischen den Eheleuten, die gestern auf dem Sommerabschlussball fast mit Händen zu greifen gewesen war, hatte die Nacht nicht überdauert, hier wurde der schöne Schein aufrechterhalten, und ein sonniger Septembernachmittag schien sich seinem friedlichen Ende entgegen zu neigen. Selbst als Roberto etwas provozierend die Ähnlichkeit von Giulia und seiner Schwester Giuliana ansprach, reagierte Emo gelassen.

»Ja, wirklich, Sie haben ebenso schöne Haare, wie Giuliana Bassner sie hatte.«

Eine perfekte Überleitung zu Angela, fand Julia und sagte arglos, sie habe vergessen, wie die Bezeichnung *La Leonessa* zustande gekommen sei.

»Ach, hat Roberto von alten Zeiten gesprochen? *La Leonessa* hieß ich während der Studentenzeit wegen meiner Löwenmähne. Außerdem ist meine Mutter eine geborene Leonessa, mein Spitzname hat also zwei Ursprünge.«

»Wissen Sie eigentlich, dass Sie eine ganz berühmte padovanische Namensschwester haben?«, fragte Julia. »Giacoma Boccarini di Leonessa, die Frau Gattamelatas?«

Roberto blieb fast das Herz stehen.

Angela verneinte, pardon, Geschichte sei nicht ihr Fach, Erasmo schien angespannt und beobachtete Julia scharf, Roberto gab sich gelassener, als er war. Wenn sie nun auch noch erwähnte, dass Erasmo und der historische Gattamelata die gleichen Vornamen hatten und damit andeutete, dass sie um Robertos Verdacht wusste, konnte das gefährlich werden.

Aber Julia sprach mit einer Begeisterung über die Witwe und den Sohn des berühmten *condottiero*, die dieses wunderschöne Reiterstandbild bei dem berühmten Donatello in Auftrag gegeben hatten, dass Emo sich entspannte, und auch Roberto sie reden ließ.

»Sie müssen wie Löwen dafür gekämpft haben, dass dieses Reiterstandbild vor *Il Santo* aufgestellt wurde«, schloss sie schließlich ihren Vortrag, »die Kirche hatte bestimmt etwas dagegen, einen Krieger vor dem Gotteshaus aufzustellen. Und was ich witzig finde: Er scheint von der Kirche wegzureiten, sein Pferd dreht dem Gotteshaus den Hintern zu.«

Das Gespräch wandte sich nun den Schönheiten der Renaissancebildhauer und Maler zu. Roberto atmete erleichtert auf. Emo konnte ruhig annehmen, dass Roberto ihn für Gattamelata hielt, aber Julia sollte sich bitte heraushalten. Ein absolut unrealistischer Wunsch, wie er wusste.

Trotz der äußerlich harmonischen Teestunde blieb bei Roberto in Gegenwart der Saccardos ein Gefühl der latenten Bedrohung, doch die akute Gefahr spürte er einen Herzschlag zu spät.

Wie aus dem Boden geschossen standen plötzlich im Durchgang zwischen den beiden hohen Hecken, die die Terrasse nach Südwesten abschirmten, zwei bewaffnete, maskierte Männer. Einer richtete eine Maschinenpistole, der andere eine Pistole auf die Teegesellschaft. In einem Italienisch mit stark ausländischem Akzent forderte einer der beiden sie auf, die Hände zu heben.

Kein Zweifel, dachte Roberto, arabische Terroristen, und befolgte wie die anderen ihren Befehl. Rein reflexartig hatte er nur noch den Knopf seines Jacketts öffnen können, aber nun war er den Waffen der beiden ausgeliefert.

Wenn die Saccardos das geplant hatten, musste zumindest Angela eine hervorragende Schauspielerin sein, sosehr sprachen ihre schreckgeweiteten Augen und zitternden Hände dagegen. Emo hatte die Teetasse mit leichtem Klirren abgesetzt, bevor er seine Hände hob, aber zeigten seine Augen nicht einen Schimmer von Befriedigung? Julia war weiß bis unter die Haarwurzeln, aber gefasst, während Angela kurz vor einem hysterischen Ausbruch stand.

Zwischen Roberto und den Arabern befand sich der Teetisch, rechts von ihm saß Emo, links Julia. Die beiden Maskierten befahlen den Frauen aufzustehen und in Richtung Haus zu gehen.

Julia blickte zu Roberto. Als er nickte, erhob sie sich mit Angela und trat vom Tisch zurück. Plötzlich überschlugen sich die Ereignisse.

Der Mann mit der Pistole bewegte sich auf die Frauen zu und verdeckte dabei für einen Moment seinen Komplizen. Genau in diesem Moment brach Angela zusammen. Unwillkürlich blickten alle zu ihr. Roberto nutzte die Chance. Mit der linken Hand und dem zum Aufspringen bereiten linken Knie kippte er den Teetisch in Richtung der Terroristen, mit der rechten zog er gleichzeitig seine Dienstwaffe aus dem Halfter, entsicherte sie dabei und schoss sofort, jede Vorwarnung wäre glatter Selbstmord gewesen.

Seine Schnelligkeit rettete sie genauso wie die Präzision, mit der er traf, den mit der Pistole in den Arm, den mit der Maschinenpistole in die rechte Schulter. Beide Waffen polterten zu Boden und die Männer gaben augenblicklich auf.

»Auf den Bauch!«, befahl Roberto. »Arme und Beine auseinander!«

Während die beiden stöhnend seiner Anweisung Folge leisteten, suchte Roberto schon die Umgebung mit den Augen nach etwaigen Komplizen ab, vorerst zum Glück vergeblich.

Emo saß immer noch auf seinem Stuhl, die Hände halb erhoben und seinen Blick starr in die Ferne gerichtet.

»Emo! Hallo, Emo! Geh ins Haus, ruf die Polizei und eine Ambulanz und für Angela euren Arzt! Hörst du? Polizei, Ambulanz, Arzt!«

Emo erhob sich wie ein Automat, setzte sich in Richtung Haus in Bewegung und befolgte Robertos Befehl. Roberto lauschte nach hinten zum Haus, aber Emo blieb verschwunden. Julia hatte die ohnmächtige Angela in eine stabile Seitenlage gedreht und sie mit leichten Schlägen auf die Wangen vergebens wieder ins Bewusstsein zurückzurufen versucht.

»Ich muss ihnen helfen«, sagte sie und sah zu den beiden reglosen Gestalten auf der Terrasse. Die Schulterwunde des einen blutete stark und es bildete sich eine große Lache Blut.

»Auf gar keinen Fall! Lass sie liegen!«, antwortete Roberto so hart, dass sie erschrak. »Komm zu mir, hier haben wir die Hecke im Rücken, aber pass auf, dass du mir nicht in die Schusslinie gerätst!«

Im Grunde beneidete er sie um ihre Arglosigkeit, die ein Resultat ihres Weltbildes von Fairness, Vertrauen und Gutgläubigkeit war. Aber den Gegner in dieser ungeklärten Situation fair zu behandeln, konnte tödlich sein. Julias Sicherheit hatte Vorrang.

Er sah, wie seine Härte sie erschreckte, aber sie gehorchte widerspruchslos.

»Giulia, ich kann kein Risiko eingehen! Ich weiß nicht, welche Waffen sie noch haben. Jedenfalls kann ich nur hoffen, dass sie allein waren.«

»Aber der eine verblutet vielleicht!«

»Mir ist dein und mein Leben im Augenblick wichtiger, sogar Gattamelatas! Es war ihr Risiko, und sie haben verloren. Uns hätten sie nicht geschont. Also warten wir, bis die Polizei kommt!«

Als sie nicht widersprach, atmete Roberto erleichtert durch.

Commissario Macchioni wunderte sich, seinen Kollegen aus Padova wieder in seinem Bezirk zu finden. Man hatte ihn sofort informiert, nachdem Dr. Saccardo einen Überfall durch Terroristen gemeldet hatte.

Bei der Untersuchung der Verwundeten fand man zwei Messer, eine weitere Pistole und zwei Handgranaten. Erst im Anschluss durften der Notarzt und die Sanitäter die Verletzten versorgen. Angela wurde ins Haus getragen, Julia begleitete sie. Nach einem Blick auf die sichergestellten Waffen, gab sie Roberto jetzt im Stillen recht.

Die Ambulanz fuhr mit Polizeibegleitung ab. Die beiden Kommissare blieben auf der Terrasse. Während Macchionis Leute das Gelände und das Haus durchsuchten, erstattete Roberto seinem Kollegen ausführlich Bericht.

»Die Entführungen Prominenter oder ihrer Angehörigen nehmen wieder zu, nachdem jahrelang Ruhe geherrscht hat«, beklagte der Trevisaner, »eine neue Welle von Terrorismus rollt auf uns zu. Wir werden schon herausbekommen, wem der Anschlag galt, *dottor* Saccardo oder der *dottoressa*. Was für ein Glück für die beiden, dass ausgerechnet Sie zufällig in der Nähe waren!«

Er ging zu seinen Leuten. Emo kam aus dem Haus und bedankte sich für Robertos selbstloses Eingreifen, das seine oder die Entführung seiner Frau verhindert habe.

»Dafür zahlst du doch deine Steuern«, bemerkte Roberto und wurde durch die Meldung unterbrochen, dass ein BMW der vermutlichen Terroristen mit Mailänder Kennzeichen entdeckt worden sei, keine Papiere, aber ein Waffenlager im Kofferraum.

Als man den beiden ihre Vermummung abgezogen hatte, bestätigte sich Robertos Verdacht, dass es sich um Araber handeln müsse. Die beiden schwiegen eisern. Und das würde sich in absehbarer Zeit vermutlich auch nicht ändern.

Nachdem die Polizei aus Treviso sich verabschiedet hatte, trat Emo mit leicht glasigem Blick und mit einem großen Glas Whiskey aus dem Haus, dabei besaß er, was harte Getränke anbetraf, eigentlich eine enorme Kondition.

»Giu … Giulia, deine ständige Begleiterin, kommt gleich. Sie ist übrigens eine besonders reizende junge Dame!«

Langsam aber sicher gingen Roberto Emo und sein Umfeld auf die Nerven, die ganze Entführungsgeschichte stank wie ein fünf Tage alter toter Hase. Bis jetzt war der Beginn der Schlacht für ihn günstig verlaufen, aber von einem Sieg konnte noch nicht die Rede sein. Er hatte den *condottiero* zwar nicht aus dem Sattel gehoben, aber ganz sicher saß der auch nicht mehr drin.

Roccolo – Colli Euganei

Schweigend fuhren Roberto und Julia auf der *autostrada* mit dem Beinamen *Serenissima* in Richtung Padova. Für ihn stand fest, dass die Saccardos Julia ursprünglich allein einladen und sie anschließend entführen lassen wollten. Angela hatte noch nie in ihrem Leben jemanden spontan eingeladen, und ihn hatten sie kunstgerecht ausgeschaltet, dessen war er sich sicher. Seit zwei Jahren hatte er kein Spiel mehr gepfiffen, und ausgerechnet an diesem Sonntag sollte er für einen Kollegen, der zufällig einen Unfall erlitten hatte, als Schiedsrichter einspringen, und das auch noch zufällig weit im Süden von Padova, während Treviso oben im Nordosten lag!

Wenn allerdings Julia gar nicht gemeint gewesen war und Macchioni Recht hätte? Er musste das nachprüfen, und zwar in Rovigo.

»Als du mit Angela durch das Haus und den Garten gegangen bist, hat sie da mit irgendjemandem gesprochen oder telefoniert?«

»Nur mit dem Mädchen, das ein Gedeck mehr auflegen sollte, sonst mit niemandem; wir waren die ganze Zeit zusammen. Warum fragst du, Ro?«

»Ach, mir geht so einiges durch den Kopf. Hast du deine Angst inzwischen überwunden?«

Sie war die Gelassenheit in Person gewesen, hatte Angela wie ein Profi betreut und ihn seinen Job machen lassen, ohne auch nur einmal seine Aufmerksamkeit auf sich zu ziehen.

»Angst? Wieso Angst? Du warst doch da, und dann ging alles so schnell, dass ich gar keine Zeit hatte, Angst zu haben. Aber wenn ich jetzt darüber nachdenke, was alles hätte passieren können, läuft es mir kalt den Rücken runter. Und«, sie zögerte ein wenig, »ein bisschen graut es mir vor dem großen, einsamen *Ca' Rosso*.«

»Ihr habt so ein schönes deutsches Sprichwort: ›Essen und Trinken hält Leib und Seele zusammen.‹ Wollen wir den aufregenden Tag damit in den Colli Euganei beschließen?

»Gern. Ich dachte nur, du müsstest in die *questura*.«

»Das hat Zeit bis morgen.«

Sie umfuhren Padova auf der Autobahntangente und verließen die *autostrada* bei der Abfahrt Terme Euganee. Es dämmerte schon leicht, als sie in Galzignano abbogen und die Serpentinen bis zur Passhöhe Roccolo fuhren. Dort oben befand sich das gleichnamige Restaurant, die Prociutteria Roccolo, von der man inklusive der ausgezeichneten padovanischen Küche einen überwältigenden Blick auf die Ebene und die nördlichen Hügel genießen konnte.

Der Tisch an der Brüstung der Terrasse garantierte einen herrlichen Ausblick auf die nach und nach im Tal aufleuchtenden Lichter.

Roberto blieb bei seiner Abneigung gegen *pasta*, entschied sich für eine traditionelle Suppe mit weißen Bohnen und frischen euganeischen Waldpilzen und ermutigte Julia, einen geraspelten Salat aus frischen *porcini* und dazu luftgetrockneten Schinken zu probieren, er wusste um ihre Vorliebe für Steinpilze. Langsam fiel die Nervenanspannung von ihnen ab, unterstützt durch eine Karaffe glutroten *vino della casa*. Julias Blässe wich einer durch den Wein hervorgerufenen Röte, und auch Robertos Puls ging wieder gegen normal.

Beim geschmorten Pilzhähnchen konnte Julia über das Abenteuer schon wieder lachen und stippte mit der *polenta gialla* auch noch den letzten Tropfen der Soße auf, und bei einem großen Becher mit Eis und Früchten entspannte sie sich vollends.

Sie spürten die Kühle des Abends, Roberto bestellte zwei *caffè lunghi* und ging telefonieren, aber in Gattamelatas Villa nahm keiner ab. Als er zum Tisch zurückkehrte, war Julias Platz leer, ihre Handtasche baumelte noch am Stuhl, aber die Autoschlüssel lagen nicht mehr auf dem Tisch, sicher wollte sie ihre Jacke holen.

Ein unbestimmbares, aber starkes Gefühl der Gefahr ließ Roberto an den irritiert aufblickenden Gästen vorbei zum Parkplatz laufen, der ein Stück entfernt lag, nur äußerst schwach beleuchtet, von Bäumen umstanden und vom Restaurant nicht einzusehen war.

Als er die Restauranteinfahrt passierte, hörte er keuchende Geräusche miteinander ringender Menschen im Halbdunkel neben seinem Auto. Gleichzeitig versuchte eine andere Person, sein Auto zu starten, sie mussten Julia die Schlüssel abgenommen haben. Im Näherkommen erkannte er einen in schwarzer Lederkleidung steckenden Mann, der versuchte,

Julia ins Auto zu ziehen. Sie wehrte sich mit Händen und Füßen, war aber auf Dauer gegen ihn chancenlos. Der andere, in silbergrauer Lederkleidung, probierte erneut, den Wagen anzulassen, aber als er Roberto heranstürmen sah, stieß er einen Warnruf aus. Sein Komplize ließ von Julia ab, und beide Männer griffen sofort und ohne zu zögern an.

Roberto verfluchte seinen Leichtsinn. Mithilfe seiner Dienstpistole hätte er den Kampf von vornherein für sich entscheiden können, aber die hatte er wieder im Handschuhfach deponiert, nicht ahnend, dass er sie an diesem Abend noch dringend brauchen würde. Während er sich der beiden zu erwehren suchte, hoffte er, dass Julia zum Restaurant zurückliefe, aber sie blieb wie angewurzelt neben dem Auto stehen.

Es war von Anfang an ein ungleicher Kampf. Roberto schlug und trat um sich, aber schon gleich traf der Silberne ihn mit der Faust am Jochbein, Roberto gelang es zwar, ihn mit einem Hieb in den Magen zu Boden zu schicken, doch nun hörte er, wie ein Messer einschnappte. Der Schwarzgekleidete umtänzelte ihn, stach mehrmals nach ihm und schlitzte ihm den Anzugärmel auf, bevor ein Handkantenschlag auf den Unterarm ihn entwaffnete. Das Messer fiel irgendwo in der Dunkelheit klirrend zu Boden. Die unmittelbare Gefahr schien vorüber, dachte er.

»Vorsicht!«, schrie Giulia.

Er duckte sich instinktiv. Ein dicker Ast sauste über ihm ins Leere. Im Umdrehen holte er aus und setzte dem Silbernen die Faust mitten ins Gesicht, die Fingerknöchel schmerzten höllisch, aber der Tritt, der ihn im Rücken traf und in den Staub zwang, verursachte größere Schmerzen. Roberto rollte sich rechtzeitig zur Seite. Der Schwarze, der sich auf ihn werfen wollte, krachte neben ihm zu Boden. Als Roberto wieder auf die Füße kam, umklammerte der Silberne ihn von hinten. Inzwischen stand der Schwarze ebenfalls wieder auf seinen Beinen und vollendete, was sein Komplize eingeleitet hatte. Die Tritte in den Magen und in die Rippen konnte Roberto nicht mehr abwehren und auch die auf ihn niederprasselnden Faustschläge nicht. Selbst Julias Eingreifen rettete ihn nicht mehr, sie traktierte den Schwarzen von hinten mit dem dicken Ast, wurde aber mit einem einzigen Schlag beiseite geschoben.

Als ein dritter Motorradfahrer auftauchte, verlor Julia alle Hoffnung, doch zu ihrer grenzenlosen Überraschung ließen die Angreifer von dem am Boden liegenden Roberto ab, schwangen sich beide auf das vor seinem Auto abgestellte Motorrad, der Motor röhrte auf, und sie suchten das Weite.

»Alles okay, *La Tedesca*?«, hörte sie Lucianos vertraute Stimme.

»Mit mir schon, aber sehen wir nach dem *commissario*!«

»Dazu brauchst du mich nicht«, sagte Luciano. »Man sieht sich! *Ciao, La Tedesca!*«

Er gab Gas und fuhr hinter den Flüchtenden her, Julia sah ihm verblüfft nach. Was war los mit den beiden Männern?
Der *commissario* versuchte auf die Knie zu kommen und sog die frische Abendluft tief ein. Vom Restaurant her rannten zwei Kellner mit Baseballschlägern in den Händen auf sie zu und wollten helfen, wenn auch verspätet.
»Die Überfälle auf den Parkplätzen hier in den Colli nehmen wieder stark zu, nicht zu reden von den Autoaufbrüchen, besonders an den Wochenenden«, sagte der eine erklärend und setzte, seine Landsleute beschützend hinzu, »immer diese Banden aus Osteuropa!«
Währenddessen half der andere Kellner Roberto auf die Beine.
»Danke, es geht schon wieder.«
Er klopfte sich den Staub von Hose und Jackett und stellte fest, dass er so nicht mehr ins Lokal zurückkehren konnte, ohne die anderen Gäste zu schockieren. Ein Ärmel hing nur noch am Futter, der andere war aufgeschlitzt, sein rechtes Hosenbein hatte einen Riss, sein linkes ein Loch, seine Hemdknöpfe waren abgeplatzt, und alles war überpudert vom Staub des Parkplatzes. Er bat Julia, mit den beiden Kellnern ins Lokal zurückzugehen und die Rechnung zu begleichen.
»Kann ich mich denn so sehen lassen?«
Ihre Bluse wies lediglich eine geplatzte Naht auf, und ihre hochgesteckten Haare hatten sich gelöst.
»Zieh die Jacke über«, schlug er vor und lehnte sich ans Auto, »ihretwegen sind wir ja schließlich in diese Lage gekommen.«
Erleichtert registrierte sie, dass er schon wieder spotten konnte, und machte sich mit den immer noch aufgeregt gestikulierenden Kellnern auf den Weg.
Zorn stieg in ihm hoch, er war sich zu sicher gewesen, den Beginn der Schlacht schon für sich entschieden zu haben. Gattamelata hatte schnell reagiert, sein Umgehungsangriff war plötzlich und unerwartet erfolgt; denn dass er auch hinter dem zweiten Entführungsversuch stand, hielt Roberto für sicher.
Nach kurzer Zeit kehrte Julia zurück, und er bat sie, zu fahren.
»Also doch nicht alles in Ordnung?«, fragte sie. »Ich sollte dich zur Ambulanz in ein *ospedale* bringen!«
»Um diese Nachtzeit? Da sitze ich ja Stunden! Es ist wirklich nicht so schlimm!«
Vorsichtig fuhr sie die Serpentinen nach Torreglia Alta hinunter.
»Ro?«
»Was ist?«
»Darf ich mit zu dir kommen, ich fürchte mich nun doch allein im *Ca' Rosso*.«

»Pass auf, *ragazza*, ich komme mit ins *Ca' Rosso*. Dann setzen wir uns gemütlich vor den Kamin und reden noch ein bisschen …«

» … und ich schau mir deine Verletzungen an!«

»Halb so schlimm, aber wenn du meinst.«

Der alte Pietro lag zum Glück schon im Bett, so konnte er über Robertos Anblick nicht erschrecken, dafür Julia im Licht der Halle umso mehr.

»Du solltest wirklich …«

»*Bagatelle*«, wiegelte er ab, »koch uns einen Kaffee, ich dusche inzwischen, und anschließend kannst du mich dann verarzten!«

Sie suchte nach den restlichen Medikamenten und Salben von ihrem Unfall im Frühling, und als Roberto in einem uralten Bademantel in der Halle erschien, um den Kaffee zu trinken, nötigte sie ihn auf das Sofa vor dem Kamin und untersuchte seine verschiedenen Verletzungen. Die aufgeplatzte Haut über dem Jochbein und der Kratzer im Unterarm wurden mit einer orangefarbenen Desinfektionslösung bepinselt, was sein Aussehen zugegebenermaßen nicht gerade verschönerte; sie betastete seine Rippen und bat ihn, tief zu atmen, und als er auf Nachfrage über keine stechenden Schmerzen beim Atmen klagte, nickte sie befriedigt und legte ihm einen Salbenverband an, strich kühlendes Gel auf den sich andeutenden Bluterguss am Schienbein und versah sein zuschwellendes rechtes Auge mit einem Eisbeutel.

»Du solltest Medizin studieren und nicht Kunstgeschichte! Oder hat man das Talent als Arzttochter im Blut?«

Bevor sie antworten konnte, klingelte das Telefon. Bei allem, was sie Roberto über sich und ihre Familie erzählt hatte, war nie der Name der medizinischen Fakultät erwähnt worden, sodass Roberto nach wie vor davon ausgehen musste, dass Kunst ihr Fach gewesen war.

Umberto war am Apparat und wollte wissen, wo Roberto sei, sein Typ würde in der *questura* verlangt, und er erfuhr, dass Roberto im *Ca' Rosso* läge.

Läge?

Ja, er sei ziemlich angeschlagen.

»Ich komme!«

»Dann bring ihm was zum Anziehen mit!«

Als sie Umberto einließ, starrte er den auf der Couch vor dem Kaminplatz liegenden Roberto völlig entgeistert an.

»*Al diavolo*! So hast du ja noch nie ausgesehen! Das gibt Ärger mit dem Alten, sag ich dir! Sein *marchese* hat sich geprügelt? Das darf doch nicht wahr sein, er möchte doch, dass wir ausschließlich mit unserer Intelligenz und nicht mit den Fäusten arbeiten! Hat er sich vielleicht um dich geschlagen, Giulietta?«

»Er hat mich heute zweimal vor einer Entführung gerettet«, sagte sie ernst.

»Na«, grinste Umberto, »dann wirst du dich vor Heldenverehrung nicht mehr retten können, Roberto! Welches Theaterstück haben sie denn gespielt, den Raub der Sabinerinnen?«

»Spotte nur!«

Roberto zog das mitgebrachte Hemd und die Jeans an.

»Dass du gut schießt, hat dir heute wohl geholfen, aber beim Boxen fehlen dir sicherlich ein paar Trainingsstunden.«

»O ja, er hat bewundernswert gut geschossen beim ersten Überfall. Und beim zweiten waren es zwei, die ihn angegriffen haben!«, verteidigte ihn Julia.

»Nun, ja, Giulietta, ich will seine Verdienste ja auch gar nicht schmälern! Aber mal im Ernst, was war los heute? Der Alte rotierte wie ein Ventilator, als die Meldung von der Schießerei in Treviso hereinkam. Er war zufällig im Büro, und ich Unglücksrabe hatte Sonntagsdienst. *Dio mio*, hat der mich rund gemacht, als ich ihm erzählte, du schiedsrichterst eigentlich in Rovigo. Wieso du dann in eine Schießerei in Treviso verwickelt seist? Du hättest mich wenigstens kurz anrufen können, ich stand da wie der totale Vollidiot! Aber jetzt berichtet!«

»Zu viel Zufälle«, gab Umberto seinem Freund Recht, »ich höre mich mal für dich in Rovigo um, mein Schwager arbeitet dort, dass heißt, *wenn* er arbeitet. Ginas Schwester hat nicht gerade das große Los gezogen!«

Julia erschien mit einer halb vollen Grappaflasche und Gläsern, aber nun, da es für sie nichts mehr zu helfen gab, forderten die Ereignisse des Tages ihren Tribut. Ihre Finger begannen zu zittern. Umberto nahm ihr die Flasche ab. Roberto bedeutete Julia, sich neben ihn zu setzen.

»Drei Überfälle an einem Tag, das alles war ein bisschen zu viel, *vero*?«

»Drei?«

»Erst ein Terroristenüberfall, dann ein Raubüberfall und nun Umbertos Überfall.«

Er legte einen Arm um ihre Schultern und strich ihr über die Haare, ihre Zähne schlugen leicht aufeinander.

»Entweder zieht *La Tedesca* die Gewalt an oder du«, Umberto sah sie besorgt an, »aber zusammen seid ihr eine Sprengladung!«

Sie tranken auf ihr gemeinsames Wohl. Der Grappa floss feurig durch Robertos Speiseröhre, und mit Julia im Arm breitete sich Wärme in ihm aus.

»Bevor ich es vergesse«, Umberto stellte sein Glas weg, »der Alte möchte dich morgen früh Punkt neun sehen, aber wenn ich du wäre, ließe ich mich krank schreiben.«

»*Ma che*! Wenn Luciano da gewesen wäre, hätte alles einen ganz anderen Verlauf genommen!«

»Aber er war am Roccolo! Deswegen sind die beiden Motorradrowdys doch abgehauen! Und ich glaube sogar, es waren die beiden selben *teppisti**, vor denen Luciano mich und Nino in der Bar 2000+2 gerettet hat.«

»Kannst du das beschwören?«, fragten beide Männer gleichzeitig.

»Nein, ich konnte ihre Gesichter damals nur halb sehen, weil sie so ein rotweiß gewürfeltes Tuch mit Fransen vor ihr Gesicht gezogen hatten, und heute trugen sie Skimützen mit Augenschlitzen. Aber ihre Motorradanzüge waren die gleichen, *Il Nero* und *Il Argenteo*.«

»So«, sagte Roberto nach einer Weile nachdenklich, »Luciano ist uns also gefolgt. Und dann hat er die beiden verfolgt, als er sah, dass mit uns alles okay war?«

»Genau! Was ist eigentlich los mit ihm? Er hatte einen Arm in Gips«, fragte Julia neugierig.

»Das ist eine andere Geschichte, das führt heute zu weit.«

Roberto ärgerte sich, dass er Luciano überhaupt erwähnt hatte, und noch mehr, dass ihm seine Anwesenheit am Roccolo entgangen war.

Die beiden Männer sprachen die Tagesereignisse noch einmal durch, drehten und wendeten jedes Detail, aber außer Hypothesen kam nichts zustande.

»Schau dir Giulietta an! Jung müsste man sein und in jeder Lebenslage schlafen können!«

Ihr Kopf lag an Robertos Schulter gelehnt, und das Gespräch der Männer hinderte sie nicht, tief und ruhig zu schlafen. Sie wachte auch nicht auf, als Roberto ihre Beine anhob, sie auf die Couch legte und zudeckte.

Padova

Roberto stand neben dem Palmenhaus, das über der gigantischen *Chamaerops humilis*, der etwa vierhundert Jahre alten *palma di Goethe* gebaut worden war, und sah ärgerlich auf Julia. Er trug seit Montag eine sein blaues Auge verdeckende Sonnenbrille, sonst erinnerte nicht viel an den Überfall, Julia hatte mit ihrer Ersten Hilfe ganze Arbeit geleistet.

»Warum kommt er nicht selbst? Das ist eine Sache zwischen ihm und mir, warum zieht er dich hinein?«

»Er kam heute früh ins *Ca' Rosso* und hat mich um Vermittlung gebeten. Es ist ihm sehr ernst. Er hatte Bedenken, dass du ihn nicht anhören würdest.«

---

* Rowdies

Julia blieb trotz seines aggressiven Tones friedfertig, seine Laune war seit letztem Sonntag denkbar schlecht. Wahrscheinlich ärgert er sich, dass die *Tre Condottieri* erneut die Initiative ergriffen hatten, aber sie hütete sich, das zu sagen.

»So, hatte er. Also, was sollst du mir ausrichten?«

»Es täte ihm leid, dich so angeschrien und das Messer in der Wunde herumgedreht zu haben. Jeder könne mal eine Fehlentscheidung treffen, ohne dass seine Freunde ihm das vorhalten dürften. Ich weiß zwar nicht, worum es geht, und er wollte es mir auch nicht sagen.«

»Es ging um den ersten Trevisoeinsatz. Luciano wollte, dass ich dich vorher informiere, ich lehnte ab. Und er bekam recht!«

Robertos Erklärung konnte dürftiger nicht sein, aber Julia beharrte auf keiner längeren, kannte sie doch Robertos Hadern mit sich selbst.

»Aber das hast du ihm natürlich nicht gesagt.«

»Ich habe den Vorgesetzten herausgekehrt und ihn hinausgeworfen. Doch dass er so beleidigt reagiert und für Wochen ausfällt, geht zu weit!«

»Er wird für mindestens ein halbes Jahr ausfallen«, Julia formulierte ganz vorsichtig, wusste aber im Voraus, dass er mimosenhaft reagieren würde, ganz egal, wie diplomatisch sie Lucianos Absichten weiterleitete, »er hat anderweitige Verpflichtungen übernommen.«

»Ach ja? Dann kannst du mich sicher aufklären!«

Um Sachlichkeit bemüht setzte sie Roberto auseinander, dass Luciano sich Sorgen um den afrikanischen Teil seiner Familie machte. Seine Mutter lebte in einem kleinen, von feindlichen Stämmen umgebenen zentralafrikanischen Stamm im Rückzugsgebiet des Regenwaldes. Während seines letzten Urlaubs waren offene Feindseligkeiten ausgebrochen, die kurzfristig beigelegt wurden, aber nun hatte der Stamm ihn um Hilfe gebeten, die er nicht verweigern wolle.

»Ich soll dir diesen Brief von ihm geben, ich glaube, es ist sein Entlassungsgesuch«, Julia kramte in ihrer Umhängetasche und holte einen Umschlag heraus. »Ich soll dir dazu sagen, er käme sicher zurück, wenn du ihn wieder haben wolltest, vielleicht in sechs Monaten, vielleicht in einem Jahr. Und er hat gesagt, er wolle keinen Urlaub, sondern seine Entlassung, weil er mit Waffengeschäften zu tun bekäme, und es solle kein Schatten auf dich als seinen Chef fallen.«

»So ein Selbstmörder!«, Roberto nahm den Brief. »Natürlich will ich ihn wieder haben, er fehlt mir jetzt schon! Richte ihm das aus!«

Trotzdem merkte Julia ihm an, dass er durch die Tatsache, dass Luciano den Weg über sie gewählt hatte, verärgert war. Abrupt wechselte er das Thema.

»Ach, hast du nächsten Montag Zeit, mit mir essen zu gehen?«, fragte er schroff. »Ich habe Geburtstag.«

Die *marchesa* hatte ihr ans Herz gelegt, den Geburtstag ihres Sohnes während ihrer Abwesenheit gebührend zu feiern, und so hatte Julia mit den Tamassias einen Plan ausgetüftelt, der ins Wasser zu fallen drohte, wenn sie jetzt Robertos Einladung annahm. Und so sagte sie schweren Herzens und wohl wissend, dass er in seiner augenblicklichen Gemütslage verletzt reagieren würde, dass es ihr leid täte, sie habe schon eine Einladung und sei mit einem Freund von Clemente zum Essen verabredet.

»Auch gut«, sagte er kurz.

Er begleitete Julia ohne ein weiteres Wort zum *Ca' Rosso* zurück.

Die nächsten Tage ließ er sich nicht blicken, ein Polizist holte sie morgens ab und brachte sie nach dem Sprachschulunterricht zurück ins *Ca' Rosso*. Die übrige Zeit verbrachte sie im Garten des Hauses, der zwar schon um einiges besser aussah, aber noch viel Pflege brauchte, wie auch der alte Pietro, der nach seinem Waffenstillstandsangebot mit ihr inzwischen Frieden geschlossen hatte und sogar manchmal das Gespräch suchte. Sie besorgte ihm schmerzlindernde Salben für seine gichtgeplagten Glieder, sorgte dafür, dass er regelmäßig seine Medikamente nahm und erfuhr allmählich, welches seine Lieblingsgerichte waren.

Vergnügt berichteten die Tamassias Julia, dass Roberto nach anfänglichem Widerstreben eine Einladung von ihnen zum Geburtstagsessen angenommen habe und seit Tagen schlechter Laune sei. Gemeinsam mit Julia verbrachten sie einen feuchtfröhlichen Abend bei den Zanellas in Torreglia, die sich auf Anhieb mit den Tamassias verstanden. Spät in der Nacht fuhren sie zurück nach Padova, das Auto beladen mit Wein von Pasquale und jeder Menge Leckereien von *mamma* als Geburtstagsgeschenk für Roberto.

Neugierig blickte Gina ihrer Freundin beim Vorbereiten des Festmahls über die Schulter und wunderte sich immer wieder, woher Julia so viele Küchengeheimnisse kannte und wie geschickt und strategisch perfekt sie das Menü vorbereitete, aber auch, wie Julia es in kürzester Zeit schaffte, die Küche wie ein Schlachtfeld aussehen zu lassen, doch wundersamerweise trotzdem alles fand, was sie brauchte.

Umberto als Computerfreak wurde damit beauftragt, eine Speisekarte zu entwerfen und zu drucken, Gina putzte das Familiensilber und deckte den Tisch mit einer alten, auf Burano gefertigten Spitzendecke, und kurz bevor sie den sicherlich wieder überpünktlich erscheinenden Roberto erwarteten, stellte Julia ein eigens angefertigtes Blumenarrangement mit blassrosafarbenen Rosen und Efeu aus dem Garten des *Ca' Rosso* auf die festlich gedeckte Tafel.

Als es an der Tür klingelte, zündete Umberto die Kerzen an und Julia verschwand in der Küche, ließ aber die Tür leicht angelehnt. Gina beglückwünschte Roberto als Erste und meinte nach seinem überraschten Blick auf den festlich gedeckten Tisch, dass es heute Fertiggerichte mit Familiensilber gäbe, und zog sich kichernd zu Julia in die Küche zurück, während ihr Mann als Aperitif einen Cynar auf Eis mit Roberto trank.

Gina trug ein großes Holzbrett mit Schinken aus Montagnana auf, den sie von den Zanellas ebenso wie die in Öl oder Essig eingelegten Gemüse mitgebracht hatten, und stellte das von Julia frisch gebackene Kräuterbrot mit Oliven dazu.

»Meine Güte, Gina«, sagte Roberto bewundernd, »du hast dich heute selbst übertroffen.«

»Ich nicht«, sie konnte ihre Heiterkeit kaum verbergen, »ich weiß wohl, dass du kein Freund meiner Fertiggerichte bist. So habe ich heute für dich kochen lassen!«

Sie setzten sich, Roberto mit dem Rücken zur Küchentür, und so sah er Julia erst, als sie mit dem von brennenden Kerzen umgebenen Geburtstagskuchen neben ihm stand.

»Die Köchin gratuliert.«

Verblüffung malte sich auf seinem Gesicht, er öffnete den Mund, brachte aber keine passende Erwiderung heraus. Er stand auf, nahm den Kuchen mit den Kerzen in Empfang, und noch immer fehlten ihm die Worte.

»Auspusten, hinstellen und dem Küchenpersonal danken!«, befahl Umberto. »Was ist los mit dir? Du bist doch sonst ein Mann von Welt!«

Folgsam kam er der Aufforderung nach, Julia legte ihm die Arme um den Hals und küsste ihn.

»Du kleine Hexe«, sagte Roberto mit ganz viel Wärme in der Stimme, »Freund von Clemente? Du lügst ganz schön!«

»Kein unwahres Wort!«, protestierte sie. »Du bist doch ein Freund von Clemente, oder?«

Nun küsste er sie, und erst Umbertos Räuspern ließ sie auseinander fahren. Die Überraschung war vollkommen gelungen, und es dauerte einige Zeit, bis Roberto seiner Rührung Herr wurde und das Glas erhob.

»Es ist das erste Mal seit zwanzig Jahren, dass jemand sich die Mühe gemacht hat, mir einen Geburtstagskuchen zu backen und eine Feier für mich auszurichten. Ich danke euch allen dreien! Auf euer Wohl!«

»Auf deines!«

Das Festmahl, das Julia in allen Einzelheiten mit *mamma* besprochen und geplant hatte, nahm seinen ungetrübten Verlauf. Natürlich gab es statt *pasta* ein *risotto* mit frischen Pilzen und geriebenen Trüffeln, danach Wachteln mit Pfifferlingen und als Höhepunkt rosa gebratene Entenbrust mit gegrillten *porcini*.

Eine Auswahl extra leckerer Käsesorten, am Morgen frisch aus der Markthalle geholt, ebenso wie die drei Pilzsorten, leitete über zum Dessert, einer frisch geschlagenen *zabaglione* über frischen Früchten, und während des ganzen Essens unterhielten sie sich über die Vorzüge der italienischen Küche, denn nichts ist anregender, als bei einem guten Essen über gutes Essen zu reden.

»So, jetzt zeige ich euch, wie emanzipiert italienische Männer sind«, sagte Umberto nach dem Espresso, »Gina und ich gehen spülen, und ihr setzt euch auf den Balkon.«

Da stand auch Julias Geschenk, ein detaillierter Entwurf für den Garten des *Ca' Vecchia* Brandolin, den sie hatte rahmen lassen.

Roberto holte die Pfeife aus seiner Wohnung, die brauchte er nach dem Schock des heutigen Abends dringend, meinte er, und schenkte für Julia und sich ein Glas perlenden *moscato* aus den Euganeischen Hügeln ein.

»Du hast die Gabe, andere glücklich zu machen, Giuli«, er gebrauchte zum ersten Mal seine ganz persönliche Abkürzung für ihren Namen, »hoffentlich findest du einmal den Mann, der dich glücklich macht.«

Den habe ich schon gefunden, dachte sie und ließ sich wenig brüderlich von ihm küssen. Sie schwiegen einträchtig und sahen auf die Stadtmauer und die erleuchtete Stadt. Nach einer langen Pause, in der Roberto seine Pfeife zweimal nachgestopft hatte, legte er sie beiseite.

»Wenn ich dich jetzt fragte, ob du nachher noch mit zu mir kämst, was würdest du mir dann antworten?«

Er ließ ihr keine Chance für eine Antwort, sondern küsste sie mit einer fordernden Leidenschaft, die sie völlig überrumpelte und ihr das Blut aus dem Kopf weichen ließ. Bilder der Erinnerung an die beiden Nächte im Hotel mit Robert Tauber drängten sich vor ihr inneres Auge, und sie blieb wie erstarrt sitzen. Er merkte, dass etwas nicht in Ordnung war, und gab sie sofort frei. Sie ärgerte sich schrecklich über sich selbst und ihre Reaktion und sagte ganz leise:

»Mein Kopf will es heute schon, aber …«

Er nahm die Pfeife, klopfte sie umständlich aus und legte sie wieder hin.

»Immer noch Erinnerungen an *colombo*?«

Seiner Stimme fehlte jede Emotion, und Julia hatte Angst, er könne meinen, sie habe immer noch etwas übrig für den Deutschen, dabei fing sie an, ihn förmlich zu hassen, weil er ihr Leben immer noch beeinflusste.

»Nicht, so wie du denkst, Ro.«

»So, wie denke ich denn?«

»Dass ich ihm nachtrauere.«

Er trat an die Balkonbrüstung und blickte in die Nacht.

»Nein, Giuli, das denke ich nicht.«

»Gib mir Zeit, Ro«, sagte sie. »Es tut mir so leid, dass ich dir den Abend jetzt verdorben habe.«

Er legte den Arm um ihre Schulter und zog sie ganz behutsam an sich. Sie legte ihren Kopf an seine Schulter.

»Das hast du keineswegs, Giuli. Mir ist nur wieder schmerzlich bewusst geworden …«

»Ja?«

»Schatten der Vergangenheit …«

Bevor er weiterreden konnte, traten Gina und Umberto auf den Balkon; sie hatten bis eben abgewaschen.

Später brachten die beiden Männer Julia zum *Ca' Rosso*. Die Straßen quollen über von Leben, die Nachtluft strich mild durch die Gassen und Julia bereute, Robertos Angebot nicht mehr annehmen zu können. Beim Abschied hielt er ihre Hand ganz fest in der seinen.

»Danke für den Abend, Giuli!«

»Für den ersten Teil.«

»Nein für den ganzen Abend! Was hältst du Mittwoch von einer Besichtigungstour nach Venezia?«

Sie nickte glücklich, ein schöneres Versöhnungsangebot war nicht denkbar, und sie küsste ihn und anschließend Umberto zum Abschied auf beide Wangen.

Auf dem Rückweg sagte Umberto zu seinem Freund:

»Ich will dir keinen Rat geben, Roberto, und du willst ihn sicher auch nicht hören!«

»Nein«, antwortete Roberto schroff, und nach einer Pause sagte er: »Ich bin viel zu alt für sie.«

Heute habe ich wieder einmal unverschämtes Glück gehabt, dachte er, während er schweigend mit Umberto den Rest des Weges zurücklegte, meinen Beruf habe ich in ihrer Gegenwart total vergessen und beinahe eine Riesendummheit begangen.

Kapitel 3
a.d. September 2000

Venezia

ndlich hatte Roberto nach langem Zögern sein Versprechen wahr gemacht, ihr Venedig zu zeigen. Der Padovaner wollte nicht vergessen, dass seine Heimatstadt vor fast sechshundert Jahren dem Machtbereich von San Marco gewaltsam zugeschlagen worden war. Für Julia sollte es eine Venedigführung werden, die ihr für immer im Gedächtnis haften blieb.

»Diesem räuberischen Lagunenvolk schenke ich keine *lira*«, sagte Roberto grimmig, als sie sehr früh an einem nebligen Septembertag in Padova den Zug nach Venedig bestiegen, um die Parkgebühr zu sparen, deren Erhebung er als Wegelagerei bezeichnete. Für ihn als Bewohner der *terra ferma*, dem Festland, glichen die Venezianer immer noch amphibienähnlichen Wesen, die sich der Sonderstellung ihrer Stadt im italienischen Staatswesen allzu bewusst bedienten. Nur die Römer waren noch schlimmer.

Der dichte Nebel besserte Robertos Laune zusehends, und er betonte, dass die Götter ihnen gewogen waren, weil sie ihnen auf der Fahrt das stinkende Mestre und Marghera gnädig verhüllten und sie es nicht sehen und nur schwach riechen mussten.

Auch auf der die *terra ferma* mit Venedig verbindende Brücke *della libertà* herrschte so viel Nebel, dass sie die Lagune auf beiden Seiten nicht sahen. Julia bedauerte es, sie hätte sich der Inselstadt gern langsam und mit allen Sinnen genähert, aber Roberto meinte:

»Sei froh über den Nebel, dann bleibt dir wenigstens der Anblick des Troncchetto erspart! Parkhäuser im Vorstadt-Milano-Stil und Parkplätze wie bei Ford in Detroit!«

Sie überlegte, ob er sie bewusst desillusionieren wollte, aber nach einem Seitenblick auf seine etwas versteiften Nackenmuskeln und die leicht hochgezogenen Schultern diagnostizierte sie persönliches Unwohlsein bei der Annäherung an die *Serenissima*, die Erlauchte, die Padova bis zu Napoleons gewaltsamen Einzug im Oktober 1797 beherrscht hatte.

Beim Aussteigen hängte er sich demonstrativ eine Kamera um, auf Julias erstaunte Bemerkung, sie hätte ihn nie für einen so begeisterten Fotografen gehalten, antwortete er unwirsch, er sei auch keiner, nur wolle er auf keinen Fall für einen Venezianer gehalten werden, dann lieber schon für einen Touristen. In der Bahnhofsvorhalle mussten sie aufpassen, dass sie nicht über einen der vielen dort wartenden Rucksacktouristen oder unzähligen Abfallhaufen stolperten, und Julia gab schließlich friedfertig zu, dass die *stazione* in Padova um Welten gepflegter sei.

»Wir kaufen uns eine Tageskarte für 12.000 *Lire*«, bestimmte Roberto, »es gibt sogar Drei-Tage-Tickets für nur 17.000, aber diese Uferpiraten hier verschweigen das gern, um den Touristen für jede noch so kurze *vaporetto**-Fahrt 3.300 *Lire* aus den Taschen zu ziehen!«

Sie nahmen die *Eins*. Wegen der frühen Morgenstunde und des Nebels tröpfelten die Tagestouristen nur zögerlich in die Stadt, und auf dem Boot herrschte noch nicht das normale Gedränge. Wenn der Nebel sich hob, würden sie wie die Heuschrecken über die Stadt herfallen.

»Da, durch das Nebelloch, siehst du die Müllberge! Bei Nebel dürfen die Boote der Müllabfuhr nicht fahren, und bei Hochwasser kommen sie unter den Brücken nicht durch.«

Julias Vorstellung von einer Fahrt auf dem *Canale grande* stimmten mit der Wirklichkeit nicht überein, romantisch und verwunschen waren die Adjektive, die sie mit dieser von *palazzi* gesäumten Wasserprachtstraße verband, aber dieses ohrenbetäubende Konzert von Nebelhörnern, Hupen, Glocken im Rhythmus der klopfenden Motoren und dem kakophonischen Gesang der Sirenen hätte sie nun wirklich nicht erwartet.

Sie saßen ganz vorn, vor dem Steuerhaus, gespenstisch tauchten Taxiboote, *vaporetti*, Lastkähne, Feuerwehr-, Polizei- und Privatboote auf, um ebenso spukhaft wieder zu verschwinden. Dazwischen geisterten immer wieder die Gondeln umher, um die Einheimischen samt ihren Einkäufen von einem *traghetto*-Anleger zum gegenüberliegenden quer über den Kanal zu transportieren, manchmal passte kaum eine Handbreit zwischen die Fahrzeuge.

»Wasserrowdys, alle!«, sagte Roberto, aber Julia relativierte seine Aussage, indem sie bemerkte, dass die Venezianer genauso Boot fahren würden wie die übrigen Italiener Auto, nämlich risikobereit, aber mitdenkend.

Er hatte ihr den vorderen der hintereinander angeordneten Plätze überlassen, und obwohl sonst eher schweigsam veranlagt, kommentierte, attackierte und vernichtete er die Stadt verbal umso bissiger, je mehr Julia sie verteidigte.

»Originalton Lord Byron:
*Ihre Palazzi bröckeln zum Ufer hin,
und die Musik ist nicht immer mehr zu hören.
Die Tage sind vorbei, obwohl Schönheit noch hier wohnt!*

---

* Linienschiff (»Wasserbus« genannt)

Ach übrigens, ohne Nebel hättest du eben links den Palazzo Vendramin-Calergi sehen können, wo Richard Wagner 1883 starb, im Winter wird er als Spielkasino genutzt. Und rechts hättest du ein *deposito del megio* aus dem 15. Jahrhundert bewundern können, einen Kornspeicher der Republik.«

Aber sehen konnte sie nur die jetzt bei Niedrigwasser erschreckend ausgewaschenen und teilweise stark beschädigten Fundamente, denn der Nebel hob sich etwa einen Meter über die Wasseroberfläche.

»Die istrischen Kalkquader als Fundamente halten zwar länger als die gemauerten aus Ziegeln, aber allzu lange auch nicht mehr angesichts des durch die ungeklärten Abwässer sehr aggressiven Lagunenwassers. Die Selbstreinigung der Lagune durch die Gezeitenströme versagt inzwischen. Die Kanäle verlanden, aber einfach ausgebaggert können sie auch nicht werden, weil der stark giftige, mit Schwermetallen gesättigte Schlamm nirgendwo als Sondermüll gelagert werden kann. Ach, der dunkle Schatten über uns, das war die Brücke des Rivo Alto, des hohen Ufers, wo die ersten Lagunenbewohner siedelten, *Rialto* sagt man heute.«

»Ich kenne auch eine Stadt, die nach einem hohen Ufer benannt wurde, die Stadt, in der gerade die EXPO 2000 stattfindet, Hannover, unsere Landeshauptstadt. Niederdeutsch *hon overe* heißt auch *am hohen Ufer*.«

»Aber dort findet gerade Zukunft statt, während Venezia schon Vergangenheit ist.«

Sie konnte sagen, was sie wollte, es wurde von ihm immer zum Schaden der Lagunenstadt ausgelegt. Ein Schwall übler Gerüche von Müll und faulendem Tang traf ihre Nasen, und Roberto zitierte ganz harmlos aus D'Annunzios Roman »Il Fuoco«, in dem er Venedig als reife, tragische Stadt beschreibt, die wie die Liebe nach voller Blüte erstirbt. Und ohne Luft zu holen nannte er auch noch Thomas Mann, der das Thema Tod mit Venedig verquickte und seinen Atem der Verwesung und seinen unaufhaltsamen Verfall beschrieb.

Sie fuhren an dem unsichtbaren *Ca' d'Oro* und dem nur zu erahnenden Haus der Desdemona vorbei, bevor sie an der Piazza San Marco das Schiff verließen, der Nebel hielt sich nur noch über dem Wasser, und zu ihnen drang das zarte Klingeln der Nebelglöckchen von der Lagune herüber.

Auf dem Markusplatz gewann in diesen Minuten die Sonne über den Nebel die Oberhand, und der Dogenpalast, die Kirche San Marco und der gegenüberliegende *campanile*[*] traten im Licht der milden Septembersonne leuchtend aus dem Dunkel der Geschichte.

---

[*] Glockenturm

»Nun lass uns hier im früheren politischen Machtzentrum von San Marco die Sache chronologisch angehen«, dozierte Roberto, während sie langsam quer über den Markusplatz auf die Kirche zu schlenderten. Sie machte sich auf einen historischen Abriss gefasst, der trotz seines vermeintlich sachlichen Vortrags dann doch tendenziös und antivenezianisch war, und Julia folgte, innerlich erheitert, den räuberischen Venezianern durch die Jahrhunderte.

Dabei begann alles mit einer Flucht. Die byzantinisch beherrschten Veneter flohen hauptsächlich vor den Langobarden von Aquilea nach Grado, von dort nach Torcello, Malamocco und dem Rivo Alto, alle in der Lagune von Venedig gelegen. Nach vielem Hin und Her legte sich der Doge Agnello Parteciapazio als geistiger Führer auf den neutralen Evangelisten Marco als Schutzpatron der neuen Kommune fest. Alle waren einverstanden, es mangelte nur an seinen nötigen Gebeinen. 828 stahlen venezianische Kauffahrer dieselben in Alexandria und deponierten sie in der neu erbauten Basilika von San Marco neben dem befestigten Sitz des Dogen.

»Das war nur der Anfang«, erklärte Roberto, »und sie steigerten sich von Mal zu Mal. Komm, ich zeig dir einiges von der Kirche!«

Er zog sie zur Ecke des südlichen Vorbaus, und Julia bestaunte die vier Tetrarchen aus Porphyr.

»Viertes Jahrhundert. Aus Syrien gestohlen und hier eingemauert.«

»Sind das nicht vier römische Kaiser?«

»Respekt!«

»Es geht nichts über eine stabile Halbbildung, wie mein Vater zu sagen pflegt.«

»Im Volksmund heißen diese vier ›die Mohren‹; als sie den Schatz von San Marco zu stehlen versuchten, erstarrten sie zu Stein. Alles Fremde hier nannte man *i mori.*«

Nun steuerte er die Südfassade an, aber anstatt das Gesamtwerk zu bewundern, zeigte er ihr nur einen Pfeiler.

»Der Pfeiler von Akris, sechstes Jahrhundert, ebenfalls aus Syrien und ebenfalls gestohlen.«

Und dann folgte ein vernichtender Blick nach oben zu den vier vergoldeten Bronzepferden aus Byzanz, der von einer etwas längeren Schmährede begleitet wurde:

»Auftragsdiebstahl! Während des vierten Kreuzzuges saßen 1204 über dreißigtausend Kreuzfahrer ohne Geld, Waffen und Schiffe auf dem Lido fest. Da hat der Doge, Enrico Dandolo war es wohl, sie vorübergehend mit allem versorgt, verknüpft mit den Bedingungen, erst einmal Zadar zurückzuerobern und schließlich Byzanz zu überfallen und zu plündern. Die zurückkehrenden Schiffe mit den geraubten Schätzen müssen tief im Wasser gelegen haben! Die Bronzepferde waren die größte Beute dieser einmalig barbarischen Attacke auf eine christliche Stadt. Und ich könnte dir noch endlos Beispiele innen und außen zeigen, wie man sich hier mit fremden Federn schmückte.«

Sie bummelten zurück am Dogenpalast vorbei, den Roberto einfach ignorierte, in Richtung *canale* San Marco.

»Ich will noch eben die Geschichte mit den Gebeinen von San Marco zu Ende bringen, wenn es denn überhaupt die echten gewesen sind. Sie wurden eingemauert, aber man vergaß, wo. Doch mit gekonnter venezianischer Dramaturgie – man steuerte auf die Jahrtausendfeier des Raubes zu – wurden sie angeblich 1811 wiederentdeckt und unter dem Hochaltar bestattet.«

»Wer im Glashaus sitzt …«

Julia schüttelte missbilligend den Kopf.

»Ihr in Padova habt doch auch behauptet, der sagenhafte Antenor, Held des Trojanischen Krieges und Gründer eurer Stadt, läge im Steinsarg vor der Präfektur, aber in Wirklichkeit sind es die Gebeine eines unbekannten Soldaten aus der Völkerwanderungszeit!«

Der Markusplatz hatte sich mit Touristen vollgesogen wie ein Schwamm, und sie bahnten sich mühsam ihren Weg in Richtung Anleger.

Zwischen den beiden Säulen blieben sie stehen. Roberto deutete nach oben.

»Der Markuslöwe! Ikonographisch ist er eine Chimäre, geraubt aus Syrien! Auf der anderen Säule siehst du den Ersatzheiligen Theodor, doppelt hält besser, auf einem Krokodil. Wo wir jetzt stehen, hat die *Serenissima* übrigens mit großem Zeremoniell ihre Verurteilten köpfen lassen, wie zum Beispiel 1432 den großen *condottiero* Carmagnola. Heute wäre ihm das erspart geblieben!«

»Weil es die Todesstrafe durch Enthaupten nicht mehr gibt?«

»Falsch! Weil der Scharfrichter bei diesen Touristenmengen mit seinem Richtschwert nicht hätte ausholen können!«

Die *Fünf* war restlos überfüllt, und so gingen sie auf der Mole Riva degli Schiavoni und am Rio dell'Arsenale zum Arsenale Vecchio, der Werft und dem Hafen der früheren Kauffahrerflotte, vor dessen Eingang Roberto wieder geraubte Löwen, diesmal aus Piräus, identifizierte, die rechts und links des ersten in Venezia gebauten Renaissanceportals standen.

Er lächelte gequält.

»Diese venezianischen Freibeuter haben zu lange auf das Meer geschaut und den Beginn der Renaissance um ein halbes Jahrhundert verschlafen, Donatello hatte sich inzwischen für zehn Jahre in Padova niedergelassen, bevor die hier zum ersten Mal merkten, dass etwas Neues begann.«

Julia fühlte sich wieder zur Verteidigung der Lagunenstadt aufgefordert.

»Dafür hatte Venezia einen Giovanni Bellini, das Farbgenie der Renaissance.«

»Der von Donatello nachhaltig beeinflusst wurde..«

»In Padova verteufelst du Donatello als florentinischen Zuwanderer, hier bewunderst du ihn, weil er Venedig mied! Womit wieder einmal bewiesen ist, dass Patriotismus und Logik zwei Paar Schuhe sind!«

Unvermittelt wechselte er das Thema und kündigte an, dass sie mit einem venezianischen Bekannten zum Mittagessen verabredet seien. Auf dem Campo delle Gatte trafen sie ihn in der kleinen *trattoria Dal Vecio Squeri*, einem typischen venezianischen Familienbetrieb. Vittorio wurde ihr vorgestellt, ein hochgewachsener Venezianer in Robertos Alter, selbstbewusst charmant, silbergraue Schläfen und viele Lachfalten um die Augen. Als er hörte, dass Roberto ihr die Stadt zeigte, schlug er die Hände über dem Kopf zusammen.

»Sie müssen einmal ohne diesen padovanischen Festlandsbewohner wiederkommen, *La Tedesca*«, sagte er und schenkte ihr Wein ein. »Ich zeige Ihnen das wahre Venexia ...«

»... mit seinen total ausgekochten Bewohnern«, unterbrach der Padovaner.

»*Niente!* Mit echten Venezianern!«

»*Si, si!* Dekadent oder Taschenzieher!«

»Hören Sie nicht auf ihn, *La Tedesca*! Ein Abend in einer Gondel ...«

»70.000 *Lire* für fünfzig Minuten *ohne* Gesang!«

»Geizhals! Mit so einer charmanten Begleiterin!«, flirtete der Venezianer.

Sie wurden unterbrochen von der Wirtin, die Julia eine vorzügliche Fischlasagne und den Männern das ebenfalls vom *padrone* empfohlene Fischpastizio servierte und den Krug mit dem Prosecco wieder auffüllte. Man sah, dass es Roberto schwerfiel, aber er musste das erste Lob des Tages für Venezia aussprechen.

»Nur beim Essen ist er kompromissbereit«, stellte Julia ein klein wenig boshaft fest.

Die beiden Männer stritten unablässig weiter über die Stadt, und Julia beobachtete nach einem *amaro*[*] aus einem fingerhutgroßen Becher aus Schokolade überrascht, wie herzlich der Padovaner sich mit einer Umarmung von dem Venezianer verabschiedete. Auch Julia wurde umarmt.

»Wir Venezianer haben ein ambivalentes Verhältnis zu euch Touristen«, sagte er, »auf der einen Seite brauchen wir euch zum Überleben, auf der anderen möchten wir euch gern aus unserem Leben fernhalten.«

---

[*] Digestiv, Magenbitter

Er grinste: »Jedenfalls, wenn Sie während des Semesters einmal Zeit haben, *La Tedesca*, kommen Sie ohne den Padovaner wieder nach Venexia!«

Er reichte Roberto einen Umschlag.

»*Guardi, commissario*, hier sind die Pläne, die du haben wolltest!«

»Warte, *comandante*! Kannst du mir diesen Brief übermorgen hier in Venezia einstecken, aber auf keinen Fall vorher?«

Vittorio nickte und nahm ihn in Empfang.

»*Arrivederci, signorina, ciao*, Roberto!«

Und weg war er. Roberto zahlte, und sie traten auf den Campo delle Gatte hinaus, an dem das *Dal Squeri* lag.

»Er sieht gut aus, dein Venezianer!«

»Du solltest ihn einmal in Uniform sehen! Er ist *comandante* eines Schnellboots der *caramba*.«

»*Caramba*?«

»Der *carabinieri*. Ich habe ihn extra gebeten, in Zivil zu kommen, meine Chancen bei dir ständen sonst gegen null!«

Sie errötete und fragte neugierig:

»Dann warst du hier dienstlich mit ihm verabredet?«

»Ja und nein«, er klopfte leicht auf den Umschlag, den er in die Innenseite seines leichten Jacketts gesteckt hatte, »das ist für später, ich erzähle dir zu gegebener Zeit, worum es geht. Doch heute gehört der Tag dir und Venezia.«

»Hat der Name dieses *campo* etwas mit dem venezianischen Großkondottiere Gattamelata zu tun?«

»Wohl eher mit der Vielzahl streunender Katzen. Aber *condottiero* gibt mir ein gutes Stichwort. Jetzt geht es weiter mit der Besichtigung eines bronzenen Beispiels und wie mies die *Serenissima* selbst verdiente *condottieri* behandelt hat. Von einem war heut schon die Rede, sie hat Carmagnola trotz erheblicher Zweifel an seiner Schuld foltern und hinrichten lassen. Ein anderer, Colleoni, vermachte ihr testamentarisch einen Großteil seines Besitzes mit der Auflage, ihm ein Denkmal vor San Marco zu errichten, so wie dem Gattamelata vor *Il Santo* in Padova. Die *Serenissima* führte das Testament dem Wortlaut, aber nicht dem Sinne nach aus. Colleoni hatte natürlich die Kirche San Marco gemeint, die *Serenissima* aber ließ sein Reiterstandbild vor der Scuola San Marco seinen Platz finden. Er war eben auch nur *un moro*, ein Fremder für die Venezianer!«

»Also müsste die *Serenissima*, die Erlauchtigste, eigentlich die *Scaltritissima*, die Durchtriebenste, heißen!«

»Endlich begreifst du!«

Über den *Campo* San *Giovanni e Paolo*, vorbei an der gleichnamigen Kirche, eine der schönsten Venedigs, die aber von Roberto nicht einmal erwähnt wurde, ging es nach einem kurzen Blick auf das Reiterstandbild Colleonis im Sturmschritt zum Fondamente Nuovo. Ihr nächstes Ziel sollte die Friedhofsinsel San Michele sein, sie schloss ihre Pforten bereits um vier. Ein Wassertaxifahrer sah ihre Eile und bot seine Dienste an, aber der Padovaner winkte ab. Julia meinte, es sei derselbe Mann, der ihnen schon vor dem Bahnhof sehr aufdringlich gefolgt war. Er bot einen Sondertarif an und drängte sie zu seinem *motoscafi*. Noch einmal ging er mit dem Preis herunter. Julia wäre zu gern einmal Wassertaxi gefahren, aber Roberto blieb hart.

»Die größten Bauernfänger nach den *gondolieri*«, sagte er und schob sie vor sich auf das völlig überladene *vaporetto*. »Lieber schwimme ich, als ihn zu subventionieren.«

Im Eilschritt durchmaßen sie den Friedhof, wo die Toten sorgsam gestapelt und dicht gedrängt beigesetzt werden, eine Enge wie im venezianischen Leben.

»Man liegt hier nicht für die Ewigkeit«, erklärte Roberto mit Blick auf ein eben aufgelassenes Gräberfeld, wo ein kleiner Bulldozer Erde und Grabsteine zusammenschob, »nach einigen Jahren muss man in ein Gemeinschaftsgrab umziehen, um Platz für die Jüngeren zu machen. Die Wohnungsnot ist groß in Venezia! Aber sag nicht, ich sei ein Zyniker, ich bin bloß realistisch.«

»Aber sonst sieht der Friedhof doch blühend und gepflegt aus.«

»Ja, hier! Aber jetzt lass uns auf den aus katholischer Sicht ketzerischen Teil an der hintersten, vom Zerfall bedrohten Mauer gehen und den protestantischen und orthodoxen Friedhof besuchen! Hast du jemals so viel moosig überwucherte Wildnis gesehen? Die Friedhofsgärtner meiden diesen Teil aus Angst um ihre Seele. Aber man sagt, die Actv, die Verkehrsbetriebe, räumen hier gelegentlich auf, damit die Touristen Ezra Pounds und Strawinskys Gräber wiederfinden. Man sagt auch, die Actv hätte die Wegweiser zu diesen Gräbern aufgestellt. Eine schöne Fahrtunterbrechung, und von hier bis Murano muss man ein neues *biglietto* lösen!«

Sie wurden hinausgeläutet, auf der Rückfahrt hatte sich die Stimmung in der Lagune völlig verändert. Bleihaltige Luft, gelblicher Dunst über dem Wasser, eine zum Schneiden dicke, feuchtwarme Atmosphäre und Tausende kleiner Gewitterfliegen veranlassten Roberto zu der Bemerkung, ihr Besuch in Venezia könne mit Blitz und Donner enden, und wie zur Bestätigung grummelte es in der Ferne.

»Darf ich noch einen Wunsch anmelden?«, fragte Julia.

»Wieso noch einen? Du hattest heute doch noch keinen frei. Also?«

»Tee und Kuchen im *Caffé Florian*! Meine Großmutter schwärmte davon!«

»Genehmigt! Das passt sogar in die historische Reihenfolge zum Ende der Seerepublik. Das *Florian* liegt an dem monströsen Platz hinter dem *campanile*, den sich die Venezianer von den Franzosen verpassen lassen mussten. Napoleon sagte, der Platz sei ein Salon, für den der Himmel allein würdig sei, die Decke zu bilden.«

»Alle Achtung! Du bist ja ein wandelnder Zitatenschatz! Im *Florian* wirst du dann sicher den großen Goldoni zitieren, oder?«

»So reden sie heute von ihm und haben ihm auf dem *Campo* San Bartolomeo ein eindrucksvolles Denkmal gesetzt. Aber zu seinen Lebzeiten, als er die *comedia dell'arte* erneuern wollte, haben ihre Traditionalisten ihn vertrieben. In Paris ist er bekannter gewesen als hier, und letztlich hat die *Serenissima* auf dem Gewissen, dass er dort verhungert ist!«

»Goldoni war ein schlechtes Stichwort.«

»Es gibt kein gutes für Venezia.«

»Nur für überzeugte Padovaner wie dich nicht.«

»Stichwort Padova! Goldoni hat dort Jura studiert, wie übrigens fast zeitgleich auch ein anderer, berühmt-berüchtigter Venezianer.«

»Das kann nur Giacomo Casanova gewesen sein!«

»*Vero*!«

Fernes Donnergrollen ließ sie ihre Schritte durch eine touristenfreie Straße entlang eines Kanals beschleunigen, trotzdem bemerkte Julia einige besonders schöne Türklopfer aus Messing.

»Stellen sie nicht Mohren dar?«

»Ja, ein Hinweis darauf, dass hier Nichtvenezianer wohnten. Erinnere dich, alles Fremde nannten sie *i mori*.«

»Ein schöner Platz«, sagte Julia, als sie aus einer engen Gasse heraustraten und auf die Markuskirche mit ihren byzantinischen Kuppeln und rechts auf das *Caffè Florian* mit seinen Arkaden blickten, »kein bisschen monströs, gewaltig, ja! Aber was ist?«

Roberto war empört vor der ausgehängten Speisen- und Getränkekarte eines Cafés stehen geblieben.

»Sieh dir das an! Unsolid nenn ich das! Ein *capuccio* soll 6.800 Lire kosten?«

»Ich lade dich ein, Roberto, als Hommage an meine Großmutter. Ohne sie wäre ich nie nach Italien gekommen und hätte dich nicht kennengelernt, und wir beide wären heute nicht in – wie sagen sie hier? – Venexia.«

Als sie aus dem Café traten, drückte ein schwarz verhangener Himmel auf die Stadt, Donner grollte, und sie hasteten in Richtung Anlegestelle Zaccharia und überquerten die Brücke über den Rio Canonica, als eine Gondel sich anschickte, unter ihnen hindurchzufahren. Der junge Gondoliere warf Julia eine Kusshand zu, und sie lachte ihn an. Eine zweite Gondel folgte, ein älterer, traditionell gekleideter Gondoliere blickte hoch, hob eine rote Nelkenblüte auf und warf sie Julia zu. Sie bedankte sich mit einem strahlenden Lächeln, was Roberto stirnrunzelnd beobachtete.

»Nett, diese Gondoliere«, sagte sie ein klein wenig provokant.

Nun endlich zitierte er auch Giovanni Wolfgango Goethe, der in einem seiner düsteren Epigramme die Gondel als ein Symbol für Liebe und Tod begriff.

»Ich meinte nicht die Gondeln, sondern die Gondolieri!«, forderte sie ihn erneut heraus, aber der Chefdramaturg oben entschied sich an dieser Stelle für einen Platzregen, der sie beide auf dem Steg zum Anleger durchnässte. Eine *Eins* legte gerade ab, und sie mussten auf dem schaukelnden Anleger warten.

Als sie schließlich auf dem übervollen *vaporetto* dicht aneinander gedrängt standen, kam die Frage, auf die sie schon gewartet hatte.

»Welche Stadt gefällt dir besser, Venezia oder Padova?«

»Das kann ich dir noch nicht beantworten, dazu kenne ich Venezia zu flüchtig und Padova auch noch nicht gut genug. Zum jetzigen Zeitpunkt kann ich nur die Aussage machen, dass Padova die Stadt ist, in der ich leben möchte, und sie nimmt mich, glaube ich, auch an. Um in Venezia zu leben, muss man wohl Venezianer sein. Du als Padovaner und ich als Deutsche, hier in Venexia sind wir beide *i mori*!«

Er antwortete nicht, aber seine Stirn glättete sich und die Problemfalte verschwand. Ein zweiter Wolkenbruch erwischte sie zwischen der Fermata Ferrovia und dem Bahnhof.

Als sie gerade noch rechtzeitig in den abfahrbereiten Zug nach Padova steigen konnten und sich die Nässe aus dem Gesicht wischend in einem Abteil niederließen, meinte Roberto überraschend wohlwollend:

»Eigentlich eine sehr interessante Stadt! Ich hätte doch einen Film einlegen sollen!«

»Und warum hast du mir den ganzen Tag nur ihre schlechten Seiten zeigen wollen?«

»So, hab ich das? Ist mir gar nicht aufgefallen.«

»Heuchler!«, sagte Julia mit Überzeugung, verdrehte resignierend die Augen und wrang ihren Rocksaum aus.

Treviso

Gattamelata wanderte in der Bibliothek hin und her, immer wieder den Intarsienfußboden abmessend, vorbei an den aufgebauten Schachspielen, die er aber keines Blickes würdigte.

Das Misslingen ihres so fein ausgeklügelten Planes traf sie beide tief, dieser so wunderbar sicher scheinende Umgehungsangriff musste als kläglich gescheitert angesehen werden.

Das Scheingefecht in Rovigo war im wahrsten Sinne des Wortes durch unvorhersehbare Wetterereignisse ins Wasser gefallen und die ihnen als absolute Spitzenterroristen angepriesenen Männer waren sich ihrer Sache so sicher, dass sie sich von einem einzigen Mann überwältigen ließen.

»Wir opfern die Dame?«, fragte Carmagnola provozierend; er wollte auf keinen Fall auf die Drogen verzichten, zu denen das Mädchen der Schlüssel war.

»Wozu?«, fragte Gattamelata entrüstet, schließlich hatte sich Mord bislang als die fatalste Maßnahme während ihrer gemeinsamen Tätigkeit erwiesen; außerdem sei Fra Moriale sauer gewesen, weil es seine alte Freundin getroffen habe, und der *marchese* sei ihnen so nahe gekommen, wie sie es nie gewollt hatten. »Wir lassen die Geschichte mit *Colombo* und den Drogen einfach ruhen«, schlug Gattamelata vor. »Ich meine, wir lassen *La Tedesca* einfach in Ruhe und verzichten auf die Drogen. Carmagnola, du ersetzt uns deren Wert und holst dir das Geld später aus *colombos* Firma. Die Gier, immer mehr zu wollen, ist unser größter Feind, und nicht etwa die Polizei!«

Aber verzichten wollte Carmagnola auf gar keinen Fall, wenn sich das herumspräche, wären die *Tre Condottieri* eine Lachnummer. Und ich wäre restlos bankrott, fügte er in Gedanken hinzu.

»*Colombo* muss her!«, entschied Gattamelata.

Carmagnola warf ihm einen lauernden Blick zu.

»Er ist auf dem Wege hierher. Ich hoffe, du kritisierst meine Eigenmächtigkeit nicht wieder! Die Zeit drängte!«

»Unser weit schauender Stratege!«, kommentierte Gattamelata, wobei nicht herauszuhören war, ob diese Bemerkung ironisch gemeint war oder nicht.

Seit er dieses verlockende Angebot aus Milano bekommen hatte, überlegte Carmagnola Tag und Nacht, wie er aus dem Syndikat ausscheiden könnte, ohne des Verrats bezichtigt zu werden. Jedenfalls wollte er nicht wie sein historisches Vorbild der Disziplin geopfert werden.

Wenn es ihm gelänge, keinen Mord mehr zu riskieren und *Colombo* dazu zu bringen, die Drogen Gattamelata auszuhändigen und anschließend Taubers Firma in Deutschland so umzustrukturieren, dass mit Einführung der neuen europäischen Währung im übernächsten Jahr das Waschen von Drogengeldern dort anlaufen würde, könnte er auf Großzügigkeit und Entlassung aus seiner *condotta* hoffen.

Was ihn noch zu Fall bringen konnte, war dieser verdammte Manschettenknopf, den er bei seinem ersten Mord, sozusagen dem Probemord, verloren hatte. Bisher war der Knopf nur in einer Padovaner

Lokalzeitung abgebildet gewesen, und keiner hatte ihn erkannt. Nun aber war die Polizei in Treviso mit ihm von Juwelier zu Juwelier gelaufen. Natürlich vergebens, aber wenn der *marchese* dieses Spiel auf Venezia ausdehnte, konnte es eng werden. Zwar brachte keiner den Raubüberfall vor ein paar Wochen und den dabei erschlagenen Juwelier in Venezia mit ihm und den Fangomorden in Verbindung, der *marchese* hatte wahrscheinlich nicht einmal davon gehört, aber schließlich konnte er nicht die gesamte Belegschaft ausrotten, um sicher zu sein, dass außer dem Chef keiner wusste, dass diese teuren Unikate an Angela verkauft worden waren. Und von ihr würde die Spur unweigerlich zu ihm führen.

An Gattamelata mit seinen guten Verbindungen zur Polizei mochte Carmagnola sich in dieser Sache nicht wenden, auf keinen Fall durfte Gattamelata erfahren, dass er die Morde höchstpersönlich ausgeführt und ein Auftragsmörder aus dem *mezzogiorno* nie existiert hatte. Seine Verkleidung war so ausgefeilt gewesen, dass die einzige Zeugin ihn nicht erkannt hatte, das wusste er sicher, seit er mit ihr getanzt hatte. Dies Katz-und-Maus-Spiel mit *La Tedesca* machte ihm einen ebenso ungeheuren Spaß wie das Irreführen des *marchese*.

Gattamelata nahm seine Wanderung durch die Bibliothek wieder auf, verschränkte die Hände auf dem Rücken und dachte dabei laut nach.

»Der *marchese* knüpft Kontakte nach Venezia, da bin ich ganz sicher. Vielleicht legt er ein Netz um uns: Montegrotto–Padova–Treviso–Venezia? Fängt er an, uns Fallen zu stellen?«

»Sein Besuch in Venezia war rein privater Natur«, sagte Carmagnola mit Bestimmtheit, »wir haben ihn und *La Tedesca* vom Bahnhof in Padova bis zur Rückkehr lückenlos beobachtet. Sie haben nur Sehenswürdigkeiten besucht, vor dem *Dal Squeri* und vor dem *Florian* haben die Beschatter gewechselt, und der *marchese* ist dem *commissariato* in Venezia nicht einmal auf zweihundert Meter nahe gekommen und hat sich mit niemandem getroffen, telefoniert hat er auch nicht. Und wie ihr wisst, benutzt er sein *telefonino* nie.«

»Du bist dir ganz sicher, dass er *La Tedesca* nur den Fremdenführer gemacht hat?«

»Hundertprozentig! Und nun schau dir mal an, was ich noch habe!«

Carmagnola breitete einen Satz Hochglanzfotos vor seinem Kollegen auf dem Schreibtisch aus.

»Beste Infrarottechnik! Der Ton fehlt zwar, aber den kann man sich denken! *La Tedesca* ist die Archillesferse der *questura*!«

Gattamelata betrachtete die Bilder mit gemischten Gefühlen, *La Tedesca* und der *marchese* in mehr als nur freundschaftlicher Umarmung dokumentiert, gefiel ihm überhaupt nicht, doch seine Loyalität gegenüber den *Tre Condottieri* ließ ihn schweigen.

»Ich schlage vor, wir schicken einen Satz Fotos mit dem passenden Anschreiben an *La Tedesca* und einen zweiten Satz an den *vice-questore*.«

Carmagnola schien die Geschichte großen Spaß zu machen.

»An die *questura* reicht!«, bestimmte Gattamelata. »Mal sehen, was passiert!«

»Und das Anschreiben sollten wir auf einem Polizeicomputer schreiben und abspeichern!«

Carmagnola freute sich über den Erfolg seiner Fotosafari.

»Irgendetwas Neues von Fra Moriale?«, erkundigte er sich scheinheilig bei Gattamelata.

»Nichts! Außer von seinem Wein aus Staffolo, diesem wirklich köstlichen Verdicchio Fra Moriale, gibt es von ihm nicht den Hauch einer Spur.«

»Wenigstens lebt sein Name in dem Wein weiter! Carmagnola hat als Ort leider keinen Wein mit meinem Namen zu bieten«, verabschiedete Carmagnola sich, »er ist heute nur für seinen quadratischen Paprika und für die Zucht von Grigio di Carmagnola berühmt, eine wohlschmeckende graue Kaninchenrasse. Und vielleicht für die Werbung im Fernsehen mit der Minze aus Carmagnola!«

Gattamelata lachte.

»Na ja, schließlich kann nicht jeder ein Reiterstandbild vor *Il Santo* für sich reklamieren!«

»Leider nicht!«, antwortete Carmagnola ein bisschen neidisch.

Padova

Sie rutschte auf den Knien Stück für Stück weiter und zog mit unendlicher Geduld Halm und Hälmchen des Unkrauts aus dem Buchsbaum der Beeteinfassung.

»In dieses und das gegenüberliegende Dreieck stecke ich im Herbst blaue Hyazinthenzwiebeln«, überlegte Julia laut, »im Sommer kommen dann Salvien. Aber der Herbst, was pflanze ich für den Herbst? Niedrige Dahlien wären schön üppig, aber das geht nicht, die kamen erst viel später aus Mexiko. Astern! Klar, niedrige Astern, blau und violett, die verdecken dann die abgeblühten Salvien. Was meinst du, Ro?«

Roberto saß seit über einer Stunde auf einem klapprigen Gartenstuhl, sah ihr, sich in Schweigen hüllend, bei der Arbeit zu oder starrte vor sich auf den Boden. Dies war mindestens ihr fünfter Versuch, ihn in ein Gespräch zu ziehen, aber er antwortete wieder nicht.

Eine halbe Stunde später war sie soweit vorangekommen, dass er ihr nun im Weg saß.

»Manchmal hasse ich mich für das, was ich tue«, brach es unvermittelt aus ihm hervor, und er blickte auf sie hinunter.

Sie zog die Gummihandschuhe aus und blickte ihm forschend ins Gesicht.

»Meinst du in Bezug auf mich?«

Er nickte.

»Lass mich raten!«

Sie stand auf, löste den Klettverschluss an den mit Schaumstoff gepolsterten Knieschalen und warf sie achtlos zu den Handschuhen.

»Ihr seid mit den Fangomorden stecken geblieben, und nun braucht ihr mich als Zicklein an der Tigerfalle. Oder ihr wollt mich an die Presse verfüttern. *Vero*?«

»*Vero!*«

Seit gestern überlegte er, wie er ihr beibringen sollte, was sie in der *questura* beschlossen hatten, er, Umberto, sein Onkel und ein neuer Mann aus Lucca, d'all Aria, der ihnen vom *questore* vor die Nase gesetzt worden war, probeweise, aber Roberto konnte ihn sich gut als zukünftigem *vice-questore* vorstellen, sein Onkel seiner Miene nach eher nicht. Er hatte sein Ziel, Roberto für den Posten aufzubauen, noch nicht aufgegeben.

Sie wollten die *Tre Condottieri* damit herausfordern, *La Tedesca* als Belastungszeugin der Presse zu präsentieren, und das sollte so in die Wege geleitet werden, als ob ein Journalist das entdeckt habe. Nur: Umberto war strikt dagegen und sauer auf seinen Freund, weil der das auch noch vorgeschlagen hatte. Deshalb hasste Roberto sich jetzt.

Und Julia redete so beiläufig darüber wie über den Kauf von Frühstücksbrötchen.

»Sei nicht so dramatisch!«, befahl sie fröhlich. »Du wirst schon auf mich aufpassen!«

Sie zog den Widerstrebenden vom Stuhl hoch, und er musste ihr in die hinterste Gartenecke zu dem verfallenen Gewächshaus im Nordwestwinkel des Grundstücks folgen. Dort blühten merkwürdig hellblaue, fast farblose, stachelbewehrte Rispen, die aus großgefiederten, dunkelgrünen Blättern hervorkamen.

»Kennst du sie?«, fragte Julia erwartungsvoll. »Ich habe sie heute Morgen entdeckt, als ich ein paar alte Sträucher weggeräumt habe. Nein? Acanthus mollis, eine uralte Kulturpflanze, die die alten Griechen zu ihrem Akanthuskapitell inspiriert haben soll.«

Aber ihre Begeisterung wischte seinen Trübsinn nicht weg.

»Es ist nicht so, dass ich keine Angst hätte, Ro. Aber irgendwann muss diese Sache ein Ende haben, je schneller desto besser. Oder meinst du, ich fühle mich frei mit dem ewigen Polizeischutz? Wenn du oder Umberto bei mir ist, ist es ja sogar ganz nett, aber sonst bin ich wie ein Vogel im Käfig, der nie spontan wegfliegen kann.«

Sie fasste eine der stacheligen Blüten gedankenlos an, zog ihre Hand jedoch schnell wieder zurück. Ein Blutstropfen quoll aus dem Zeigefinger. Sie leckte ihn ab.

»Also sag, was ihr vorhabt. Solange ich dich in der Nähe habe, kann mir gar nichts passieren, das hast du doch bewiesen.«

»Dein Vertrauen in allen Ehren, Giuli, aber ich fühle mich trotz unseres Planes ziemlich hilf- und ziellos. Es ist, als stochere ich mit einer Stange im Nebel herum.«

Nie gäbe er das in der *questura* zu, und auch der *vice-questore* hatte seine Zielstrebigkeit, obwohl er noch andere Mordfälle zu bearbeiten hätte, vor dall' Aria hervorgehoben.

Außer ihr als Zeugin hatte noch ein Manschettenknopf des Fangomörders existiert, ein hübsches Stück Goldschmiedearbeit, ein Unikat, das sie zu seinem Besitzer führen sollte. In Padova und der Thermalzone hatten sie erfolglos recherchiert, in Treviso ebenso, aber als Roberto Venezia in seine Überlegungen einbezog, war besagter Knopf aus der Asservatenkammer der *questura*, und dazu alle Daten aus dem Computer, verschwunden.

Bewiesen war jetzt allerdings erneut eine Verbindung aus der *questura* heraus mit den Fangomorden und den *Tre Condottieri*, und das beunruhigte Roberto besonders.

Den nächsten Schritt nach dieser Pressesache mit *La Tedesca* als »Zicklein an der Tigerfalle« plante er deshalb ohne die *questura* in Padova. Er hatte sich mit der Staatsanwältin besprochen, die mit dem Fall befasst war, ohne jedoch sehr präzise zu sein, und er hatte seinen alten Kameraden Vittorio aus Venezia mit einbezogen.

Umberto wollte er lieber nicht informieren, der reagierte neuerdings höchst empfindlich in Bezug auf *La Tedesca,* und seinen Onkel ebenfalls nicht, denn der hatte ihm strikt untersagt, Julia in Zukunft als »Lockvogel«, wie er es nannte, zu benutzen. Roberto musste ihm das versprechen, verschwieg aber, dass bereits ein Plan bestand und er sein Versprechen nur für die Zukunft gegeben hatte.

Er informierte Julia, dass ein Journalist sie gleich aufsuchen würde, und was die Herren von der Polizei von ihr erwarteten.

»Und? Das ist doch nicht alles, Ro! Das ist doch kein Grund, in Depressionen zu verfallen! Dass, was dich wirklich belastet, hast du doch noch gar nicht erwähnt!«

»Du kennst mich schon zu gut, Giuli! Und über das, was ich dir jetzt erzähle, darfst du auch mit niemandem reden, *senti!*«

»Auch nicht mit Umberto?«

»Mit keinem! Wir machen am nächsten Mittwoch eine Fahrt auf der Brenta nach Venezia.«
»Ein zweites Mal nach Venezia? Willst du dir das wirklich antun, Ro?« Aber er ging auf ihren leichten Ton nicht ein.
»Von morgens bis vier Uhr nachmittags gehört der Tag uns, Giuli. Danach bitte ich dich um Mithilfe für die Polizei. Nur deine Anwesenheit ist notwendig, etwas anderes wird von dir nicht erwartet, und ich bin die ganze Zeit bei dir. Wirst du mitkommen, *La Tedesca*?«
»Habe ich eine Wahl?«
»Ja, die hast du. Wenn du nein sagst, fahre ich allein.«
»Du weißt, dass ich mitkomme! Du kennst mich nämlich auch schon ganz gut, *commissario*! Wann erzählst du mir Näheres?«
»Nach deinem Termin mit dem Journalisten.«
Sie stimmte zu, aber ihre Gedanken waren schon nicht mehr bei seinem Problem, sondern beschäftigten sich mit dem Garten der *marchesa*. Er dagegen verschwendete keinen Gedanken an ihre Gartenpläne, und als sie seine Zustimmung erbat, um ein paar Leute aus ihrer Autarchia-Gruppe zu bestellen, nickte er nur zustimmend und verabschiedete sich.
Julia blieb im Garten, und vor ihrem inneren Auge erschienen die vier Blumenparterre, zwei jeweils diagonal mit Buchsbaum- und Rosmarineinfassungen, dazu die instand gesetzte Brunnenschale in der Mitte. Hinten an der Gartenmauer, drei Stufen hoch, sollte ein Faunkopf wieder Wasser in ein halbrundes Wasserbecken speien, das sie hinter dem Efeu entdeckt hatte.
Sie musste Bertolini anrufen, vielleicht half der ihr bei der Suche nach ein paar schönen alten Pflanzgefäßen; sie hatte ein paar halb versunkene Podeste vor der hinteren Taxushecke gefunden. Da er gemeint hatte, er stünde in ihrer Schuld, wollte sie auch gleich noch einen Gärtner anmahnen, der die hinter der Taxushecke stehenden Bäume – Quitte, Mandel, Granatapfel, Limone, Orange und Kirsche – im Spätherbst beschnitt.

Padova

Es musste etwas Schwerwiegendes vorgefallen sein, denn bisher hatte sein Onkel immer persönlich angerufen, wenn er Roberto sprechen wollte. Diesmal wurde er von der Sekretärin des *vice-questore* zu ihm zitiert und fand Umberto schon im Vorzimmer wartend. Roberto zog fragend die Brauen hoch, aber sein Freund zuckte ebenso ratlos mit den Schultern.
So erregt hatte er seinen Onkel selten erlebt; nachdem sie Platz genommen hatten, trommelte er mit den Fingern auf seinem Schreibtisch herum, auf dem nichts als ein großer brauner Umschlag lag, das wei-

ße Etikett computerbeschriftet an den *vice-questore,* soweit konnte es Roberto lesen.

»*Signori*«, begann ihr Vorgesetzter, und ihnen entging nicht der Ärger in seiner Stimme, aber auch nicht die kleinen Schweißtropfen auf seiner Stirn, »so viel Unprofessionalität hätte ich von Ihnen beiden nicht erwartet!«

Es musste etwas besonders Schwerwiegendes vorgefallen sein, wenn der *vice-questore* seinen Neffen siezte und ihn mit Umberto zusammen maßregelte.

»Wenn die Presse davon erfährt, können Sie und ich mit einem Disziplinarverfahren und der Inneren Ermittlung rechnen; Sie wegen Ihrer Unprofessionalität und ich, weil ich letztlich vor dem *questore* die Verantwortung für Ihr Verhalten übernehmen muss. So kurz vor meiner Pensionierung hätte das nicht mehr sein müssen!«

Dann wandte er sich an Roberto:

»Deine Bewerbung um meinen Posten kannst du dir jedenfalls schenken!«

»Ich wollte nie …«

»Schweig! Dass ausgerechnet du mit einer Prostituierten ein Verhältnis anfängst, die auch noch eine Belastungszeugin ist, und zwar unsere einzige, ist so etwas Unglaubliches, dass mir die Worte fehlen!«

Während Umberto fast an seinem Temperament und Widerspruchswillen erstickte und sich nur mühsam beherrschen konnte, dies aber tat, weil Roberto ihm die Hand auf den Unterarm legte und somit um Ruhe bat, bewunderte er seinen Freund für dessen Gelassenheit. Kein Muskel zuckte in dessen Gesicht, fast entspannt saß er da und beobachtete seinen Onkel.

In der sich nun ausbreitenden Stille hörte man nur das nervöse Fingerklopfen des *vice-questore* auf der Platte des Mahagonischreibtisches.

»Nun, *signori,* wollen Sie sich nicht dazu äußern?«

Roberto setzte sich etwas gerader hin, bevor er antwortete.

»Wir würden gern genauer wissen, worum es geht.«

Er vermied zu diesem Zeitpunkt eine Anrede, aber die Sachlichkeit seiner Stimme bewirkte, dass der *vice-questore* seiner Erregung Herr zu werden suchte, unter den Umschlag griff und Roberto einen Stapel von Hochglanzfotografien über den Tisch reichte.

Schweigend sahen die beiden Freunde die Bilder durch, offensichtlich mit einer Infrarotkamera aufgenommen, unten rechts mit jeweils eingeblendetem Datum, Uhrzeit und durchnummeriert. Sie nahmen sich Zeit beim Betrachten, die ersten Bilder zeigten Roberto und Julia auf dem Balkon von Umbertos Wohnung nach der Geburtstagsfeier, wie er sie an sich zog und küsste. Die Kussszene sechsmal hintereinander verstärkte die Wirkung auf den Betrachter, es wirkte wie ein Daumenkino.

Das vorletzte Bild zeigte Umberto mit Roberto und Julia in ihrer Mitte, beide hatten ihre Arme um Julias Schultern gelegt. Auf dem letzten Bild sah man Umberto in enger Umarmung mit Julia vor dem *Ca' Rosso*.

Roberto legte die Fotos nebeneinander vor sich auf den Schreibtisch und schaute sie sich der Reihe nach noch einmal gründlich an.

»Bitte beantworte mir drei kurze Fragen, bevor ich Stellung nehme. Woher kommt der Umschlag mit den Bildern? Wer war der Absender? Gab es ein Anschreiben?«

Sein Onkel antwortete ebenso knapp:

»Er lag heute Morgen ungeöffnet auf meinem Schreibtisch, an mich persönlich adressiert, kein Absender, anonym. Hier ist das Anschreiben.«

Die computergeschriebene Nachricht war kurz und bündig:

Vice-questore! *Eine deutsche Prostituierte korrumpiert die* Padovaner Polizeiführung. Ergreifen Sie Ihre Maßnahmen, auch gegen Ihren Neffen, der ein Verhältnis mit der Prostituierten hat!

Ein Freund

»Bekommst du öfter anonyme Schreiben?«

»Das kommt häufiger vor!«

»Und?«

»Was und? Im Allgemeinen ignoriere ich sie oder gebe sie an die entsprechenden Dezernate weiter.«

»Hältst du *signorina* Andresen für eine Prostituierte?«

»Nein, eigentlich nicht, aber nach diesen Bildern!«

Umberto bewunderte seinen Freund nun aufrichtig, statt sich zu rechtfertigen oder auch nur Stellung zu nehmen, befragte er seinerseits den *vice-questore* und drängte ihn in eine Verteidigungsstellung.

»Was beweisen die?«

»Dass du intim mit ihr bist!«

»Wie bitte? Ein Kuss auf einem Balkon in sechs Sequenzen, das nennst du intim sein? Auf einem öffentlich einsehbaren Balkon, wie die Existenz der Bilder beweist? Sie hat mir zum Geburtstag gratuliert, wie du unschwer an dem Datum ersehen kannst.«

»Na ja, und dann auch noch der Pellestrino, der sie umarmt!«, der *vice-questore* hatte Umbertos Anwesenheit bis eben völlig vergessen.

»Ja, wie man weiß, ein in Italien und Deutschland durchaus gängiger Abschiedsritus. Hast du vergessen, dass du Polizeischutz für sie angeordnet hast, und dass, wegen unserer ständigen Personalnot in der *questura*, wir ihn, wenn es irgend ging, selbst übernommen haben?«

»Nein, das ist ja auch in Ordnung. Nur stell dir vor, wir hätten den Fangomörder, *La Tedesca* wird als Zeugin aufgerufen, und der gegnerische Anwalt präsentiert diese Bilder!«

»Lieber Onkel, trau keinem Bild, das du nicht selbst gefälscht hast. Diese Bilder sind digital bearbeitet worden! Bild zehn zeigt Umberto und mich mit *La Tedesca* um dreiundzwanzig Uhr dreißig an meinem Geburtstag irgendwo in Padova auf dem Heimweg mit ihr zum *Ca' Rosso*. Bild sechs, Ende des Kusses – den ich übrigens sehr genossen habe, aber er war das Intimste, was ich je mit ihr austauschte –, gleiches Datum wie Bild zehn, aber dreiundzwanzig Uhr, soweit ist alles richtig. Aber Bild elf, Datum zwei Tage nach meinem Geburtstag, ist gefälscht. Umberto hat sie lange vor der Vernissage bei Bertolini nach Hause ins *Ca' Rosso* gebracht. Daher stammt diese Aufnahme. Und nun würde ich gerne noch Bild sieben, acht und neun sehen!«

»Wieso, ich weiß nicht, was du meinst.«

»Oh doch, dies ist eine durchnummerierte Serie!«

Wortlos, und es war ihm sichtlich peinlich, holte er die drei Fotos aus dem Umschlag und schob sie hinüber zu Roberto. Der betrachtete sie mit sichtlichem Vergnügen.

»Da schau her, der *vice-questore* und eine Prostituierte?«

Auf Bild sieben saß *La Tedesca* auf der Terrasse der Villa Deganellos und betrachtete ein Foto. Der *vice-questore* stand hinter ihr, hatte ihr sehr familiär eine Hand auf die Schulter gelegt, beugte sich über sie und deutete auf das Foto. Auf dem nächsten Bild hatte er sie auf dem Sommerabschlussball beim Tanzen sehr eng an sich gezogen, sie hatte den Kopf zurückgeworfen und lachte. Bild neun zeigte sie mit dem *questore*, allerdings in einer unverfänglicheren Situation beim TCCP-Ball, als er ihr mit einem Glas Prosecco zuprostete.

»Nein, natürlich nicht. Du hast schon recht, das alles hat keine Beweiskraft. Und du hast wirklich mit ihr kein Verhältnis?«

»Nein, denn das wäre in der Tat unprofessionell.«

»Aber du bist jeden Abend nach Dienstschluss zu ihr ins *Ca' Rosso* gegangen!«

»Ja, mit dem alten Pietro als Anstandsdame! Ich habe *La Tedesca* beim Entrümpeln von Mutters Garten geholfen, und der alte Pietro hat in einem Schaukelstuhl gesessen und uns nicht aus den Augen gelassen.«

Der *vice-questore* entspannte sich sichtlich und quälte sich ein Lächeln ab.

»Trotzdem, Roberto, ich möchte, dass ihr den Fall an die Staatsanwaltschaft abgebt. Gibt es neue Erkenntnisse? Nein? Den Skandal mit dem Verschwinden des goldenen Manschettenknopfes können wir hoffentlich niedrig halten, ich habe die Innere Ermittlung mit der Aufklärung betraut. Der Journalist wollte die Story mit *La Tedesca* als Zeugin nicht bringen, um sie nicht zu gefährden. So viel Moral bei der Presse hätte ich nie vermutet. Wir kommen also nicht weiter! Bringt morgen früh den

Abschlussbericht zusammen mit den Beweismitteln, soweit es sie noch gibt, zum *pubblico ministero*.«

»Aber ...«

»Kein aber! Den Polizeischutz für *La Tedesca* muss ich dann allerdings auch überdenken, für ihn habe ich keine gesetzliche Handhabe mehr. Das liegt ab jetzt alles in Händen der Staatanwaltschaft.«

Er stand auf, zum Zeichen, dass die Unterredung beendet war. In seiner unnachahmlich rücksichtslosen Art Umberto gegenüber meinte der *vice-questore*, *commissario* Tamassia könne nun an die Arbeit gehen, mit seinem Neffen habe er noch etwas zu besprechen.

»Was soll ich mit den Bildern machen, Roberto?«

»Zeig sie dem *questore*, wenn du sie unterdrückst, machst du dich erpressbar!«

»Alle Bilder?«

»Alle!«

»Ich danke dir für deine sachliche Analyse, Roberto.«

Nachdenklich verließ er das Büro seines Onkels und fand den Vorwurf der Unprofessionalität im Nachhinein gerechtfertigt. Wie nahe war er auf dem Balkon daran gewesen, Gesetz und sein Berufsethos über Bord zu werfen. Wenn die Schatten der Vergangenheit *La Tedesca* und auch ihn nicht gehindert hätten, wäre er mit ihr ins Bett gegangen, und die Vorwürfe des anonymen Schreibers und seines Onkels wären wenigstens zum Teil berechtigt gewesen.

Mehr Sorge bereitete ihm allerdings der Gedanke, dass die Fotos bewiesen, dass *La Tedesca* pausenlos unter Beobachtung stand, wenn sie sich außerhalb des *Ca' Rosso* aufhielt, und dass dies weder den sie begleitenden Beamten noch Umberto und ihm selbst aufgefallen war. Selbst während des TCCP–Balls hatte er nicht bemerkt, dass ein Fotograf unterwegs war.

Umbertos breites und bewunderndes Grinsen war ihm eher peinlich.

»Und ich hätte einen Monatslohn darauf verwettet, dass du mit Giulietta ein richtiges Verhältnis hast.«

»Und was macht dich so sicher, dass es nicht so ist?«

»Dein *nein* eben beim Alten. Du würdest eher umkommen, als zu deinem Vorteil zu lügen! Übrigens, bist du sehr enttäuscht, dass du den Fall abgeben musst?«

»Nicht unbedingt.«

»Da brate mir nun einer einen Hund! Sonst kämpfst du bis zum Letzten, um einen Fall zu lösen, bevor du ihn der Staatsanwaltschaft übergibst, und jetzt lässt du ihn dir ohne Gegenwehr aus der Hand nehmen? Da stimmt doch was nicht!«

»Der Fall landet bei *dottoressa* Claudia Bianginale auf dem Tisch, ich

habe schon zweimal mit ihr konferiert. Sie schiebt diesen Fall erst einmal ganz unten unter ihren Stapel der zu bearbeitenden Fälle und lässt mir die Freiheit, diskret weiter zu ermitteln.«
»*Die* Claudia …?«
»*Si, cavaliere*, mit der ich wirklich mal ein Verhältnis hatte!«

Canale di Brenta

An diese Unterredung dachte Roberto, als seine Augen wohlgefällig auf den langen, schönen Beinen seiner Begleiterin ruhten, die in einem einteiligen Badeanzug und T-Shirt bäuchlings auf dem Vordeck eines kleinen Motorboots lag, während Roberto an der Pinne saß, und sie geruhsam durch den frühen Mittwochmorgen tuckerten.

Warum nur habe ich sie hier mit hineingezogen, haderte er mit sich. Um mir und den anderen zu beweisen, dass sie mich nur beruflich interessiert? Quatsch!

Er hatte sie diesmal umfassend informiert, vom anonymen Brief, den er an sich selbst geschrieben und den Vittorio für ihn eingesteckt hatte, bis hin zu den von Vittorio besorgten Dienstplänen, aus denen hervorging, dass der *comandante* am Mittwochnachmittag planmäßig Streifendienst in der südlichen Lagune fuhr.

Auf ihre neugierige Frage, was in dem Brief gestanden habe, zitierte er.

»Commissario! *Wenn Sie wissen wollen, wer einen Manschettenknopf geklaut hat, kommen Sie am nächsten Mittwoch Punkt sechzehn Uhr in die Lagune, zum zehnten* mede luminoso *im* Canale Nuovo di Fusina. *Bringen Sie fünf Millionen Lire mit.*

»Und wie bringst du mich damit in Verbindung?«, hatte sie wissen wollen.

»Ich hab den Mietvertrag für ein auf deinen und meinen Namen für Mittwoch gemietetes Boot auf meinem Schreibtisch liegen lassen, ebenso wie den anonymen Brief, beides etwas versteckt. Mittwoch ist seit einiger Zeit mein offizieller freier Tag, wie du ja wohl schon gemerkt hast, dafür bin ich am Samstag immer im Dienst. Irgendwer hat meinen Schreibtisch in den letzten Wochen öfter durchsucht, das macht mir Sorgen, aber in diesem Fall habe ich es ausgenutzt.«

»Und du meinst, die *Tre Condottieri* schlucken den Köder?«

»Ich hoffe es. Wenn nicht, habe ich einen Tisch in der Locanda Montin bestellt, die haben einen herrlichen Innenhof, in dem wir dann mit Vittorio *calamari fritti* essen oder *cozze* oder gegrillte *capalunge* oder *vongole*, frittierte Tintenfische, Miesmuscheln oder Jakobsmuscheln als Ersatz für ein Abenteuer ...«

»Hör auf, mein Magen knurrt! Aber was erwartest du wirklich?«

»Weiß ich nicht.«

»Und was sind *mede luminoso*?«

»Zeig ich dir in der Lagune!«

Und nun tuckerten sie tatsächlich den Canale di Brenta hinunter. Das Boot hatten sie in Stra übernommen. Julia blätterte neugierig in einem Buch, das Roberto ihr mitgebracht hatte. Darin stellte ein Fotograf Aufnahmen aus der Gegenwart Stichen des venezianischen Architekten Gianfrancesco Costa gegenüber. Julia verglich das erste Objekt, die Villa Pisani in Stra, auf dem Stich von Costa mit dem Foto, und sie stellte große Übereinstimmung mit dem tatsächlichen Objekt fest, an dem sie gerade vorbeifuhren.

»Vor einem halben Jahr brachen die Kastanienknospen gerade auf, als ich mit Adriano die *Villa La Nazionale* besichtigt habe«, sagte Julia vergnügt, »da warst du noch der gestrenge *commissario* für mich.«

»Das gefiel mir eigentlich recht gut, da hattest du wenigstens noch Respekt vor mir! Jetzt sind die Kastanien fast reif, und du begleitest einen alten Mann auf Besichtigungstour ...«

»... dem ich auch noch Frühstück servieren muss«, ergänzte sie, kam ins Boot, holte die Thermoskanne mit Kaffee aus dem Korb und die frischen *pastine**, die sie auf dem Weg von Padova nach Stra gekauft hatten.

Ihre gute Laune wirkte ansteckend und vertrieb seine düsteren Überlegungen. Wahrscheinlich hatte das Syndikat den Brief und alles Übrige als Falle erkannt, und nichts würde geschehen. Vielleicht.

Diesmal hatte er den Umgehungsangriff gegen die *Tre Condottieri* geplant, und einen Überraschungsangriff auf dem Canale di Brenta erwartete er nicht, dazu waren die Ufer zu belebt, das Terrain nicht einsam genug, und außerdem ging es ihnen sicher darum, den anonymen Briefschreiber und eventuellen Zeugen zu erwischen, und wenn sie gleichzeitig *La Tedesca* in ihre Finger bekommen wollten, blieb als Schlachtfeld nur der Nuove canale di Fusina. Aber Roberto wollte sie nicht wieder unterschätzen, und so blieb er von der ersten Minute ihrer Bootsfahrt an wachsam.

Der *magistrato dell'aqua*, die mächtigste venezianische Behörde, ließ Mitte des fünfzehnten Jahrhunderts die reißenden Gebirgsflüsse um die Lagune herum ableiten, um wegen der mitgeführten Geröllmassen ihr Verlanden zu verhindern. Der Sile wurde nördlich der Lagune weit

---

* Frühstücksgebäck

nach Osten hin abgeleitet und vereinigte sich bei Caposile mit der Piave Vecchia und mündete südlich von Jesolo mit ihr in die Adria. Die Piave selbst hätte diesen alten Arm gern als Hauptmündung in die Lagune genommen, aber die Wasserbaubehörde wies ihr ein kanalisiertes Bett mit Mündung in Cortellazzo zu.

Auch die Brenta bekam ein neues Bett, und seither strömt sie südlich von Chioggia in die Adria; heute fließt ein Nebenarm, durch mehrere Schleusen gebremst, ruhig als Canale di Brenta bei Fusina ins Meer.

Nachdem es den Venezianern erlaubt war, Grundbesitz auf der *terra ferma*, dem Festland, zu erwerben, bauten sie an den Ufern der Naviglio Brenta ihre Villen, eine Fahrt von Venezia hinüber durch die Lagune konnte schnell erfolgen, besonders als *il burcchiello* regelmäßig zwischen Venezia und Padova verkehrte. Die Venezianer verbrachten hier gern die Sommermonate, man konnte gleichzeitig den zu den Villen gehörenden Landbesitz verwalten und herrliche Feste feiern, die *villeggiatura* schlechthin. Viele der Villen verschwanden im Laufe der Jahrhunderte, von einigen blieben nur die ansehnlichen Wirtschaftsgebäude stehen, aber andere künden noch immer von den drei Jahrhunderten der Pracht, des Geschmacks und des Reichtums der Venezianer.

Es versprach ein wunderschöner, frühherbstlicher Oktobertag zu werden, nebelfrei und schon jetzt recht warm. Langsam belebten sich die Ufer, Leute blieben stehen und Worte flogen herüber, denn das Boot sah aus wie ein Eigenbau mit Gartenbank und Motor und reizte zu Kommentaren. Auf keinen Fall wirkte es wie ein Polizeiboot.

Eine unfreiwillige Pause legten sie an der Schleuse von Dolo ein, wo sie geruhsam auf den Schleusenwärter warteten. Währenddessen plauderte Julia mit einem alten Mann, der am Ufer Gras sense.

Allmählich kletterten die Temperaturen, Roberto saß mit T-Shirt und Badehose bekleidet an der Pinne und meinte zu Julia, die sich ihres T-Shirts entledigt hatte, sie solle sich doch lieber mit Sonnencreme schützen, die Oktobersonne habe es in sich, besonders bei der Reflexion durch das Wasser.

Sie folgte seinem Rat und ließ sich von ihm den Rücken einreiben.

Verdammt, dachte Roberto grimmig, als er ihre Haut berührte, warum kann ich nicht so normal reagieren wie andere Männer! Du willst mit ihr schlafen, sie will mit dir schlafen, wo liegt das Problem?

Doch das wusste er genau. In den vergangenen zwanzig Jahren hatten alle seine nicht sehr häufigen Verbindungen mit Frauen vorübergehenden Charakter gehabt, meist mit solchen, die ebenso dachten wie er. Mit Bianca, der Staatsanwältin zum Beispiel, hatte er vor fünf Jahren einen Sommer verbracht, bevor sie heiratete. So aber wäre es bei Giulia nicht, und er wollte ihr nicht etwas antun, was für ihn nichts als ein kurzfristiges Abenteuer sein würde. Außerdem war sie viel zu jung und kam letztlich auch noch aus einem anderen Kulturkreis, das mahnende Beispiel seiner Eltern konnte er nicht einfach aus seinem Gedächtnis streichen, außerdem wollte und durfte er die Dienstvorschriften nicht ignorieren, ein paar Mal war er schon nahe daran gewesen.

Erneut genoss er ihre Gegenwart; sie durchbrach seine Schwerblütigkeit auf eine angenehme Art und Weise und ließ ihn das Leben positiver sehen. Außerdem schmeichelte es seiner Eitelkeit, dass ihn eine Dreiundzwanzigjährige attraktiv fand. Die Gelegenheit, junge Männer kennenzulernen, nahm er ihr im Augenblick, weil Umberto und er sie völlig abschirmten. Aber er war sich ganz sicher, dass er mit Beginn des Wintersemesters sehr schnell aus ihren Gedanken verschwinden würde.

Er grübelt zu viel, dachte Julia und tat, als lese sie.

Gegen elf erreichten sie die Villa Sceriman-Widman-Foscari hinter Mira Porte, die zu besichtigen Roberto vorschlug. Er zog sich Jeans und ein leichtes Jackett an, während Julia in einen kurzen Jeansrock schlüpfte und ihr T-Shirt wieder überstreifte, anschließend vertäuten sie sorgfältig das Boot. Blauweiß gestreifte Pfähle markierten die Gondelanleger. Julia sah förmlich, wie die Venezianer des achtzehnten Jahrhunderts die Treppe emporschritten, um eines der glänzenden Feste der aus Armenien stammenden Reedereifamilie Sceriman zu besuchen. Roberto hielt sie gerade noch am Arm zurück, als sie ihren Fantasiegestalten folgen wollte und dabei die viel befahrene und laute SS 11 übersah.

Erwartungsgemäß enttäuschte der Garten Julia sehr, ein paar Statuen, Rasen und kleine Hecken und wenig Blumenbeete vermittelten den Eindruck eines lieblos angelegten Gemeindeparks; nur ein schneeweißer Pfau begeisterte sie, und ein an einem Blumenbeet angebrachtes Schild mit deutscher Übersetzung weckte ihre Heiterkeit.

»Lies mal, Ro!«, gluckste sie, »›Nicht die Betten niedertreten!‹ Ich seh keine Betten, nur Beete!«

Das Innere der Villa bewies einen exzellenten Geschmack und viel Geld, besonders die Lüster aus Muranoglas fanden Julias Beifall, allerdings gefiel ihr die Verspieltheit des Rokoko nicht so sehr wie die Herbheit der Renaissancevillen.

Während sie weitertuckerten, erzählte Julia von Goethes Fahrt mit dem Burchiello 1786 von Padova nach Venedig, auf der dieser sich meistens mit den Pilgern an Bord unterhalten hatte, statt die Schönheit der Villen zu beachten, an denen das Schiff vorbeizog. Kurz vor Oriago passierten sie das Lokal *Il Burcchiello*, an das Giulia denkbar gute Erinnerungen an ein reichliches Essen hatte, während Roberto auf sein seither zerrüttetes Bankkonto hinwies.

Ein Stückchen weiter vertäuten sie das Boot unter einer Hängeweide, Julia packte den Picknickkorb aus, und sie genossen das Essen in schweigsamer Harmonie.

»Traumhaft«, murmelte Julia und steckte sich einige vollreife blaue Weintrauben in den Mund, »aber nun bin ich hundemüde.«

Sprach es, rollte sich auf dem Vordeck zusammen und schlief ein. Roberto hätte es ihr gern gleichgetan, aber erstens reichte der Platz nicht für zwei und zweitens ließ ihn die Vorsicht nicht zur Ruhe kommen. Er breitete noch einmal die Seekarte von der Lagune vor sich aus und prägte sich vorsichtshalber Wassertiefen und Fahrrinnen ein.

Er weckte sie nicht, legte vorsichtig ab, und erst kurz vor der Villa Malcontenta, nach Robertos Geschmack die schönste der Palladio-Villen, reckte Julia sich und rieb ihre Augen.

»Die Besichtigung müssen wir uns für ein anderes Mal aufsparen, die Zeit wird knapp.«

Aber als er ihre betrübte Miene sah, die wohl eher dem zweiten Teil seines Satzes galt als der Nichtbesichtigung, lenkte er sie mit der Geschichte einer unzufriedenen venezianischen Dame ab, die wegen ihres schlechten Lebenswandels hierher verbannt worden war. *La Malcontenta*, die Unzufriedenheit, hieß aber lange vor Palladio schon der Ort, weil die Bewohner unzufrieden mit dem *magistrato dell'aqua* waren, der ihnen ihren Fluss einfach weggeleitet hatte.

Mit den letzten Kilometern auf dem Canale di Brenta durchquerten sie eine öde, teilweise völlig zerstörte Landschaft. Hier siedelte sich Industrie von Maghera her ausbreitend an. Bei Fusina endete der Kanal, eine Schleuse blockierte ihren Weg in die Laguna Veneta. Die Venezianer hatten hier bei der Umleitung der Brenta einfach einen Wall aufgeschüttet, damit verhinderten sie besonders bei der Schneeschmelze die Zerstörung der Lagune, dem natürlichen Schutz Venezias. Die Schiffe mussten über diesen Damm mit einer Art Schiffshebewerk gebracht werden, einem technischen Wunder der damaligen Zeit.

Erst die Erfindung der Kammerschleuse vereinfachte das Verfahren, erzählte Roberto während des Schleusengangs. Kurz vor sechzehn Uhr öffnete sich das Schleusentor und entließ sie in die Lagune, wo der Canale Nuovo Fusina mit *mede luminoso* gesäumt auf den Canale di Giudecca zuführte.

»*Mede luminoso* sind die dreibeinigen, beleuchteten Baken, die den Verlauf der Fahrrinnen anzeigen«, erklärte Roberto, »und die Stangen, die die kleineren Fahrtrinnen anzeigen, heißen *bricchole*. Dort vorn, die zehnte Bake ist unser fiktiver Treffpunkt.«

Selbst hier in der Lagune regte sich kein Lufthauch, und bei ihrer geringen Geschwindigkeit konnte man von Fahrtwind auch nicht sprechen. Julia wunderte sich, dass Roberto trotz der drückenden Hitze sein

T-Shirt anbehielt, aber er meinte, er könne es nicht über sich bringen, in der Öffentlichkeit fast unbekleidet zu erscheinen, eine Badehose sei schon sein äußerstes Zugeständnis.

»Öffentlichkeit? Wir sind doch hier weit und breit die einzigen Menschen, abgesehen von den paar Fischern dahinten.«

»Es wäre das Gleiche, wenn ich eine Stadtbesichtigung in einem Jogginganzug unternehmen würde«, stellte er etwas herablassend fest, »ohne ein gewisses Maß an formeller Kleidung fühle ich mich nicht wohl.«

»T-Shirt und Badehose sind formell?«

»Hier schon!«

»Und mein Badeanzug?«

»Ist okay, ein Bikini wäre hier unangebracht.«

»Du bist altmodisch!«

»Nein, nur formell. Vorhin bei der Besichtigung haben wir uns doch ganz selbstverständlich umgezogen, meine Jeans und dein Jeansrock waren für eine Besichtigung formell genug.«

»Ist meine Beobachtung richtig, dass ich dich in letzter Zeit unverhältnismäßig oft, nämlich jeden Abend im *Ca' Rosso*, unformell in Jeans und T-Shirt habe herumlaufen sehen?«

»Nur, wenn ich mit dir zusammen bin, Giuli.«

»So, soll ich das als Missachtung meiner Person ansehen?«

»Du willst mich falsch verstehen! Habe ich dir nicht schon einmal erklärt, dass ich in deiner Gegenwart keine Rolle spielen muss und keine Fassade brauche?«

»Du hältst also Kleidung formellerer Art für eine Fassade?«

»Abschirmung! Wenn ich mich kleidungsmäßig der Norm anpasse, falle ich nicht auf. Eine *bella figura* zu machen ist Italienern sehr wichtig!«

»Ich habe elegante und modisch konservative Kleidung eigentlich immer als ein Statussymbol verstanden.«

»Willst du mich noch länger analysieren? Danke!«

»Wofür?«

»Für die Attribute *elegant* und *modisch*. Normalerweise machen Männer solche Komplimente!«

Sie wurde trotz der Sonnenbräune über und über rot, und er fand sie wieder einmal bezaubernd. Gleichzeitig kroch Zorn in ihm hoch, dass er sie hierher mitgenommen hatte, und schlagartig war der Zauber dahin.

Plötzlich fegte eine Windbö über die Lagune. Julia sah sich überrascht um, in ihrem Rücken türmten sich Wolken dunkel auf, die Roberto schon seit einiger Zeit mit Sorge beobachtete hatte. Bis jetzt verlief alles wie geplant. Wenn nur das Wetter mitspielte. Beim letzten Mal stand der Wettergott auf ihrer Seite, als er in Rovigo einen Gewittersturm schickte, aber launisch, wie er war, konnte er diesmal aufseiten der *Tre Condottiere* sein.

»Lass uns umkehren, Ro. Ich glaube, es kommt ein Gewitter!«
»Was ist los, *signorina senza pauro**? Angst vor Gewitter?«
»Auf dem Wasser, ja!«
»Wir sind auf halbem Weg zwischen Fusina und San Giorgio in Alga, der kleinen Insel dort. Da suchen wir Schutz!«

Laguna Veneta

Eine erneute stärkere Bö und ein paar Tropfen Regen trafen sie. Er übergab ihr die Pinne und wies sie an, außerhalb der Fahrrinne zu bleiben, ihr geringer Tiefgang ließ das zu. Roberto veränderte die Funkfrequenz, danach suchte er mit einem starken Fernglas angespannt die Lagune um sie herum ab. Aber außer ein paar Jachten, die ihnen entgegenkamen, einer, die in ihrer Richtung hinter ihnen herlief und einem weit entfernten Containerschiff, gab es nichts Ungewöhnliches zu sehen. Der Instinkt der Fischer vor Unwetter hatte sie längst Schutz suchen lassen.

Von Nordost kam eine dichte Regenwand näher. Er konnte die ganze Aktion abblasen, Hauptsache, ihr Boot schlug bei den kommenden Gewitterböen nicht voll. Der Wind erreichte eine Stärke, gegen die ihr Motor nicht mehr ankam, und so entschloss sich Roberto zu drehen und mit dem Wind im Rücken nach Fusina zurückzukehren. Die ihnen entgegenkommenden Jachten hatten sie alle passiert, als Roberto jetzt wieder die Pinne übernahm und das Boot mit Vorsicht wendete.

Die bisher hinter ihnen herlaufende Jacht kam ihnen nun entgegen, fünfzig Meter trennten sie vielleicht noch. Roberto steuerte sofort auf die rechte Seite der Fahrrinne, aber die Jacht raste mit aufschäumender Bugwelle direkt auf sie zu. Instinktiv ahnte Roberto, dass sie ihr Boot mit Vorsatz in den Grund bohren würde.

»Spring!«, schrie er Julia zu, die jetzt erst die auf sie zukommende Gefahr bemerkte.

Sie gehorchte ohne zu zögern, und er sah sie mit einem weiten Kopfsprung in das vom Wind aufgepeitschte Lagunenwasser eintauchen. Verzweifelt versuchte er das Funkgerät zu erreichen, aber als er sah, dass er nichts mehr ausrichten konnte, sprang auch er ins Wasser. Kreischend bohrte sich der Stahlbug in die Seite des kleinen, hölzernen Motorboots und sägte es förmlich in zwei Teile.

Die Besatzung der sie angreifenden Jacht kannte sich offensichtlich

---

* Frau ohne Angst

aus, sie setzte sofort zurück, um nicht im Schlamm neben der Fahrrinne stecken zu bleiben. Roberto tauchte auf, und er musste sich verbittert eingestehen, dass er mit so einer brutalen Aktion hätte rechnen müssen. Regen und Wind wühlten das Wasser auf, und er sah, wie sich der Bug der Jacht nun langsam und vorsichtig auf ihn zuschob. Vom Vorschiff hechtete eine massige Gestalt auf ihn zu und drückte ihn unter Wasser, durch den Aufprall wurde ihm die Luft aus den Lungen gepresst. Der schwere Körper seines Gegners drückte Roberto tief in den Schlick, er versuchte sich unter ihm wegzudrehen, wurde aber eisern festgehalten.

Der Gedanke, der in sein schwindendes Bewusstsein drang, gab ihm dann aber doch die nötige Kraft, sich wie ein Aal unter dem gewaltigen Körper wegzuschlängeln. Sie würden *La Tedesca* nicht am Leben lassen, weil sie den Mord an ihm mit angesehen hätte, und so stand nicht nur sein Leben, sondern auch ihres bei diesem Kampf auf dem Spiel.

Roberto tauchte auf und füllte seine schmerzenden Lungen mit Luft, sein nur zwei Meter von ihm entfernt auftauchender Gegner pumpte ebenfalls die Atemorgane voll, bevor er sich wieder auf Roberto stürzte, Haare und Gesicht voller Schlamm, Mordlust in den Augen. Nun hatte er zwar den Überraschungsmoment nicht mehr auf seiner Seite, aber er war deutlich kräftiger und muskulöser gebaut als Roberto, den er auch sofort wieder unter Wasser drückte, während sich seine riesigen Pranken um Robertos Hals schlossen.

Julia schwamm auf der Stelle und verfolgte entsetzt, was da keine fünfzig Meter von ihr entfernt geschah. Allzu viel sah sie nicht, denn der Kampf der beiden Männer spielte sich hauptsächlich unter Wasser ab. Sie konnte zwar stehen, das Wasser reichte ihr bis zur Brust, aber der Schlick schien sich an ihren Füßen festzusaugen und sie hinabzuziehen, Algen wickelten sich um ihre Füße, und so schwamm sie lieber. Immer wieder erschienen die eng umschlungenen Körper der kämpfenden Männer wie eine gewaltige, das Wasser peitschende Riesenschlange, um dann längere Zeit im brodelnden, trüben Lagunenwasser zu versinken.

Die Jacht war ein ganzes Stück abgetrieben und kaum noch hinter den dichten Regenschleiern zu erkennen. Aber jetzt kam sie wieder näher. Julia bemerkte mehrere Gestalten an Deck, die ein Schlauchboot zu Wasser lassen wollten. Das gelang ihnen nicht sofort, denn die Gewitterböen sorgten für einen enorm kabbeligen Wellengang, und außerdem verhielten sich die Männer nicht seemännisch. So würden sie das Gummiboot an der windzugewandten Seite nie ins Wasser bringen.

Der Gewittersturm flaute überraschend ab, und der heftige Regen ging in Sprühregen über.

Als Julia Robert Tauber auf der Jacht erkannte, wollte sie panikartig in die Weite der Lagune flüchten. Sie schluckte Wasser, tauchte unter und bekam sich wieder in die Gewalt. Nein, erst musste sie sehen, wie es um Roberto stand.

Roberts Kopf tauchte keine zwanzig Meter von ihr und der Jacht entfernt auf. Die Haare voller Algen, Blut floss ihm aus Mund und Nase, aber er war am Leben und allein! Der andere Mann blieb verschwunden, doch auch Roberto versank kraftlos, tauchte kurz wieder auf und versuchte sich zu orientieren. Sein Blick hastete zu Julia und zur Jacht. Er bedeutete ihr mit Händen und unverständlichen Geräuschen, sie solle weiter in die Lagune und von ihm wegschwimmen.

Inzwischen war es den Angreifern gelungen, das Schlauchboot ins Wasser zu lassen. Robert Tauber fiel als erster hinein und versuchte einen Außenbordmotor zu befestigen, das kostete Zeit. Mit der Jacht kamen sie weder an Roberto noch an Julia heran, zu weit waren beide von der Fahrrinne entfernt.

Viel mehr jedoch entsetzte Julia, dass von der Jacht aus auf Roberto geschossen wurde. Sie erkannte den grauhaarigen, vollbärtigen Arzt, den sie als den Fangomörder suchten, er verschoss ein ganzes Magazin auf den im Wasser Treibenden, nun legte er ein neues Magazin ein. Als sie blindlings auf Roberto zukraulte, hörte das Schießen auf.

Also wollten sie Roberto töten und sie dann mit dem Schlauchboot einfangen! Endlich erreichte sie Roberto. Er war total erschöpft. Sie krallte sich an seinem T-Shirt fest. Er quetschte mit großer Willensanstrengung heraus, dass sie um Himmels willen von ihm weg in die Lagune schwimmen solle. Doch sie zog ihn zu sich heran und hielt seinen Kopf über Wasser.

»Sie schießen, Giulia, verschwinde! Bitte!«

»Sie schießen auf dich, nicht auf mich! Jetzt haben sie aufgehört. Ich bin deine Lebensversicherung!«

Widerstandslos hielt er sich daraufhin an ihr fest.

»Aber sie kommen mit dem Schlauchboot!«, rief sie.

Sie keuchte vor Anstrengung und drehte sich um. Doch wie durch Zauberei verschwand die Jacht in der abziehenden Regenwand, sie konnten gerade noch sehen, wie das Schlauchboot hochgezogen wurde.

Die beiden sahen sich an, ungläubig erst, dann wie erlöst, und gleichzeitig drang ein Geräusch an ihre Ohren, das sie mit größter Erleichterung erfüllte, das Heulen einer Polizeisirene, das unaufhaltsam näher kam.

»Ro, wir sind gerettet!«, jubelte sie und hielt ihn weiter über Wasser.

Sein pfeifendes Luftholen klang weniger gequält. Der Regen hörte fast schlagartig auf.

Das Schnellboot der *carabinieri* fand sie zielsicher. Neben Julia klatschte ein Rettungsring ins Wasser. Sie half Roberto, Kopf und Arme hindurchzuziehen, und gab ein Zeichen zum Schiff hin, ihn an Bord zu holen. Sie selbst schwamm nebenher, ihre Erschöpfung kam ihr erst zu Bewusstsein, als es ihr nur mithilfe der Besatzung gelang, an Bord zu klettern. Roberto hatten sie auf den Boden gelegt, aber er erholte sich zusehends und setzte sich bald auf, um sich mit einem ihm zugereichten Handtuch das Blut und den Schlick aus dem Gesicht zu wischen.

Vittorio winkte ihnen vom Kommandostand zu, wandte sich aber gleich wieder dem Sprechfunk zu und feuerte eine Kanonade venezianischer Flüche ab, in denen mehrmals die Wörter *cavolo* und *cazzo* vorkamen, schließlich zuckte er resigniert mit den Schultern und knallte den Apparat in die Halterung.

»Willkommen an Bord, *La Tedesca*«, begrüßte er sie wie der Kapitän eines Kreuzfahrtschiffes; die Uniform stand ihm wirklich blendend. »Der Padovaner sollte doch auf Sie aufpassen, nicht Sie auf ihn!«

Mühsam erhob sich Roberto, Julia zitterte plötzlich, weniger vor Kälte als in Erinnerung an die Ungeheuerlichkeiten der jüngsten Ereignisse.

»In der Kajüte sind Handtücher und Sachen zum Umziehen, *La Tedesca*.«

Steifbeinig stieg sie hinunter, während Vittorio seinem angeschlagenen Kollegen erklärte, dass seine *Tre Condottieri* mit dem Teufel, dem Seeteufel und Neptun im Bunde gewesen sein mussten und außerdem mit dem Wettergott. Der zufällig bereitstehende Hubschrauber, er zwinkerte Roberto zu, habe bei dem Wetter nicht aufsteigen können, und die zu verfolgende Jacht sei wie vom Meer verschluckt.

Als auch Roberto in die Kajüte runterging, rubbelte sich Julia gerade die Haare trocken. Fürsorglich reichte sie ihm ein Handtuch und betrachtete die Würgemale an seinem Hals. Er nahm ihr Gesicht zwischen seine Hände und sah sie an.

»Die Polizei dankt dir, *La Tedesca*«, seine Stimme klang ein bisschen gequetscht, aber verständlich, dann küsste er sie auf die Wange, »und ich danke dir, Giuli. Ich bin …« stolz auf dich, wollte er hinzufügen, wurde aber durch Vittorios dezentes Räuspern unterbrochen.

»Hier sind Trainingsanzüge, nicht gerade die ideale Passform und *passato di moda*. – Zieht euch um! Wir suchen derweil weiter nach den Attentätern und den Resten eures Bootes. Vielleicht gibt's ja inzwischen schon Nachrichten zur verschwundenen Jacht. Ist euch an ihr etwas aufgefallen?«

Sie konnten nur bestätigen, dass weder Name noch Flagge noch Heimathafen zu sehen gewesen seien.

»Ich lass euch allein.«

Vittorios Blick war ziemlich anzüglich.

»Er geht davon aus …«

Julia verstummte.

»Dass wir zwei was miteinander haben?«, fragte Roberto. »Da ist er nicht der Einzige, der so denkt, und es stimmt ja auch, nur nicht so, wie die anderen denken. Aber ich geh schon nach oben, wenn du dich umziehen willst!«

Sie lachte. Manchmal fand sie ihn köstlich altmodisch.

»Das brauchst du nicht! Sonst verschiebt sich Vittorios Weltbild. Außerdem sind wir eben beinahe zusammen gestorben, da können wir uns doch wohl in einer Kajüte umziehen, oder?«

Wenn er auch so tat, als sei er ausschließlich mit Abtrocknen und Umziehen beschäftigt, so sah er doch mehrmals zu ihr hinüber, und ihr nackter Rücken ließ seine Lebensgeister endgültig zurückkehren. Als das Boot plötzlich rückwärts fuhr und Julia das Gleichgewicht verlor, wusste er, dass er von nun an zusätzlich von den vollendeten Rundungen ihrer Brüste und dem goldlockigen Dreieck zwischen ihren Schenkeln träumen würde.

»Sie müssen sich gut auskennen«, sagte Vittorio Augenblicke später und zeigte ihnen ihre Position auf der Seekarte, »oder alles riskieren. Oder beides. Es gibt eine schmale und nicht sehr tiefe Rinne vom Canale Nuova di Fusina nach Poveglia hinüber, die sie in der Regenfront unsichtbar für uns genommen haben könnten, und von Poveglia am Lido entlang Richtung Alberoni. Ist aber eher unwahrscheinlich, die Jacht hatte zu viel Tiefgang. Ich schätze, sie sind entweder über den Canale di Val Grande nach Chioggia gelaufen oder … oder, oder!«

Roberto sah sich die Seekarte interessiert an.

»Willst du damit sagen, dass wir die Jacht verloren und nicht den geringsten Schimmer haben, wo sie sein könnte?«

»*Esattamente!* Wenn ich sie gewesen wäre, würde ich mit der Regenwand nach Südwest abgelaufen sein, wäre im Canale Maghera-Malamocco nach Nordwest gegangen und im Porto Maghera verschwunden. Leider hatten die Kollegen dort noch schlechtere Sicht als wir, sodass wir …«

»… nun zur eigentlichen Polizeiarbeit übergehen können, nicht wahr?«

Roberto klang ein klein wenig sarkastisch.

»Ach ja. Jetzt müssen wir erst mal den ganzen Kram protokollieren. Sicher hast du auch den Verlust einer Dienstpistole zu melden.«

»Wenn es nur das wäre!«

Carmagnola

Teil II

Fide, sed cui, vide!
Vertraue, aber schau darauf, wem!

a.ð. 1414–1427/milano/venezia

Auf dem Höhepunkt der Macht

iccolò Machiavelli *hielt vom Söldnerwesen allgemein und von den* condottieri *insbesondere nichts, und er ließ nichts aus, um sie zu verunglimpfen. Keine Epoche der Kriegskunst ist so getadelt und lächerlich gemacht worden, wie das Kriegswesen der* condottieri, *und daran trägt hauptsächlich Machiavelli Schuld, dessen Vor- und Urteile kritiklos übernommen und verbreitet wurden. Die sogenannten unblutigen Schlachten ziehen sich durch viele Geschichtsbücher, von Machiavells hämischer Darstellung einiger Schlachten lebend, ausgerechnet am Beginn des 15. Jahrhunderts, als das italienische Söldnerwesen in höchster Blüte stand.*

So behauptete er von der Schlacht bei Zagonara 1424, dass nur drei Menschen umkamen und zwar obendrein nur deshalb, weil sie vom Pferde stürzten und im Kot erstickten; und ein paar Jahre später, 1440 in der Schlacht von Anghiari, soll nur ein einziger Mann gestorben und auch wieder vom Pferd gefallen sein, während in der Schlacht von Molinella 1467 überhaupt niemand starb.

Söldner ehrten sich gegenseitig als Kriegskameraden, die condottieri *kannten sich untereinander, einige waren sogar befreundet, und jeder schonte das Material des anderen, sprich gut ausgerüstete Soldaten und Pferde. Ein* condottiero *war so reich wie er intakte Mannschaften sein eigen nannte, und er bemühte sich, den Reichtum des Gegners nicht willkürlich zu zerstören, denn der konnte bei der nächsten* condotta *ein Kampfgenosse sein. So nahm man Gefangene und tauschte sie nach gewonnener Schlacht schnellstmöglichst gegen ein ausgeklügeltes System von Lösegeld wieder aus.*

Niccolò Machiavell kam zu der Überzeugung, dass man das, was die condottieri *taten, nicht als Krieg bezeichnen könne, wenn die Menschen nicht getötet, die Städte nicht verheert, die Staaten nicht zerstört würden. Und er fuhr fort: »Jene Kriege sanken zu solcher Schwäche herab, dass sie ohne Furcht angefangen, ohne Gefahr geführt wurden und ohne Schaden endeten.«*

Diese Darstellungen kritiklos zu übernehmen, war der Nachwelt vorbehalten, und so mag es nicht verwundern, wenn noch in der Deutschen

Heereszeitung von 1876 ein Artikel über die condottieri *erschien mit der Überschrift »Ein Auswuchs des Soldatentums«; und der so geschätzte, aber in diesem Fall doch reichlich unkritische Jacob Burkhardt behauptete, eine Schlacht der* condottieri *sei »ein virtuoses Kunststück; der Gegner sollte durch Scheinmanöver zum Einstellen des Treffens genötigt werden; es kam darauf an, Blutvergießen zu vermeiden, höchstens Gefangene zu machen und von ihnen Lösegeld zu erpressen«.*

Es mag sein, dass man in Machiavellis Kreisen über die unappetitlichen Kriegsgeschehen so leichthin sprach, eher ist jedoch zu vermuten, dass er seine eigenen schlechten Erfahrungen mit einem rebellierenden und damit unfähigen Söldnerheer und dem damit verbundenem Ende seiner Karriere in Florenz verknüpfte, denn die von ihm vorgeschlagene und geführte Florentiner Bürgermiliz versagte bei ihrem ersten Einsatz und besiegelte damit das Schicksal der Stadtrepublik Florenz und sein eigenes.

Machiavelli, obwohl erst sieben Jahre nach Carmagnolas gewaltsamem Tod geboren, müsste bei genaueren und objektiveren Recherchen bemerkt haben, dass er höchstens die halbe Wahrheit aufgeschrieben hatte.

Für seinen Herzog kämpfte Carmagnola beinahe zehn Jahre lang mit seinen ihm treuen und ergebenen Soldaten, um die Einigkeit des Mailänder Herzogtums wieder herzustellen und ihm Autorität zu verschaffen. Zehn Kleinfürsten besiegte er; Stadt für Stadt, Kastell für Kastell wurden in beinahe beängstigend kurzer Zeit erobert, Revolten niedergeschlagen, und Carmagnola gewährte keinerlei Gnade, keinerlei Ritterlichkeit war vorgesehen bei seinen Kampfhandlungen, Abschreckung für die Zukunft das Ziel. O, o, signor Macchiavelli!

»Gnade ist die Art der Mailänder nicht!«, pflegte Carmagnola zu sagen, weder die des Herzogs noch die seines condottiero. Als Filippo degli Arcelli die befestigte Stadt Piazenca nicht räumen wollte, ließ Carmagnola Sohn und Bruder des Aufständischen, die sich schon seit einiger Zeit in seinen Händen befanden, kurzerhand vor den Augen der Arcellis aufhängen.

Unblutig konnte man diese Zeit keineswegs nennen, und Machiavelli musste um die berühmte Schlacht von Bellinzola am 30. Juni 1422 wissen, in der die gefürchteten Schweizer mit ein Meter achtzig langen Hellebarden und Langspießen vierhundert Pferden Carmagnolas die Beine wegsäbelten und anschließend deren Reiter spießten; insgesamt fielen in dieser Schlacht, die Carmagnola dank seines strategischen Geschicks und dank seiner Armbrustschützen doch noch für sich und Mailand entscheiden konnte, eintausend Mann des Fußvolks auf beiden Seiten, plus die oben erwähnten Reiter. Unblutig, signor Machiavelli?

Diese Schlacht bildete den Höhepunkt in Carmagnolas condottiero-Leben für Mailand, aber weil er sich zu oft außerhalb Mailands aufhal-

ten musste, hatten die intriganten Höflinge leichtes Spiel, das Misstrauen Filippo Maria Viscontis gegen ihn zu entfachen.

In diesen zehn Jahren erhielt Carmagnola zahlreiche Lehen, wurde Graf von Castelnuovo di Scrivia, lebte mit seiner Frau, wenn er denn zu Hause in Mailand sein konnte, in dem prunkvollen Palazzo Broletto Nuovo, und die schöne Antonia gebar ihm in schönster Regelmäßigkeit eine Tochter nach der anderen: Antonia, Margherita, Isabella, Lucchina. Was Carmagnola fehlte, war ein Sohn, dem er Titel und Reichtum vererben konnte und das ungeteilte Vertrauen seines Herzogs, obwohl er dem, nach seinem Empfinden, keinen Anlass zu Zweifeln an seiner Treue und Erfüllung seiner condotta *gab.*

Der Herzog Filippo Maria Visconti, von seinem Bruder in Pavia jahrelang in halber Gefangenschaft gehalten, hatte sich in eine freiwillige in der Porta Giovia in Mailand begeben, die er fast nie verließ. Er scheute Publikum, ließ sich wegen seiner Hässlichkeit nicht porträtieren, war krankhaft misstrauisch, litt unter schrecklicher Klaustrophobie, verweigerte die Begrüßung von Kaiser Sigismund, als der durch Mailand zog, und hatte eine panische Angst vor Mördern und Verschwörungen.

So schenkte er den Einflüsterern Gehör, die ihn vor Carmagnola und seinen ihn verehrenden Söldnern warnten, schob den condottiero *nach Genua ab, wo er weitab vom Tagesgeschehen kalt gestellt war, vereinbarte heimlich eine* condotta *mit dem jungen* condottiero *Francesco Sforza und versuchte Carmagnola und sein Heer zu trennen.*

Dieser reiste zornentbrannt nach Mailand, wo er nicht einmal vom Herzog empfangen wurde, fand seinen Palazzo umstellt, Frau und Töchter als Geiseln in der Hand des Visconti, und er stieß fürchterliche Drohungen gegen seinen Brotherrn aus.

Dann ritt er so schnell davon, dass Oldrado Lampugnano, der vom Herzog mit Carmagnolas Festnahme beauftragt war und die Verfolgung mit einigen Reitern aufnahm, ihn nicht mehr erreichte. Francesco Bussone kehrte nicht nach Genua zurück, sondern traf bald darauf beim Herzog von Savoyen ein, der mit Venedig verbündet war und dem condottiero *Carmagnola eine neue* condotta *vermittelte, und zwar mit der Serenissima, mit Venedig also, der größten Widersacherin Mailands. Inkognito und Mailänder Gebiet meidend, machte sich Carmagnola durch Norditalien auf den Weg nach Venedig.*

Innerhalb eines Monats handelte er dort seine neue condotta *mit exzellenten Bedingungen aus; der 1423 neugewählte Doge Francesco Foscari bedurfte dringend des berühmten* condottiero, *wollte er doch die Einflusssphäre San Marcos nach Westen ausdehnen, der Visconti blockierte alle Handelswege nach Norden und Westen.*

Carmagnola bildete nun eine große Gefahr für den Herzog von Mai-

land, kannte der doch seine Schwächen und seine Denkweise, dazu das gesamte Mailänder Gebiet mit seinen strategischen Möglichkeiten bis in alle Einzelheiten.

Ziemlich überstürzt und unüberlegt schickte Fillippo Maria angebliche Hundekäufer nach Treviso, wo Carmagnola seine Truppen zusammenstellte, doch der Giftmordversuch scheiterte, die potenziellen Mörder wurden entdeckt, festgenommen und verurteilt. Jeder wusste, dass Filippe Maria Visconti der Anstifter war, doch sein Name fiel im Prozess nicht.

Florenz schloss sich Venedig an, die Eroberungslust des Visconti ließ auch Mantua und Ferrara dazu stoßen, und Carmagnola befehligte die Truppen der Bundesgenossen als capitano generale.

Brescia als Tor zum Norden wurde belagert, eingenommen und nach acht Monaten – der Herzog von Savoyen und der Markgraf von Montferrat halfen kräftig mit – mussten sich alle Brescianer Festungen und Kastelle ergeben. Eine Fortführung des Krieges hätte die totale Niederlage des Mailänders bedeutet, so schloss er notgedrungen Frieden und erklärte sich bereit, Carmagnolas Frau und seine Töchter innerhalb von vierzehn Tagen nach Venedig ausreisen zu lassen, sowie ihm alle seine konfiszierten Besitzungen zurückzugeben.

Niemand in Italien glaubte an einen dauerhaften Frieden, und so war keiner wirklich überrascht, dass dieser vom Visconti gebrochen wurde, fast ehe er geschlossen war, und auch dass nur die erste Bedingung Carmagnolas erfüllt wurde, Frau und Töchter 1427 nach Venedig reisen zu lassen.

Im zweiten Feldzug schien sich das Glück auf die Seite des Mailänders zu neigen, obwohl seine gesamte Flotte auf dem Po zerstört wurde. Carmagnola musste eine Niederlage bei Gottolengo hinnehmen, ohne jedoch in Gefangenschaft zu geraten; und die folgenden Scharmützel vor Cremona und Pizzighettone gingen unentschieden aus. Aber dann bei Maclodio begann der Siegeszug des Generalkapitäns.

Dank seiner hervorragenden Kenntnisse des Terrains hatte er sein Lager auf einem von Sümpfen und Gräben umschlossenen Platz aufgeschlagen, das nur auf einem Wege zu erreichen war. Längs dieses Weges ließ er Bretter wie Flöße in den Sumpf legen, auf denen sich seine Soldaten in den Hinterhalt legten. Der unerfahrene condottiero *Malatesta tappte in die Falle, Francesco Sforza wurde ebenso gefangen genommen wie Piccinino, und die Niederlage wäre für die Mailänder noch bitterer gewesen, wäre da nicht die Nacht hereingebrochen und hätte dem Kampf ein Ende gesetzt.*

Freudenfeuer wurden entzündet, Prozessionen und Feste arrangiert, die Signoria *bedankte sich bei Carmagnola, der den ehemals Pandolfo Malatesta gehörenden Palast in Venedig als Lohn erhielt und Castenedole als Lehen.*

Bei dieser Schlacht muss Machiavelli recht gegeben werden, sie verlief weder blutig noch zerstörerisch, Carmagnola traf sich mit den besiegten condottieri, *mit denen er verschiedentlich in der Vergangenheit gemeinsam gekämpft hatte, und ohne jedes Lösegeld ließ er sie großzügigerweise wieder frei.*

Carmagnola ruhte sich auf seinen Lorbeeren nicht aus, er eroberte bis zum Ende des Jahres 1427 ganz Brescia, einen großen Teil des Bergamasker und einen Teil des Cremoneser Landes, und zähneknirschend schloss der Mailänder Herzog wieder Frieden.

Carmagnolas condotta *mit Venedig lief 1429 aus, er bat um Entlassung, die ihm nicht gewährt wurde, man wollte ihn auf keinen Fall an den Visconti verlieren. Daraufhin schraubte er seine Forderungen so hoch, dass die* Signoria *passen musste.*

Nach zähen Verhandlungen einigte man sich schließlich doch, und der Triumph Carmagnolas wurde am dritten Sonntag in der Fastenzeit gekrönt durch eine feierliche Zeremonie nach der Messe. Auf einer Tribüne, die auf dem Markusplatz in der Nähe von San Marco aufgestellt war, fanden die Feierlichkeiten statt.

Der Doge Francesco Foscari belehnte den Generalkapitän mit der Grafschaft Chiari. Anschließend speisten der Doge, die Signoria *und viele Vertreter der* nobiltà *in Carmagnolas Palast. Er befand sich nun auf dem absoluten Höhepunkt seiner Macht, seines Ansehens, seines Einflusses und seines Reichtums.*

Auch im familiären Bereich gab es Grund zum Feiern, Luchina Bussone, die erste der vier Töchter des Grafen von Carmagnola und feudatario* *von Wer-weiß-wie-vielen-Lehen, kam unter die Haube.*

Der aus einer alten Veroneser condottieri*-Familie stammende Luigi dal Verme, wie sein zukünftiger Schwiegervater* condottiero *im Dienst der Serenissima, den er zwar nicht an Berühmtheit, aber an Alter übertraf, warb um sie und wurde erhört. Luigi hatte ein typisches, wechselhaftes* condottieri*-Leben hinter sich, erst durch den berühmten Vater Jacopo dal Verme geprägt und dann durch die Gefolgschaft bei Munzio Attendolo, dem Stammvater der Sforzas.*

Nach einer verlorenen Schlacht gegen Braccio da Montone, den Freund, aber trotzdem ewigen Widersacher Munzios, stellte Luigi dal Verme *sich in den Dienst der* Serenissima. *Fast fünfzigjährig verband er sich mit der Tochter des berühmten Carmagnola und erhielt nicht nur eine schöne Braut und eine große Mitgift, sondern auch einen berühmten Schwiegervater.*

---

* Lehnsherr

Und eine wahrlich traumhaft ausgerichtete Hochzeit. Aus dieser Ehe sollten vier Söhne hervorgehen, doch nur der Jüngste, Pietro, hatte das condottieri-*Blut seines Vaters und das seines berühmt-berüchtigten Großvaters geerbt.*
Schon damals heiratete man gern in Venezia. Und so suchte sich auch die nächste Tochter Carmagnolas, die schöne Isabella, einen Bräutigam und verlobte sich mit dem nicht ganz unbekannten Sigismondo Pandolfo Malatesta, Herr von Rimini, Fano und Senegallia. Im Gegensatz zu ihrer Schwester zog sie die Jugend vor und verliebte sich in den erst 1417 geborenen, schönen und gebildeten, aber auch kriegsbereiten Jüngling; die Verlobung sollte das Jahr 1432 allerdings nicht überdauern.

Kapitel 1
A.D. Oktober 2000

Padova

mberto füllte sich zum vierten Mal von dem Schinken-Pilz–Risotto auf, das Julia aus Ginas Vorräten zubereitet hatte. Sie besuchte ihre Eltern in Lido-Alberoni mit ihren vier Kindern, während Umberto von den in Mengen hinterlassenen Sonderangeboten an Fertiggerichten lebte.

Roberto stocherte in seiner ersten Portion herum, abwesend sortierte er die Pilzstückchen auf dem Tellerrand, um sie dann wieder unter den Reis zu mischen.

»Kannst du nicht schlucken?«, erkundigte Julia sich besorgt, aber er schüttelte abweisend mit dem Kopf, als wolle er in seinen Gedanken nicht gestört werden.

Umberto ignorierte seinen Freund, eine seltsame Spannung stand zwischen den beiden Männern, seit der Pellestrino die beiden Schiffbrüchigen von der *piazzale* Roma abgeholt und nach Padova zurückgebracht hatte. Es hatte Roberto große Überwindung gekostet, seinen Freund anzurufen und ihn um Hilfe zu bitten. Noch nie war Umberto so schweigsam gewesen, und alles, was er sagte, war:

»Ich komme.«

Julia und Umberto kompensierten die abklingende Spannung mit Nonsensgesprächen, doch Roberto blieb geistig abwesend und ging dazu über, die Schinkenstückchen aus dem Risotto zu fischen, um sie anschließend wieder zurückzugeben.

Umberto verschwand in der Küche, um Käse zu holen und den Espresso aufzusetzen.

»Wie geht's dir, Roberto?«

Er schien aus dem Universum zurückzukehren.

»Danke, mein Hals wird langsam besser. Der Polizeiarzt hat gesagt, es sei nur eine leichte Kehlkopfquetschung, nichts Bleibendes.«

»Ich meine nicht deinen Hals.«

Als er sie jetzt ansah, kehrte er ganz zurück. Sie besaß die Gabe, nach seinen Gefühlen zu fragen, bevor er selbst sich über sie klar wurde. Sie hatte aus nächster Nähe miterlebt, wie er einen Menschen getötet hatte, aber statt zu klagen, wie furchtbar das für sie gewesen sei, fragte sie nach seinen Empfindungen.

Vor über zehn Jahren hatte er schon einmal bei einer *retata*** einen Mann angeschossen, der dann seinen Verletzungen erlegen war, damals musste er es tun, um einen Kollegen zu retten. Diesmal hatte er seine Hände zum Töten benützt, wenn auch in unbestreitbarer Notwehr; Spuren in seiner Seele würde es trotzdem hinterlassen. Seine Körperlänge hatte ihn gerettet. Als er den Hals seines Angreifers schließlich umklammern konnte, hatte er durch die Länge seiner Arme den Mann von sich abhalten und ihm die Luft abdrücken können.

Obwohl Roberto ihren Spürsinn für seine Befindlichkeiten schätzte, kam sie ihm langsam gefährlich nahe, und so antwortete er unwillig, ohne auf ihre letzte Bemerkung einzugehen.

»Zu deiner Beruhigung! Ich gehe morgen früh, das heißt heute, es ist ja schon nach Mitternacht, zu einem Kehlkopfspezialisten. Recht so?«

Sie schwieg gekränkt, und er bedauerte seine Worte. Schweigend räumte sie die Teller zusammen und folgte Umberto in die Küche.

Beim Käse, die Spannung zwischen ihnen allen knisterte fast hörbar, verschluckte Julia sich plötzlich, sie war mit ihren Gedanken so auf Robertos Wohlergehen fixiert gewesen, dass alles andere zweitrangig geworden war.

»O Gott, wie konnte ich das nur vergessen! Ich habe den Mann erkannt, der auf Roberto geschossen hat!«

Roberto reagierte wie erwartet ungehalten.

»Eher konnte dir das wohl nicht einfallen!«

Umberto fuhr seinen Freund an:

»Halt die Klappe, ja!«

Dann wandte er sich ruhig und freundlich an Julia.

»Keine Eile, Giulietta, er ist sowieso entkommen! Wer war es?«

»Der Fangomörder.«

»*Porca miseria*!«, fluchte Roberto ganz entgegen seinem sonstigen Sprachgebrauch. »Wenn das Unwetter nicht dazwischengekommen wäre, hätten wir ihn mit Vittorios Hilfe gehabt.«

»*Hätte* ist tot!«, sagte Umberto scharf.

»Und noch jemanden habe ich erkannt.«

Umberto legte ihr begütigend die Hand auf den Arm.

»Wen, *ragazza*?«

»*Colombo*! Robert Tauber.«

»Ach, und das fiel dir auch eben erst ein?«

Robertos gequetscht klingende Stimme ließ die Bemerkung böser klingen, als sie gemeint war.

---

* Razzia

»Aber er hat nicht auf dich geschossen! Er hat nur das Schlauchboot mit zu Wasser gelassen!«

»Auch wenn er keine Pistole in der Hand hatte, gehörte er doch zu ihrem Mordkommando! Oder glaubst du etwa, dein *Colombo* wollte dich mit dem Schlauchboot retten? Aber du findest ja immer Ausreden für ihn!«

Er war ungerecht, er wusste es, aber er konnte seinen Zorn nicht unterdrücken, Zorn auf sich selbst, den Julia stellvertretend für alle Pannen des vergangenen Tages auf sich zog.

»Das ist kein Grund, Giulietta zum Weinen zu bringen!«, mischte sich Umberto ein und starrte seinen Freund böse an.

Julias Tränen brannten wie Salzsäure in Robertos Seele. Am liebsten hätte er sie in die Arme genommen und sich entschuldigt, aber in Umbertos Gegenwart brachte er es nicht über sich.

»Ich hol uns einen Grappa, wenn Umberto erlaubt. Tut mir leid, ich bin nicht gut drauf heute Abend!«

Das war das Äußerste an Entschuldigung, was er sich abringen konnte.

Julias Augen schwammen immer noch in Tränen. Sie schüttete den Grappa auf einmal hinunter und hustete fürchterlich. Auch in Robertos lädierter Speiseröhre brannte er wie Feuer.

»Wer hat denn den gebrannt? Dein Vater wieder?«

Umberto ging auf die Ablenkung ein.

»Pst, das muss die Polizei ja nicht unbedingt wissen.«

Aber sie lenkten Julia damit nicht ab.

»*Colombo* ist ein ganz mieser Typ! Ich wollte ihn nicht verteidigen. Aber du reagierst bei seinem Namen immer so scharf, dass ich mich mit angegriffen fühle.«

»Versöhnt euch, Kinder, aber rasch!«, befahl Umberto. »Die Nacht ist bald zu Ende!«

Da Julia todmüde aussah, bestimmte er rigoros, dass sie sofort das Bett seines ältesten Sohnes aufsuchen solle, während er mit Roberto den Abwasch machen würde.

»Sie kann ebenso gut nebenan in meiner Wohnung schlafen, die Schlafcouch kennt sie schon.«

»Ich glaube nicht, dass Giulietta gern allein dort drüben schliefe, während wir hier abwaschen. Und mit dir habe ich noch ein Wörtchen zu reden!«

Das klang fast wie eine Drohung, aber Julia registrierte das alles nicht mehr, sie schlief schon fast, nur das Licht solle an und die Tür aufbleiben, bat sie Umberto im Halbschlaf.

Während Roberto das Geschirr einweichte und Umberto die Essensreste im Kühlschrank verstaute, sprachen sie über die inzwischen bewiesene Verbindung zwischen den *Tre Condottieri* und *Colombo* und zwischen Gattamelata, dem Fangomörder und der *questura*.

»Und du hast keine Ahnung, wer der Maulwurf bei uns ist, der Zugang zu deinem Schreibtisch hat?«, erkundigte sich Umberto, und statt den Rest Gorgonzola wegzupacken, schob er ihn noch schnell mit einer Ecke Weißbrot in den Mund.

Normalerweise hätte Roberto das mit einem vielsagenden Blick auf die heldenhafte Figur seines Freundes oder einer anzüglichen Bemerkung quittiert, aber er war auf einem derartigen Tiefpunkt angekommen, dass er sich am liebsten mit Beethovens Neunter und einer Flasche Grappa verkrochen hätte.

»Der *vice-questore* hat mir Einblick in eine Reihe von Personalakten gegeben und ist sie mit mir durchgegangen. Nichts Auffälliges bisher. Ich mache das ausgesprochen ungern, schließlich haben wir für so etwas unsere Innere Ermittlung, aber der traut er auch nicht mehr. Es ist fatal, wenn du dich im eigenen Haus dauernd fragst, wem du noch vertrauen kannst. Wir wollen noch weitere Akten durchgehen, und wenn das bekannt wird, kann ich aus dieser Dienststelle verschwinden. Mein Onkel war klug genug, gestern in den Urlaub zu fahren!«

»Dann weiß er gar nichts von deiner Bootsfahrt nach Venezia?«

»*No, niente!*«

»Dann weiß er auch nicht, dass du Giulietta mitgenommen hast?«

»*No, niente!* Er hatte mir ausdrücklich untersagt, Julia ›als Köder an die Angel zu binden‹, wie er es nannte!«

»Weiß dein *carabiniere comandante*, dass uns der Fall entzogen wurde?«

»*No, niente!*«

»Hattest du Rückendeckung von der Staatsanwaltschaft?«

»Nicht eigentlich.«

Umberto rang nach Luft, stürzte zum Kühlschrank und stopfte sich wahllos Oliven und Salami in den Mund.

»*Com'è vero Dio!* Das kann dich teuer zu stehen kommen!«

Er schluckte ein Stück Schinken hinunter und spülte mit einem großen Schluck Grappa nach, bevor er die Frage stellte, die ihm schon seit dem Telefonanruf auf der Seele lag.

»Warum hast du mich eigentlich nicht eingeweiht? Oder gehöre ich auch zu dem Personenkreis, dem du misstraust?«

Roberto schrubbte verbissen den Risottotopf.

»*Ma no!* Aber du hättest mich *La Tedesca* nicht mitnehmen lassen. Mit der Staatsanwältin und dem *vice-questore* werde ich schon fertig.«

»*Ma certo, marchese!* Mich macht der Alte schon wegen eines fehlenden Radiergummis zur Schnecke, aber dich schützt ja die Gnade deiner adligen Geburt!«

»Hör auf, Umberto, Tiefschläge von dir tun besonders weh.«

Umberto war so wütend, dass Roberto ihn nicht wiedererkannte. »Der

Dicke«, wie er in der *questura* allgemein hieß, war wegen seiner ständigen guten Laune, seines Humors und seiner Kompromiss- und Hilfsbereitschaft sehr beliebt, sogar mit dem *vice-questore* kam er zurecht, weil er dessen Ungerechtigkeiten wegsteckte wie andere ihre Brieftasche.

»Hast du dir eigentlich überlegt, was du Giulietta angetan hast? Nur um zu beweisen, dass sie dir nichts bedeutet, dass du sie nur für die Lösung deiner Mordfälle brauchst? Oder wie soll ich das sonst verstehen? – Weißt du, was dein Problem ist, Roberto Bassner? Du hast etwas Selbstzerstörerisches an dir! Aber zerstöre nicht auch noch Giulietta, da wird es nämlich zu meinem Problem!«

»Was geht sie dich an?«

»Oh, mein lieber Freund, ich tue das, was du vorgibst zu tun!«

Roberto klatschte gereizt das Wischtuch auf die Spüle.

»Nämlich?«

»Eine kleine Schwester in ihr zu sehen! Und deshalb wollte ich auch, dass sie hier schläft!«

»Was geht da in deinem altruistischen Hirn vor sich?«

»Sie vor dir zu schützen, du Zyniker! Du wolltest sie heute Nacht doch nur auf deiner Couch haben, um deine Gewissensbisse an ihr abzureagieren!«

Es fehlte nicht viel und Roberto wäre handgreiflich geworden, aber Julia, die sich schlaftrunken an der Türfüllung festhielt und nach der Ursache des Lärms fragte, hinderte ihn daran. Wenn sie ganz wach gewesen wäre, hätte sie die Dramatik der Situation bestimmt gespürt und auch deren unfreiwillige Komik, Roberto mit einer Spülbürste bewaffnet und Umberto, abwehrbereit ein Geschirrtuch in der Hand!

Sie gehorchte der Aufforderung der Männer, weiterzuschlafen und taumelte ins Bett zurück, aber ihr Erscheinen hatte dazu geführt, dass der Adrenalinspiegel der beiden wieder sank und Umberto seinen Freund aufforderte, den Abwasch Abwasch sein zu lassen, er wolle in Ruhe mit ihm über Giulietta reden. Schließlich setzten sie sich mit der Grappaflasche zwischen sich an den Küchentisch.

»Wie weit willst du eigentlich noch gehen und ausprobieren, ob Giulietta dir auf dem Weg ihrer Selbstvernichtung folgt, Roberto?«

»Sei nicht so theatralisch! Ich will ihr überhaupt keinen Schaden zufügen, im Gegenteil!«

»So? Die Razzia damals? Treviso? Und jetzt die Lagune? Du machst sie kaputt, sie vertraut dir bedenkenlos und macht alles mit, was du vorschlägst!«

»Das ist unfair! Ich konnte nie voraussehen, dass …«

»*Misericordia*! Warum willst du dir und der *questura* beweisen, dass du Giulietta nur beruflich brauchst? Gebrauchst! Missbrauchst!«

»Mach nur so weiter, Umberto! Ich hätte nie gedacht, dass eine Frau, ein Mädchen fast noch, unsere Freundschaft in Frage stellen könnte!«

»*Cristo Signore*! Bist du ein Ignorant! Wenn wir nicht Freunde wären, würde ich so nicht mit dir reden. Du bist ein Einzelgänger, wenigstens tust du so. Ich habe Gina, die mir sagt, wenn ich Mist baue, und mit ihr finde ich den richtigen Weg wieder. Umgekehrt geht es genauso: ein Indiz für eine glückliche Verbindung. So ein Regulator versuche ich jetzt für dich zu sein, *capisci*? Giulietta könnte das weitaus besser als ich, wenn du sie ließest. Sie liebt dich, dass weiß ich aus sicherer Quelle. Und du? Du verbringst neuerdings so wenig Zeit in der *questura* wie nie zuvor. Sogar deine Mörder helfen dir. Die Konjunktur ist äußerst schwach! Seit Wochen zieht es dich fast jeden Abend zu ihr ins *Ca' Rosso*, oder ihr unternehmt etwas! Jetzt bist du jeden Mittwoch verschwunden, und alle Welt weiß, dass Giulietta dann ihren freien Tag in der Sprachenschule hat. Gib es doch ruhig zu, du hast einen Narren an ihr gefressen, und gleichzeitig spielst du ein äußerst fatales Spiel mit ihr, nicht wahr?«

Die Grappaflasche wechselte wieder zu Umberto, dem an diesem ganzen Abend noch nicht ein Wortdreher oder Ähnliches unterlaufen war.

»Dass sie glaubt, mich zu lieben«, nahm Roberto nach langem Schweigen den Faden wieder auf, »ist vorübergehend. Wenn das Semester beginnt, wird sie bald so von Kommilitonen umschwärmt sein, dass sie uns beide schnell vergessen hat.«

»Das Unglaubliche an dir ist, dass du den Schwachsinn selber glaubst, den du erzählst. Erstens wird sie immer einen Kopf größer sein als die allermeisten Studenten, das senkt die Zahl der Verehrer beträchtlich, und zweitens liebt sie dich. Das ist keine vorübergehende Schwärmerei, glaub mir. Sie liebt dich, Roberto! Und sie ist etwas ganz Besonderes.«

»Eben!«, er blieb störrisch. »Aber ich bin kein Mann für sie, tausend Gründe sprechen dagegen. Der Wichtigste ist, dass ich nicht für dauerhafte Bindungen geschaffen bin, und für eine kurze Romanze ist sie nicht der Typ.«

»Warum unterdrückst du deine Gefühle permanent? Versuch, ehrlich mit dir selbst zu sein! Und dann bitte ich dich, lass Giulietta nicht im Ungewissen, wie du dich entscheidest, für oder gegen sie. Und sei konsequent, wenn du dich gegen sie entscheidest! Mach sie nicht dauernd an, und zieh dich dann zurück. Gib ihr nicht dauernd Hoffnung und dann wieder einen Tritt!«

»Ich werde schlafen gehen und darüber nachdenken«, versprach Roberto, aber daran hinderte ihn das Telefon.

Die *questura* rief bei Umberto an, um sich nach dem Verbleib des *dirigente* der Mordkommission zu erkundigen. Vor dem Haus seiner Mutter habe es eine Schießerei gegeben.

Montegrotto Terme

Unter den kritischen Blicken einiger betagter Damen, die in der drückend feuchtwarmen Luft der Thermalschwimmhalle vor sich hindösten und sein Erscheinen als willkommene Abwechslung werteten, begab sich Roberto unter die Dusche und hoffte, dass die Altersweitsichtigkeit der ihn Fixierenden verhinderte, dass sie die verfärbten Druckstellen an seinem Hals bemerkten. Das hätte sicher neugierige Blicke, wenn nicht Fragen oder Bemerkungen zur Folge gehabt, auf die er in seinem augenblicklich angeschlagenen und unausgeglichenen Gemütszustand wohl unangemessen geantwortet hätte.

Er hatte schon an der Rezeption unwillig reagiert, als sie ihn auf seine Frage nach Dr. Saccardo ins Schwimmbad verwiesen und ihm einen vorbereiteten Stapel mit Badetuch, Bademantel und Badehose überreichten. Dabei hatte er Gattamelata überraschen, ihn mit Fragen überrennen und ein Alibi für den vergangenen Tag fordern wollen.

Nun stand er mit den Badesachen auf dem Arm da und musste zugeben, dass der Gegner ihm um mindestens einen Schritt voraus war. Aber wenn ihm schon alles misslang, was er im Augenblick anpackte, wollte er das Bad nach einer durchwachten Nacht wenigstens zur Entspannung nutzen.

Als er sich in das heiße Thermalwasser gleiten ließ, fiel für einen Augenblick alle Anspannung von ihm. Er streifte für Momente die Erinnerung an den Streit mit Umberto und den Rest der Nacht ab, den er im Hause seiner Mutter zugebracht hatte, weil es dort zwischen einer vorbeikommenden Polizeistreife zu einem zufällig erscheinenden Schusswechsel mit einer Gruppe jugendlicher Randalierer gekommen war. Anschließend war er nach Treviso gefahren, wo er im Morgengrauen Gattamelata suchte, aber Angela fand. Sie trug ein zauberhaftes Negligé, war perfekt zurechtgemacht, so als habe sie ihn erwartet.

Nein, ihr Mann sei nicht zu Hause, er wäre wegen eines schmerzhaften Rückenleidens seit über einer Woche in seinem eigenen Hotel zur Kur, erzählte sie aufgeräumt und lud Roberto zum Frühstück ein.

Wann sie zuletzt von ihm gehört habe? Gestern Nachmittag um vier herum habe er aus dem Farfallone angerufen, aus dem Festnetz, er befand sich also wirklich im Montegrotto Terme.

Also hieß es für Roberto zurück über Padova nach Montegrotto Terme. Das heiße Wasser entkrampfte Robertos verspannte Muskeln und seinen Geist. Er kraulte ein paar Züge bis zu der Schleuse, durch die die Halle mit einem langen, knapp zwei Meter breiten, ins Außenbecken mündenden Kanal verbunden war.

Draußen vermischte der aufsteigende Frühnebel sich mit den verdunstenden Schwaden des Thermalwassers. Roberto atmete die frische, kühle Luft tief ein. Eine Erholung nach dem tropisch schwülen Klima innen.

Ein paar Meter führte der Kanal geradeaus, bevor er rechtwinklig abknickte, die Kronen der beiderseits wachsenden Schirmpinien bildeten ein natürliches Dach über ihm. Aus einigen Düsen sprudelte heißes, von siebenundachtzig Grad heruntergekühltes Wasser. Am Rande des Kanals hielten sich mehrere Kurgäste fest, nur ihre Köpfe schauten aus dem Wasser, und ihre Blicke folgten dem unbekannten Schwimmer. Ein wenig erinnerte ihn die Szenerie an Bilder aus dem Fegefeuer, wo die Verdammten in großen Kesseln gesotten wurden.

In dem sich weit öffnenden Rund des großzügig angelegten Außenbeckens konnte Roberto seinen Gegenspieler nicht gleich finden, das Ende des Beckens schien sich im Unendlichen zu verlieren, Nebelschwaden trieben über die Oberfläche.

Auch hier hielt sich eine ganze Anzahl von Kurgästen am Rande auf, von jedem schauten nur Kopf und Schultern aus dem Thermalwasser. Die Drehbewegung ihrer Köpfe zum Neuankömmling hin vollzog sich fast gleichzeitig, an alte weise Uhus erinnernd.

Im Becken trieb eine Frau mit einer schwarzen Badekappe, die üppig mit Plastikblumen besetzt war und ihr ein mystisches Aussehen verliehen hätte, wäre nicht dieser orangefarbene Schwimmring gewesen, in dem sie regungslos hing. Eine andere schien über dem Wasser zu schweben, getragen von einer überdimensionalen Tüllmütze, die schwach lila durch den Dunst schimmerte.

Hier herrschte das ganze Jahr über *carnevale*, und es hätte Roberto nicht gewundert, wenn Leute mit Vogelmasken, Harlekinhüten oder Ähnlichem um ihn herumgeschwommen wären. Das Irreale der Situation wurde noch von der gespenstischen Stille im Becken unterstrichen. Lediglich von der Straße erreichten nebelgedämpfte Geräusche die Badenden.

Endlich entdeckte er den auch in einem Schwimmring hängenden Erasmo Saccardo, der sich am hinteren Beckenrand festhielt und Roberto matt herüberwinkte.

»Nur hier im Wasser bin ich vorübergehend schmerzfrei«, sagte er statt einer Begrüßung.

»Etwas Ernstes?«

Kein Mitgefühl, aber Zweifel klangen aus Robertos zwei Worten.

»Ein Bandscheibenvorfall, die Lendenwirbel, und dann wohl die Spätfolgen eines Autounfalls vor einigen Jahren. Fango und das Thermalwasser lindern die Schmerzen. Ärzte? Vergiss sie!«

Roberto schenkte sich Floskeln der Anteilnahme und überlegte, ob der

Mann wirklich leidend oder nur ein Simulant zwecks Alibivortäuschung war. Geplant haben konnte er den Überfall in der Lagune trotz seines Rückenleidens allemal, nur wurde dann die Beweisnot noch größer.

Was wollte er hier eigentlich noch? Roberto arbeitete normalerweise so, dass er akribisch Puzzle für Puzzle zusammenfügte, bis ein Gesamtbild entstand. Für das Suchen der Puzzles waren seine Mitarbeiter zuständig – allen voran Luciano, der ihm an allen Enden und Ecken fehlte –, seine Aufgabe bestand im gedanklichen Zusammenfügen und Verknüpfen der Puzzleteile. Nur hier trat das Umgekehrte ein, statt neue Teile einzubauen, fielen ihm alte heraus, und das Gesamtbild bröckelte wieder.

»Du siehst auch nicht gerade unbeschädigt aus«, bemerkte Gattamelata und blickte auf Robertos Hals.

»Berufsrisiko«, Roberto zuckte mit den Schultern, stieß sich vom Rand ab und schwamm ein paar Züge, während der andere bewegungslos im Ring hing und ihm nur mit den Blicken folgte.

»Sollte dein Hals mit deinem überraschenden Besuch bei meiner Frau und deinem nicht ganz so überraschenden hier bei mir zu tun haben? Du hast es schnell geschafft von Treviso nach Montegrotto!«

Robertos Ärger über Gattamelatas perfide Zurschaustellung seines Selbstbewusstseins ließ ihn direkt aus der Hüfte schießen.

»Du hast nicht zufällig gestern einen Ausflug in die Laguna Veneta unternommen? Vielleicht mit deinem Freund und Geschäftspartner *colombo*?«

»*Colombo*? Ach, du meinst meinen Mandanten Robert Tauber?«, Erasmo lächelte penetrant und schien die Richtung, die das Gespräch nahm, zu genießen. »Reichen dir ein Masseur und ein Bademeister als Zeugen, dass ich gestern ununterbrochen hier war? Und sag nicht wieder, ich hätte sie gekauft, wenn du das nicht beweisen kannst, *commissario*!«

Er lachte genüsslich.

»Aber was den *signor Colombo* betrifft, kann ich dir vielleicht weiterhelfen. Er war gestern Abend tatsächlich hier. Als Mandant. Er scheint da in eine dumme Sache hineingeraten zu sein und wollte meinen anwaltlichen Rat.«

»Die Venezianer haben eine Fahndung nach ihm eingeleitet, wegen versuchter Entführung und Beteiligung an einem Mordversuch.«

»Das seht ihr völlig falsch! – Bist du offiziell hier?«

»Sagen wir, ich sammle Puzzleteilchen.«

»Offiziell?«

Erasmo ließ nicht locker. Erst als Roberto meinte, Vernehmungen im Schwimmbad pflegten nicht sein Stil zu sein, führte Erasmo wortreich aus, dass der Deutsche am gestrigen Tag eine Spritztour mit Bekannten in die Lagune unternommen habe. Während eines plötzlich ausbrechenden Gewittersturms habe ihre Jacht zufällig, bedingt durch die schlechte Sicht, ein kleineres Schiff in den Grund gebohrt. Sein Mandant habe sofort mit zwei anderen ein Schlauchboot zu Wasser gelassen, um die beiden Schiffbrüchigen zu retten. Da aber habe ein älterer Mann, den sie alle *il dottore* nannten, eine Pistole gezogen und auf die im Wasser Treibenden geschossen. In der Ferne hätten sie dann ein Polizeiboot gesichtet, worauf die beiden anderen trotz des Protests seines Mandanten mit dem Schlauchboot zur Jacht zurückgefahren wären. Seinen Mandanten hätten sie an einem Kai im Hafen von Maghera ausgesetzt und wären weitergefahren. Der Verdacht gegen seinen Mandanten könne mit Sicherheit nicht aufrechterhalten werden.

Schwimmen baut Agressionen ab, dachte Roberto und schwamm eine Runde.

»Und was hast du deinem ... Mandanten geraten?«

»Natürlich zur Polizei zu gehen, ich habe ihm einen guten Kollegen in Venezia empfohlen.«

Er redet zu viel, dachte Roberto, und er gebraucht das Wort Mandant zu häufig, so als wolle er mir einhämmern, dass das die einzige Begegnungsschiene zwischen ihnen sei.

»Hat dein Mandant dir eigentlich erzählt, dass er gestern dabei war, als die *signorina* Andresen und ich in den Grund gebohrt wurden?«

»Ihr wart das?«, er heuchelte blankes Entsetzen, seine braunen Augen blickten groß und erschrocken.

Er löste sich vom Beckenrand, paddelte kraftlos und mühsam herum, während Roberto sich neben ihm treiben ließ.

»Ein Zufall! Mein Mandant wollte euch doch sogar helfen!«

»In der ganzen weiten Laguna Veneta treffen ausgerechnet an einem ganz bestimmten *mede luminoso* dein Mandant und seine Freunde auf uns? Breitseitig! Den Rettungsversuch dieser Leute kannst du an meinem Hals betrachten! Ich bitte dich, Emo, mach dich nicht lächerlich, kein Staatsanwalt glaubt dir das. Immerhin ist dein Mandant schon wegen Fahrerflucht verurteilt. Sein Opfer hieß auch damals Giulia Andresen!«

Erasmo hatte den Rand des Beckens wieder erreicht und klammerte sich fest.

»Du hast ja recht, merkwürdig ist das schon. Und auch, dass er mich beauftragt hat, der *signorina* Andresen eine Botschaft zu überbringen. Ich hatte das natürlich in keinem Zusammenhang gesehen.«

»Die Botschaft kannst du getrost mir geben, ich übermittle sie ihr.«

»Irgendetwas Geschäftliches verbindet die beiden; mich hat er nicht eingeweiht, worum es geht. Aber ich soll ihr, also dir ausrichten, ihr bräuchtet keine Angst um ihre Sicherheit haben.«

»Ach ja. Und was schlägt er vor?«

»Er möchte mit der *signorina* unter vier Augen sprechen. Er ist sogar bereit, zu ihr in das Haus deiner Mutter zu gehen, wenn du ihm freies Geleit zusicherst.«

»Das klingt ja wie in einem Mantel-und-Degen-Film! Selbst wenn die *signorina* dem zustimmte, könnte ich das nicht zulassen, solange die Fahndung nach ihm läuft.«

»Dann stopp sie!«

»Du überschätzt meine Möglichkeiten, Gattamelata!«

»Dann schließ deine Augen für einen Moment, *marchese rosso*!«

»Du unterschätzt meine Berufsehre!«

»Und du überschätzt meine Geduld!«

Das Terrain für den Fortgang der Schlacht wurde abgesteckt. Doch nun unterbrachen Ereignisse, die sich vom Nebel verhüllt auf dem Hotelgelände abgespielt hatten, ihren verbalen Schlagabtausch. Als sich eben der Frühnebel hob, fanden sich Kurgäste, Hoteldirektor und Roberto im Außenbecken von bewaffneten Polizeikräften umstellt.

»Direktor Saccardo?«

Roberto erkannte die markante Stimme von Sandro Piemmo, dem ständigen Vertreter aus Umbertos Drogendezernat.

»*Si, che c'è*, was gibt's?«

Sandros Blicke wandten sich der Stimme im Wasser zu. Seine Augen weiteten sich vor Erstaunen, als er neben dem Gesuchten einen Vertreter der *polizia giudiziaria* im Wasser sah. Er grüßte kurz, kniete am Beckenrand nieder und übergab dem Hoteldirektor ein Papier, das die Polizei zur Durchsuchung des gesamten Hotelareals ermächtigte.

Während Roberto sich am Beckenrand hochstemmte, um das Thermalbecken zu verlassen, zischte Erasmo wutentbrannt:

»Das ist ein ziemlich heimtückischer Überfall, *marchese*! Ich werde mich über dich beschweren!«

Roberto verzichtete auf die Erklärung, dass er genauso überrascht worden sei wie der *direttore*, er hätte ihm doch nicht geglaubt.

»Wir haben wieder konkrete Hinweise aus dem ehemaligen Büro von Richter Gallardi auf eine geplante Drogenübergabe hier im Hotel«, sagte Sandro zu Roberto, »das ganze Hotelgelände ist völlig abgeriegelt.«

»Dann beende ich meinen Badeausflug.«

Roberto blickte amüsiert auf Erasmo, der, noch immer im Schwimmring paddelnd, den Durchsuchungsbefehl hochhielt und gar keine *bella figura* machte.

Die Polizeiaktion verlief insofern erfolgreich, als ein iranischer Geschäftsmann mit einem zwei Kilogramm schweren Heroinpaket in einem der Hotelzimmer festgenommen werden konnte. Der Empfänger der Sendung ließ sich nicht blicken, kein Wunder bei so einem Polizeiaufgebot. Der Drogenkurier blieb stumm, auch bei den folgenden Verhören sollte das so bleiben. Die *Tre Condottieri* besaßen loyale Mitarbeiter. Aber auch zwei Kilogramm Heroin weniger.

Padova

Umberto hatte also auch seine Geheimnisse vor ihm gehabt, überlegte Roberto auf dem Weg in die *questura*, wo ihm dall'Aria, der Vertreter seines Onkels, eine üble Szene machte.

Was er denn glaube, wer er sei, sich über ein Dutzend Dienstvorschriften hinwegzusetzen, schoss er sich auf ihn ein. Wer, wann und wo mit den *carabinieri* zusammenarbeite, entscheide jedenfalls nicht jeder kleine Beamte für sich.

Wie immer, wenn man ihn angriff, hüllte Roberto sich erst einmal in unnahbares Schweigen, weshalb dall'Aria bald die Munition ausging.

Was Roberto zu seiner Verteidigung zu sagen habe, fragte er ihn schließlich.

Nichts, denn die Vorwürfe beträfen ihn nicht. Er könne ja nichts dafür, dass ein Schnellboot der *carabinieri* ihn und seine Begleiterin nach einem Schiffbruch aus der Lagune gefischt habe, er sei nur dankbar dafür.

Für sich selbst hätte Roberto die Wahrheit nicht verdreht, aber schließlich wollte er den hilfsbereiten Vittorio nicht in Schwierigkeiten bringen. Die Dienstpläne und Briefe waren vernichtet, Telefongespräche hatten nicht stattgefunden, deshalb konnte ihnen keiner eine konspirative Verbindung nachweisen. Vittorio würde bei seiner Aussage bleiben, und er war ein Hasadeur und hatte die Angelegenheit genossen.

Aus der *questura* in Mestre sei eine Beschwerde gekommen, polterte dall'Aria weiter, dass ein Polizist aus Padova ungefragt in ihren Gewässern ermittelt habe.

Er habe nicht ermittelt, nur unfreiwillig in diesen Gewässern ein Bad genommen.

Was zum Teufel er dann einen ganzen Tag auf dem Canale di Brenta und in der Laguna Venezia gemacht habe?

Urlaub.

Aber es habe Gerüchte gegeben, er habe einen anonymen Brief bekommen, der ihn in die Laguna Venezia bestellt habe.

So? Gerüchte eben.

Und er habe Waffen entliehen, wohl kaum für eine Urlaubsfahrt.

Ja, den Verlust müsse er melden.

Wofür er denn Waffen auf einen angeblich privaten Bootsausflug mitgenommen habe, die ganze Geschichte stinke doch zum Himmel.
Er rieche nichts.
An dieser Stelle explodierte dall'Aria, und Roberto konnte es ihm nicht einmal übel nehmen, er spielte mit dem unerfahrenen Mann Katz und Maus, obwohl er eigentlich in allen Anklagepunkten schuldig war, nur: Sie konnten eben nicht bewiesen werden.
Wenn er nicht sofort anständige Antworten bekäme, werde er eine Dienstaufsichtsbeschwerde gegen den *dirigente* in die Wege leiten, tobte dall'Aria.
Er habe die einzige Zeugin für die Fangomorde auf seinen privaten Bootsausflug mitgenommen, das rechtfertige die Mitnahme von Waffen schon, auch im Urlaub.
Ihr Polizeischutz sei vom *vice-questore* aufgehoben gewesen, er habe nicht das Recht gehabt, sich darüber hinwegzusetzen, wo käme man denn hin, wenn jeder hier mache, was er wolle, machen wolle, was er solle, machen solle … Hier kam dall'Aria sprachlich etwas ins Schlingern, und er fing fast an, Roberto leid zu tun.
Er sei nicht schwerhörig, und an seinem freien Tag behielte er sich das Recht vor, zu machen, was er wolle, und nicht tun zu müssen, was er solle.
»Ich gehe jetzt zum *questore* und beschwere mich über Sie!«, brüllte dall'Aria. Roberto stand auf.
»Grüßen Sie ihn schön von mir. Meine Mutter kommt nächste Woche wieder zum Bridge spielen zu ihm nach Noventa Padovana. Wenn Sie ihm das ausrichten, spare ich mir einen Weg. *Arrivederci*!«
Es musste wohl der alte *codice civile* gewesen sein, der auf seines Onkels Schreibtisch lag und hinter ihm an die gerade rechtzeitig geschlossene Bürotür knallte und zu Boden fiel.

Lido-Alberoni

»Was habe ich nur falsch gemacht?«
Julia nahm Massimiliano eine Handvoll runder, blassbrauner Venusmuscheln ab und blickte zum Vater des Kleinen hoch.
Seit sie dem Jungen für die Benutzung seines Bettes ein Überraschungsei mitgebracht hatte, wich der Fünfjährige nicht mehr von ihrer Seite. Während seine beiden jüngeren Geschwister unermüdlich Muscheln und Schnecken herbeischafften, die die Flut am Strand des Lidos zurückgelassen hatte, sortierte sie der Älteste der Tamassia-Kinder nach Farben und Sorten.

Julia legte mit ihnen ein großes Muschelschiff so hoch in den Sand, dass die nächste Flut es nicht erreichen würde. Der Rumpf bestand aus braunweißen Herzmuscheln, der Mast aus braun gepunkteten Nabelschnecken und das Segel aus weißen Mondmuscheln.

Als Toplicht legte Massimiliano ein besonders schönes Exemplar einer Brandohrschnecke mit ihrem überlangen Syphonkanal, und als Bildrahmen entschieden sie sich für durchscheinende rosa Plattmuscheln. Seit zwei Tagen arbeiteten sie an dem Kunstwerk.

»Ich will vom Besen gefressen werden, Giulietta, aber du hast nichts falsch gemacht, bestimmt nicht.«

Umbertos Worte klangen tröstend, waren es aber nicht, sie lächelte nicht einmal über seine Wortdreherei.

»Er hat nur furchtbar viel zu tun, unter anderem, weil der *vice-questore* in Urlaub gefahren und der *questore* krank und sein Vertreter eine Null ist, ein reiner Verwaltungsmensch, ein Papiertiger. Ich will dir reinen Tisch einschenken, bis zu deinem Semesterbeginn wirst du ihn wohl nicht viel sehen.«

Umberto wusste, dass er log, aber er brachte es nicht über sich, ihr Robertos Entscheidung gegen sie mitzuteilen, und er sah auch nicht ein, warum er seinem Freund diese unangenehme Pflicht abnehmen sollte. Umberto hatte so gehofft, dass er ihm Mut gemacht habe, all seine Bedenken zugunsten Giuliettas zurückzustellen, aber in seinem tiefsten Innern hatte er gefürchtet, dass Roberto so reagieren und sich total von ihr zurückziehen würde.

Gina erhob sich von der Strandmatte, auf der sie mit ihrer zweijährigen Tochter gespielt hatte, und rief ihren anderen Kinder zu, dass die *nonna* mit dem Essen warte. Die Großeltern betrieben eine kleine Pension in Alberoni, die jetzt Anfang Oktober praktisch leer stand. Auf Umbertos Einladung hin war sie zwei Tage nach dem Zwischenfall in der Lagune für eine Woche mit auf den Lido gekommen. Ihren Sprachkurs hatte sie mit Erfolg abgeschlossen, sie fühlte sich fit für den Semesterbeginn und freute sich besonders darauf, dass ihr Bruder sie zu ihrer Immatrikulation besuchen wollte.

Am Donnerstag nach dem Lagunenzwischenfall fuhr Umberto mit ihr nach Venedig, weil sie eine Aussage bei den *carabinieri* auf der Piazzale Roma machen musste. Sie gab zu Protokoll, dass sich Robert Tauber an Bord der sie mit Vorsatz gerammten habenden Jacht befunden habe. Auch die Beschreibung der anderen Jachtmitglieder und eine Vorgangsbeschreibung gab sie ab, und von Umberto vorgewarnt erzählte sie freimütig von ihrer Besichtigungstour, aber nicht, dass sie Vittorio schon kannte. Der atmete sichtlich erleichtert auf, und sie bedankte sich artig bei ihm für ihre Rettung.

Am Donnerstagabend traf man sich bei der *marchesa* im *Ca' Rosso*, was den ganzen Herbst über zu einer bleibenden Einrichtung werden sollte.

Das Essen verlief äußerlich harmonisch, aber Julia spürte, dass zwischen ihr und Roberto erneut eine unsichtbare Wand hochgewachsen war.

Julias Grübeleien nach der Ursache verliefen im Sande, und so verschaffte ihr Umbertos Einladung eine willkommene Ablenkung von dem Problem. Sie packte ihre Zeichensachen und eine Reisetasche und fuhr mit den Tamassias ab. Ginas Eltern hatten nicht mehr wie bei ihrem ersten Besuch skeptisch gewirkt, dass der Pellestrino ihnen eine Deutsche, jung dazu, ins Haus gebracht hatte. Julia hatte die beiden mit ihrem gewinnenden Wesen schon am ersten Abend davon überzeugt, dass sie eine ihre Tochter entlastende Bereicherung war und sogar Pensionskosten zahlte.

Der alte Passat Kombi parkte in der Nähe des Leuchtturms. Mit vereinten Kräften schleppten sie die Unmengen an Spielzeug vom Strand sowie Handtücher, Kleidung, Kühltasche und Strandmatten, eben alles, was so ein Strandaufenthalt mit sieben Personen, davon vier kleinen Kindern, erforderte.

An der *strada marina* stiegen Mutter und Kinder aus, Umberto und Julia fuhren weiter. Es hatte sich so ergeben, dass Gina und die *nonna* die Kinder abends betreuen würden, während Julia den morgendlichen Teil übernahm, damit ihre Freunde sich den Luxus des Ausschlafens gönnen konnten.

Jeden Abend joggten Umberto und Julia eine von ihr ausgesuchte Strecke, um Kondition zu tanken. Er hatte sein Gewicht beklagt und die überaus kalorienhaltige Kochkunst seiner Schwiegermutter. Warum er nicht so schlank sein könne wie Giulietta oder Roberto, fragte er sich voll mildem Entsetzen.

Der liebe Gott habe große und kleine, dicke und dünne Menschen geschaffen, hatte sie ihn getröstet, sie habe immer viel kleiner sein wollen, aber es sei ihr nicht gelungen.

»Du bist nun mal kein schmaler Typ, Umberto. Pass nur auf, dass du die Schwelle von *dick* oder *stattlich*, oder wie du es nennen willst, zu *fett* nicht überschreitest. Nimm dir nicht dauernd vor, abzunehmen, sondern fasse den festen Vorsatz, nicht mehr zuzunehmen! Schließlich laufen wir dafür jeden Abend, abgemacht?«

»Deine Worte tun gut.«

Trotzdem hinderte es ihn nicht daran, jeden Tag aufs Neue Ausreden zu präsentieren oder ihr ein Stück der Strecke abzuhandeln. Aber so nachgiebig Julia sonst auch war, auf die Einhaltung dieser Abmachung legte sie großen Wert. So führen sie jeden Abend am Campo di Golf vorbei zur alten Anlegestelle der Fähre nach Pellestrina, stellten den VW dort ab und liefen am militärischen Sperrgebiet und dem Forte Rocchetta vorbei auf die kilometerlange Mole, die weit ins Meer hinausgeschoben die Durchfahrt in die Lagune schützt, rechts begrenzt durch den Achtzehn-Loch-Golfplatz und die sich daran anschließende *pineta*, und links mit dem Ausblick auf die gegenüberliegende Mole mit dem kleinen Leuchtturm, der das Ende des Litorale di Pellestrina anzeigt und die Durchfahrt in die Adria eröffnet.

Auch jetzt markierte Julia unbarmherzig das Tempo auf den riesigen Steinquadern, die zum letzten großen Bauvorhaben der *Serenissima* vor der Eroberung durch Napoleon gehört hatten, einem gigantischen Befestigungswerk, das die Lagunenstadt vor dem offenen Meer schützen sollte und dies bis heute auch mit Erfolg tat. Die Sanddünen des Litorale di Lido, des Litorale di Pellestrina im Süden und im Norden die des Litorale del Cavallino hätten dies durch die Jahrhunderte allein nicht geschafft.

Auf der Höhe der *pineta* blieb Umberto schnaufend stehen.

»Das reicht! Mir knittern die Zie!«

Julia drehte sich um und lief auf der Stelle.

»Dann darfst du aber heute Abend nichts mehr essen, vom Wein wollen wir gar nicht erst reden. Du hättest heute Mittag nicht drei Portionen *fegato Veneziana* essen dürfen, Leber hat auch Kalorien!«

»Schweig still! Der Schweiß bricht mir aus allen Nähten, du bist eine Unruhestörerin!«

»Du wolltest, dass ich dein Gewichtsgewissen bin! Übrigens soll es heute Abend gegrillten Steinbutt geben!«

Gnadenlos setzte Julia sich wieder in Bewegung, drehte sich nach ihm um und rief:

»Ich habe die *nonna* überredet, statt *tiramisu* deiner Figur zuliebe *macedonia** zu machen, aber den gegrillten *rombo* kannst du jetzt schon streichen!«

Nach kurzer Überlegung setzte Umberto sich wieder in Trab, Julias Vorsprung vergrößerte sich zusehends, sie saß schon lange an der Spitze der Mole und schaute nachdenklich aufs Meer, als er sie total ausgepumpt erreichte. Es dauerte ein paar Minuten, bis er so weit zu Atem gekommen war, dass er wieder reden konnte.

»Trau nicht so schaurig, Giulietta! Genieße das Leben!«

Die Sonne stand bereits weit im Westen, ihre Strahlen färbten die

---

* Obstsalat

Oberfläche des Meeres rotgolden, ein warmer Oktobertag neigte sich seinem Ende entgegen.

»Ohne Roberto? Vielleicht ist er verärgert, dass ich seinen Anweisungen in der Lagune nicht Folge geleistet und eigenmächtig gehandelt habe?«

»Quatsch! Er war stolz auf dich, dass du trotz der Gefahr den Überblick behalten hast. Such doch nicht immer alles Negateilige bei dir!«

»Aber warum meidet er mich so offensichtlich? Bin ich ihm vielleicht nicht chic genug angezogen? Ich weiß, ich müsste mehr …«

»Giulietta, wenn du nicht sofort mit dem Ungeschwätz aufhörst, dann …«, ihm fiel keine passende Strafandrohung ein, »du siehst immer Klasse aus, was du auch anhast. Nie aufgedonnert! Immer passend zu deinem Typ. Aber jung, wie du bist, ist das ja auch kein Wunder. Soll ich mir noch mehr Komplimente aus den Haaren saugen?«

»Vielleicht ist es das: ich bin ihm zu jung.«

Umberto wand sich wie ein Aal um die Antwort herum.

»Jung ist nicht das passende Wort. Unverbraucht, unangepasst, frisch, lebensbejahend. Ja, das ist es! Du siehst immer lebensfroh aus. Das heißt, jetzt im Moment gerade nicht.«

»Dann hält er mich vielleicht für oberflächlich, was meinst du? Er ist oft so unergründlich.«

»Das ist der springende Grund, deshalb bist du auch genau die richtige Medizin für ihn«, rutschte es Umberto ungewollt heraus.

Er ärgerte sich über seine Bemerkung, damit schürte er nur wieder Hoffnung in dem Mädchen. Er kam sich gemein vor, aber gleichzeitig fand er seinen Freund regelrecht feige, weil er sie weiterhin im Ungewissen ließ und sich nicht mit ihr aussprach.

»Dann hat er wohl wirklich nur furchtbar viel um die Ohren.«

»Wird wohl so sein«, brummelte er, »komm, der gesteinte Grillbutt wartet!«

Lido di Venezia

Am nächsten Morgen herrschte kein Strandwetter, und Umberto zeigte sich schon ziemlich bald von dem Kindergeschrei seines vielversprechenden, aber lauten Nachwuchses genervt.

»Magst du Friedhöfe?«, fragte er Julia, aber bevor sie antworten konnte, eiferte Gina sich über das morbide Hobby ihres Mannes, auf Friedhöfen herumzulungern.

Er ließ sie ausreden und schlug Julia trotzdem vor, den *cimitero israelitico* im Nordteil des Lido di Venezia zu besuchen, eine Oase der Ruhe. Umberto blickte auf den heulenden Massimo und Cinzia, die sich mit

Gianni um ein Stofftier balgte. Er warf einen theatralisch verzweifelten Blick an die Decke.

»Verschwindet schon!«, befahl Gina. »Aber heute Nachmittag habe ich frei, ich will zum Friseur.«

»Dann passe ich heute Abend auf den Nachwuchs auf«, bot Julia an, »und ihr geht zum Tanzen.«

Sie parkten vor dem jüdischen Friedhof in der Via Cipro. Umberto setzte eine am Eingang erhältliche Kippa aus Pappe auf, und kurz darauf befanden sie sich in einer stillen, überaus friedlichen Umgebung, die Julia in der Nähe des mit Touristen gesättigten Venezias und des dicht besiedelten Zentrums von Lido di Venezia nie erwartet hätte.

Halb im Erdreich versunkene Grabsteine mit verwitterten hebräischen Inschriften ließen sie in die Vergangenheit eintauchen. Sich vorzustellen, dass imaginäre Personen wie Shakespeares Shylock hier unter den hohen. alten Bäumen wandelten!

»Giulietta!«, Umbertos Stimme sickerte nur langsam in ihr Bewusstsein. »Du siehst aus wie tausend Jahre alt. Weißt du, wer an diesem Ort des Friedens erstmals randaliert hat?«

»Im Zweifel wir bösen Deutschen. Diesen Makel werden wir die nächsten tausend Jahre nicht los. Der alte Pietro hat mich schon mit Schauergeschichten aus der Zeit der *resistenza* überhäuft.«

»*Falso*! Napoleons Soldateska! Die Venezianer haben die Juden eigentlich immer geduldet, sie mussten hier nicht wie im übrigen Europa fortwährend um ihr Leben fürchten.«

»Ist nicht das *ghetto* eine venezianische Erfindung?«

»Zumindest das Wort.«

»Als Gattamelata im fünfzehnten Jahrhundert der *Serenissima* diente, wohnten die venezianischen Juden meist auf der Giudecca, frei und uneingeschränkt. Erst ein Jahrhundert später mussten sie ihr *ghetto nuovo* im Stadtteil Cannaregio beziehen.«

»Gattamelata? Wie kommst du ausgerechnet auf ihn?«

»Ich meine den historischen, nicht deinen Syndikatsboss.«

»Klar. Roberto und du, ihr scheint eine Vorliebe für diesen Namen zu haben.«

Erstaunt erkundigte sich Julia, ob er mit Roberto Streit gehabt habe.

»Du klingst, als ob du ihm böse bist!«

Umberto bestätigte ihre Vermutung und äußerte Kritik am Verhalten seines Freundes, weil dieser Julia mit in die Lagune genommen habe. Sie verteidigte ihn: Roberto habe schließlich ihr Einverständnis gehabt, er habe doch nur Klarheit schaffen wollen, was die *Tre Condottieri* von ihr wollten; auch, dass er gegen den Willen des *vice-questore* handelte, habe er ihr nicht verschwiegen.

»*Per Dio!*«, brach es aus Umberto hervor. »Warum bespricht er so etwas nicht mit mir? Manchmal ist er unerträglich verschlossen!«

Voller Überzeugung schob sie das Misslingen des schönen Plans in der Lagune auf die Launen des Wetters, und dafür könne er Roberto nun wirklich nicht verantwortlich machen.

»Verteidige ihn nur! Mich und den *comandante* hat er bewusst hinters Licht geführt!«

»Er wollte euch wahrscheinlich nicht in Gewissenskonflikte bringen.«

»*Per carità, carissima*! Du bist ein hoffnungsloser Fall! Du würdest ihm bedenkenlos auf dem Weg zur Hölle folgen!«

Er hielt erschrocken inne und blickte sich ängstlich um.

»*Mi dispiace*, die sollte ich hier nicht nennen. Ich weiß nicht, ob die Hebräer auch an sie glauben.«

Die Stille des Ortes ließ eine Fortsetzung ihres Streitgesprächs nicht zu, und so gingen sie eine zeitlang jeder in eigene Gedanken versunken nebeneinander durch das weitläufige Gelände, das teils aus gepflegten neuen Gräberfeldern bestand, teils aus romantisch verwilderten, unbeschnittenen Hecken, Wiesenflächen und undurchdringlichen Gebüschstreifen.

Als sie wieder im Auto saßen, versuchte er ein fröhliches Gesicht zu machen, so wie es seiner Natur eigentlich entsprach. Sie sah ihn von der Seite an.

»Über meinem Kummer mit Roberto und meiner Arbeit an den Gartenplänen vergesse ich manchmal, dass es auch andere gibt, die Sorgen haben.«

»Du meinst Gina und mich?«

»Nicht miteinander, obwohl ihr euch manchmal ganz schön fetzt. Mit euren Familien habt ihr Probleme, nicht wahr?«

Er zog den Zündschlüssel wieder heraus und sah sie ernst an, seine sonst so lustig funkelnden braunen Augen blickten ungewohnt traurig.

»Wir haben es vor dir und auch vor anderen zu verbergen gesucht und heiles Familienleben gespielt. Die Loyalität innerhalb der Familie und wie wir nach außen wirken, das ist uns Italienern unheimlich wichtig. Aber du bist zu klug und zu einfühlsam, und dir ist nicht entgangen, dass ich jede zweite Nacht nach Pellestrina hinüberfahre, nicht wahr?«

Sie schüttelte den Kopf, und als ob ein Damm gebrochen war, überflutete er Julia mit seinen Problemen.

Sein Vater sei Muschelfischer in San Pietro in Volta, drüben auf dem Litorale di Pellestrina, von seinen drei Söhnen sei einer in der Lombardei und ständig krank, der Vater habe alle Verbindungen zum zweiten Sohn abgebrochen, der sei in die kriminelle Szene abgedriftet. Er als Jüngster habe die beste Ausbildung bekommen, und von ihm erwarteten sie nun die Lösung aller Probleme: Vater, Mutter und auch die Brüder.

Vor Kurzem sei sein Vater bei einer der nächtlichen Ausfahrten verunglückt, er habe sich in den Schüttelsieben verhakt und böse Verletzungen erlitten. Finanzielle Rücklagen gab es nicht, die Mutter war kränklich und bewältigte kaum den Haushalt; die zu erwartende Rente werde so gering ausfallen, dass sie davon nicht würden leben können. Der Wunsch des Alten sei, dass Umberto den Kutter übernehme, aber die Muschelfischerei ernähre keine sechsköpfige Familie und die beiden Eltern dazu; der Verdienst sei wetterabhängig und die Verdienstspanne gering. Zwar sei sein Polizistengehalt auch nicht üppig, aber es käme regelmäßig, und für sie sechs reiche es.

Nun fuhr Umberto fast jede zweite Nacht mit hinaus, um die Wartezeit bis zur Rente seines Vaters zu überbrücken.

»Und statt bei der vielen Arbeit abzunehmen«, versuchte er sich in seiner gewohnten Art über sich lustig zu machen, »esse ich stressbedingt mehr als das Doppelte!«

Aber er wirkte wie ein müder Clown, der seine eigenen Späße nicht mehr lustig findet.

»Und Gina? Wie steht die dazu?«

Der Dammbruch weitete sich aus. Ginas Eltern lagen ihnen pausenlos in den Ohren, die Pension zu übernehmen, sie waren alt und verbraucht, die Rente würde nicht mehr als ein Almosen sein, zum Leben zu wenig, zum Sterben zu viel. Ginas ältere Schwester aus Rovigo fiel ganz aus. Sie war mit einem Alkoholiker verheiratet, den sie nicht verlassen wolle. Von der kleinen Fremdenpension könne seine sechsköpfige Familie auch nicht existieren, und dazu kämen noch die Schwiegereltern.

»Ständig verbreiten sich Ginas Eltern über die Unfähigkeit ihres Schwiegersohns, alle ernähren zu können, und meine Eltern werfen mir vor, die falsche Frau geheiratet zu haben. Da kommen einem als Polizist schon mal ungesetzliche Gedanken über höhere Einkünfte.«

»Du meinst Bestechung? Aber du und Roberto, ihr seid doch die ehrlichsten Polizisten unter der italienischen Sonne.«

»Manchmal denke ich: leider!«

Er sah Julia verstört an.

»Das alles habe ich noch nicht einmal Gina anvertraut, Giulietta.«

»Betrachte mich als deinen Seelenmülleimer. Du warst ja auch meiner«, lächelte sie, und er entspannte sich, drehte den Zündschlüssel um und sagte fast heiter:

»Das tat gut, sich einmal den Druck von der Seele zu reden.«

»Euch bleibt eigentlich doch nur die Möglichkeit, ein geeignetes Altersheim für eure Eltern zu finden, oder?«

»Das kannst auch nur du als Deutsche so gelassen aussprechen. Für italienische Familien ist das undenkbar!«

»Nimmst du mich einmal mit nach Pellestrina?«
Er zögerte.
»Meine Eltern leben noch um einiges einfacher als Ginas.«
»Und? Du schämst dich doch nicht etwa für sie?«
»Vor dir nicht.«
Er überlegte.
»Gleich morgen nehme ich dich und Gina mit. Wir essen dann die frischesten *schie* der Lagune bei Da Memo. Betrachte dich als eingeladen, als kleiner Dank für dein ständiges Babysitten.«
»*Schie*?«
»Die köstlichen kleinen grauen Krabben der Lagune.«
»Du denkst auch nur ans Essen!«
»Was bleibt mir denn noch?«

Lido-Alberoni

Ob Umberto mit seiner Frau gesprochen hatte, oder ob es sich nur um eine Duplizität der Ereignisse handelte, jedenfalls schüttete Gina Julia an diesem Nachmittag ebenfalls ihr Herz aus, als die beiden nach dem Frisörtermin Wäsche im Garten aufhängten.

»Bald gibt die Waschmaschine ihren Geist auf«, klagte sie, »sie rumpelt schrecklich. Und wenn ich den Zustand der Zimmer sehe, schäme ich mich fast. Aber es ist keine *lira* für die Renovierung übrig, dabei müssten die Waschbecken erneuert und das Haus von Grund auf gestrichen werden: Wenn das so weitergeht, fallen die Fensterläden bald ganz ab. Es ist eine Katastrophe! Entschuldige, Giulietta! – Wenn meine Mutter nur nicht immer Umberto schlecht machen würde!«, schloss sie und schnäuzte sich zum wiederholten Mal, während Julia das letzte Handtuch aufklammerte.

Dann konnte sie die Tränen doch nicht zurückhalten. Julia tröstete sie: Ihr mache es nichts aus zuzuhören, wenn Gina ihre Sorgen loswerden wolle.

Danach setzten sie sich auf die niedrige Steinmauer und blickten über die Lagune auf die Türme und Kuppeln Venezias.

Gina sah sie aus glitzernden Augen an.

»Du bist so anders, Giulietta! Als ich so alt war wie du, hatte ich nur Popkonzerte, neue Klamotten, Jungs und Discobesuche im Kopf. Ganz besonders die Klamotten, deshalb habe ich auch Schneiderin gelernt. Und was habe ich nun? Vier Kinder, mehr als doppelt so viele wie die Durchschnittsitaliener, hohe Hypothekenschulden für unsere Wohnung und gelegentlich einen Abend, an dem mein Mann und ich zum Tanzen gehen.«

»In deinem Sinne bin ich nie jung gewesen«, sagte Julia nachdenklich, »immer habe ich für irgendetwas Verantwortung getragen. Wenn meine Mutter krank war, wenn mein Bruder in der Schule vor Faulheit strotzte, wenn meine Schwester nicht Cello üben wollte und wenn Vater Hilfe in der Praxis brauchte. Und als Mutter tot war, nahm ich ihre Stelle ein. Discos? Habe ich nie gemocht. Popmusik? War bei uns verpönt. Kleider? Da bin ich sehr nachlässig. Und Jungs? Meine schlechten Erfahrungen reichen mir.«

»Echt?«, staunte Gina. »Ich wusste gar nicht, dass du Geschwister hast. Aber das bewundere ich ja so an dir, du bist immer für andere da! Für uns, für die Zanellas, für die *autarchia*, für die *marchesa* und ihren Garten! Und was deinen Geschmack für Männer betrifft, mit Roberto beweist du doch allererste Klasse. Er ...«

Julia unterbrach sie, um nicht wieder in depressive Gedanken zu verfallen.

»Möchtest du denn mit irgendwem tauschen, Gina? Umberto liebt dich, und deine Kinder sind super. Ihr werdet schon eine Lösung finden, und dann wird eure Familienfröhlichkeit bald wieder die Oberhand gewinnen, da bin ich ganz sicher.«

Nein, tauschen wolle sie natürlich um keinen Preis. Spontan umarmte sie Julia, und gemeinsam stürzten sie sich in den Kindertrubel.

Umberto versuchte, sie während der nächsten Tage nach Kräften von ihren Gedanken an Roberto abzulenken. Am Ende der Urlaubswoche konnte sie nicht sagen, ob ihr das Giuggiole-Fest in Arqua Petrarca am besten gefallen hatte, auf dem sie Umberto im breitesten Dialekt sprechend erlebte (er machte nach der padovanisch-venezianischen Ausspracheregelung aus den *giuggole* Früchten *xixole*), oder ob sie den herben Litorale di Pellestrina mit seinen einfachen Fischerdörfern und den wahrlich frischesten *schie* der Lagune bei Da Memo vorzog; oder aber Este, wo sie neben der Besichtigung der Festungsreste der Carraresi ihre erste Erfahrung mit *musso con polenta* machte, einem Gericht aus Eselsfleisch mit gelber und weißer *polenta*, das zwar köstlich zubereitet war, es aufzuessen Julia aber doch Überwindung kostete.

Blieben noch diese schrecklich langen Nächte, in denen sie mit ihren Erinnerungen und Träumen an Roberto allein blieb, bis ... ja, bis Roberto unvermutete anrief, gerade als sie alle Hoffnung begraben hatte.

Kapitel 2
a.d. Oktober 2000

Padova

rei Gründe bewogen Roberto, sich doch wieder intensiv mit *La Tedescas* Schutz auseinanderzusetzen und die abrupte Trennung zu beenden. Er wusste, eine endgültige Trennung war nur hinausgeschoben, und so nahm er die Zeit mit ihr als eine gestundete.

Wie sehr er sie genoss, ließ er am allerwenigsten Giulia merken, er gab sich wortkarg und verschlossen, besonders dann, wenn er sie am liebsten in die Arme genommen hätte.

Den ersten Grund, *La Tedescas* Personenschutz wieder in eigener Regie zu übernehmen, bildete sein unterkühltes Verhältnis zu Umberto. Schon vor ihrem Streit war ihr Informationsaustausch nicht mehr rundgelaufen, und *La Tedesca* konnte leicht in ein Sicherheitsvakuum fallen, so wie damals, als sie sich nichts ahnend in Fra Moriales Villa aufgehalten hatte.

Der zweite Grund erwies sich als noch gravierender. Nach ihrer letzten Auseinandersetzung hatte dall'Aria mit Roberto nach den Ausfällen des *questore* und des *vice-questore* wieder notgedrungen Frieden geschlossen: Es blieb ihm nichts anderes übrig, wenn er nicht auf Robertos Hilfe und Ratschläge verzichten wollte. Der besaß zwar nicht unbedingt die Zuneigung seiner Kollegen, aber fachlich respektierte man ihn und stellte seine Autorität und Unbestechlichkeit in allen Dingen nicht in Frage, und das machte dall'Aria sich zunutze. Doch beim Personenschutz für *La Tedesca* konnte Roberto sich nicht durchsetzen. Der Vertreter seines Onkels argumentierte, dass es mit Beginn des Semesters ausreiche, wenn die beiden verdeckt an der Universität ermittelnden Beamten sie im Auge behielten. Da sie in Sachen Drogen eingesetzt waren und angewiesen wurden, besonders auf Robert Tauber *detto Colombo* zu achten, würde das als Schutz reichen, zumal *La Tedesca* sicher im Haus der *marchesa* wohnte. Die paar Tage bis zum Semesterbeginn sollten überbrückbar sein. Bis dahin könnte er den Personenschutz übernehmen.

Aber es gab noch einen dritten Grund: Sie fehlte ihm.

Am Tag vor der Ankunft von Julias Bruder Michael saßen Roberto,

Julia und der alte Pietro in der Küche des *Ca' Rosso* um den großen alten Eichentisch und aßen eine kräftige, heiße *cipollata**.

»Wenn dein Bruder interessiert ist, könnten wir Palladios Villen rund um Padova und Vicenza besichtigen«, schlug Roberto vor.

»Das hieße Perlen vor die Säue werfen!«, sagte Julia.

»So, vor die Säue«, bemerkte Roberto.

»Also«, Julia tunkte ein Stück *ciabatta* in die Suppe, »mein Bruder hat drei Interessensgebiete: Geschichte, aber keine Kunstgeschichte, Basteln jeder Art, dafür vergisst er sogar die Geschichte, und er liebt seine Gitarre. Dafür vergisst er alles andere.«

»Hm«, Roberto überlegte, »was schlägst du also vor?«

»Etwas, was wir alle drei gern tun!«

»Basteln, du im Garten. Ich am Haus. Und Michael?«

»Sowohl als auch.«

»Und wo?«

»Was für eine Frage, an deinem *Ca' Vecchia* Brandolin natürlich!«

»So!«

Sie wusste seine Bemerkung nicht zu deuten und setzte deshalb hinzu:

»Wolltest du nicht den Ostflügel verputzen? Dabei hilft dir Micha bestimmt, und ich würde dir gern ein Stück Garten anlegen.«

»*Si, generalessa!*«

»Ich möchte noch einmal das *Ca' Vecchia* Brandolin sehen, bevor ich sterbe. Dort haben sie den *marchese* aufgehängt.«

Der alte Pietro rieb sich die Hände vor dem warmen Herd.

»Klar«, sagte Roberto aufgeräumt, »dich nehmen wir auch mit! Also, ein Wochenende in den Hügeln.«

Dann wechselte Julia das Thema.

»Deine Mutter muss sich mit Pietro unbedingt etwas einfallen lassen, wenn sie wiederkommt. Ich sitze abends oft hier in der Küche und zeichne: Hier ist es warm und der Küchentisch so schön groß. Oft höre ich ihn vor Schmerzen stöhnen, wenn er meint, ich sei nicht da oder oben in meinem Zimmer. Gichtanfälle sind sehr schmerzhaft. Seit ich von seiner Krankheit weiß, koche ich ihm meist eine Milch-Gemüse-Diät, Fleisch ist ungesund für ihn, genauso wie Alkohol. Aber die Kälte und Feuchtigkeit in diesem alten Haus sind Gift für ihn, hier darf er im Winter nicht bleiben.«

Julia sprach Deutsch, umso verblüffter war sie, als der alte Pietro auf Italienisch antwortete:

---

* Zwiebelsuppe

»Die Tabletten, die du mir gegeben hast, *La Tedesca,* haben aber auch geholfen. Dein anderes Essen hat mir zwar besser geschmeckt, aber dafür geht es mir jetzt nicht mehr so schlecht. Auch ohne Alkohol. Aber fort aus diesem Haus will ich nicht. Ich will nicht in der Fremde sterben!«

»Ich wusste gar nicht, dass du Deutsch verstehst, Pietro«, Robertos Überraschung war echt.

Der Alte lächelte verschmitzt.

»Ich habe es gut gesprochen, früher. Mein Vater stammt wie Ihrer, junger Herr, aus dem Alto Adige. Deshalb haben mich die *Tre Condottieri* als Hausburschen im *Ca' Vecchia* bei den Deutschen untergebracht, aber den alten *marchese* konnte ich nicht retten.«

»Wer war bei den *Tre Condottieri,* kennst du Namen von damals?«

Roberto konnte seine Ungeduld nicht beherrschen, aber der alte Pietro weilte mit seinen Gedanken ganz woanders.

»Ich wollte diese Sprache nie wieder benutzen nach dem Tod vom alten *marchese*. Ich habe noch im Ohr, wie der deutsche Offizier brüllte: Hängt ihn auf! Manche Nacht wache ich davon auf! Aber *La Tedesca* hat mich meinen Hass vergessen lassen. Sie sorgt sehr gut für mich, wenn ich auch ihre Fleischspeisen lieber gegessen habe als diesen Gemüsebrei!«

Ob er wohl weiß, dass er von meinem Großvater geredet hat?, fragte sich Julia unbehaglich.

Colli Euganei

Der Zug aus Verona kam pünktlich auf Gleis zwei an. Micha stieg mit einem Rucksack und einer riesigen Reisetasche aus dem Waggon. Julia freute sich mehr, als sie sagen konnte über sein Kommen, nach einem Dreivierteljahr in Italien begann sie, Sehnsucht nach Deutschland zu verspüren.

»Und?«, Julia war ganz zappelig. »Hast du sie mitgebracht?«

»Klar! Die ganze Reisetasche ist voll. Zwei Kisten sind im Gepäckwagen! Deshalb musste ich auf meine Gitarre verzichten!«

Roberto sah, wie zwei große vernagelte Holzkisten ausgeladen wurden, und rief einen Gepäckträger, der die beiden Kisten und die superschwere Reisetasche mit Mühe in Robertos Kofferraum und auf dem Rücksitz unterbrachte. Micha klemmte sich daneben und überreichte seiner Schwester feierlich einen Brief wie eine Schenkungsurkunde.

»Onkel Carlo wollte mir doppelt so viel mitgeben, aber ich meinte, es reicht, wenn du halb Italien bepflanzt!«

»Ich weiß zwar nicht, worum es geht, aber die Parkzeit läuft ab. Da kommt schon eine *polizotta*! Wohin darf ich die Herrschaften mit dem Riesengepäck fahren?«

»Zum *Ca' Vecchia* Brandolin!«

»Aber vorher fahren wir in der *trattoria* Miravalle vorbei, die liegt auf dem Weg. Und so wie Michèle aussieht, kann er gut zwei Portionen *bigoli* vertragen!«

Micha und Roberto unterhielten sich angeregt, während Julia den Brief las.

Liebste Juli! Es freut mich, dass Du Dich an Deinen alten Onkel erinnerst, wenn auch nur, um mich um eine Menge Blumenzwiebeln zu erleichtern. Da ich hoffe, mein Exportgeschäft nach Italien ausdehnen zu können – die Blumen wachsen da einfach schneller und üppiger als in Skandinavien –, schicke ich Dir ein umfangreiches Werbepaket. Solltest Du jemanden kennen, der mit deutschen und italienischen Sprachkenntnissen und geeigneten Lagerräumen und Verkaufsflächen gesegnet ist, lass es mich wissen! Aber ich befürchte, dass Du in höheren, künstlerischen Sphären schwebst wie seinerzeit Deine Mutter und meine Schwester, der wie Dir sicher auch, profaner Verkauf zuwider war.

Was deine zweite Bitte nach Züchtungen alter Rosensorten betrifft, kann ich Dir ebenfalls helfen. Ganz in der Nähe von Padua, in Monselice, gibt es einen Gartenbaubetrieb, der Luigi Ferrina gehört. Ich habe mich auf einer Pflanzenzüchtermesse mit ihm angefreundet. Er züchtet speziell alte Rosensorten (rosa centifolia, rosa damascena, rosa canina u.v.a.m.). Grüß ihn von mir, vielleicht bekommst Du Rabatt. Da Du den grünen Daumen Deiner Mutter geerbt hast, brauche ich Dir zum Stecken der Zwiebeln nichts sagen. Lass mal von Dir hören!

Dein alter Onkel Carlo

Julia lachte in sich hinein und sah ihn vor sich, wie er in seinem altertümlichen Kontor in Lübeck in einer unglaublichen Unordnung saß, die letztlich auch zu seiner Scheidung geführt hatte.

»Ro, stell dir vor, jetzt kann ich vor deinem *Ca' Vecchia* Brandolin, im Garten des *Ca' Rosso* und am alten Hof der Zanellas Hunderte von Blumenzwiebeln stecken!«

Sie platzte förmlich vor Unternehmungslust, aber er reagierte nicht.

»Ist es dir nicht recht?«

Enttäuschung klang aus ihrer Stimme.

»Bei den Zanellas kannst du meinetwegen so viel pflanzen, wie du willst«, seine Antwort hörte sich schroff an, »aber meine Mutter im *Ca' Rosso* und ich im *Ca' Vecchia* sollten dafür zahlen und sich nicht auf Geschenke von dir verlassen!«

Sie schluckte und faltete niedergeschlagen den Brief zusammen. Micha rettete die Situation.

»Es sind Blumenzwiebeln, Roberto, und keine Diamanten, und sie kosten nichts. Mein Onkel bucht sie als Werbungskosten ab. Nimm sie als Gastgeschenk von unserer Familie und überlass Julia die Arbeit, sie will es ja so!«

Roberto gab nach, aber nicht ohne zu bemerken, dass Giulia sich von seiner Mutter ausnutzen ließe, er wolle jedenfalls nicht in deren Fußstapfen treten. Unnachgiebig zahlte er in der *trattoria* für alle drei, und nach dem guten Essen wollte keiner mehr streiten.

Das vollständig eingedeckte Dach gab dem *Ca' Vecchia* Brandolin etwas von seiner Würde zurück, jetzt sah es jedenfalls nicht mehr wie eine dem Verfall preisgegebene Ruine aus, sondern wie etwas der Fertigstellung Entgegenwachsendes. Julia wünschte sich, den Garten dazu passend entwickeln zu können, nichts Vollendetes musste es sein, das würde Jahre dauern, aber etwas Wachsendes, Keimendes, sich Weiterentwickelndes wollte sie schaffen, und so sah sie die Unkrautwildnis an der Vorderfront nicht als etwas Unüberwindliches an, sondern als eine willkommene Herausforderung. Sie wollte das Unkraut nicht auf einmal besiegen, sondern Stück für Stück aus Wildnis Kultur wachsen lassen.

»Dieser Gartenentwurf wird für immer ein Traum bleiben«, sagte Roberto, hinter ihr stehend. Als er Micha das Bild mit anerkennenden Worten über ihr Talent zur Begutachtung hinhielt, war Julia wieder versöhnt.

»Sicher: Nicht alle Träume werden wahr, aber man kann sich zumindest an ihre Verwirklichung wagen.«

Julias Optimismus überzeugte ihn nicht.

»Wo in dieser Wildnis du hier Blumenzwiebeln stecken willst, ist mir ein Rätsel!«

»Überlässt du das mir?«

»*Volontieri*, gern!«

An diesem Spätnachmittag schafften sie nicht mehr allzu viel, Roberto zeigte Micha Haus und Gelände und erläuterte ihm seine Pläne, während Julia die Kisten mit den Blumenzwiebeln fachmännisch aufstemmte und die Schätze hinter den Säulen des Portikus sortierte.

Als sie noch bei den Zanellas gewohnt hatte, war ihr der Gedanke an Carlos Blumenzwiebelimport aus den Niederlanden, aber auch aus Großbritannien eingefallen, er exportierte hauptsächlich nach Skandinavien, und sie hatte ihm von ihrer Liebe zu alten Gärten geschrieben und der Möglichkeit, einen oder zwei hier in Italien zu gestalten. Eine Liste der nachweislich im fünfzehnten und sechzehnten Jahrhundert in Europa bekannten Zwiebelgewächse fügte sie dem Brief mit der Bitte bei, ihr ein paar Proben aus seinem Sortiment für die

Gärten ihrer Freunde zu schicken. Das Resultat ihrer Bemühungen türmte sich nun im Schatten des Hauses auf. Carlo musste in allem maßlos übertreiben, sie hatte es geahnt, aber mit diesen Mengen doch nicht gerechnet.

Tatsächlich, er hatte sich an ihre Liste gehalten! Im Jahre 1638 erwähnte Ferrari in seinem Werk »Flora ovvero Cultura dei Fiori distiuto in Quattro Libri« die unterschiedlichsten Tulpenarten, und Carlo hatte die verschiedensten Nachfahren der türkischen Wildtulpen für sie jeweils im Hunderterpack zusammengestellt, dazu eine große Anzahl an Osterglocken, Terzettennarzissen, Gartenhyazinthen und Schneeglöckchen.

Den kostbarsten Schatz – aber das würde sie natürlich vor Roberto geheim halten –, packte sie aus der Reisetasche aus; Proben waren das gewiss nicht. Lilien aller Arten und Sorten, Scharlachlilien, Schwertlilien, weiße Lilien und Türkenbundlilien, ordentlich mit Schildern versehen. Bei seinen Blumenzwiebeln hielt Carlo im Gegensatz zu seiner Buchführung auf große Ordnung. *Amaryllis belladonna* und *Amaryllis blanda,* Anemonen und Krokusse, Kaiserkronen und *Allium molly,* früher als gelbe Zwiebel beschrieben.

Der alte Pietro hatte nach Julias Anweisung auf dem Markt eingekauft und erwartete sie wegen des Abendessens schon sehnlichst. Während Roberto mit Micha versuchte, den Kamin im Gästezimmer zu entzünden, dekorierte Julia eine Platte mit leckeren *antipasti,* ließ das *risotto* leicht köcheln und gab Pietro Anweisungen zum Tischdecken.

Noch einmal kam es zwischen Roberto und ihr zu einer Missstimmung, als er entdeckte, dass Julia die beiden Ölradiatoren von ihrem Geld gekauft hatte.

»Ich schreibe dir einen Scheck aus«, sagte er kurz angebunden, und sie reagierte beleidigt.

»Du brauchst keine Angst zu haben, dass ich mich hier einkaufen will«, sagte sie spitz auf Italienisch. »Wenn der Garten deiner Mutter fertig ist, kann ich ebenso gut im Studentenheim ein Zimmer nehmen. Die Radiatoren sind meine Miete.«

»Sei nicht kindisch! So habe ich es nicht gemeint!«

»Nein?«

»Du lässt dich wirklich viel zu leicht ausnutzen, und meine Mutter kann das prima.«

»Ich weiß zwar nicht, worum es geht«, mischte Micha sich ein, »aber Streit scheint euch Spaß zu machen.«

Sie entschuldigten sich beide bei ihm, fielen wieder ins Deutsche und versöhnten sich beim *ossobuco milanese.*

Colli Euganei

Den alten Pietro und verschiedene Gartengeräte luden sie am anderen Morgen in Robertos Auto. Pietro genoss die Fahrt sichtlich, seine zweite große Reise innerhalb eines Monats, wie er stolz bemerkte. Mühsam stieg er am *Ca' Vecchia* Brandolin aus und sah sich ungläubig um.

»Als der *conte* Brandolin hier aufgehängt wurde«, sagte er, »war das Haus noch ganz in Ordnung. Erst hinterher haben die Deutschen es so zugerichtet.«

Er setzte sich auf die Bank an der Ostseite in die Sonne und schaute den Dreien bei der Arbeit zu, Roberto und Micha klopften Putzreste ab, während Julia sich vor dem Portikus daran machte, das wuchernde Unkraut auszureißen, um dann mit einem Spaten die Erde umzugraben. Schon beim ersten Spatenstich stieß sie auf Widerstand, und bei ihrem erstaunten Ausruf kam Pietro hinzu.

»Früher war hier keine Erde, da gab es eine große Terrasse mit Blumenbeeten und eine Treppe, die in den Obstgarten hinabführte. Aber die Deutschen haben Erde und Schotter darüber gekippt und ihre Panzerspähwagen und andere Autos hier abgestellt.«

Julia kratzte etwas Erde mit dem Spaten weg, und tatsächlich stieß sie in Spatenstichtiefe auf Terrassenplatten. Die beiden Männer kamen hinzu, und Micha unterstützte den Plan seiner Schwester, die Anlage freizulegen.

»Meinetwegen«, stimmte Roberto zu, »aber auf meine Hilfe könnt ihr nicht zählen, ich bleibe beim Putz.«

Mit Feuereifer begannen die Geschwister Schubkarre auf Schubkarre mit Erde und Unkraut abzufahren und auf dem ebenfalls brachliegenden Hang neben der ebenen Terrassenanlage abzukippen.

Gegen Mittag stießen sie auf die ersten steinernen Beeteinfassungen und legten diese vorsichtig frei. Durch die darüber geschüttete Erde war die Gartenanlage geschützt gewesen. Wären die schweren Fahrzeuge der deutschen Wehrmacht direkt auf den Steinplatten geparkt worden, hätten sie jetzt nur zerbrochene Platten vorgefunden. So aber lag das erste Parterre und das halbe Mittelrondell fast unversehrt vor ihnen, als Julia, von Pietro angemahnt, den Mittagsimbiss auf der neuen, wenn auch noch schmutzigen Terrasse vorbereitete; ein windschiefer Tisch, drei alte Stühle und eine leere Blumenzwiebelkiste bildeten das Mobiliar. Roberto hatte nach vielen Mühen aus dem unteren Brunnen einen halben Eimer Wasser gefördert, es reichte gerade zum Händewaschen. Der obere, in der Nähe der Tür am Osteingang liegende, zweite Brunnen führte zwar mehr Wasser, aber das Seil an der Winde war gerissen.

Die Geschwister hatten den Morgen über ein irrwitziges Arbeitstempo vorgelegt, und beschlossen, im Obstgarten Mittagspause zu machen,

Pietro wurde auf eines der Feldbetten im Haus genötigt, nur Roberto kehrte zu seiner Arbeit zurück und störte die mittägliche Oktoberstille durch sein Hämmern und Klopfen.

Unter den Bäumen breiteten sie eine Decke aus, hier waren die Arbeitsgeräusche nur gedämpft zu hören. Micha schlief umgehend ein. Julia blickte durch die abgeernteten Zweige in den blauen Himmel, wo kleine weiße Schäfchenwolken vorbeizogen. Ein Bilderbuchherbsttag, und doch fühlte sie sich nicht restlos glücklich. Ihre erste Freude über das erneute, enge Beisammensein mit Roberto wurde durch die Erkenntnis getrübt, dass ihr früher so harmonisches Verhältnis sich inzwischen verändert hatte.

Warum gingen sie nicht mehr so unkompliziert miteinander um? Warum hielt er eine unüberbrückbar scheinende Distanz zu ihr? War es wirklich nur die viele Arbeit gewesen. Warum mied er sie? Wieder dachte sie an die *contessa* Berini und Angela Saccardo, und Zweifel quälten sie.

»Was ist Schwesterchen, Kummer?«

Ihr eben wieder aufgewachter Bruder drehte sich auf den Bauch und sah sie an.

»Ach, nichts!«

»Also doch! Bist du eigentlich in Roberto verliebt?«

Er überrumpelte sie mit seiner Direktheit.

»Ja, ich liebe ihn, aber er mich nicht!«

»Da wäre ich an deiner Stelle nicht so sicher. So wie er dich anschaut, wenn er sich unbeobachtet fühlt, wette ich glatt dagegen.«

»Ach was! Und außerdem ist er viel zu alt!«

»Reine Schutzbehauptung deinerseits, und bekanntlich schützt Alter ja vor Liebe nicht. Lass es dir von einem Experten gesagt sein: Der Mann ist in dich verknallt!«

Sie boxte ihn in die Rippen, und beide kugelten von der Decke. Wieder bei der Arbeit legten sie mit nur geringfügig reduziertem Tempo wieder los, und zur Kaffeezeit erblickte das zweite Parterre das Tageslicht. Während Julia auf einem Gaskocher Kaffee zubereitete und den mitgebrachten Kuchen schnitt, holte Roberto vier verschiedene, außerdem noch angeschlagene Tassen und den alten Pietro mit heraus. Beide schienen vollauf zufrieden mit dem Tag und nickten beifällig, als sie das Werk der Geschwister begutachteten.

Pietro zeigte nach oben auf den mittleren Balken hinter dem Portikus.

»Dort oben habe ich ein Kreuz eingeritzt, als ich den *marchese* heruntergeholt habe.«

»Wie war das denn, Pietro?«, fragte Roberto. »Wie war das mit den *Tre Condottieri*?«

»*Conte* Brandolini nannten sie ihn, junger Herr. Und Sie sind genauso

groß wie Ihr Großvater! Er war dreiundvierzig Jahre alt, als sie ihn aufhängten, fast Ihr Alter!«
Pietro tunkte seinen Kuchen in den Kaffee und mümmelte ihn hinunter.
»Der *conte* Brandolin war also so groß wie der junge Herr?«, fragte Julia.
»Nicht nur das, er war auch immer so schrecklich ungeduldig! Schnell, schnell, Pietro, schnell, schnell! Aber gerecht, das war er!«
Julia sah zu Roberto hinüber und sah, wie seine Mundwinkel ungeduldig zuckten, und bat ihn mit ihren Augen um Geduld.
»Stammten eigentlich alle *Tre Condottieri* aus Padova?«, wollte Julia wissen und schenkte dem Alten noch einmal Milchkaffee ein, wie er ihn gern trank, mit schön viel Zucker.
»Nur mein *conte* Brandolin und Gattamelata. Der dritte kam von weit her, aus Treviso. Und der Ersatz für meinen *marchese*, der kam von dort drüben.«
Er deutete zur Thermalzone hinüber.
»Montegrotto?«
»Nein, Abano! Du kennst ihn, das heißt seinen Sohn, du warst bei ihm, *La Tedesca*, bei Fra Moriale.«
Roberto wollte einhaken, aber Julia bremste ihn mit einer Handbewegung, bürstete dem alten Mann ein paar Krümel vom Pullover und erkundigte sich:
»Und was habt ihr gemacht damals?«
»Die *Tre Condottieri* führten unsere Gruppe, sie trafen alle Entscheidungen einstimmig. Ja, so war es! Wir haben den Deutschen tüchtig eingeheizt zwischen Treviso und den Colli Euganei. Ja, so war es! Damals gab es hier nur Weinstöcke, mein Vater hat einen guten Wein für den *marchese* gemacht. Aber die Deutschen haben alles niedergewalzt.«
»Wie traurig das alles klingt«, sagte Julia.
»Aber wir haben ihnen eingeheizt. Drei Jahre lang«, sagte Pietro stolz.
»1943 war ich gerade einundzwanzig, Guiseppe Deganello war erst neunundzwanzig, aber die Stütze von meinem *marchese*.«
»Giuseppe Deganello war der Vater des *vice-questore*«, erklärte Roberto.
»Dem hat der *marchese* das Leben gerettet und seins verloren.«
Der Alte schüttelte bedauernd den Kopf.
»Es hätte nicht sein müssen. Damals kamen so ein paar Alleswisser von der Universität. Obwohl mein *conte* Brandolin sie warnte, mussten sie einen Munitionstransport auf der Straße unterhalb von Teolo überfallen. Es war ein Hinterhalt, mein *marchese* hatte fast immer recht.«
Seine Stimme wurde immer undeutlicher.

»Natürlich hat er die Besserwisser nicht ihrem Schicksal überlassen. Er, Gattamelata, Giuseppe Deganello und ein paar andere haben sie begleitet. Guiseppe hat hinterher erzählt, wie mein *marchese* ihm das Leben gerettet hat. Plötzlich stand ein Deutscher mit einem Sturmgewehr vor ihm, und wenn Brandolin sich nicht dazwischen geworfen hätte, wäre Deganello von der Kugel getroffen worden. Gattamelata hat dann den Deutschen erschossen. Meinen *marchese* mussten sie sterbend zurücklassen. Ja, so war es.«

Julia legte ihre Hand auf den zitternden Arm des alten Mannes, dem die Tränen aus den Augen rannen, und streichelte ihn beruhigend.

»Die Deutschen haben ihn zum *Ca' Vecchia* geschleppt, das damals noch Ca'Visian und nicht Brandolin hieß. Und dann kam der Deutsche, sein ehemaliger Freund, dazu und hat geschrien, sie sollen meinen *marchese* aufhängen, zur Abschreckung! *Che diavolo!* Nach zwei Tagen durfte ich die Leiche herunterholen. Ja, so war es. Hier, wo wir jetzt sind, saßen die Bestien, tranken Wein und lachten. Und dort oben hing die Leiche von meinem *marchese*! Sein ehemaliger Freund und Mörder ist gleich weg. Ich habe ihn nie mehr gesehen. Ja, so war es!«

Julia fröstelte trotz der warmen Oktobersonne. Pietro sah es.

»Ah, *La Tedesca*, es gab nicht nur schlechte Deutsche.«

Er schwieg erschöpft vom vielen Reden.

Abends saßen sie todmüde, aber zufrieden vor dem großen Kamin im *Ca' Rosso* und beschlossen, den Sonntag ebenso besinnlich zu gestalten.

»Vielleicht bringst du noch mehr Einzelheiten von damals aus dem alten Pietro heraus«, wünschte sich Roberto. »Mich interessieren die bürgerlichen Namen von den *Tre Condottieri*. Zwei wissen wir schon. Fra Moriale hieß Gallardi und mein Großvater *conte* Brandolin. Zwei fehlen noch.«

»Mach ich. Aber unter einer Bedingung!«

»Das ist Nötigung! Also?«

»Dass du mit mir nächsten Sonnabend nach Monselice fährst, um Rosen zu kaufen. Dein *Ca' Vecchia* Brandolin schreit nach ihnen!«

»Mach ich, aber unter einer Bedingung.«

»Das ist Nötigung! Also?«

»Ich bezahle sie. Alle!«

Colli Euganei

Als sie am Sonntagnachmittag auf der wieder erstandenen Terrasse des *Ca' Vecchia* Brandolin Kaffee tranken, kehrten Pietros Erinnerungen prompt zurück.

»Die *marchesa* liebte das *Ca' Vecchia* Brandolin und ihren Garten hier«, sagte er. »Und Mandeltorte aß sie auch gern.«

»Wussten die Deutschen denn, dass der *marchese* Visian und der *conte* Brandolini ein und dieselbe Person waren? Und warum haben sie die *marchesa* dann nicht als Geisel genommen? Das war doch üblich damals«, sagte Julia.

»Also die Deutschen wussten nicht, dass ich sie verstehe, und als Hausbursche des *marchese* Visian hab ich viel gehört und weitergegeben. Einer von der *resistenza*, den sie erwischt hatten, hat den *marchese* verraten. Wahrscheinlich wurde er gefoltert. Die Deutschen haben darüber geredet, und auch, dass die *marchesa* Visian und ihre Töchter spurlos verschwunden waren. Und die Frau von Deganello mit dem Sohn. Und noch ein Kind. Oh meine Gedanken! Ja, den, der heute *questore* ist. Sie alle sollten von den Deutschen verhaftete werden, waren aber weg. Und kurz darauf schleppten sie meinen *marchese* an und ermordeten ihn.«

»Und was habt ihr nach dem Krieg gemacht, du, die *Tre Condottieri*, Giovanni Deganello und wie sie alle hießen?«, fragte Julia.

»Ach, *La Tedesca,* so viele Namen! Die Gruppe ging auseinander. Einer ging als Richter zurück nach Padova, und einer als Polizeioffizier. Der aus Treviso wurde Anwalt. Und dann waren sie plötzlich alle wieder da, die *marchesa* mit Francesca und Alessandra, die *signora* Deganello mit Giovanni und mit dem kleinen … Ich weiß nicht mehr, wie er heißt, aber jetzt ist er *questore*. Ich blieb jedenfalls weiter Hausbursche im *Ca' Rosso*. Giovanni hat studiert, aber er ist nie hochmütig geworden, wie so manche andere. Er redet immer noch mit mir wie damals, wenn er die junge *marchesa* besucht.«

»Meine Mutter muss eine sehr umschwärmte Frau gewesen sein«, fügte Roberto ein, auch, um dem Alten eine Erholungspause zu gönnen, »der *maestro* Bertolini hat sich um sie beworben und Giovanni Deganello genauso. Kein Mensch hat verstanden, warum sie einen Südtiroler Bauernsohn geheiratet hat.«

»Nicht alle haben es geschafft«, sagte der alte Pietro ziemlich zusammenhangslos.

»Was denn?«, erkundigte sich Julia.

»Den Weg zurückzufinden ins bürgerliche Leben«, seine Worte klangen ziemlich undeutlich, »zwei oder drei sind auf der Strecke geblieben, und das waren ausgerechnet die *Tre Condottieri* selbst. Mein *marchese* hätte nie mitgemacht, als …«

»Weißt du noch Namen, Pietro, Namen! Von denen aus Padova und denen aus Treviso!«

Roberto konnte seine Ungeduld nicht mehr zügeln. Julia warf ihm einen vorwurfsvollen Blick zu, aber es war schon zu spät.

»Nein, junger Herr, mein altes Hirn hat sie vergessen. Ich weiß keine Namen mehr. Ja, so ist es.«

Julia fegte die freigelegte Parterreanlage. Erst nach einiger Zeit fiel ihr auf, dass etwas fehlte: die Hammerschläge! Roberto saß auf einer der drei Stufen, die vom Portikus auf die Terrassenebene führten, vor ihm lag ihr Gartenentwurf und er schüttelte ein ums andere Mal den Kopf. Auf ihre Frage, ob etwas nicht stimme, winkte er sie heran.

»Schau sie dir an, deine Gartenanlage! Ich halte dich zwar für recht talentiert, aber das hier? Nein! Entweder hast du Röntgenaugen oder du hast dir heimlich Informationen aus unserem Familienarchiv beschafft. Die freigelegte Anlage und dein Entwurf einer Gartenanlage weisen unglaubliche Übereinstimmungen auf! Gib's zu, du hast gemogelt!«

Sie verteidigte sich mit Nachdruck, bis sie am Zittern seiner Schnurrbartenden merkte, dass gar kein Familienarchiv bestand und er sie auf den Arm genommen hatte.

Als sich Roberto wieder seinem Putz zuwandte, verglich Julia ihren Entwurf mit dem historischen und war ebenso überrascht, wie die Grundidee und eine Menge Details übereinstimmten, vom ovalen Wasserbecken in der Mitte der vier Parterres bis hin zu den seitlichen Balustradenbegrenzungen und dem halbrunden Balkon, von dem seitwärts die Treppen hinabführten. Von ihrer Großmutter hatte sie gelernt, dass der Ansatz zum Restaurieren von historischen Gärten normalerweise andersherum verlief. Eigentlich machte man zuerst eine Bestandsaufnahme und rekonstruierte an Hand der bestehenden Merkmale die Anlage. Sie hatte erst den Entwurf gemacht, für gartenhistorische Puristen eine Todsünde. Aber das brauchte ja niemand zu wissen.

Roberto schlug vor, das Abendessen im *Ai Pini* einzunehmen, *agritourismo** vom Feinsten. Auf der am Hang des Monte Pirio gelegenen Terrasse servierten die freundlichen Wirtsleute köstlichen Schinken, *sopressa*, Weine aus eigenem Anbau und die besten in Balsamico-Essig eingelegten Zwiebeln, die Julia je gegessen hatte, dazu gab es kostenlos einen schönen Blick auf die Villa dei Vescovi direkt unter ihnen. Bunte Lämpchen schaukelten in den alten Pinien, Pietro schlummerte in eine Decke gehüllt und Julia und ihr Bruder aßen noch den letzten Krümel der frisch gebackenen Brötchen.

Den Abend beschlossen sie wieder im *Ca' Rosso* vor dem Kamin. Roberto prostete den beiden zu.

»Danke für eure Hilfe! Wie kann ich mich bloß außer mit Essenseinladungen revanchieren?«

---

* Bäuerliche Selbstvermarktung

Die beiden Geschwister schauten sich an.
»Wie ist er als Fremdenführer?«, wollte Micha von seiner Schwester wissen.
»Sehr belesen, sehr fachkundig, außer er muss ….«
»Außer er muss Gutes über Venezia sagen«, vollendete Roberto den Satz. »Wie wäre es denn mit einer Führung durch die Padovaner Universitätsgeschichte vor Ort?«
Micha war Feuer und Flamme.
»So bezahle ich meine Schulden gern! Am Tag von Giulis *immatricolazione*.«
»Abgemacht!«
Sowohl Julia als auch ihr Bruder lehnten eine weitere Flasche Wein ab, auch wenn der euganeische Rote ihnen beiden gut geschmeckt hatte. Aber die frische Luft den ganzen Tag über ließ sie ein Bett herbeisehnen. Pietro schlief schon seit Stunden.

Università Padova

»Wow!«
Micha sah Roberto bewundernd an.
»Du siehst ja verdammt elegant aus! Gibt's was Besonderes?«
»So sieht er immer aus, wenn er im Dienst ist«, erklärte Julia. »Er ist eben Italiener.«
»Tschuldigung, aber ich habe dich bisher nur beim Wandern oder bei Bauarbeiten erlebt. Muss ich mich auch umziehen?«
»Quatsch!«, sagte Julia, die allerdings in ihrem schwarzen Hosenanzug selbst ziemlich feierlich aussah. »Oder?«
»*Assurdo!*«, bestätigte Roberto. »Aber nun kommt!«
Als sie lange vor Beginn der Immatrikulation in der Via IIX Febbraio auf den Renaissancebau der Universität zugingen, dozierte Roberto:
»*Hospitum bovis*, abgekürzt *Il Bò*, ist das älteste Gebäude der Padovaner Universität.«
»Bovis ist im Lateinischen die Genitivform von bos, der Ochse«, überlegte Micha laut. »Dann heißt *Il Bò* nichts anderes als Wirtshaus zum Ochsen?«
Roberto nickte und erzählte, dass die Universität bis zum Ende des fünfzehnten Jahrhunderts nicht in einem bestimmten Gebäude untergebracht war und die Lektoren die Miete für die Unterrichtsräume von ihrem Gehalt bestreiten mussten, bis das Wirtshaus mit dem Emblem des Ochsen 1493 dem Rektor der Universität, Bernardo Gil da Valenzo, in Erbpacht überlassen wurde.

Roberto führte sie in den alten, von dem Bergamasken Moroni gestalteten Hof; zweigeschossig gebaut, mit übereinanderliegenden ionischen und dorischen Säulenreihen gehört er zu den schönsten Beispielen padovanischer Renaissancearchitektur.

Auf der oberen Loggia dieses Hofes reihten sich die Wappen der Studenten aus den verschiedensten Nationen und Jahrhunderten aneinander. Die Studenten wurden unabhängig von ihren Studiengängen zuerst nur in ethnisch-geografische *nationes* eingeteilt, und zwar in die *cismontanes*, die Italiener von diesseits der Berge, und die *ultramontanes*, die Ausländer jenseits der Berge.

Dank Robertos Insiderkontakten gelangten sie sogar in den Palazzo *del Bo*, der dem normalen Publikum versperrt blieb; ein alter Pedell hatte Roberto seinen Schlüsselbund überlassen.

Micha erkundigte sich nach dem Alter der padovanischen Universität.

»Der Michaelistag 1222 gilt als ihr Gründungsdatum. Eine Gruppe von Professoren und Studenten aus Bologna gründete sie, unterstützt vom hiesigen Bischof und Landvogt.«

»War die Bologneser Universität zu klein geworden?«

»In Bologna wurden die Rechte der Studenten und Professoren und die ihnen zugestandenen akademischen Freiheiten grob missachtet. Deshalb erbaten einige von ihnen in Padova Asyl und erhielten es auch, dazu auch verbriefte Rechte, die die padovanische Universität durch die Jahrhunderte immer wieder verteidigen und deren Einhaltung immer aufs Neue ertrotzen musste.«

Die kostbar ausgestattete Aula Magna mit ihren farbenprächtigen Deckengemälden und kunstvollem Stuck, Hunderten von eindrucksvollen Wappen ehemaliger Studenten und Professoren, darunter das des Galileo Galilei und die Erinnerungstafel zu seinem dreihundertjährigen Jubiläum als Hochschullehrer 1592, erregten die Bewunderung der Geschwister. Julia fühlte so etwas wie Stolz, dass sie an dieser altehrwürdigen und doch so lebendigen Universität ab diesem Semester würde studieren können. Ihr Bruder und sie suchten in dem großen Saal unter den Wappen und Erinnerungstafeln nach bekannten Namen.

»Das Wappen des Albert Graf von Bollstedt werdet ihr vergeblich suchen«, gab Roberto ihnen als Rätsel auf, aber Micha löste es sofort.

»Er meint den Dominikaner Albertus Magnus«, glänzte er und verwies auf den dreizehnten Jahrgang seines humanistischen Gymnasiums in Hameln, dem er angehörte.

»Es geht eben nichts über eine stabile Halbbildung«, ärgerte ihn seine Schwester mit einem Ausspruch ihres Vaters, aber bevor sie sich wieder in Blödeleien verloren, erzählte Roberto von dem zu den bedeutendsten Wissenschaftlern des Mittelalters zählenden Dominikaner, dessen Anwesenheit in Padova nicht nachweisbar war, der aber immer wieder mit dem Erscheinen des Dominikanerordens in dieser Stadt im Oktober 1226 in Zusammenhang gebracht wurde, einem Orden, der für seine kulturelle Aufgeschlossenheit bekannt war.

»Hier habe ich einen Landsmann gefunden!«, rief Micha von der anderen Seite des Saales her. »Nikolaus Kopernikus!«

»Er war Pole«, stellte Roberto richtig, »wie überhaupt erstaunlich viele Polen im sechzehnten Jahrhundert hier eingeschrieben waren. Sie stellten zusammen mit den Litauern die bestorganisierte *natio*, von denen es zu der Zeit viele gab. Allein die juristische Fakultät zählte zweiundzwanzig Nationen, die *natio* Bohema, die *natio* Germanica …«

»Trotzdem reklamieren wir Kopernikus für uns«, beharrte Julia, »nachweislich schrieb er nur deutsch und lateinisch. Jedenfalls stammte seine väterliche Familie aus Deutschland.«

»Wir Deutschen waren doch auch recht zahlreich vertreten, oder?«, fragte Micha

»*Ma certo!* Die *natio* Germanica war zahlenmäßig die bedeutendste und deshalb auch einflussreichste. Allein zwischen 1546 und 1630 zählte man 10.536 deutsche Studenten an Il Bò. Übrigens gibt es heute wieder einen Zusammenschluss deutscher Studenten in Padova. Sie haben ihre Vertretung in der Via San Massimo. Und ratet einmal, wie sie sich nennen?«

»*Natio* Germanica?«, fragten sie gleichzeitig.

»*Giusto!*«

Julia erkundigte sich, wie es mit der Emanzipation der Frauen an *Il Bò* bestellt sei, unter den Fresken sei keine Frau gewesen.

»Ich wette ihr habt noch keine Universitätsrektorin gehabt!«

»Dafür aber Elena Cornaro Piscopia«, konterte Roberto, »die 1678 als erste Frau der Welt ihren Doktor der Philosophie machte und damit auch als erste Frau einen akademischen Abschluss erhielt.«

Der spektakulärste Raum im jetzt nur noch als Rektorat und Verwaltungsgebäude genutzten Palazzo del Bò stand noch aus, das fantastisch erhaltene und beeindruckende Anatomische Theater des Fabrici d'Aquapendente, das erste feststehende Theater seiner Art überhaupt.

Fast dreihundert Jahre lang hatte man hier Anatomievorlesungen gehalten und Robertos Schilderung der ersten, noch verbotenen Obduktionen verursachten den Geschwistern eine Gänsehaut. Unter dem Sektionstisch in der Mitte führte ein Kanal entlang. Wenn eine Leiche verfügbar war, wurde sie in einem Boot bis unter den Tisch gefahren, die Studenten durch Mund-zu-Mund-Propaganda herbeigerufen, mit Kerzen versehen, und die wissenschaftlichen Vorführungen konnten beginnen. Im Falle der Gefahr einer Entdeckung öffnete man einfach eine Klappe und die Leiche verschwand auf Nimmerwiedersehen im Kanal.

»Ich habe es mir eigentlich viel größer vorgestellt«, meinte Micha und schaute von der oberen der fünf kreisrunden, amphitheaterähnlich gebauten Holzgalerien hinunter, »und nicht so schrecklich eng.«

Das wiederum fand Julia äußerst praktisch, wenn nämlich die Studenten so eingezwängt hatten stehen müssen, konnten sie wegen des Mangels an Formalin und des deshalb unabwendbaren Leichengeruchs nicht umfallen, wenn sie ohnmächtig wurden.

Roberto schaute auf die Uhr.

»Nun wird's aber Zeit für euch! Und ich muss schleunigst ins Büro zurück, diese überlangen Kaffeepausen fallen langsam auf.«

»Was mich noch interessiert«, sagte Micha auf dem Weg nach draußen, »wie haben sich denn eigentlich die Kirche und die Universität während der vergangenen Jahrhunderte in Padua vertragen?«

Robertos Nackenmuskeln versteiften sich etwas, er zog die Schultern leicht hoch und antwortete kurz angebunden:

»Das erzähle ich dir heute Nachmittag.«

Julia lächelte.

»Ich glaube, Roberto muss auf deine Frage etwas Nettes über die *Serenissima* sagen, und damit hat er persönliche Probleme!«

Sein vernichtender Blick streifte sie, dann verschwand er wortlos in Richtung *questura*.

Am Nachmittag machten sie sich auf den Weg zum Botanischen Garten, der auch zur Universität gehörte und Julias Lieblingsort in der Stadt war.

»Er war der erste Heilkräutergarten der Welt«, übernahm sie Robertos Rolle und hielt ihrem Bruder einen Lageplan unter die Nase. »Jedenfalls, wenn man von den Klostergärten absieht«, fuhr sie fort. »Er wurde 1545 von Francesco Bonafede, einem Professor der Drogenlehre, zusammen mit einem Modellgewürzgarten nach Plänen von Andrea Moroni angelegt.«

Am Instituto Botanico traf Julia einen Bekannten.

»*Buon giorno professore! Come sta?* Darf ich Ihnen meinen Bruder vorstellen?«

Sie bedankte sich für die seinerzeit durch den *professore* entstandene Verbindung zu *maestro* Bertolini und erzählte von ihrer Arbeit.

»Wenn man an Ihnen beiden hochschaut«, schmunzelte der alte Herr, »komme ich mir vor wie im Livianum, im Saal der Giganten!«

»Meine Fakultät«, Julia wuchs noch zwei Zentimeter vor Stolz und der Italiener gratulierte ihr, dass sie ihr Talent nun nicht mehr als Tennislehrerin vergeude.

Gemeinsam verließen sie den *orto botanico* und plauderten auf dem Weg ins Zentrum über Gott und die Welt. Am Denkmal des Gattamelata verhielten sie.

»Der *capitano generale* der *Serenissima* hat als Sohn eines Bäckers und ohne jede humanistische Bildung nicht nur den Sprung in den venezianischen Adel geschafft, sondern auch echte Freunde an der Universität hier gehabt«, erklärte der kleine Italiener und sah zu dem energiegeladenen Reiter aus Bronze hoch. »Zwar ist das weder nachlesbar noch in den Archiven der *Serenissima* zu finden, aber man kann aus der Grabrede des Lauro Quirini, einem Rhetoriklehrer der Universität, darauf schließen. Wenn auch Quirini ein professioneller Schmeichler war, wie die Renaissance viele hervorgebracht hat, so hat er an der Bahre des *condottiero* doch so warme, herzliche Worte gefunden, dass man daraus auf freundschaftliche Gefühle für Gattamelata schließen kann. Ich zitiere:
So werden auch die Nachkommen seine Treue gegen die Republik, seine Schnelligkeit in allen Dingen, besonders in guten, bewundern. Gerade sie findet man selten bei Mächtigen, ganz selten aber bei denen, deren Leben unter dem Geräusch der Waffen verlief ... Aber hier, unser Gattamelata, der doch so hoch stand, übertraf an Menschlichkeit und Güte, um es frei herauszusagen, alle früheren Feldherren. Zitat Ende. Und ich darf hinzufügen: auch die meisten nach ihm.«

Padova

Mit Roberto hatten sie sich im *Gran Caffè* Pedrocchi verabredet, Julia zeigte ihrem Bruder das klassizistische Gebäude schräg gegenüber von *Il Bò*. Roberto stand schon an der Bar und unterhielt sich, aber als er sie sah, wandte er sich den Geschwistern zu und winkte mit einem *scontrino**, den er bei der matronenhaften, aufs Feinste herausgeputzten Kassiererin erworben hatte.

»Ich habe euch einen *caffè corretto* bestellt, ihr müsst nur noch sagen, ob ihr ihn mit *stravecchia*** oder *grappa* wollt«, begrüßte er sie. »Nun, wie war's?«

»Feierlich, und jetzt gehöre ich dazu.«

»Ja, und nun ist Schluss mit Gärten und sonstiger Tändelei!«

»Ein Studentencafé scheint mir das hier aber nicht mehr zu sein!«,

---

* Kassenbon
** Italienischer Weinbrand

sagte Micha und blickte sich um. Die hohen Räume im Art-deco-Stil, dazu die passenden Lampen und Spiegel, creme- und goldfarben, und ein blasierter Klavierspieler taten ein Übriges, um den Hauch von verwehender Kaffeehausromantik zu verbreiten; ebenso die in kleinen Gruppen oder auch nur zu zweit zusammensitzenden älteren Padovaner, die Zeitung lasen oder bei einem Aperitif ein Schwätzchen hielten und sich deutlich von den Touristen abgrenzten, die das Pedrocchi als eine Sehenswürdigkeit Padovas abhakten und je nach ihrem Auftreten freundlich oder mit unnachahmlicher Arroganz von den Obern bedient wurden.

»In den oberen Räumen haben sich am 8. Februar 1848 Studenten versammelt und ihren vergeblichen Aufstand gegen die österreichische Herrschaft angetreten«, erklärte Roberto die Berühmtheit und den Symbolismus des Kaffeehauses. »Es wurde 1831 ohne Fenster und Türen gebaut und war somit im wahrsten Sinne des Wortes durchgehend geöffnet. Begünstigt durch die Nähe zur Uni haben sich im Pedrocchi immer wieder kritische Geister getroffen. Übrigens liegen die Reste des römischen Forums von Patavium unter diesem *Gran Caffè*.«

Roberto schlug vor, nachher durch die Markthalle zu schlendern und anschließend die Lage der Gebäude zu erkunden, die für Julia ab morgen wichtig sein würden, das Livianum mit der *facoltà lettere e filosofia* und die nächstgelegene Mensa.

Mittlerweile war die Dunkelheit hereingebrochen, doch das tat dem pulsierenden Leben der Stadt keinen Abbruch.

»Auch wenn es dunkel ist, kommt man sich in dieser Stadt geborgen vor, als sei man ein Teil von ihr«, sagte Julia.

Befriedigt fasste Roberto das als Kompliment an seine Stadt auf und schob beide in eine schon brechend volle *enoteca*, orderte drei Gläser *moscato* und ein paar Häppchen, und bald fand man sich in dieser gemütlichen Probierstube mit seinen Nachbarn im Gespräch.

Draußen auf der Piazza Dell'Erbe loderten Feuer auf, die übrig gebliebenen, hölzernen Gemüsekisten vom Markt am Morgen wurden in eisernen Tonnen verheizt und in der Glut Maronen geröstet, an einem Stand brutzelten Muscheln in einem köstlich duftenden Sud und warteten auf die nach Feierabend aus den Büros strömenden Abnehmer. An einem besonders umlagerten Stand wurden in einem großen Kessel ganze Tintenfische gekocht und für das Abendessen mit nach Hause genommen.

Das Livianum lag nur einen Katzensprung entfernt an der Piazza Signori. Beschwingt gingen die drei am Dom und der etwas abseits stehenden Taufkapelle vorbei zur Mensa Il Cupola in der Via Bonporti.

»1231 starb hier in der Nähe der aus Portugal stammende San Antonio«, sagte Roberto. »Schon ein Jahr später notierte man den Baubeginn von *Il Santo*, heute noch eine der am meisten besuchten Pilgerkirchen der christlichen Welt. Ihr müsst am vierzehnten Juli unbedingt zum Fest von *Il Santo* kommen, um zu sehen, was das bedeutet. Mit dem Beginn der venezianischen Herrschaft über Padova begann für die Universität die eigentliche Glanzzeit. Die *Serenissima* respektierte nicht nur alle bestehenden Verträge und verlieh der Alma Mater den Status der Unantastbarkeit, sie verbot sogar den Untertanen, fremde Hochschulen zu besuchen und ließ alle fremden, auf venezianischem Gebiet liegenden Hochschulen schließen. So entwickelte sich *Il Bò* zum Zentrum der Wissenschaft in der Renaissance, überhaupt gilt das sechzehnte Jahrhundert als das goldene Zeitalter für die Universität wie auch für die Seerepublik allgemein. – Langweile ich euch auch nicht? Nein? Gut!

Die Ära des politischen und wirtschaftlichen Einflusses von Venezia wurde von einem außerordentlichen Aufschwung der Künste und Wissenschaften begleitet, der einen regen Austausch von Studenten, Professoren und Ideen im Sinne der von Venezia gewünschten Gedankenfreiheit in ganz Europa nach sich zog. Nach den Auswirkungen des finsteren Mittelalters ist die Toleranz der *Serenissima* in Glaubensfragen fast noch höher zu bewerten. Zu dieser Zeit war das Ansehen der Padovaner Universität schon weitaus größer als das der von Bologna.

Bei dieser Ausgangslage verwundert es nicht, dass der Reformationsgedanke ungehindert einsickerte und großes Echo fand. Euer Luther wurde bereits 1517 aktiv, und die Kirchenautoritäten sahen natürlich besorgt den Zustrom ketzerischer Studenten und Professoren. Nur vierundzwanzig Jahre später kamen die bereits erwähnten Jesuiten hier an und wollten die Glaubensfreiheit vernichten, aber die *Serenissima* stellte sich zwischen die inquisitorischen Tendenzen der Kirche und stritt weiterhin unerschütterlich für die Freiheit der akademischen Lehre. Solange Galileo in Padova lehrte, hatte er nichts zu befürchten. Erst in Pisa hat der Heilige Vater Druck auf ihn ausüben lassen!«

Roberto machte eine längere Pause, während der sie sich wieder in Bewegung setzten und am Palazzo della Raggione und am Palazzo del Bò vorbei zu Robertos Auto gingen.

»Die Spannung zwischen Kirche und Universität hat die Jahrhunderte überdauert«, fuhr Robert fort, »aber Spannungen müssen nicht nur negativ sein, sie haben hier durch die Jahrhunderte zu durchaus fruchtbaren Diskussionen und Entwicklungen geführt, und zwar in beiden Institutionen. Und deshalb kann es auch nicht verwundern, dass mindestens vier ehemalige Studenten von *Il Bò* später als Päpste auf dem Heiligen

Stuhl saßen, aber das beeindruckt euch ungläubige Protestanten natürlich nicht!«

Das Wetter begann umzuschlagen, kalte Windstöße fegten durch die Kronen der uralten Bäume und ließen einen Blätterregen auf sie niedergehen.

»Nun fehlt nur noch eine Story von dir und den Roten Brigaden aus den Siebzigern!«, sagte Micha, wurde aber enttäuscht.

»Ich habe zu der Zeit in Bologna und danach in Padova studiert«, sagte Roberto, »lass es mich so ausdrücken: Bologna war die rote, radikale Universität und Keimzelle vieler, die Gewalt auf ihr Banner zum Umsturz geschrieben hatten.

Während dieser wilden Studentenprotestwellen, die über halb Europa schwappten, war Padova als progressive Universität sicherlich auch nicht gewaltfrei. Vielleicht habe ich als padovanischer Patriot, den Giuli mir immer unter die Nase reibt, nur die positive Entwicklung an *Il Bò* registriert. Aber sie war bestimmt nicht so radikal wie die Bologneser Universität.«

»Schaut mal diesen wunderbaren Sternenhimmel«, lenkte Julia ab, »gehörte nicht auch ein Observatorium zur Universität?«

»*La Specola*! Das hätte ich beinahe vergessen. 1787 wurde es auf dem Turm des Kastells des Ezzelino errichtet, heute ist es für Nichtastronomen geschlossen.«

Inzwischen hatten sie das Portal des *Ca' Rosso* erreicht. Micha bedankte sich für die überaus reichlichen Informationen.

»Reichlich schon, aber trotzdem hat er uns drei weltberühmte Studenten der Jurisprudenz unterschlagen!«

»So?«

Roberto krauste die Stirn.

»Carlo Goldoni, Giacomo Casanova und den Komponisten Giuseppe Tartini.«

»An Tartini hätte ich denken müssen! Aber die anderen beiden?«

Er machte eine abwertende Handbewegung und die Spitzen seines Schnurrbarts zeigten missachtend nach unten.

»Das waren doch nur Venezianer!«

Colli Euganei

Julia erlebte eine angenehme Überraschung, als sie am *Ca' Vecchia* ankamen. Schon am Morgen hatte sie bemerkt, dass Roberto irgend etwas verschwieg, aber er hatte sich nicht locken lassen. Mitglieder der *autarchia* hatten während der Woche die gesamte Terrasse freigelegt und ebenso die Treppenanlage, oder besser das, was von ihr noch übrig war, und die vier Parterres, das Mitteloval und außerdem die halbrunden Beete direkt am Haus ausgekoffert. Clemente, der Gärtner, und Micha standen bereit, auf ihre Anweisung hin die Erde zu verteilen.

Roberto versuchte, seine Freude über die gelungene Überraschung zu verbergen, und setzte eine undurchdringliche Miene auf, die sich aber schnell entspannte, als Julia ihm spontan um den Hals fiel und ihm dankte.

»Wofür? Dass du umsonst für mich arbeitest? Ich habe zu danken und heute Abend lade ich euch zum Essen ein. Und keine Kostenteilung diesmal!«

Er drückte sie noch einmal an sich und ließ sie dann schnell los. Zum Teufel noch mal, dachte er, meine guten Vorsätze überdauern nicht einmal dies Wochenende!

Clemente zog Eimer um Eimer voll Wasser aus dem reparierten Brunnen, und Julia begann, die verschiedenen Zwiebelgewächse nach ihrem genau ausgetüftelten Plan zu stecken. Sie unterbrachen die Arbeit nur kurz, um *mamma* Zanellas Picknickkorb zu plündern, anschließend holten Clemente und Micha noch eine Ladung Erde und brachten die von Julia heimlich in Auftrag gegebenen Buchsbaumstecklinge mit.

Clemente bedauerte außerordentlich, dass er die abendliche Einladung wegen einer anderweitigen Verpflichtung ausschlagen müsse.

»Heißt die Verabredung vielleicht Ferrina mit Nachnamen?«, zog Julia ihn auf, und er wurde tatsächlich rot.

Das Restaurant *Locanda Beldomando delle Boschette* lag in Torreglia an einer Nebenstraße, nicht allzu weit vom Ortskern entfernt. Die Pilzsaison war noch in vollem Gange und Roberto mit dem angebotenen *risotto ai porcini* äußerst zufrieden, über frische Steinpilze ginge fast nichts, meinte er. Julia und Micha hingegen beäugten die empfohlenen *sacchettoni di ricotta e pioppini* erst misstrauisch, von Pappelpilzen hatten sie noch nie gehört. Aber zusammen mit der Butter und den Nüssen schmeckte ihnen auch diese Kreation bester italienischer Küche ausgezeichnet, ebenso wie die mit Wacholderbeeren würzig gebratenen Hirschkoteletts, serviert mit weicher *polenta* und Pfifferlingen.

Auf der Rückfahrt nach Padova fielen den Geschwistern die Augen zu und Roberto dachte ein bisschen wehmütig an die Einsamkeit, die ihn bald überfallen würde. Die beiden standen sich wirklich sehr nahe. Man merkte Julia deutlich an, wie sehr sie die Anwesenheit ihres Bruders genoss. Immer wieder ertappte sich Roberto dabei, wie er sich von dem freimütigen Charme des unkomplizierten Jungen und dem offenen, lebenssprühenden Wesen seiner Schwester einfangen ließ und er aus seiner misanthropischen Grundhaltung förmlich herausgerissen wurde.

Wenn er je daran gedacht hätte, eigene Kinder zu haben, würde er sich einen Sohn wie Michèle gewünscht haben.

Er bremste vor dem Haus seiner Mutter und weckte die beiden.

»Nehmen wir morgen den alten Pietro wieder mit, ich habe es versprochen«, sagte Julia.

»Natürlich. Wollt ihr morgen ausschlafen?«

Roberto übte tatsächlich Rücksicht.

»Nö, dann schaffen wir ja nichts. Neun Uhr? Gut!«

Colli Euganei

Der Wetterbericht versprach für den Sonntagmorgen noch Sonne, später Eintrübung und nachfolgend Regen. So stellten sie sich auf einen arbeitsreichen Morgen ein, zu dem sie Pietro in Decken gehüllt mitnahmen; der Alte fror, und mit seinem Erinnerungsvermögen wurde es immer schlechter. Die ganze vergangene Woche lang hatte Julia es immer wieder versucht, aber im *Ca' Rosso* verließ es ihn ganz.

Micha sollte den Nachtzug nach Deutschland nehmen, seine Herbstferien endeten, er hatte sie bis zur Neige ausgekostet. Auf Julias Vorhaltungen, ein bisschen Lernen könne einem Abiturienten nicht unbedingt schaden, hatte er abgewinkt: Das bisschen Schule mache er mit links, und nach seiner Zivildienstzeit im nächsten Jahr käme er mit Sicherheit nach Padova, um hier bei ihr zu studieren, deshalb habe er ja auch angefangen, bis zur letzten Minute Italienisch zu lernen.

Aber dann hatte er sie zweifelnd angeschaut und sich erkundigt, wie lange sie denn gedächte, im Ausland zu studieren und was es mit der Medizin auf sich habe.

»Will Vater das wissen?«, fragte sie.

»Er hofft immer noch.«

»Das tut mir ehrlich leid, aber ich bin entschlossen, ein paar Semester hierzubleiben. Hast du mit Roberto über mein Studium gesprochen?«

»Nein, wieso?«

»Er weiß nichts von meinem Medizinstudium und den beiden Staatsexamen, und ich möchte auch, dass das so bleibt.«

»Weil er dich dann als *dottoressa* anreden müsste? Nach italienischer Lesart hast du ja sozusagen schon einen akademischen Abschluss.«

»Eher, weil ich glaube, er würde in Vaters Kerbe schlagen, und Roberto kann sehr überzeugend sein!«

»Nicht gegen einen andresenschen Dickkopf! Du könntest doch auch hier dein Medizinstudium fortsetzen.«

»Nun fängst du auch schon an!«

»Streit?«, rief Roberto hinüber. »Das ist ja ganz neu bei euch!«

»Wir kommen schon! Sag meinem Bruder, dass er für sein Abitur lernen soll!«

»He, Roberto, sag meiner Schwester, dass sie ihre Nase nicht in Männerangelegenheiten stecken und ihre eigene Türschwelle sauber halten soll!«

»Hol Wasser, Micha!«

»Ein Loch ist im Eimer ...«, begann er zu singen und machte sich an die Arbeit.

Als Pietro gegen zwei Uhr brummelnd die Mittagspause einforderte, machten die drei Schluss. Julia nahm wieder den Gaskocher in Betrieb und erwärmte eine Minestrone. Sie war äußerst zufrieden, alle Rosen waren eingepflanzt, Hunderte von Buchsbaumstecklingen gesetzt, und der zu erwartende Regen heute Nachmittag würde ein Übriges tun. Trotzdem hatte Micha mindestens vierzig Eimer Wasser mit der inzwischen von Roberto reparierten Winde aus dem Brunnen hochgezogen, sicher sei sicher, hatte Julia argumentiert.

»Die alte *marchesa* würde sich über den Garten so freuen!«, nuschelte Pietro. »Sie hat den Tod von ihrem Mann nie verwunden. *Depro ... deportazione* nannten die Ärzte das!«

»Du meinst *depressione*?«

»Hab ich doch gesagt! Und bei den *Tre Condottieri* hätte der alte *marchese* nie und nimmer mitgemacht! In den Fünfzigerjahren trafen sie sich, habe ich gehört. Und haben krumme Dinger gemacht. Dabei hatten sie alles: schöne Frauen, gute Berufe, große Häuser, Autos. Was braucht man mehr?«

Julia schnitt die Rinde vom Weißbrot ab und gab es dem Alten zum Tunken.

»Die Gier nach Geld und Macht?«, fragte Julia vorsichtig.

»Du sagst es, *La Tedesca!* Erst war es nur illegales Spiel, dann Schmuggel, dann Rauschgift, eben alles, was Geld brachte.«

»Woher weißt du das, Pietro?«

»Sie wollten mich auch kaufen. Erst hab ich gedacht, es würde Spaß machen, wieder bei den *Tre Condottieri* zu sein, aber dann ... Tommaso wollte auch nicht.«

»Tamassia?«

»Der Pellestrino!«

Roberto hatte wieder seinen euganeischen Jägerblick und Julia setzte ihre Bemühungen fort.

»Fra Moriale war Gallardi, Gattamelata war der aus Treviso. Und weißt du auch, wer Carmagnola war? Vielleicht der Pellestrino?«

Der fast zahnlose Mund des Alten verzog sich zu einem Grinsen.

»Du bringst alles durcheinander, *La Tedesca*! Der junge Herr soll seinen Freund fragen, den Pellestrino.«

Julia meinte förmlich zu sehen, wie der Alte in sich zusammenschrumpfte und keine Frage aus der Welt draußen mehr in seine hineinließ.

Roberto rührte abwesend in seiner Suppe und dachte, dass Fra Moriale alias Gallardi die einzig greifbare Spur blieb, aber der hatte sich in Luft aufgelöst, nicht einmal seine Tochter wusste, wo er sich aufhielt. Ein Pellestrino namens Tommaso, der aber bei den *Tre Condottieri* nicht mitmachte, war das magere Resultat des Tages, abgesehen von der erfolgreichen Arbeit an Haus und Garten. Umberto zu fragen, erübrigte sich; auf Robertos Bitte hatte der seinen Vater befragt, aber der alte Tommaso Tamassia weigerte sich schlichtweg, über die Vergangenheit zu reden.

Micha, der das Italienisch des alten Pietro nicht verstand, war einem alten Ziegenpfad hinter dem Haus den Hügel hinauf gefolgt, der auf einen schmalen Weg am Hang führte, kam aber bald zurück und gesellte sich zu ihnen.

»Da oben liegt ein tolles Motorrad im Gebüsch«, berichtete er, »ich hab mir die Nummer notiert, falls es geklaut ist.«

Roberto brach plötzlich auf, er müsse etwas aus dem Handschuhfach holen. Seine Dienstwaffe? Als hätte sie die plötzliche Hektik angesteckt drängte Julia überraschend zum Aufbruch.

»Hey, mein Zug geht erst um acht, wozu solche Hektik?«, protestierte Micha, erhielt aber keine Antwort.

Als sie alle wohlbehalten im Auto saßen und die steile Wegstrecke zur Straße hinunterrumpelten, forderte Roberto:

»Die Nummer, Michèle.«

Der verstand die Welt nicht mehr.

»Was ist hier eigentlich los? Wieso regt dich plötzlich so ein dämliches gestohlenes Motorrad so auf?«

»Die Nummer, Michèle!«

Schließlich gab er sie Roberto.

»Worum es geht, erzähl ich dir später, Micha«, sagte Julia und blickte Roberto um Zustimmung bittend an.

Er setzte sie am *Ca' Rosso* ab und fuhr erst los, als sich die dicke Eichentür hinter den dreien geschlossen hatte.

Als Julia Micha in groben Zügen über ihre Erlebnisse in Italien ins Bild gesetzt hatte, schüttelte er betroffen den Kopf.

»Deshalb ist Roberto immer so besorgt, dass du nirgendwo allein hingehst?«

»So ist es. Aber sag Vater nichts davon. Versprochen?«

»Klar! Aber nun verstehe ich auch, warum Roberto dir *nur* schöne Augen macht!«

»Wieso?«

»Na, er als Ermittler kann doch mit dir als Belastungszeugin kein Verhältnis anfangen. Ich glaube nicht, dass die Italiener das anders sehen als unsere Justiz.«

Julia fiel der Unterkiefer herunter und gab zu, daran überhaupt nicht gedacht zu haben.

Roberto verpasste das Abendessen, kam aber gerade rechtzeitig, um Micha mit Julia zum Bahnhof zu bringen. Auf der Rückfahrt berichtete er ihr, dass sie den Besitzer des Motorrads ermittelt hätten.

»Sagt dir der Name Andrea Longhi etwas?«

»Andrea? Aus der Bar 2000+2, ja. Sie nannten ihn *Il Nero*. Aber Longhi? Nie gehört.«

Sie schüttelte den Kopf, und er bedauerte, dass er die *Tre Condottieri* unterschätzt hatte in seiner Annahme, sie hätten aufgegeben.

»Es ist noch nicht alles vorbei, Giuli, sie haben uns bzw. dich, beobachtet. Wir dürfen auf keinen Fall nachlässig werden. Morgen früh holt dich ein Beamter ab. Mein Onkel ist zurück und hat erneuten Polizeischutz für dich angeordnet. Ich muss nach Rom, mein Flieger geht noch heute Nacht.«

»Sagst du mir den Grund?«

»Sie glauben, Fra Moriale gefunden zu haben.«

»Oh! Wirklich? Ist er … tot?«

»Ich soll es überprüfen.«

»Sag mal, dürfen Ermittler in Italien mit Zeuginnen …? Na, du weißt schon!«, druckste sie herum.

»Nein, ich weiß nicht, was du meinst.«

»Nun, du und ich, dürften wir …?«

»Miteinander schlafen? Nein, natürlich nicht!«

»Solange du den Fangomörder also nicht hast, bin ich für dich tabu?«

»Umgekehrt auch, Giulia Andresen.«

»Das könnte schlimmstenfalls zwanzig Jahre dauern?«

»Zweiundzwanzig, denn dann werde ich pensioniert.«

»Oh! Dann bin ich so alt wie du jetzt!«

kapitel 3
a.d. november 2000

Padova

er goldene Spätherbst wich Nebel, Kälte, Sturm und Regen in buntem, unregelmäßigem Wechsel. Julia spürte nur allmählich, wie sich die Wetterlage auf die Gemüter der Menschen in ihrer Umgebung legte, auch sich selbst konnte sie dabei nicht ausnehmen. Im dunklen, kalten und zugigen *Ca' Rosso* schienen die Geister aus der Vergangenheit wieder aufzuerstehen, einen Geruch von Moder und Tod meinte sie manchmal aufzunehmen, als könnten die Erinnerungen an die unbeschwerten Tage in den heiteren Gärten des Veneto die beginnenden Wintermonate nicht überdauern.

Am Totensonntag kehrte die *marchesa* ins *Ca' Rosso* zurück und sparte nicht mit überschwänglichem Lob für Julias Engagement in Haus und Garten; aber bei dem Anblick des alten Pietro, der dahindämmernd in seiner warmen Kammer lag, packte sie das Entsetzen. Auf Betreiben Julias und mit Robertos Einverständnis war schon vor Wochen ein Arzt gerufen worden, der außer schwerer Gicht nur einen allgemeinen Verschleiß des Herzens diagnostizierte. Das Lebenslicht des Achtundsiebzigjährigen brannte langsam und stetig nieder.

Die *marchesa* wollte ihn in ein Krankenhaus schaffen lassen, aber er wehrte sich mit Händen und Füßen. In diesem Haus sei er geboren und hier wolle er auch sterben, war sein einziger Wunsch.

Julia und die *marchesa* saßen in der Küche, dem einzig richtig warmen Platz außer Pietros Kammer im *Ca' Rosso*. Draußen tobte ein Herbststurm, den ganzen Tag über hatte ein Regenschauer den nächsten abgelöst, und es war nicht einmal richtig hell geworden. Der Wind heulte im Kamin, und die Deckenbeleuchtung flackerte fast ebenso wie die vom Verlöschen bedrohten Kerzen in dem fünfarmigen Leuchter auf dem Tisch.

Die *marchesa* vergrub den Kopf in den Händen, Julia sollte ihre Tränen nicht sehen, aber ihre zuckenden Schultern verrieten sie. Sie hatte sich bisher immer souverän als Herrin jeder Lage gezeigt, und so kam dieser Zusammenbruch für Julia völlig überraschend. Sie legte Francesca die Hand auf die Schulter und streichelte sie beruhigend.

»Nicht nur der alte Pietro geht«, sagte sie resigniert, »mit ihm geht eine ganze Epoche zu Ende, und nur ich bleibe zurück. Das *Ca' Rosso* verfällt von Tag zu Tag mehr, und ich kann es nicht verhindern. Ich bin finanziell so am Ende, dass ich nicht einmal mehr die dringendsten Reparaturen in Angriff nehmen kann. Das Heizungssystem ist im vorletzten Winter zusammengebrochen und nur notdürftig repariert, die Fenster müssten erneuert werden, und zu verkaufen gibt es auch nichts mehr. Es hat doch alles keinen Sinn! Ich bin alt und müde, und meine Söhne halten mich nicht zu Unrecht für eines der letzten Exemplare einer aussterbenden Gattung.

Warum nur habe ich mir jahrzehntelang Sand in die Augen gestreut und die Realität einfach nicht sehen wollen? Nun verliere ich alles, Pietro, meine Söhne, das *casone*. Ich bin so müde, Giuliana, so unendlich müde.«

Wieder bedeckte sie ihr Gesicht mit den Händen, während Julia ihr Mut für die Zukunft machte, vom Garten sprach, der im Winter so tot schien und doch im kommenden Frühjahr von neuem Leben erfüllt wäre, von den vielen Blumenzwiebeln, die ihr Onkel geschickt und die sie gesteckt, von den Rosen, die sie gepflanzt hatte, und beim Reden formte sich in ihrem Kopf ein Gedanke, den sie spontan aussprach.

»Mein Onkel sucht in Norditalien eine Geschäftsadresse, jemanden mit deutschen und italienischen Sprachkenntnissen, Verkaufsräume und ein Büro. Wäre das nicht etwas für dich und dein *casone*?«

»Ach, Giuliana, das ist lieb von dir, doch vom Geschäftsleben habe ich nicht die geringste Ahnung, obgleich ... Dein Onkel, sagst du?«, sie sah Julia an, und in ihre versteinerten Gesichtszüge kehrte das Leben zurück. »Meinst du wirklich, dass ich noch nicht zu alt für so etwas bin? Mit neunundfünfzig? Meinst du wirklich, ich könnte in ein neues Leben aufbrechen?«

Julia lächelte innerlich über Francescas Eitelkeit, sich drei Jahre jünger zu machen, und sie meinte, wieder Glanz in ihren Augen aufschimmern zu sehen.

»Ich schreib dir die Adresse meines Onkels auf, zögere nicht und schreibe bald.«

»Ja, jetzt gleich, meine Liebe, und ich berufe mich auf dich, Giuliana!«

Padova

Das schlechte Wetter des Sonntags war ein böses Omen, denn am Montagmorgen erlebte Julia eine unliebsame Überraschung. Als sie aus einem der Seminarräume der philosophischen Fakultät kam, glaubte sie, Robert Tauber in einen Quergang verschwinden zu sehen. Ihr Herz pochte, aber dann beruhigte sie sich damit, dass sie einer Halluzination aufgesessen war, nach *Colombo* wurde immer noch gefahndet, er würde es nicht wagen, hier zu erscheinen.

Trotzdem lief sie dorthin, wo sie ihn hatte verschwinden sehen, aber es gab keine Spur von ihm.

»Ist etwas passiert? Du siehst ganz verstört aus?«, erkundigte sich Dave, ein baumlanger Amerikaner. Er, Kjersti aus Norwegen und Julia wurden von den anderen als das »Dreigestirn der *ultramontanes*« gehänselt, tatsächlich waren sie auch eng zusammengerückt. Unzertrennlich besuchten sie die Vorlesungen, die Mensa, halfen sich bei organisatorischen und sprachlichen Problemen und verbrachten viel Zeit miteinander. Dave, ein Bewunderer Palladios, konnte, wenn man ihn nicht bremste, stundenlang Parallelen zwischen dem in Padova geborenen Altmeister und der Kontinuität klassischer Bauten in Amerika ziehen, angefangen beim College of William and Mary in Williamsburg bis hin zum Capitol in Washington; und wenn man Dave bis dahin noch nicht hatte stoppen können, fing er unweigerlich an, von Thomas Jefferson zu schwärmen, einem Verehrer und späten Schüler Palladios, der in dessen Sinne vierzig Jahre lang an seinem Wohnhaus Monticello in Virginia im palladianischen Stil baute und es erweiterte.

»Du bist ja ganz blass«, sagte Kjersti und sah sie besorgt an.

»Ach, nichts. Ich dachte nur, ich hätte jemanden gesehen, den ich aus meinem Leben gestrichen habe.«

Ihr fiel ein, dass *Colombo* mit seinen drei Semestern Jura an *Il Bò* geprotzt hatte, sie sollte das einmal nachprüfen.

Außer zu den Donnerstagabenden ließ sich Roberto kaum mehr sehen, ein kompliziertes Ermittlungsverfahren beschäftigte ihn wie gewohnt rund um die Uhr, aber sie telefonierten regelmäßig.

Bei jedem Telefongespräch durchströmte sie ein Glücksgefühl, allein seine Stimme zu hören, setzte ihre Träume und Fantasien in Gang, und auch deshalb war sie an diesem Tag enttäuscht, ihn nicht erreichen zu können.

Umso unerwarteter traf sie sein gänzlich verändertes Verhalten, als sie am Dienstagabend von ihrer Polizeieskorte im *Ca' Rosso* abgeliefert wurde und überraschenderweise Roberto vorfand. Die *marchesa* wurde erst spät zurückerwartet, sie besuchte im Moment eine Kunstausstellung und ein Konzert nach dem anderen, um die Abende nicht im *Ca' Rosso* verbringen zu müssen.

»Willst du mit uns essen?«, fragte Julia, als sie Roberto aus Pietros Kammer kommen sah.

Doch er schwieg. Die Farbe seiner Augen hatte wieder das eisige Schiefergrau angenommen; durch die steile Falte zwischen seinen abweisend zusammengezogenen Brauen wirkte er besonders unzugänglich. Julia empfand sein Auftreten als bedrohlich, wie damals bei ihrem ersten Verhör durch ihn im Farfallone.

»Was ist?«, fragte sie, eine Gänsehaut kroch ihr langsam den Rücken hoch, als er seinen Blick in ihre Augen bohrte.

»Weißt du übrigens«, seine Stimme klang leise und betont gleichgültig, ein Zeichen, dass er auf dem brodelnden Topf seiner Gefühle den Deckel halten wollte, »dass Robert Tauber wieder in der Stadt ist?«

Sie konnte seinem anklagenden Blick nicht standhalten, obwohl sie sich keiner Schuld bewusst war. Hatte sie doch gestern zweimal versucht, ihn anzurufen, und heute in der Mittagspause wieder, um ihn zu informieren, doch er war nach Auskunft der Zentrale auswärtig tätig. Die Kälte seiner Augen und die Emotionslosigkeit seiner Stimme ließen sie erstarren. Er deutete das Senken ihres Blickes sicher als Schuldbekenntnis. Sie raffte all ihre Kraft zusammen, aber er kam ihr zuvor, indem er sich die Antwort selber gab.

»Du wusstest es also!«, und noch leiser, aber schneidend scharf fuhr er fort: »Also hast du ihn gestern in *Il Bò* gesehen! Außerdem hast du dich in der Verwaltung nach ihm erkundigt!«

Nein, schrie es in ihr, glaub mir doch, es war nicht so, wie du denkst! Doch sie brachte zunächst keinen Laut heraus, wollte sich verteidigen und benutzte die unpassendsten Worte, die ihr einfallen konnten und nur weitere Missverständnisse provozierten.

»Du spionierst mir nach?«

»Das ist ja wohl auch nötig! Also, was ist? Hast du ihn getroffen?«

»Roberto, glaub mir, ich war mir nicht einmal sicher, ob er es war! Ich habe ihn nur für Sekundenbruchteile gesehen!«

Hörte und begriff er ihre Panik denn nicht? Ein Blick in sein Gesicht zeigte ihr seinen Unglauben, wie damals im Hotel, sie fühlte sich keinen Deut besser, aber es kam noch schlimmer.

»Ach! Und warum hast du mir nicht gesagt, dass mich dein Robert Tauber unbedingt sprechen wollte? Warum hast du mir verheimlicht, dass er Kontakt zu dir aufgenommen hat und sich mit dir getroffen hat?«

»Aber er hat mich nicht ... Ich habe ihn nicht ...«

»Schade«, sagte er, »eine Zeitlang hatte ich Vertrauen zu dir.«

»Glaub mir, Roberto, ich will mit *Colombo* nie wieder etwas zu tun haben!«

Er schien sie nicht zu hören.

»Schade«, wiederholte er, um dann leise und ohne jede Gefühlsregung fortzufahren. »Ich bin drei Tage lang als Prozessbeobachter in Bologna.

Du kennst ja die Nummer der Polizei. Ruf zu deiner eigenen Sicherheit an, wenn du das Haus verlässt.«

Ohne Gruß verließ er die Küche. Sie hörte, wie er die dicke Eingangstür hinter sich ins Schloss zog. Blind vor Tränen starrte sie in das langsam niederbrennende Feuer. Ein durchgeglühter Scheit brach auseinander, Funken stoben auf, dann fiel er in sich zusammen und erlosch.

Padova

Am Mittwoch hingen erneut Regenwolken über der Stadt, es war kalt geworden, ein weiterer düsterer Novembertag, der Julias Stimmung entsprach.

In der Mensa stand sie in der ersten Vorlesungspause in einer langen Schlange, um sich einen Kaffee zu holen.

»Dreh dich bitte nicht um, Jule«, hörte sie plötzlich Robert Taubers Stimme hinter sich. Wo war der versprochene verdeckte Ermittler, wie hatte *Colombo* es geschafft, sich hinter ihr einzureihen?

»Ich muss dich dringend sprechen, bitte, Jule«, sagte er, und schließlich drehte sie sich um.

Er befand sich in schlechter Verfassung, ein Auge war blau und fast zugeschwollen, sein rechter Arm hing schlaff herab. Die dummen Sprüche der anderen Studenten ignorierte er. Aber nicht Mitleid, sondern pure Berechnung ließ Julia sagen:

»Setz dich an einen Tisch, ich komme gleich.«

Wenn sie sich lange genug mit *Colombo* hier in der belebten Mensa aufhielt, musste er schließlich einem der Ermittler auffallen, sodass er verhaftet werden konnte und sie wieder mit Roberto im Reinen war. Sie nahm sich ihren Kaffee und setzte sich zu *colombo*. Seine modisch gelegten, blonden, betont lässig in die Stirn fallenden Haare waren einem Kurzhaarschnitt mit schwarzer Tönung gewichen. Er trug eine dunkle Brille, die ihn stark veränderte, nur seine Größe konnte er nicht manipulieren.

Mit gemischten Gefühlen setzte Julia sich zu ihm, Dave und Kjersti, die eben hereinkamen, winkten ihr zu und setzten sich an einen anderen Tisch.

»Jule, ich brauch deine Hilfe! Ganz dringend! Sie sind hinter mir her!«

Gehetzt blickte er um sich, seine auf dem Tisch liegende Hand zitterte unkontrolliert. Mit dem überheblichen jungen Mann vom Februar hatte er nichts mehr zu tun.

»Warum sollte ich?«, fragte sie ziemlich mitleidslos und wunderte sich, dass er so undeutlich sprach, bis sie herausfand, dass er den Mund nicht richtig öffnete.

Sein Gebiss, auf das er so stolz gewesen war, hatte gelitten, ein Eckzahn war ausgeschlagen, ein Schneidezahn schräg abgebrochen.

»Wir sind doch beide Deutsche in einem fremden Land«, versuchte er es mit der Solidaritätsmaske, aber sie schüttelte abweisend den Kopf. Wo blieben bloß die Ermittler?

»Hast du etwas mit dem Mord an deiner Großmutter zu tun?«

»Wofür hältst du mich, Jule? Nein, natürlich nicht! Aber ich weiß, wer es war!«

»Dann stell dich doch der Polizei, die Sache in der Lagune kann nicht so schlimm für dich werden!«

Er griff nach ihrer Hand, aber sie zog sie angeekelt zurück.

»Das wäre mein Tod. Du hast ja keine Ahnung, was die für Beziehungen haben und wie brutal die sind!«

»Wer sind *die*?«

»Gangster, Jule, ganz brutale Gangster! Die *mafia*!«

»Nicht eher das Syndikat der *Tre Condottieri*?«

»Meinetwegen, nenn sie so! Ich brauche meinen Pass, Jule, sie haben mir meinen Personalausweis abgenommen.«

»Ja und? Was hab ich damit zu tun?«

»Er ist in deinem Koffer, ich habe ihn damals im Farfallone in einem von deinen Koffern versteckt, zwischen dem Futter und der Außenschale. Das Futter habe ich mit einem Textilkleber wieder verschlossen.«

»Du spinnst!«

In seiner Verzweiflung tat er ihr gegen ihren Willen fast leid, und sie überlegte, dass sie ihn überreden müsse, sich Roberto zu stellen, vielleicht konnte sie so dessen Vertrauen wieder gewinnen. Die Ermittler schienen jedenfalls nicht eingreifen zu wollen, oder sie waren schlicht und einfach nicht da.

»Also gut, wo und wann? Du kannst nicht gut mit mir ins *Ca' Rosso* kommen!«

»Ich muss jetzt auch gleich aus der Stadt verschwinden. Vielleicht heute Nachmittag? Sechs Uhr? Danke, Jule, danke!«

Er sprang auf und wollte davonlaufen, aber Julia hielt ihn zurück.

»Und wo?«

»Ach ja! ... Wie wäre es mit dem Haus von deinem Polizisten? Bei Battaglia? Da können wir ungestört reden.«

Schon war er verschwunden. Nichts hielt Julia noch in der Universität. Sie ließ sich nach Hause bringen, schaute nach Pietro, dem es wieder etwas besser zu gehen schien und der in einem Lehnstuhl vor dem Küchenkamin saß. Dann untersuchte sie den Koffer mit dem oberflächlich gesehen unversehrten Futter, fand die Klebestelle und riss sie auf. Tatsächlich, tief eingeschoben ertastete sie *colombos* Pass in einer Hülle aus echtem Eidechsenleder. Den hatte sie ohne ihr Wissen überall mit herumgeschleppt, selbst nach Südtirol. Weil das Futter ihres anderen Koffers im Farfallone aufgeschlitzt worden war, hatte sie immer diesen genommen, den Maria mit ihren Kunstbüchern gefüllt zu ihren Eltern gebracht hatte, nicht ahnend, dass sich Robert Taubers Pass darin befand; auch Pietro hatte sie diesen Koffer geliehen.

Was sollte sie tun? Roberto hielt sich in Bologna auf und hatte bestimmt wieder sein Handy ausgeschaltet. Sie versuchte es trotzdem, aber wie erwartet kam kein Anschluss zustande. Schließlich rief sie Umberto an.

»*Pronto*! Giulietta? Gibt's dich noch? Du hast dich ziemlich rar gemacht!«

»Das Studium, Umberto. Aber du hast recht. Weißt du, wie ich Roberto erreichen kann? Ich habe schrecklichen Ärger mit ihm!«

»*Non tutto va sempre liscio*! Es geht nicht immer alles glatt! Roberto ist in Bologna, kann ich dir nicht helfen?«

»Nein, danke. Das muss ich allein mit ihm klären. Und er ist dort bestimmt nicht zu erreichen?«

»Ich wüsste nicht, wie. Aber wenn es so dringend ist, sprich doch auf seinen Anrufbeantworter. Wenn er zurückkommt, weiß er gleich, dass du ihn brauchst. Wo bist du denn jetzt?«

»Im *Ca' Rosso*.«

»Gut so. *Ciao*, Giulietta, schau mal wieder vorbei.«

Während Julia mit Umberto telefonierte, blätterte sie im Pass herum, dabei fiel die Hülle ab und sie entdeckte an der Innenseite einen mit Tesafilm angeklebten, flachen Schlüssel, den sie vorsichtig ablöste. Es könnte ein Tresorschlüssel sein, überlegte sie. Wenn *Colombo* die Wahrheit gesagt hatte, brauchte er den Schlüssel nicht, und so beschloss Julia, ihn zur Sicherheit im *Ca' Rosso* zu lassen. So ganz traute sie ihm doch nicht.

Sie nahm den Schlüssel und klebte ihn mit Paketklebeband unter den Küchentisch, Pietro war inzwischen wohl wieder ins Bett gekrochen. Jetzt musste sie nur noch auf Robertos Anrufbeantworter sprechen, und sie überlegte lange, was sie ihm sagen wollte. Würde er ihr glauben? Irgendetwas musste passiert sein, von dem sie nichts wusste, irgendetwas, was sein Vertrauen in sie völlig zerstört hatte.

Egal, sagte sie sich, ich muss es darauf ankommen lassen, auf dem Anrufbeantworter kann er mich zum Glück nicht unterbrechen, und so erzählte sie schnell, was passiert war und was sie vorhatte und schloss mit der Erklärung, dass sie ihn liebe.

Colli Euganei

Der Bus nach Battaglia fuhr gegen siebzehn Uhr vom Busbahnhof. Bevor sie sich aus dem Haus schlich, brachte sie Pietro noch etwas zu essen in seine Kammer: Wer wusste, wie spät es heute Abend bei ihrer Rückkehr werden würde.

Als sie an der Abzweigung nach Galzignano aus dem Bus stieg, regnete es in Strömen, und ein kalter Wind fegte über die Straße. Die Rücklichter des Busses verschwanden im Regen, Dunkelheit umhüllte sie, und ihr Mut sank. Aber auf halbem Wege konnte sie nicht stehen bleiben, sie musste das ausführen, was sie Roberto angekündigt hatte, und so schritt sie tapfer weiter den Berg hoch. Kleine Bäche plätscherten den Weg hinunter, der Regen hatte eher noch zugenommen. Als sie den Reißverschluss ihres Steppanoraks hochzog, merkte sie, dass der Regen bereits in ihre Schuhe lief.

Sie bedauerte ihren Entschluss, hierhergekommen zu sein und überlegte, ob sie Umberto anrufen sollte, und nahm ihr Handy in die Hand, aber in diesem Moment tauchte das *Ca' Vecchia* Brandolin als großer, schwarzer Schatten vor ihr auf, und sie ließ es. Sie tastete nach dem Schlüssel, der normalerweise unter einem Sims neben der Bank hing. Fehlanzeige! Hatte Roberto ihn mitgenommen? Sie fasste nach der Türklinke. Sie gab nach. Erleichtert trat Julia aus dem Regen ins Haus. Im selben Augenblick wurden ihr die Arme grob auf den Rücken gerissen.

Eine Petroleumlampe flackerte auf, und ein Mann in schwarzer Lederkleidung und einer schwarzen Mütze mit Sehschlitzen kam auf sie zu; den zweiten, der ihre Arme schmerzhaft festhielt, sah sie nicht.

»Wo ist *colombos* Pass?«

Wo war sie nur hineingeraten? *Colombo* hatte ihr eine Falle gestellt, und sie war prompt hineingestolpert! Seltsamerweise spürte sie in diesem Moment kein bisschen Angst, nur Enttäuschung, dass sie den Versuch, Robertos Vertrauen wieder zurückzugewinnen, total in den Sand gesetzt hatte.

»Hast du Bohnen in den Ohren?«

Der hinter ihr Stehende bog ihre Arme noch ein Stückchen höher. Sie stöhnte vor Schmerz auf.

»Am besten fesseln wir sie und durchsuchen sie dann«, schlug der Schwarzgekleidete vor, und trotz Julias jetzt einsetzenden heftigen Widerstands gelang es ihnen, sie auf das Feldbett zu drücken und ihr Hände und Füße zu binden. Der zweite Mann trug eine silberfarbene Motorradkombination. Julia war sicher, dass es sich um dieselben Männer handelte, die sie auf dem Roccolo-Parkplatz zu entführen versucht hatten: *Il Argenteo* und *Il Nero*. Jedenfalls rochen sie genauso.

Der Silbergraue zog den Reißverschluss ihres Steppanoracks auf und tastete nach dem Pass, Julia fand es widerlich, weil er mehrmals mit Absicht ihre Brust berührte, aber alles Wegdrehen half nichts, er fand den Pass in der Innentasche.

»Na also! Schade, dass der Chef gesagt hat, nur den Pass!«

»Lass das Quatschen, Angelo«, sagte der andere, »er will ihn heute noch in Treviso haben, *andiamo*!«

»Sollen wir ihr *telefonino* mitnehmen?«

»Nur den Pass! Aber leg es weit weg von ihr, da hinten auf den Tisch!«

Sie löschten die Lampe und verließen das Haus ohne ein weiteres Wort; als sie die Tür hinter sich schlossen, blieb auch das Heulen des Windes draußen. Die Mauern des *Ca' Vecchia* schluckten fast alle Geräusche, selbst das Aufheulen der Motorräder war kaum zu hören.

Nun hatte Julia ausreichend Zeit, über sich und ihre Lage nachzudenken. Heute, am Mittwoch, würde sie niemand vermissen, und Pietro und die *marchesa* würden sich nicht vor Donnerstagabend Gedanken machen. Roberto wollte am Freitag zurückkehren. Sie konnte nur hoffen, er bliebe nicht noch über das Wochenende in Bologna. Bis dahin wusste jedenfalls niemand, wo sie sich befand.

»Wie konnte ich mich von dem Bastard nur so einwickeln lassen!«, schimpfte sie laut und erschrak über den Halleffekt ihrer Stimme.

Konnte er wirklich so gut schauspielern? Nein, sein gehetztes Aussehen und seine Angst waren echt gewesen, ebenso wie das unkontrollierte Zittern seiner Hände; sie mussten ihn gezwungen haben, Julia in die Falle zu locken. Aber alle Überlegungen waren müßig, sie hatte sich durch ihre naive Gutgläubigkeit wieder einmal in eine scheußliche Lage gebracht, und wenn Roberto sie hier je fände, würde er gewiss kein Wort mehr mit ihr sprechen.

Lange Zeit versuchte sie immer wieder vergeblich die Fesseln abzustreifen, aber sie zogen sich nur fester. Nässe und Kälte drangen durch die Jeans, trotzdem versuchte sie zu schlafen. Irgendwann wurde sie durch das Klingeln ihres Handys geweckt, das im Laufe der Nacht noch ein zweites Mal zu hören war. Ihre Mailbox würde die Gespräche zwar annehmen, aber das nützte keinem.

Als die fahle Dämmerung durch das Fenster kroch, erwachte Julia steif und durchgefroren. Die Feuchtigkeit war durch ihre Thermojacke gedrungen, Sweatshirt und Bluse wärmten ebenfalls nicht mehr und waren ebenso klamm wie ihre Jeans. Sie fühlte sich elend, kein Laut drang von außen herein, nur das Klappern ihrer Zähne unterbrach hier drinnen die Stille. Angst kroch in ihr hoch. Was, wenn sie zurückkämen? Was, wenn Roberto doch über das Wochenende in Bologna bliebe?

Würde sie bis Montag, fünf lange Tage, durchhalten? Ihr Mund fühlte sich jetzt schon ganz ausgetrocknet an, und dann diese Kälte!

Nichts geschah, die Stunden dehnten sich endlos, Julia döste, schreckte auf und verlor jedes Zeitgefühl, die Fesseln schmerzten, und langsam, tief vom Bauch her, stieg Panik in ihr auf. Mit großer Willensanstrengung gelang es ihr, sich ihr nicht zu ergeben und statt dessen Strategien zu entwickeln. Wenn Roberto sie hier als Erster fände, wollte sie sich nicht wieder durch sein abweisendes Verhalten einschüchtern lassen, sondern darauf bestehen, ihm alles haarklein zu erklären und ihn fragen, was sein Misstrauen gegen sie hervorgerufen hatte.

Und wenn *colombos* Freunde hier wieder auftauchten? Julia erwartete es, denn sie glaubte zu wissen, dass sie nicht den Pass, sondern den Schlüssel suchten, und im Nachhinein beglückwünschte sie sich zu ihrer vorausschauenden Handlungsweise, ihn im *Ca' Rosso* gelassen zu haben. Wenn sie also wieder hierherkamen, durfte sie auf keinen Fall das Versteck des Schlüssels verraten und am besten auch keine Angst zeigen, denn Typen wie die beiden lebten von der Angst anderer.

In ihre Überlegungen drangen leise Motorengeräusche, die abrupt verstummten. Gleich darauf öffnete sich die Tür, und Angelo trat ein, nahm seinen Helm ab und grinste sie an.

»Na, Süße?«

Diesmal war sein Gesicht nicht vermummt, und sie erkannte in ihm den Anführer von *Colombos* sogenannten Freunden, der ihr im Februar auf der Willkommensparty in der Bar 2000+2 die Drogen in die Cola geschüttet hatte.

»Immer noch ganz allein? Soll ich dir Gesellschaft leisten?«

Julia kroch es kalt den Rücken hoch, dabei hatte sie gemeint, noch kälter könne ihr nicht werden. Er sah auf sie herab. Er ließ ein Messer aufschnappen und registrierte erfreut, dass sie zusammenzuckte.

»Du brauchst wirklich keine Angst zu haben«, grinste er, »Mann ist Mann und schlechter als dein *commissario* bin ich auch nicht!«

Übelkeit stieg in Julia hoch, ihr Magen krampfte sich zusammen, als er die Spitze seines Messers in die Zugöse ihrer Sweatshirtjacke hakte und den Reißverschluss herunterzog.

»Sagst du mir freiwillig, wo der Schlüssel ist, der im Pass versteckt war, oder ...«

Er griff ihr zwischen die Beine und drückte brutal zu. Sie schrie auf, und er lachte hässlich.

»Ich weiß von keinem Schlüssel.«

Julia nahm allen Mut zusammen.

»*Colombo* hat nur von einem Pass geredet, da war kein Schlüssel, wirklich nicht. Der haut doch jeden übers Ohr!«

»Da hast du recht, aber sicher ist sicher!«

Er durchsuchte sie gründlich, indem er zuerst einmal die Klinge seines Messers hinter ihren obersten Blusenknopf setzte und mit einer ruckartigen Bewegung alle Knöpfe abtrennte. Sie sprangen auf die Steinfliesen und klirrten leise.

»Da haben wir ja zumindest einen!«, er riss ihr den Hausschlüssel ab, den sie an einem Kettchen um den Hals trug.

Dort, wo die Kette zerriss, spürte Julia einen jähen Schmerz und sie merkte, wie Blut den Hals entlanglief.

»Aber *den* Schlüssel meinte ich eigentlich nicht.«

In diesem Augenblick klingelte ihr Handy, er schrak zusammen, ignorierte es dann aber. Für Julia bedeutete es zumindest einen winzigen Augenblick lang eine Verbindung zur Außenwelt, die aber sofort nach dem Verstummen wieder abriss.

Tasche für Tasche der Thermojacke durchsuchte er, dann die Jeanstaschen und schließlich die der Sweatshirtjacke und er weidete sich an Julias Ekel, als er sie mehrfach bewusst unsittlich berührte und sie sich nicht wehren konnte.

»Ich bin leider sehr in Eile, aber wenn ich das erledigt habe«, er ließ den Schlüssel des *Ca' Rosso* vor ihrem Gesicht baumeln, »komme ich wieder, und dann machen wir es uns richtig gemütlich. Versprochen!«

Sein Lachen klang zynisch und schmutzig, als er den Raum verließ. Tränen liefen Julia über die Wangen, ein Gemisch aus Angst, Scham und Erleichterung, dass die unmittelbare Bedrohung vorüber war. Aber sie wusste auch, er würde wiederkommen, wenn er den Safeschlüssel in ihrem Zimmer nicht fand, doch ein klein wenig Genugtuung erfüllte sie, dass sie ihn so gut versteckt hatte.

Sie erwachte von einem Windstoß, der durch die eben geöffnete Tür fegte. Draußen heulte der wieder auffrischende Sturm um das Haus. Die drei Männer, die mit ihren Taschenlampen die Dunkelheit des Raums zerrissen, versetzten sie durch ihr überfallartiges Eindringen in Schrecken. Zwei erkannte sie sofort, Angelo und seinen Kumpan. Der Dritte war niemand anderes als Erasmo Saccardo, genannt Gattamelata, den sie sofort an seiner Stimme erkannte.

Eine Petroleumlampe flammte auf, Funken stoben aus dem Glaszylinder. Angelo drehte den Docht herunter, während Julia zu ihrem Erstaunen und dann zu ihrem Entsetzen bemerkte, dass Erasmo völlig anders aussah. Der da vor ihr stand und auf sie herabblickte, war kein anderer als der grauhaarige, vollbärtige *dottore* aus dem Farfallone, der Fangomörder, den sie aus Lydias Kabine hatte kommen sehen, und derselbe, der in der Lagune von der Jacht aus auf Roberto geschossen hatte. Sie biss sich auf die Lippen, hoffentlich interpretierte er ihre Reaktion als allgemeine Furcht, denn sie musste natürlich so tun, als kenne sie ihn nicht.

»Setzt sie auf einen Stuhl und lasst mich mit ihr allein!«, befahl die Stimme, die hinter dem Vollbart zwar etwas gedämpft klang, aber die eindeutig zu Gattamelata gehörte, wie sie Erasmo Saccardo im Stillen immer nannte.

Die beiden Angesprochenen zerrten Julia nicht eben sanft hoch, lösten ihre Fesseln, schoben ihr einen von den wackligen Stühlen unter und banden ihre Hände und Füße mit Klebeband fest, um gleich darauf wortlos den Raum zu verlassen.

Gattamelata wanderte im Raum auf und ab, dann blieb er abrupt vor ihr stehen und blickte sie nachdenklich an.

»Wir wollen uns doch wie zivilisierte Menschen benehmen, *signorina*.«

Ohne sie zu berühren, hakte er den Reißverschluss ihrer Sweatshirtjacke wieder ein und zog ihn hoch, was er wohl für seinen Beitrag zur Zivilisation hielt.

»Sagen Sie mir, wo sich der Safeschlüssel befindet, und ich lasse Sie gehen, wenn ich mich von Ihrer Ehrlichkeit überzeugt habe! Auch wenn die *Serenissima* sie vorerst als Geisel behalten will, mein Ehrenwort als *capitano generale* der *Tre Condottieri*: Sobald ich den Schlüssel habe, sind Sie frei! Ihr Zimmer im *Ca' Rosso* haben wir schon durchsucht, da war kein Schlüssel. Der alte Pietro war auch keine Hilfe. Also?«

Lass dich nicht einlullen, dachte Julia, der Schlüssel ist deine Lebensversicherung, und die wollte sie solange wie möglich behalten.

»Ich weiß von keinem Schlussel, *signore*! Ehrlich! Robert Tauber bat mich um seinen Pass und sonst nichts.«

»Aber, aber, wir wollen doch nicht lügen! *Colombo* schwor, dass Sie den Schlüssel haben, und er war nicht mehr in der Verfassung zu lügen. Also, *signorina*, bevor ich Sie den beiden da draußen überlassen muss, sagen Sie mir lieber, wo der Schlüssel ist!«

»Robert Tauber lügt«, sagte sie bestimmter, als ihr zumute war, »vielleicht ist der Schlüssel noch im Kofferfutter, ich habe nur nach dem Pass gesucht!«

»Haben wir schon überprüft, diesmal hatten wir beide Koffer. Fehlanzeige! Nun, wird's bald!«

Die Drohung in seiner Stimme war unüberhörbar, Julia überlegte sich ein Ablenkungsmanöver, das allerdings in einem Maße anschlug, wie sie es nicht beabsichtigt hatte.

»Sie haben wohl Spaß daran, Mädchen, die Giuliana heißen, zu quälen.«

Sein Gesicht erstarrte, als hätte sie die magische Formel eines zur schwarzen Magie gehörenden Bannfluchs ausgesprochen.

»Du Hure! Du wolltest mich nicht! Dich soll auch keiner haben. Warum bist du wieder da? Ich habe dich doch überfahren? Und wie ich deine langen, schönen Haare hasse! Ich hasse sie! Ich hasse sie!«

Er griff in ihren Pferdeschwanz und schnitt ihn mit seinem Klappmesser ab, dabei glitt das Messer ab und fuhr ihm in den linken Arm. Der Anblick seines eigenen Blutes, das über Julias Schulter floss, brachte ihn wieder zur Besinnung. Schwer atmend stand er vor ihr, während sie erstarrt und voller Todesangst auf dem Stuhl mehr hing als saß. Sie hatte mit ihrem Leben abgeschlossen und erwartete, dass er ihr den Hals durchschnitt. Aber der Anfall verebbte.

Er wischte sich über den Mund.

»Angelo! Andrea!«

Die beiden erschienen sofort und erwarteten weitere Befehle von ihrem Chef, der sich ein Taschentuch auf seinen blutenden Arm presste.

»*Si, capitano generale?*«

»Nehmt sie euch vor! Sie weiß, wo der Schlüssel ist! Aber nehmt sie euch nicht so wie *Colombo* vor!«

Er ging hinaus und überließ sie den beiden, die sich offensichtlich auf ihre Aufgabe freuten.

Obwohl sie sich zusammenreißen wollte, brach Panik in ihr aus.

»Roberto! Roberto! Hilf mir!«

»Der hilft dir nicht mehr«, grinste Angelo, »den haben wir alle gemacht!«

Nun war alles verloren. Wenn sie Roberto getötet hatten, gab es keine Rettung mehr für sie.

»War mehr ein Unfall mit deinem Roberto. Aber hin ist hin«, erklärte Angelo ungerührt.

Andrea trat vor sie, zückte ein Messer und schlitzte ihre Jeans auf, wobei er ihren Slip gleich mit durchtrennte.

»Nun sollen wir erst einmal ein bisschen Spaß haben, hat der Chef angeordnet! Willst du erst, Angelo?«

Er kippte den Stuhl mit Julia darauf nach hinten gegen sich, drückte ihr die Beine grob auseinander und fragte lüstern:

»Ist es dir so recht, Bruderherz?«

»Zieh sie lieber über den Tisch, das ist bequemer!«

Angelo holte die Rolle mit Klebeband und klebte Julias Mund zu.

»Sonst sagt sie uns vielleicht viel zu schnell, wo der Schlüssel ist.«

Er warf die Rolle mit Klebeband achtlos zu Boden und öffnete den Gürtel seiner Lederhose.

»Du weißt ja, wie ich es gern habe!«

Mit schreckgeweitete Augen verfolgte sie die Vorbereitungen ihrer Vergewaltiger.

»Binde sie los, damit sie sich schön lange wehren kann.«

Genussvoll öffnete er den Reißverschluss seiner Hose und zeigte ihr sein erigiertes Glied. Andrea begann, das Klebeband an einem ihrer Knöchel abzureißen, als plötzlich Gattamelata wieder im Raum stand.

»Ruhe und Licht aus!«, zischte er.

Andrea ließ den Stuhl los, rempelte in der Dunkelheit dagegen, dass er ins Kippen kam und umfiel.

Julia schlug mit dem Kopf auf den Steinboden, verspürte einen stechenden Schmerz und versank in tiefer Dunkelheit.

Padova / Bologna

Der Zorn fraß in einem solchen Maße an Roberto, dass er blindlings durch die Straßen nach Hause stürmte. Er hatte dem Mädchen vertraut, bedingungslos zuletzt, und dann brauchte dieser *Colombo* bloß wieder auf der Bildfläche erscheinen, und sie lief mit fliegenden Fahnen zu ihm über.

All mein Misstrauen am Anfang unserer Bekanntschaft war gerechtfertigt, Robert Tauber ist der Mann, mit dem sie das Bett geteilt hat; und die Bindungen an ihn sind stärker als die Freundschaft zu mir, tobte es in Roberto, das hat sie alle gemeinsamen Erlebnisse vergessen lassen!

Selbst den Schaden, den *Colombo* ihr zugefügt hat, vergibt sie ihm, so wie sie auch mir immer alles verziehen hat! Und diesem Mädchen habe ich meine Lebensgeschichte erzählt! Wutschnaubend knallte er die Wohnungstür hinter sich ins Schloss.

Er riss eine CD aus dem Regal und schob sie in den Player. Als der erste Satz der »Neunten« von Beethoven durch den Raum donnerte, atmete er tief durch und beschloss, noch am selben Abend nach Bologna zu fahren, um nur die Luft mit ihr in Padova nicht mehr gemeinsam atmen zu müssen!

Er fegte einen Stapel Wäsche in den Koffer, warf wahllos ein paar Hemden und Krawatten obenauf, ihm war es völlig gleich, ob sie zueinander passten oder nicht, was ganz im Gegensatz zu seiner sonstigen Sorgfalt stand. Hastig zerrte er aus dem Schrank einen Anzug und stürzte mit seinem Gepäck zornentbrannt die Treppen runter. Achtlos warf er die Sachen auf den Rücksitz und schimpfte, als er sich die Finger in der Autotür klemmte.

»Verdammt! *Maledizione! Maledetto! Maledizione!*«

Er knallte eine Kassette in den Rekorder, der Motor heulte gleichzeitig mit dem Einsatz des Orchesters auf, dann schoss er rücksichtslos in den Verkehrsstrom und löste ein Hupkonzert aus.

Während er aus der Stadt fuhr, fluchte er weiter vor sich hin, meist auf das Mädchen und auf seine eigene, blödsinnige Gefühlsduselei, seine Vertrauensseligkeit und sein Anlehnungsbedürfnis. Auf dem Autobahnzubringer gab er Vollgas. Noch beim Passieren der Abfahrt Terme Euganee war er felsenfest davon überzeugt, von *La Tedesca* Robert Taubers wegen aufgegeben worden zu sein.

»Ich habe alle guten Eigenschaften in sie hineinprojiziert«, sagte er laut und verbittert. »Dabei ist sie genauso wie alle anderen, nur auf ihren Vorteil bedacht, ohne die Gefühle anderer zu achten!«

Wirklich?

Eine leise innere Stimme meldete Bedenken an. Die Augen, die ihn aus dem Rückspiegel ansahen, gehörten zu ihr.

»Klar! Sie will das Leben genießen! Solange Robert Tauber nicht da war, hat sie mich als Lückenbüßer genommen!«

Die Autobahnabfahrt Monselice flog vorüber.

Das glaubst du doch selbst nicht!

Die innere Stimme ließ nicht locker.

Warum bezweifelst du überhaupt Giulis Aussage, dass sie sich nicht sicher war, ob sie Colombo *tatsächlich in der Uni gesehen hat?*

»Weil einer der eingeschleusten Polizisten ihn deutlich erkannt hat. Und *La Tedesca* ist in die Richtung gelaufen, in der *Colombo* verschwunden ist!«

Und warum hat dein Polizist dann nicht sofort für seine Verhaftung gesorgt? Vielleicht weil Colombo *wirklich nur ganz kurz aufgetaucht ist?*

Die Augen im Rückspiegel schauten ihn anklagend an.

»Aber *Colombo* hat mich zweimal angerufen, und beim zweiten Mal war er sehr überrascht, dass *La Tedesca* mir nicht ausgerichtet hatte, dass er mich dringend treffen müsse. Sie habe es ihm bei ihrem Treffen versprochen. Aber warum rechtfertige ich mich eigentlich?«

Die dreizehn Kilometer bis zur Abfahrt Boara schaffte Roberto in Rekordzeit.

Colombo *hat gesagt,* Colombo *war überrascht! Seit wann hörst du auf ihn? Was hat denn* Giuli *dazu gesagt?*

»Ich habe *La Tedesca* nicht ausreden lassen, als sie es mir erklären wollte.«

Roberto ärgerte sich, weil er gegen die eigene innere Stimme in die Defensive geraten war.

Ach, aber ihm glaubst du? Hältst du es denn nicht für möglich, dass die Tre Condottieri *deinen* Colombo *dazu benutzen, einen Keil zwischen dich und Giuli zu treiben? Und du fällst wie ein Anfänger darauf herein! Was hat Giuli denn getan, wirklich getan, dass du ihr dein Vertrauen ohne Anhörung entziehst?*

Die Abfahrt Rovigo lag schon hinter ihm.

»Sie hat sich in der Verwaltung nach ihm erkundigt.«
Täuschte er sich oder lachte seine innere Stimme ihn aus?
Na und? Er war nie eingeschrieben, vielleicht wollte Giuli das nur bestätigt haben? Er hatte sie auch darin angelogen!
»Du meinst«, Roberto holte tief Luft, »du meinst, *La Tedesca* hatte überhaupt keinen Kontakt mit *colombo*? Alles seine Erfindung?«
Giusto, commissario!
Einundzwanzig Kilometer bis zur Abfahrt Occhiobello.
»Die *Tre Condottieri* hätten es beinahe geschafft«, sagte er reumütig, »bei der nächsten Abfahrt suche ich ein Telefon. Ich muss anrufen und Klarheit schaffen!«
Wozu? Du brauchst nur an Giulis Integrität zu glauben!
»Okay, du hast gewonnen, aber dann muss ich telefonieren, um mich bei ihr zu entschuldigen.«
Jetzt? Mitten in der Nacht? Sicher weißt du ihre Handynummer nicht auswendig. Und wenn du im Ca' Rosso *anrufst, hast du deine Mutter am Telefon und musst ihr einiges erklären! Viel Spaß!*
»Du hast recht, es hat Zeit bis morgen. Aber kannst du mir erklären, warum ich Giuli Verrat und Treulosigkeit unterstellt habe? Du scheinst ja allwissend zu sein!«
Eifersucht, mein Lieber, rasende Eifersucht! Nichts als blanke, pure Eifersucht!
Die Ausfahrt Ferrara Nord wurde angezeigt. Roberto nahm den Fuß vom Gaspedal.
»Meinst du wirklich?«
Du bist verrückt nach dem Mädchen, und der Gedanke bringt dich um deinen Verstand, dass Colombo *sie in seinem Bett hatte.*
Die Augen im Rückspiegel sahen ihn vorwurfsvoll an.
»Sie vergewaltigt hat, wolltest du sagen!«
Er verspürte Genugtuung, seinem Gewissen widersprechen zu können.
Na endlich! Jetzt beginnst du projulianisch und realitätsbezogen zu denken!
Der letzte Satz der Schicksalssymphonie endete mit einem furiosen Schlussakkord, doch Roberto machte keine Anstalten, eine neue Kassette einzulegen.
»Wo Eifersucht ist, muss Liebe im Spiel sein?«
Richtig, es sei denn ...
»Ja?«
... du willst sie nur besitzen. Vielleicht, um Colombo *als jüngeren Konkurrenten auszustechen? Oder hat es vielleicht mit ihrem neuen Kommilitonen zu tun, der so jung und so intelligent ist, dieser baumlange Amerikaner, von dem sie dir erzählt hat?*

»Quatsch, wofür hältst du mich! Aber wenn du wirklich glaubst, ich liebe sie, was soll ich dann tun? Das hat doch alles keine Zukunft! Wie ich zu Umberto schon sagte, ich habe hundertundeinen Grund, nicht mit ihr zusammenleben zu können!«

Feigling! Warum versuchst du es nicht einfach mal und gehst ein Stück Weg mit ihr gemeinsam? Vielleicht so lange, wie sie hier in Padova studiert?

»Und dann?«

Bin ich Hellseher? Vielleicht bleibt ihr zusammen, vielleicht trennt ihr euch wieder? Aber zumindest probieren solltest du es!

»Und wenn sie nicht will?«

Glaubst du wirklich? So viel Geduld, wie sie mit dir schon gehabt hat!

»Also gut. Aber wenn sie nun nicht einfach zu mir ziehen will, vorausgesetzt natürlich, ich kläre endlich diese Fangomorde?«

Dann heiratest du sie!

»Aber ...«

Aber, aber, aber ... Du bist ein Feigling!

Eben rauschte die Abfahrt Altedo vorbei, bis Bologna war es nur noch ein Katzensprung. Roberto griff wahllos in seine Kassettensammlung, und alsbald fluteten die lieblichen Klänge von Beethovens *Pastorale* durch das Auto. Berauscht von den Tönen und seinen Zukunftsaussichten öffnete er das Seitenfenster und schrie wie ein zum ersten Mal Verliebter in die Gegend:

»Giulia! Giuliana! Giuli! Giulietta!«

Trotz seiner euphorischen Grundstimmung bemerkte er rechtzeitig, dass sein Benzin zur Neige ging und steuerte hinter Bentivoglio die *area di servizio* an. Er stellte den Motor ab und blieb einen Moment lang wie betäubt sitzen. Er konnte sich nicht erinnern, dass sein Gefühlsleben jemals so durcheinandergewirbelt worden wäre, jedenfalls nicht vor Glück.

Es klopfte an seine Seitenscheibe.

Roberto zuckte zusammen und bemerkte den Tankwart, der sich besorgt erkundigte, ob mit dem *signore* alles in Ordnung sei.

Es sei, beruhigte er den Mann und fügte – idiotischerweise, wie er hinterher fand – hinzu, er habe sich soeben verlobt.

Konsterniert blickte der Tankwart auf den leeren Beifahrersitz.

»Volltanken!«, sagte Roberto kurz.

Als sich der Tankwart beim Bezahlen erneut nach seinem Befinden erkundigte, lachte Roberto und schob ihm einen Zehntausend-Lire-schein in die Overalltasche.

»Trinken Sie auf unser Wohl!«

Dann gab er Gas und machte sich aus dem Staub.

Bologna

»*La Tedesca* ist schon sehr zeitig von einem Polizisten in die Universität begleitet worden. Sie hat heute ihren ganz langen Tag dort«, gab der alte Pietro erstaunt über Robertos frühen Anruf am Mittwochmorgen Auskunft.

»Natürlich haben wir einen neuen Überwachungsplan für Giulietta ausgearbeitet«, reagierte Umberto beleidigt auf die Nachfrage seines Freundes.

»Der Beginn des Prozesses ist auf den Nachmittag verschoben. Hat man dich nicht informiert?«

Der Staatsanwalt, mit dem Roberto vor mehr als zwanzig Jahren zusammen studiert hatte, entschuldigte sich und lud ihn zum Abendessen zu sich nach Hause ein.

Den überraschend freien Vormittag nutzte Roberto zu einem Erinnerungsbummel durch die Altstadt. Sein Glücksgefühl hatte die Nacht überdauert, auch bei Tageslicht blieb er entschlossen, seine Gefühle für Giuli nicht länger zu vergraben, vorausgesetzt, sie wollte ihn noch. Und er wollte ihr die Entscheidung überlassen, in welcher Form sie miteinander zu leben versuchen sollten, vorausgesetzt, er fände endlich den Fangomörder. Das Versprechen, das er seinem Vater gegeben hatte, band ihn, sonst wäre er in diesem Moment um Giulis willen sogar bereit gewesen, den ganz Fall abzugeben.

In einer Nebengasse brachte ihn die Auslage eines Juweliergeschäfts mit altem Schmuck auf die Idee, etwas Nettes für sie zu kaufen, und so kam es, dass er – fast zeitgleich mit dem Auftauchen *Colombos* in der Mensa *La Cupola* – das Geschäft mit einer ziemlich teuren, aber für Giuli wie geschaffenen Art-déco-Brosche verließ.

Zum Zeitpunkt, als sie mit Umberto telefonierte, hatte Roberto bereits leichtsinnig und kaufberauscht den Arm voller Geschenke: einen alten Stich mit einer Landkarte der Colli Euganei, einen seegrünen Pullover mit türkisfarbenen Applikationen und besetzt mit schimmernden Perlen, einen Stahlstich eines italienischen Gartens, mehrere Bücher über Gartenkunst aus der Universitätsbuchhandlung und ein sündhaft schönes und teures, in einer Schachtel verpacktes Seidennachthemd.

Zu dem Zeitpunkt, als Julia sich auf den Weg zum Busbahnhof machte, saß Roberto im stickigen heißen Gerichtssaal und versuchte, sich während der Verfahrensrangeleien zwischen Anklage und Verteidigung ein Bild von dem Angeklagten zu machen, der behauptete, zu den Roten Brigaden gehört zu haben, die mit der *mafia* paktiert hätten.

Die bissige Bemerkung des Staatsanwalts zu Roberto am Mittwochabend auf dem Weg zum Abendessen in seine Wohnung, dass der Prozess bei diesem vorsitzenden Richter wie immer am Donnerstagnachmittag enden würde, weil man die gepachtete Jagd im Apennin bei Vergato ausnützen müsse, veranlasste Roberto, bei dem alten Pietro anzurufen und seine Rückkehr für Donnerstagabend zum gemeinsamen Essen mit seiner Mutter und Giulia anzukündigen.

»Ich lege ihr einen Zettel hin«, versprach der Alte, »sie kommt heute sehr spät, und morgens schlafe ich immer noch, wenn sie das Haus verlässt. Soll ich etwas Besonderes einkaufen?«

Roberto überließ es ihm. Der Luftzug, der den für Julia bestimmten Zettel unter einen Tisch flattern ließ, als die *marchesa* spät nach Hause kam, war am Donnerstagmorgen der Grund für Pietros irreführende Mitteilung an Roberto, *La Tedesca* habe den Zettel gefunden. Als Roberto sich auf den Abend mit Giulia im *Ca' Rosso* freute, ahnte er nicht, dass sie sich bereits seit über fünfzehn Stunden in den Händen der *Tre Condottieri* befand.

In einer weiteren Prozesspause kurz vor Mittag rief er Umberto an, der ihm Giulias Handynummer gab, Roberto hatte sie sich weder notiert noch eingespeichert, und sein Handy lag wieder einmal unaufgeladen und nutzlos im Handschuhfach.

Er hielt es nicht länger aus und versuchte, Giulia zu erreichen. Er wollte unbedingt ihre Stimme hören, aber ihr Handy klingelte endlos. Sie nahm nicht ab, und eine Nachricht auf ihre Mailbox wollte er nicht sprechen.

Auf der Rückfahrt nach Padova malte er sich aus, wie er gemütlich am flackernden Feuer in der Küche sitzen und Giulia bei den Vorbereitungen zum Abendessen zuschauen würde. Giulia hatte während seiner donnerstäglichen Besuche bei seiner Mutter im *Ca' Rosso* mittlerweile das Kochen übernommen, Giulias *risotti* schätzte er besonders.

Im Überschwang seiner Gefühle hielt er an einem Blumengeschäft und kaufte den üppigsten und teuersten Rosenstrauß seines Lebens in Giulias Lieblingsfarbe.

Padova

Kurz vor achtzehn Uhr wurde Robertos Enthusiasmus jäh gebremst, als er vor dem *Ca' Rosso* Polizeifahrzeuge mit rotierendem Blaulicht stehen sah. Eine böse Vorahnung überfiel ihn und wurde zur schrecklichen Gewissheit, als Umberto ihn begrüßte und ihm eröffnete, dass Giulia seit dem Vortag spurlos verschwunden sei.

Zwanzig Jahre Polizeiroutine überdeckten seine Verzweiflung. Kurz und präzise fragte er nach dem Stand der Dinge, und Umberto informierte ihn ebenso knapp. Ein Polizist hatte Giulia am Vortag frühmorgens zur Universität begleitet, Pietro hatte sie gegen Mittag im Haus gesehen und Umberto gegen drei mit ihr telefoniert. Danach gab es kein Lebenszeichen mehr von ihr.

Am heutigen Tage waren mehrere Männer kurz nach Mittag mit Giulias Hausschlüssel ins *Ca' Rosso* eingedrungen, man fand ihn an einem zerrissenen Kettchen in der Halle, Pietro war von den maskierten Männern gefesselt worden. Sie hatten den alten Mann geschlagen und nach einem Schlüssel befragt, aber er hatte keine Antwort geben können. Er wusste nicht einmal, wie viele Männer es gewesen waren. Zwei? Er nickte. Drei? Er nickte. Mehr als drei? Er nickte immer noch.

Danach waren die Männer die Treppe hinaufgegangen und im Haus verschwunden. Wie lange die Fremden im Haus gewesen waren? Pietro schüttelte nur den Kopf.

Lange, sehr lange, meinte er. Die Männer hätten ihn noch einmal bedroht und geschlagen, aber er hätte nicht gewusst, was für einen Schlüssel sie meinten. Ihr Fortgehen hatte er nicht mehr registriert.

Der verwirrte alte Mann war schließlich von der *marchesa* gefunden worden, als sie gegen fünf Uhr nachmittags von einer Galerieeröffnung nach Hause kam.

»Was ist mit *La Tedescas* Zimmer?«

Umberto ärgerte sich über Robertos forschend kalten Blick und den emotionslos sachlichen Ton und sagte knapp:

»Komm mit!«

»Es liegt nahe, dass *La Tedesca* sich in der Hand der *Tre Condottiere* befindet, sie trug den Hausschlüssel immer an diesem Kettchen um den Hals.«

Umberto kochte innerlich. Ihn wühlte Giulias Verschwinden tief auf, während sich Roberto nüchtern nach dem Inhalt seines gestrigen Telefongesprächs mit ihr erkundigte.

»Sie wollte wissen, wo du zu erreichen seist. Das war alles!«, presste er heraus. »Sag mal, berührt es dich eigentlich überhaupt nicht, was mit ihr geschehen sein könnte?«

»Würde ihr das jetzt helfen?«

Giulias Zimmer bot einen schrecklichen Anblick. Ihre Kleidung war aus dem Schrank gezerrt, teilweise zerrissen, teilweise mit einem Messer zerfetzt, ebenso ihre Bücher und Zeichnungen. Und an ihren beiden Koffern war das Futter herausgerissen.

Roberto nahm eine eingerissene Skizze des *Ca' Vecchia* Brandolin vom Boden auf, an der sie kürzlich gearbeitet haben musste, er kannte sie noch nicht.

»Du musst ein Herz aus Granit haben!«, explodierte Umberto.

»Kommt die Spurensicherung?«

Er drehte das Blatt um, auf der Rückseite, durch den Riss getrennt, stand: Für Ro, den ich über alles liebe!

»Selbstverständlich, *commissario*!«, aus Umbertos Stimme klangen Unverständnis und Wut. »Hast du vielleicht eine Idee, wo wir sie suchen könnten?«

Er erhielt keine Antwort, Roberto schien ihn gar nicht gehört zu haben. Er ließ sich langsam auf der zerfetzten Matratze nieder, starrte lange auf Giulias Schrift, sah endlich zu seinem Freund hoch, und dann fiel alle Selbstdisziplin, die Umberto für Gefühllosigkeit gehalten hatte, von ihm ab.

»Es ist alles ganz allein meine Schuld, Umberto! Ich hätte das verhindern können! Wenn ihr irgendetwas passiert ist, muss ich das verantworten! *Per Dio*, warum habe ich sie allein gelassen? Warum habe ich ihr eine Eifersuchtsszene gemacht, statt ihr zu sagen, dass ich sie liebe? *Perchè*, Umberto, *perchè*? Wenn wenigstens dieser verdammte Luciano da gewesen wäre, hätte es nicht passieren können!«

»Hör auf, dir Vorwürfe zu machen«, räusperte sich Umberto, und der ganze Zorn der letzten Wochen über Robertos Verhalten war wie weggeblasen.

Statt der Unterstellungen hätte ich ihm Mut machen sollen, dachte er, er hat nie gelernt, mit der Liebe umzugehen, er war einfach überfordert, und ich hätte es sehen und ihm helfen müssen. Er legte Roberto die Hände auf die Schultern.

»Ich kann mir genauso viel vorwerfen, schließlich habe ich den Plan zu ihrem Schutz auf Weisung des *vice-questore* neu konzipiert. Und zwischen den neuen und den alten Plänen hat der Übergang nicht geklappt. Die Ermittler an der Uni waren nicht mehr zuständig und gestern Morgen anderweitig unterwegs, und der neue Plan hat noch nicht gegriffen, aus welchem Grund auch immer.«

Aber Roberto schüttelte den Kopf.

»Das ist nett von dir, Umberto, aber damit nimmst du mir meine Schuld nicht ab. Durch mein Verhalten habe ich sie zu etwas getrieben, was sie in höchste Gefahr gebracht hat. Wenn ich nur wüsste, was sie zum Verlassen des Hauses ohne Polizeischutz gebracht haben könnte!«

»Warte mal! Dein Anrufbeantworter! Ich habe ihr empfohlen, dir darauf eine Nachricht zu hinterlassen!«

Plötzlich kamen die Dinge in Fluss, Roberto griff den Hinweis sofort auf, dankbar, nicht mehr tatenlos herumsitzen zu müssen. Per Fernabfrage holte er sich die eingegangenen Anrufe auf den Apparat im *Ca' Rosso*. Der erste kam aus Bologna, in dem man ihm mitteilte, dass der Prozessbeginn verschoben worden war, der zweite kam von Giulia. Roberto schaltete den Zimmerlautsprecher ein, damit Umberto mithören konnte.

»Roberto!«, ihre Stimme klang unentschlossen, zweifelnd und ein wenig atemlos, aber dann sprudelte es aus ihr heraus, »ich mache bestimmt wieder alles falsch, bitte verzeih mir. Ich weiß nicht, wie ich mich verhalten soll. *Colombo*, Robert Tauber, hat mich heute in der Mensa aufgesucht, und niemand deiner Kollegen hat eingegriffen. *Colombo* schien völlig verzweifelt, man hatte ihn offensichtlich verprügelt. Er wollte seinen Pass von mir haben, den er im Farfallone im Futter einer meiner Koffer versteckt hat. Ich fragte ihn, ob er etwas mit dem Tod seiner Großmutter zu tun gehabt habe, aber er schwor, er sei schuldlos, aber er wüsste, wer es war. Er will sich heute Abend um achtzehn Uhr mit mir treffen, er schlug das *Ca' Vecchia* Brandolin vor, weil er sich in Padova nicht sicher fühlt; dann überzeuge ich ihn, dass er sich dir stellt. Im Pass war ein Safeschlüssel. Sicherheitshalber habe ich den Schlüssel unter den Küchentisch hier im *Ca' Rosso* geklebt, obwohl ich nicht das Gefühl hatte, dass *Colombo* falsch spielt. Hoffentlich habe ich nicht wieder alles falsch gemacht, Ro.«

Ein tiefer Atemzug.

»Ich liebe dich, Ro, ich ...«

Der eingespeicherte Sechzig-Sekunden-Takt unterbrach sie, die beiden Männer warteten, aber kein zweiter Anruf erfolgte. Natürlich billigte Roberto ihre Handlungsweise nicht, aber verstehen konnte er sie. Offensichtlich hatte sie so risikoreich und übereilt gehandelt, um sein vermeintlich verlorenes Vertrauen wiederzugewinnen, seinen inzwischen erfolgten Sinneswandel hatte sie nun wirklich nicht voraussehnen können.

»Was ist? Was schlägst du vor?«, drängte Umberto sich in seine Gedanken.

Statt einer Antwort wählte er die Nummer des dem *Ca' Vecchia* Brandolin am nächsten gelegenen *carabinieri*-Stützpunktes in Abano Terme, und nun war das Glück auf seiner Seite. Den diensthabenden *maggiore* kannte er von seiner Ausbildungszeit her. Er sagte sofort zu, das Ca' weiträumig abzuriegeln und auf Robertos Ankunft zu warten.

Er folgte Umberto in die Küche, der gerade unter den soliden Eichentisch kroch, dessen schartige Oberfläche von jahrzehntelanger Beanspruchung kündete. Roberto bückte sich und kroch von der anderen Seite unter das schwere Möbel; systematisch tasteten sie die Unterseite ab.

Umberto stieß einen Laut der Überraschung aus und hielt das zerrissene Kettchen mit dem Ankh-Anhänger hoch, das Julia wohl beim Verstecken des Schlüssels verloren hatte.

»*Misericordia!*«, stöhnte Roberto auf. »Ein schlechteres Omen gibt es nicht.«

Er dachte daran, dass seine Schwester ohne den Anhänger den Tod gefunden hatte. Hoffentlich wiederholte sich dieses Schicksal nicht.

Fast in der Mitte des über drei Meter langen Tisches ertastete Umberto den mit einem Klebestreifen befestigten Schlüssel.

»*Meno male*«, Roberto wirkte erleichtert, »den hat sie seit Februar in ihrem Kofferfutter ohne ihr Wissen herumgetragen Seit der Zeit suchten die *Tre Condottieri* den Schlüssel. Und nun könnte er ihre Lebensversicherung sein. Was meinst du?«

Umberto stimmte ihm mangels einer anderen Theorie zu. Er sah sich den Schlüssel genauer an und meinte, so einen ganz ähnlichen zu einem Schließfach der Bank von Padova und Rovigo habe er auch.

»Übernimm du die Sache mit dem Schlüssel, der *vice-questore* ist mit einem Bankdirektor befreundet. Erzähl meinem Onkel, was sich ereignet hat«, ordnete Roberto an. »Drei Beamte bleiben hier, falls das Syndikat Giulia inzwischen die Lage des Verstecks abgepresst hat und sie ihre Leute wieder herschicken. Ich fahre zum *Ca' Vecchia* Brandolin.«

In diesem Augenblick erhielt Umberto die Nachricht, dass das zum Glück betriebsbereite Handy *La Tedescas* geortet worden war, und zwar hinter Battaglia Terme in Richtung Colli Euganei.

Colli Euganei

Kurz bevor der Schotterweg zum *Ca' Vecchia* Brandolin abzweigte, wurde Roberto von einer Straßensperre der *carabinieri* gestoppt.

»Du bist schnell«, sagte der *maggiore,* »aber unsere Straßensperren müssten in dieser Minute auch stehen.«

Über Sprechfunk fragte er ab, ob die Straßen um das Ca', auf der Rückseite des Hügels sowie in Richtung Turri abgeriegelt seien und nickte befriedigt über die Bestätigung.

»Hat sich dort oben am Haus etwas gerührt, Rènzo?«, erkundigte sich Roberto.

»Vor etwa einer halben Stunde war kurz Licht zu sehen, sonst nichts. Worum geht's eigentlich, Roberto, wenn die Frage erlaubt ist?«

Roberto überhörte den ironischen Ton, ihm war nicht danach, obwohl sie sich beide wegen dieser gemeinsamen Vorliebe damals bei der Ausbildung schätzen gelernt hatten; da manche ihrer Vorgesetzten das Wort Ironie nicht einmal zu kennen schienen, war es einfach, sich quasi vor ihrer Nase über sie lustig zu machen.

Der erwähnte Lichtschein gab Roberto Hoffnung, Giulia hier zu finden. Als die letzte Meldung der aufgebauten Straßensperren am Pass von Turri eintraf, setzten sie seinen kurz skizzierten und ohne Widerspruch hingenommenen Plan in die Tat um.

»Und ein Mann reicht dir wirklich als Begleitung?«

»Die Tür ist schmal und der einzige Zugang zum Haus. Wir wollen eine Geisel befreien und kein Blutbad anrichten!«

»Okay, okay.«

Uhrenvergleich. Roberto ließ seinen Lammfellmantel zurück, nahm einen Handscheinwerfer in Empfang und lud die Dienstpistole durch. Während der *maggiore* je zwei Mann als Flankenschutz losschickte, pirschten sich Roberto und sein Begleiter, ein junger *brigadiere* in einem schwarzen Overall, mit Strickmütze und schwarz gefärbtem Gesicht durch den Obstgarten an das Haus heran. Kein Mensch, kein Fahrzeug, kein Laut, alles blieb unwahrscheinlich still.

Polizeibuchmäßig stürmten sie das Haus. Nichts rührte sich, Totenstille herrschte in dem auf den ersten Blick leeren Raum, bis Roberto das Zimmer ausleuchtete und sie Giulias leblosen Körper hinter dem Tisch fanden. Während der junge *carabiniere* alle Ecken durchsuchte und seinem *maggiore* Meldung machte, kniete Roberto sich neben Giulia. Ein Eisenring legte sich um sein Herz. Waren sie doch zu spät gekommen?

Er fühlte ihren Puls – nichts. Sein Blick erfasste die um sie herumliegenden, abgeschnittenen Haarsträhnen, die Kleidungsfetzen, ihren mit Klebeband verschlossenen Mund und auch, dass sie mit beiden Händen und einem Fuß an einem Stuhl festgebunden war und mit ihm umgestürzt sein musste und dabei offensichtlich mit dem Kopf auf dem Steinboden aufgeschlagen war.

Das Blut an ihrer Schulter sah angetrocknet aus, eine Wunde war nicht zu sehen. Er zwang sich zur Ruhe und tastete erneut nach ihrer Halsschlagader. Doch, ganz schwach pochte es unter seinen Fingern. Er atmete tief durch, vielleicht waren sie gerade noch rechtzeitig gekommen! Der coole junge *carabiniere* atmete ebenso laut auf und zeigte Emotionen.

»Ambulanz und Spurensicherung!«

Vorsichtig löste Roberto mit Rücksicht auf eventuell vorhandene Fingerabdrücke die Klebestreifen, faltete sein Jackett zusammen und schob es Giulia behutsam unter den Kopf. Dann holte er die alte Decke, auf der Pietro damals im Herbst seine Mittagsruhe gehalten hatte, umhüllte ihren völlig unterkühlten Körper und bemerkte dabei mit Erleichterung, dass sie sich zu bewegen begann. Ihre Augenlider flatterten und nach einer kleinen Weile öffnete sie tatsächlich die Augen und blinzelte. Er beeilte sich, den Handscheinwerfer zur Seite zu drehen.

»Giulia! Hörst du mich, *l'anima mia*[*]?«

Erkennen flackerte in ihren Augen auf. Sie versuchte, sich aufzurichten. Er warf die Handschuhe beiseite und half ihr.

Sie schlang ihre Arme um seinen Hals und fing an herzzerreißend zu

---

[*] Meine Seele

weinen. Er ließ ihr Zeit, alle Ängste und Schrecknisse herauszuweinen und zog die Decke fester um sie. Es dauerte eine geraume Weile, bis sie ruhiger wurde und nur noch leise schluchzte. Da erst hoben sie sie hoch und trugen sie zu dem Feldbett, aber sie wollte Roberto nicht loslassen und klammerte sich wie eine Ertrinkende an ihn.

»Ich bleibe ja bei dir, Giuli«, redete er beruhigend auf sie ein, »aber jetzt musst du erst einmal deine nassen Sachen loswerden.«

Er löste ihre Arme behutsam von seinem Hals und streichelte sanft über ihr Gesicht. Mit den abgeschnittenen Haaren und den großen, angstvoll auf ihn gerichteten Augen sah sie unglaublich jung und verletzlich aus. Noch einmal vergewisserte er sich, dass das getrocknete Blut an ihrer Schulter von jemand anderem stammte, nahm den ihm von dem *brigadiere* zugereichten kleinen Plastikbeutel und kratzte etwas von dem eventuellen Beweismittel hinein. Dann streifte er ihr die Reste der zerfetzten Kleidung ab und zog ihr seinen wollenen Rollkragenpullover über.

Sorgsam deckte er sie zu.

»Ro«, flüsterte sie und umklammerte seine Hand. »Wo bin ich? Was ist geschehen?«

»Du bist in Sicherheit, *l'anima mia*, wir bringen dich gleich zu den Barmherzigen Schwestern.«

»Mein Kopf tut so weh!«

»Du hast wahrscheinlich eine Gehirnerschütterung!«

»Mir ist so übel!«

»Das ist typisch! Bleib ruhig liegen, die Ambulanz ist unterwegs. Ist dir schon wärmer?«

»Roberto, bist du mir noch böse?«

Daran erinnerte sie sich also noch, und dem galt ihre Sorge. Ihre Worte schnitten in seine Seele.

»Ich dir? Aber nein, Giuli. Ich bin unendlich froh, dass ich dich gefunden habe! Wer war das, wer hat dich so zugerichtet? *Colombo*? *Gattamelata*?«

»Ich weiß es nicht, wirklich nicht. Glaub mir bitte! Es tut mir leid, aber ich kann mich an nichts erinnern, bitte, glaub mir!«

Ihr flehentlicher Ton beschämte ihn, trotz ihrer Schmerzen dominierte bei ihr die Angst, er misstraue ihr.

»Keine Angst, *cara*, ich glaube dir ja. Deine Erinnerung wird schon zurückkommen! Ruh dich jetzt aus!«

Der *maggiore* erschien, sein *brigadiere* hinter ihm mit einem Stapel Decken und Robertos Lammfellmantel auf dem Arm.

»*Povera!*«

Er sah auf Giulia hinunter und erklärte Roberto, dass die Straßensperren wohl zu spät errichtet worden seien, kein Verdächtiger habe sich darin ... Er wurde unterbrochen. Über sein Funkgerät kam eine neue Nachricht. Er strahlte förmlich auf.

»*Ciao*. Roberto, am Pass bei Turri ist ein steckbrieflich gesuchter *mafioso* in der Straßensperre hängen geblieben. Wenn das kein Erfolg ist! Mir war schon etwas bange, wie ich diesen Einsatz rechtfertigen sollte – aber nun! Danke für den Tipp. Und danke für meinen Fahndungserfolg!«

Und weg waren die beiden.

In diesem Moment klingelte Giulias Handy hinten auf dem Tisch. Roberto holte es, hielt es an ihr Ohr.

»*Pronto*!«

Roberto übernahm es wieder und erkannte den Anrufer.

»Roberto?«, es war Erasmos Stimme, »schade, beinahe hätte ich diese Schlacht gewonnen. Leider warst du einen Tick zu schnell.«

»Wenn du Giulia so zugerichtet hast, wirst du das bereuen! Und sollte sie sterben, wirst du dafür büßen! Bisher habe ich dich mit rechtsstaatlichen Mitteln gejagt, die Zeiten sind dann vorbei!«

Erasmo lachte.

»Leere Drohungen, mein Lieber! Deine Moral und deine Ethik werden dir ein Bein stellen. Wenn du dich beruhigt hast, wirst du wieder deine Rechtsstaatlichkeit anbeten. Man sieht sich!«

Er legte auf. Einen Moment lang fragte sich Roberto, woher der andere Giulias Handynummer kannte, aber dann vergaß er diesen Gedanken, weil Julia laut aufstöhnte; sie lag nun unter einem ganzen Berg von Decken, und trotzdem ließ der Schüttelfrost ihre Zähne klappern.

»Ich habe Durst, Ro, schrecklichen Durst.«

Wo blieb nur die Ambulanz? Roberto holte eine Flasche Mineralwasser von den verbliebenen Vorräten und flößte Giulia vorsichtig etwas von der Flüssigkeit ein, aber als sie ihren Magen erreichte, musste sie sich übergeben.

Während er ihr den Kopf stützte, kam der *brigadiere* zurück. Er solle die Stellung halten, bis die Spurensicherung komme. Gleichzeitig hörten sie die näherkommende Sirene der Ambulanz.

»*Grazie a Dio*!«

Roberto nutzte Giulias Handy, um zuerst seine Mutter anzurufen, der er auftrug, ihre Freundin, die Äbtissin zu informieren, dass sie gleich mit Giulia in einem Krankenwagen zum Hintereingang des Klosters kämen, der für Notfälle bereitstand. Im Kloster hielt er sie vor den Nachstellungen der *Tre Condottieri* für sicherer als in einer öffentlich zugänglichen Klinik.

Erst als Giulia in eine Wärmedecke gehüllt auf einer Trage festgeschnallt und an einen Tropf mit einer Infusionslösung angeschlossen in das Rettungsfahrzeug geschoben wurde, atmete Roberto auf.

Padova

»*Gesù Cristo!*«, entfuhr es Umberto, als die Bahre mit Giula aus der Ambulanz gehoben, das Fahrgestell ausgeklappt und sie zum Hintereingang geschoben wurde. Fra Ioannis lief im Eilschritt den Sanitätern voraus. Der Notarzt folgte etwas langsamer, und Roberto und sein Freund standen allein in der vom flackernden Blaulicht erhellten Dunkelheit.

»Steht es schlimm um sie?«

»Unterkühlung, Gehirnerschütterung. Du weißt, ich bin immer gern als erster am Tatort, er spricht zu mir. Diesmal hat er mir erzählt, dass die Täter bei der Vorbereitung zu Giulias Vergewaltigung gestört wurden, wahrscheinlich durch die anrückenden *carabinieri*, dass die Täter das Licht löschten und in der Hektik des Aufbruchs Giulia und den Stuhl umstießen. Ob sie sich allerdings vorher schon an ihr vergangen haben, muss Fra Ioannis feststellen.«

»*Santo cielo!*«, murmelte Umberto betroffen, und Roberto staunte wieder einmal, auf wie vielfältige Weise sein Freund den Himmel – und wer sonst noch dazu gehörte – anrufen konnte.

Die Sanitäter und der Notarzt kamen aus dem Kloster. Bevor Roberto es verhindern konnte, schloss sich die Tür und Roberto und Umberto blieben allein im Dunkeln. Die dicken Klostermauern ließen weder Geräusche noch Licht durch, aber er vertraute auf Fra Ioannis und sein Team.

»Was ist mit dem Schlüssel?«

»Erzähl ich dir gleich auf der Fahrt zu deinem neuen Mordfall in der Via Liana. Deswegen bin ich eigentlich hier. Komm, steig ein!«

»Den werde ich nicht übernehmen! *In nessun caso!* Ich bin doch offiziell noch in Bologna, und es gibt sicher noch andere Polizisten außer mir in Padova!«

»Der Ermordete ist Deutscher, genau wie die Tatzeugin.«

Roberto seufzte.

»Sind schon Einzelheiten bekannt?«

»Ja, bei dem Toten wurde ein Pass auf den Namen Robert Tauber gefunden.«

Roberto schwieg.

»Du weißt, ich und der *vice-questore* sind keine Freunde«, fuhr Umberto fort, »aber heute bitte ich ihm einiges ab. Als ich ihm von Giulias Geiselnahme erzählte, hätte ihn beinahe der Schlag getroffen, er hat das Mädchen wirklich gern. Nach meinem Bericht hat er den *direttore* der Bank angerufen, der sich zuerst sperrte und das Schließfach nur mit richterlicher Genehmigung ausräumen lassen wollte. Dann kam der Anruf, weswegen ich auch hier bin, und der *direttore* ließ sich bequatschen. Aber wir sollten nur einen Blick in das Schließfach des Toten

werfen und ihn, den *direttore,* nicht mit in die Sache hineinzuziehen. Hat dein Onkel prima gemacht! Wie die Bankräuber sind wir heimlich ins Gebäude geschlichen. Der *questore* kam auch dazu, sichtlich betroffen von Giulias Fall. Sie hat all den alten Knackern den Kopf verdreht.«
»*Mille grazie!*«
»So habe ich es nicht gemeint.«
»Und?«
»Was und?«
»Weswegen haben die *Tre Condottieri* Giulia seit letzten März verfolgt? Warum wollten sie unbedingt diesen Schlüssel? Seinetwegen musste *Colombo* wahrscheinlich sterben. Also, was war in dem Schließfach? Eine Kulturtasche? Prall gefüllt mit Drogen?«
Umberto überfuhr eine rote Ampel und hätte beinahe ein parkendes Auto gerammt.
»Hat Giulia das gewusst und dir heute erzählt?«
»Nein, die Kulturtasche hat sie irgendwann erwähnt, und dass sie aus dem gleichen Material gewesen sei wie ihr Schminkkoffer. *Colombo* hatte sie in ihrem Koffer untergebracht. Wären sie angehalten und durchsucht worden, hätte *Colombo* bestimmt behauptet, beides gehöre Giulia, er habe von nichts gewusst. Sicherlich hat er als Drogenkurier diese Masche immer wieder benutzt. Seine Freundin hat mir erzählt, dass er Mädchen aus Deutschland, Holland oder Dänemark mitbrachte, von den Drogen oder einer Kulturtasche will sie nichts gewusst haben. Ich habe sie in der Bar 2000+2 befragt, Carina …«
»Schulz-Berger? Die Tatzeugin! Und wenn du all meine mühselig erworbenen Ermittlungsergebnisse schon kennst, kannst du mir sicher auch sagen, was für Drogen sich in der Kulturtasche befanden?«
»Ich tippe auf etwas Hochwertiges. Heroin?«
»*Giusto!* Schätzungsweise zwei Kilogramm. Mir sind ein paar Körnchen am Finger hängen geblieben, unser Labor untersucht sie. Bei zwei Kilogramm reinem Heroin können gut und gern sechshundert Millionen Lire Schwarzmarktpreis erzielt werden.«
Sie erreichten ein vierstöckiges Mietshaus der billigeren Sorte. Blauweißes Flatterband und eine Anzahl uniformierter Polizisten hielten die Neugierigen fern, die auch jetzt mitten in der Nacht nichts verpassen wollten. Die beiden Kommissare wurden durchgelassen und in den dritten Stock verwiesen, wo die Mitglieder der *squadra omicidi* am Werk waren. Die Spurensicherung und ein Polizeiarzt, ein Vertreter der Staatsanwaltschaft und der *vice-questore* traten sich gegenseitig fast auf die Füße.
Roberto konnte dank seiner Größe das Wohnzimmer überblicken. Jetzt wusste er, warum alle ziemlich schweigsam und zum Teil blass bis grün im Gesicht waren. Das, was seine Mörder von Robert Tauber übrig

gelassen hatten, hing festgebunden, einem menschlichen Wesen nicht mehr ähnlich, auf einem Stuhl: eine zerschlagene Masse Fleisch, aus der hier und da Knochenreste hervorragten.

»Das Opfer ist verblutet, wäre aber auch an den anderen Verletzungen gestorben, die Zeugin ist im Schlafzimmer und steht unter Schock, ich habe ihr ein Beruhigungsmittel gegeben«, informierte sie der Polizeiarzt. Er und der Vertreter der Staatsanwaltschaft verabschiedeten sich schnell. Nur zu gern übergab der *vice-questore* seinem Neffen das Kommando und verließ mit dem *procuratore* den Tatort.

»Die Haut der Zivilisation ist dünn, die Steinzeit näher als wir denken.«

Umberto folgte seinem Freund ins Schlafzimmer, wo Carina Schulz-Berger auf dem Bett lag und eine Zigarette nach der anderen rauchte. Ihre Hände zitterten. Achtlos ließ sie die Kippen fallen. Die schwarze Wimperntusche war ihr in Streifen die Wangen heruntergelaufen und gab ihr ein gespenstisches Aussehen, durch den verwischten lila Lidschatten und den verschmierten schwarzroten Lippenstift wirkte sie wie ein beim Abschminken gestörter Clown.

Roberto stand am Frisiertisch, der Blutgeruch von nebenan schien unter der Tür durchzukriechen, und versuchte auf Deutsch von ihr zu erfahren, was geschehen war.

Umberto setzte sich auf einen Stuhl am Bett und hielt das Mikrofon eines kleinen Aufnahmegeräts in ihre Richtung. Der Schock schien nachgelassen und das Beruhigungsmittel sie noch nicht apathisch gemacht zu haben. Sie zeigte sich sehr kooperativ, was den Tathergang betraf, aber zu den Tätern, den *Tre Condottieri* und *colombos* sonstigem Umfeld, machte sie mehr als vage Angaben.

»Robert kam am Sonntagabend in meine Wohnung, fix und fertig, von zwei maskierten Männern, Namen nannte er nicht, zusammengeschlagen. Ich habe ihn verarztet. Am anderen Morgen musste ich ihn auf seinen Wunsch in die Stadt fahren: Er müsse Kontakt zu *La Tedesca* aufnehmen. Von hier hat er zweimal mit der Polizei gesprochen. Am anderen Morgen musste ich ihn wieder in die Nähe der Uni bringen. Er kam ganz erleichtert zurück, denn *La Tedesca* hatte seinen Pass und wollte ihn *Colombo* zurückgeben. Sie hatten sich irgendwo in den Hügeln verabredet.«

Sie zündete sich wieder eine Zigarette an, die Rauchschwaden überdeckten den Blutgeruch.

»Er wollte mein Auto haben, aber in diesem Moment klingelte es. Zwei maskierte Männer überfielen uns und banden uns auf den Stühlen im Wohnzimmer fest und drehten die Musik auf.«

Sie behielt ihre Zigarette im Mund, während sie den beiden Männern ihre von den Fesseln aufgescheuerten Handgelenke zeigte.

»Gegen vier wurden sie angerufen. ›Das muss der Anruf aus Treviso sein‹, sagte der eine. Sie knebelten uns und banden *colombos* rechten Arm los, damit er ihnen eine Vollmacht für die Bank von Padova und Rovigo unterschrieb, aber er weigerte sich. Sie zogen sich Schlagringe über und fielen über ihn her, erst Schläge in die Rippen und dann in den Magen, er weigerte sich weiter durch Kopfschütteln, aber als sie dann sein Gesicht bearbeiteten, gab er auf und unterschrieb. Dann banden sie ihn wieder fest und verschwanden. Wir versuchten, uns zu befreien, aber sie waren Profis, und so warteten wir notgedrungen. Gegen Mitternacht kamen sie wieder, rissen *Colombo* den Knebel heraus und beschuldigten ihn, sie belogen zu haben, der Safeschlüssel sei nicht wie versprochen im Pass gewesen, den sie *La Tedesca* abgenommen und ganz umsonst nach Treviso gebracht hätten. Sie schlugen ihn ziemlich brutal, seine Nase blutete stark, ein Auge war schon zu. Er schwor Stein und Bein, der Schlüssel sei im Pass gewesen, dann müsse *La Tedesca* ihn herausgenommen haben.«

Sie schüttelte sich bei der Erinnerung und fuhr fort, als Roberto sie ungeduldig zum Weitersprechen aufforderte.

»*Colombo* blieb dabei. Wenn er eins nicht ab konnte, so waren es Schmerzen, und deshalb glaube ich, hat er die Wahrheit gesagt. *La Tedesca* muss den Schlüssel herausgenommen haben. Sie hat Robert auf dem Gewissen!«

»Weiter!«

»Sie verschwanden und ließen die Musik an; seine Schreie hatte niemand gehört. Ich war immer noch geknebelt.«

Ihre Lippen zuckten bei der Erinnerung und ihre Hände zitterten unkontrolliert.

»Weiter!«

»Am nächsten Mittag kamen sie wieder.«

»Wann genau!«

»Zwei Uhr? Drei Uhr?«

Sie zuckte die Schultern.

Er dankte im Stillen dem Richter, der seine Jagd in den Apenninen ausnutzen musste und so für Robertos vorzeitige Rückkehr gesorgt hatte. Die *Tre Condottieri* mussten genauestens von seiner Beobachtertätigkeit in Bologna und ihrer Dauer informiert gewesen sein.

»Weiter!«

»Sie brachen ihm ein paar Rippen und einen Arm und winselnd beharrte er darauf, *La Tedesca* habe den Schlüssel. Sie schlugen ihn weiter mit Schlagringen, bis sein Gesicht nur noch eine blutige Masse war, und ich bin ganz sicher, er wusste nichts, er hätte es sonst nach dem ersten Schlag gesagt.«

»Sie wissen natürlich nichts von einem Schlüssel zu einem Banksafe? Dachte ich mir. Weiter!«

»Dann hielt einer der beiden ein Stilett an Roberts Hals und drohte, zuzustechen. *Colombo* hat die Schmerzen nicht mehr ertragen können, wenn Sie mich fragen. Er hat eine letzte heroische Tat begangen, als er Kopf und Hals nach vorn ins Messer warf. Die Klinge hat seine Halsschlagader durchtrennt und die beiden Männer waren völlig ratlos. Und dann das viele Blut …«

»Also nach Ihrer Aussage kein Mord, sondern fahrlässige Tötung?«, fragte Roberto.

Sie winkte matt ab.

»Nein, Selbstmord! Die beiden Schläger wirkten ganz bestürzt.«

Roberto übersetzte diesen Teil für Umberto, der die Zeugin daraufhin skeptisch musterte.

»Wirklich!«, sie raffte sich noch einmal zu einer Aussage auf. »Sie hätten mich als Zeugin eines Mordes gewiss nicht am Leben gelassen! Genau so wie ich es gesagt habe, ist es gewesen!«

Genügend Geld würde diese Zeugin jede Aussage abnicken lassen, merkwürdig auch, dass die Täter ihr kein Haar gekrümmt hatten, abgesehen von den Fesselungsspuren. Roberto führte die Bestürzung der Männer eher darauf zurück, dass sie nun keinen Anhaltspunkt mehr für den Verbleib des Schlüssels besaßen.

»Und dann sind die beiden wieder zu *La Tedesca* gefahren?«

»Ja, mit einem der Con… Nein ich weiß nicht, ich bin müde, lassen Sie mich in Ruhe!«

»Mit einem der Con… Con… wer?«

Sie schloss die Augen und verweigerte weitere Auskünfte; alle im Raum wussten, es würde nicht ihre letzte Vernehmung sein.

Es gab für sie nichts mehr zu tun. Die Leiche wurde gerade in einem Zinksarg abtransportiert. Die Spurensicherung würde noch länger zu tun haben und anschließend den einsamen *brigadiere* im *Ca' Vecchia* Brandolin ablösen.

Umberto fuhr ihn zur *questura*, in der es trotz der frühen Morgenstunde brummte. Der Roberto verschwörerisch zublinzelnde *maggiore*, ein General der *carabinieri*, der *vice-questore* und der *questore* tagten immer noch wegen des so unvermutet gefangen genommenen Mafiabosses.

Roberto musste sich Lobeshymnen der vier anhören, weil der Tipp von ihm gekommen war. Die Befreiung der Geisel konnte er nur in einem Nebensatz anbringen. Der General war nicht interessiert und Roberto nicht enttäuscht. *La Tedesca* würde keine Schlagzeilen liefern, die Mafia schon. Und vielleicht noch der Tod eines deutschen Drogenkuriers.

Sein Onkel kam kurz mit hinaus und zeigte sich über *La Tedescas* Rettung äußerst erleichtert.

»Trotzdem, bei uns ist mit ihrem Personenschutz entschieden was falsch gelaufen, das wird ein Nachspiel haben! *Di chi è la colpa?* Wer ist schuld? *Commissario* Tamassia wird einiges zu erklären haben!«

Er winkte Robertos Einwand beiseite, Umberto sei für die Aufstellung des Planes, nicht für seine Durchführung verantwortlich gewesen.

»Geh schlafen, mein Junge, du hast es verdient!«

Aber Roberto entschloss sich, erst im Krankenhaus der Barmherzigen Schwestern vorbeizusehen und sich dann auf den Weg nach Treviso zu Gattamelata zu machen. Der Telefonanruf im *Ca' Vecchia* Brandolin und Carina Schulz-Bergers Versprecher, einer der drei Con… sei mit zu *La Tedesca* gefahren, deutete nach Robertos Ansicht zweifelsfrei auf den *condottiero* Gattamelata hin.

Da sein Auto noch am *Ca' Vecchia* Brandolin stand, begab er sich zur Fahrbereitschaft und fand dort zu seiner Überraschung Umberto.

»Keine Widerrede! Ich fahre dich! Erst ins Kloster, okay. Und auch nach Treviso! In deinem Gemütszustand landest du im Graben oder rottest alle Fußgänger aus!«

Auf dem Flur traf Roberto Fra Ioannis.

»*Dottore*, Sie sehen aus, als hätten Sie seit Tagen kein Auge zugemacht!«

»Und Sie, *commissario*, sehen aus, als hätten Ihre Tage durchweg sechsunddreißig Stunden«, konterte der Arzt.

»Wie geht es ihr?«

»Zuerst einmal das Positive: Vergewaltigt wurde sie nicht, aber ihre Reaktion bei dieser einfachen gynäkologischen Untersuchung – ein klassischer Fall von Vaginismus – lässt auf einen früheren Fall von erzwungenem Beischlaf schließen. Dafür sprechen auch deutliche Vernarbungen. Sie braucht sicher psychotherapeutische Behandlung nach ihren jetzigen Erlebnissen.«

»Und die schlechte Nachricht?«

»Sie hat eine doppelseitige Lungenentzündung und eine mittelschwere bis schwere Gehirnerschütterung. Ich hoffe, die Antibiotika schlagen bald an.«

»Kann ich sie sehen?«

Der Arzt wiegte seinen Kopf sorgenvoll.

»Sie wird Sie nicht erkennen, und Sie wird es nur beunruhigen.«

»Trotzdem!«

Giulia lag auf der kleinen, aber mit allen nötigen Geräten ausgestatteten Intensivstation unter einem Sauerstoffzelt, sie erhielt weiterhin Infusionen, auch in ihre Nase führten Schläuche. Ein Monitor zeigte ihre Gehirnströme, ein weiterer ihre Herzfrequenz an. Ihr Gesicht hatte eine bläulich rote Farbe angenommen. Sie war bewusstlos. Schweiß stand auf ihrer Stirn, und sie rang rasselnd nach Luft.

»*Per carità!*«, entfuhr es Roberto unwillkürlich.

»Haben Sie keine Angst, mit Gottes Hilfe schafft sie es, und wir tun unser Bestes«, tröstete ihn der alte Arzt, dessen pergamentartige und gefurchte Haut sich kummervoll um Mund und Augen zusammenzog, »Sie können nichts tun als beten!«

Aber gerade damit hatte Roberto seine Schwierigkeiten.

Treviso

Wie vor dem Kloster, wo er die Sicherheitsmaßnahmen für *La Tedesca* überprüfte – ein Polizeifahrzeug stand demonstrativ vor dem Eingang und ein Polizist postierte sich mit Öffnung des Klosters vor der Tür der Intensivstation –, blieb Umberto auch in Treviso vor der Saccardischen Villa im Auto. Auf der Fahrt dorthin hatte er mehrmals einen Blick auf das starre, wie aus Granit gemeißelte Gesicht seines Freundes geworfen, der schweigsam neben ihm saß und nur geäußert hatte, Giulia gehe es sehr schlecht. Er hatte Roberto weder nach Einzelheiten gefragt, noch versucht, ihn von dem seiner Meinung nach überflüssigen Besuch in Treviso abzuhalten. Natürlich brauchte Roberto Schlaf, aber Umberto konnte ihm nachfühlen, dass ihn jetzt jede Aktivität, auch die sinnloseste, ablenkte.

Immer wieder sah Roberto das Bild der leblos auf dem Steinboden des *Ca' Vecchia* Brandolin liegenden Giulia vor sich, das von der Szene der rasselnd nach Luft Ringenden im Kloster der Barmherzigen Schwestern überblendet wurde. Mein Gott, wenn sie das nicht überlebte, würde er seines Lebens nicht mehr froh!

Das warst du doch vorher auch nicht!, meldete sich seine innere Stimme, der er diesmal mit Rücksicht auf Umberto nicht laut antwortete.

Du irrst!, antwortete er. Seit den Wanderungen mit ihr im Alto Adige und an der Villa Draghi war ich durchaus glücklich und habe mich bis vor kurzem meines Lebens gefreut, sieben ganze Monate lang! Und wenn ich nicht auf dich gehört hätte und sofort zu ihr gefahren wäre, könnte ich jetzt sogar noch glücklicher sein, und Giuli ginge es gut!

Wenn du nicht auf mich gehört hättest, wärst du noch Tage in Bologna geblieben und hättest einen auf Eifersucht gemacht! Und was wäre in der Zwischenzeit wohl passiert? Die Tre Condottieri hätten sie vergewaltigen und foltern lassen, bis sie das Schlüsselversteck verraten hätte. Ob es ihr dann jetzt besser ginge?

Aber ich hätte …!

Hätte? Hätte ist tot, pflegt ihr doch sonst zu sagen.

»Wir sind da«, riss ihn Umberto aus seinem inneren Dialog.

Seufzend machte Roberto sich auf den Weg, um am Portal zu klingeln. Die Dame des Hauses empfing ihn im Frühstückszimmer. Ein perfekt gedeckter Tisch für zwei Personen und eine ebenso perfekt gekleidete, perfekt geschminkte und perfekt die Gastgeberin spielende Angela begrüßte ihn herzlich.

»Setz dich, Kaffee oder Tee?«

Er deutete auf den Frühstückstisch.

»Du hast mich erwartet?«

»Dich, einen Geschäftsfreund, meinen Mann, egal, ich frühstücke ungern allein.«

Sie blickte auf ihre dunkelrot gelackten, hundertprozentig mit ihrem teuren Schneiderkostüm harmonierenden Fingernägel, blies mit einer für sie typischen Bewegung ein nicht vorhandenes Stäubchen von ihnen und schenkte ohne weitere Nachfrage für sich und ihn Kaffee ein.

Er blieb stehen, ignorierte den Kaffee und den angebotenen Platz und fragte nach Erasmo.

»Ich wünschte, du kämst einmal meinet- und nicht seinetwegen«, seufzte sie und teilte mit spitzen Fingern ein Croissant, das sie ohne weitere Beachtung auf dem Teller liegen ließ. »Setz dich doch endlich!«

Er tat es und trank auch einen Schluck Kaffee, ohne sie allerdings aus den Augen zu lassen.

»Also«, sie legte ein gekonnt nach Resignation klingendes Timbre in ihre Stimme, »Erasmo macht Urlaub. Seit drei Tagen. Mit wem oder wie lange, weiß ich nicht, und es interessiert mich auch nicht mehr. Unsere Wege kreuzen sich nur noch selten. Ich bin meistens in meinem Büro in Mailand. Du hast Glück, mich noch hier zu treffen. Meine Maschine geht in zwei Stunden.«

»Wohin?«

Seine Schroffheit ließ sie indigniert die Augenbrauen hochziehen.

»Ist das ein Verhör? Lass gut sein, Roberto, du siehst etwas ... überarbeitet aus.«

Missbilligend musterte sie sein ramponiertes Äußeres, seine dichten Bartstoppeln, den zerknitterten Anzug, sein krawattenloses schmutziges Hemd und seine dreckigen Schuhe. Jetzt erst wurde ihm bewusst, dass er seit fast dreißig Stunden unausgeschlafen in dieser Kleidung steckte. Es störte ihn wenig, ihn interessierte nur der Aufenthaltsort Gattamelatas.

»Du hast ihn vorgestern oder gestern nicht gesehen? Hat er sich vielleicht verletzt? Und kennst du seine Blutgruppe?«

Sie hob abwehrend die Hände.

»Heilige Jungfrau, von dir möchte ich nicht in die Mangel genommen werden, so sagt ihr doch? Ich habe dir doch eben gesagt, dass er seit drei Tagen fort ist und dass ich nicht weiß, wann er zurückkommt. Und worauf deine anderen Fragen zielen, weiß ich nicht. Wir interessieren uns schon lange nicht mehr dafür, was der andere macht.«

»Das ist dein Leben und dein Problem, Angela.«

Roberto wischte sich müde über die Augen, Umberto recht gebend, dass die Fahrt hierher blinder Aktionismus gewesen war.

»Würdest du mich anrufen, wenn er sich meldet oder zurückkommt?«

»Fragst du als Polizist? Ja? Dann lautet meine Antwort: nein! Ich wünschte zwar, er käme nie mehr zurück, aber ich würde ihn der Polizei nicht ans Messer liefern.«

»Könntest du das denn?«

»Ach was! Das war nur eine rein rhetorische Bemerkung, ich weiß weder über sein Privatleben noch über seine Geschäfte Bescheid.«

Er glaubte ihr kein Wort.

»Du solltest gelegentlich zu mir zum Essen kommen«, beendete sie das Gespräch und erhob sich, »vielleicht fänden wir beide eine Möglichkeit, zusammen …«

Sie verstand es, kunstvolle Pausen zu machen.

»Was denn?«

»… um der alten Zeiten willen ohne Erasmo auszukommen. Ich denke da an einen gewissen Abend in meiner Studentenwohnung …«

Er hätte es nie für möglich gehalten, dass ein an und für sich mehr als bedeutungsloses Vorkommnis aus ihrer gemeinsamen Studentenzeit nach zwanzig Jahren noch seine Auswirkungen zeigen sollte. Sie hatte ihn in volltrunkenem Zustand in ihre Wohnung gebracht, wie wusste er bis heute nicht, und als er am folgenden Morgen mit einem monströsen Kater in ihrem Bett aufwachte, schnurrte sie wie eine Tigerkatze und behauptete, noch nie eine so schöne Nacht erlebt zu haben. Dabei kannte er sich gut genug, um zu wissen, dass bei ihm nach einem gewissen Quantum Alkohol gar nichts mehr ging. Und das Letzte, was er jetzt gebrauchen konnte, war ihr peinliches Sich-ihm-Anbieten.

»Angela, lass die alten Zeiten ruhen. Schau mich an, besonders heute, und schau dich an. Wir leben in zwei verschiedenen Welten!«

»Lass uns eine daraus machen!«

Seine Verabschiedung glich beinahe einer Flucht; Angelas Angebote wurden durch ihre Häufigkeit nicht angenehmer, im Gegenteil. Und im Augenblick traf sie einen besonders unglücklichen Zeitpunkt, weil sich seine Gedanken ausschließlich um Giulia und ihr Befinden drehten.

Als er die lange Auffahrt hinunterging, fiel ihm auf, dass Angela mit keinem Wort nach der Ursache für sein Interesse an Erasmo gefragt hatte.

Padova

Roberto schaffte es gerade noch, vor sechs im Kloster der Barmherzigen Schwestern zu sein. Fra Ioannis schüttelte sorgenvoll den Kopf, der Zustand der Patientin sei unverändert schlecht, das Fieber wolle und wolle nicht sinken, und auf die unausgesprochene, aber im Raum stehende Frage, ob man Giulia nicht in die Universitätsklinik verlegen sollte, antwortete er, dass man in einem anderen Krankenhaus nicht mehr und nichts anderes für sie tun könne.

Umberto und Gina erwarteten ihn zum Essen. Seit dem Frühstück am Vortag hatte er außer Kaffee nichts zu sich genommen, und auch jetzt brachte er keinen Bissen hinunter.

»Wenn ihr sie gesehen hättet, ein Bild des Jammers! Es macht mich fast wahnsinnig, nichts tun zu können und immer nur zu warten, zu warten, zu warten!«

Auch Umberto konnte ihn nicht zu trösten, denn er hing selbst in einem Nebelloch.

»Ich habe deinen Onkel zu früh gelobt«, bemerkte er und trank Grappa aus einem Wasserglas.

Selbst der sonst immer heiteren Gina fiel nichts ein, um die Männer seelisch wieder aufzurichten.

»Er hat mich mit sofortiger Wirkung vom Dienst suspendiert. Morgen soll ich vor der Inneren Ermittlung aussagen, warum Giuliettas Polizeischutz versagt hat«, fuhr Umberto fort.

Gina nahm ihm entschlossen die Grappaflasche weg.

»Dazu solltest du nüchtern sein und nicht wie eine Destille riechen!«

Auch in dieser Nacht fand Roberto keine Ruhe. Dazu kam, dass er an sich selbst zweifelte, ob er richtig gehandelt hatte, ihre Familie in Hameln nur unzureichend zu informieren, um sie zu schonen. Michelè war am Apparat gewesen, und Roberto hatte Giulias Gehirnerschütterung mehr leichthin erwähnt. Ob er seinen Vater informieren würde. Lieber nicht, hatte der Junge geantwortet, es sei denn, Julia wünsche es. Der Vater habe erstmals in seinem Leben für drei Monate seine Praxis einer Vertretung übergeben und sei in den USA bei seinem Bruder; er, Micha, würde über Weihnachten auch in die Staaten fliegen, es sei denn, es stünde schlimm um Julia. Roberto hatte abgewiegelt und gesagt, sie sollten sich keine Sorgen machen, er würde sich wieder melden.

Schlaf war das, was Roberto am dringendsten gebraucht hätte; hohlwangig, mit Tränensäcken unter den Augen und fast grauer Gesichtsfarbe mied er den Blick in den Spiegel, um sich nicht vor sich selbst zu erschrecken. Der Schlaf floh ihn; wenn er denn kam, blieb er nicht. Spätestens nach zwei Stunden zwangen ihn seine Träume, wieder ins Wachsein emporzusteigen. In den Träumen sah er immer wieder Julia entweder leblos auf dem Fußboden des *Ca' Vecchia* Brandolin oder halbnackt an einen Stuhl gebunden, mit abgeschnittenen Haaren oder röchelnd und nach Luft ringend im Krankenhaus.

Kurz vor sechs stand er im Dunkeln vor dem Kloster und wartete auf das Sechs-Uhr-Läuten. Giulias Körper kämpfte immer noch, sie war nach wie vor ohne Bewusstsein, und in Roberto breitete sich Hoffnungslosigkeit aus. Auf seine Frage, ob man denn gar nichts tun könne, schüttelte die junge Bereitschaftsärztin den Kopf.

»Die Antibiotika schlagen nach sechsunddreißig bis achtundvierzig Stunden voll an, also frühestens heute Nachmittag, bis dahin müssen Sie sich noch gedulden. Das Mädchen hat eine starke Konstitution, hoffen Sie ruhig!«

Er lenkte sich mit Arbeit ab, war ungemein aktiv, wurde von der Inneren Ermittlung befragt, und irgendwie gingen die Stunden bis zum Nachmittag dahin, und er fuhr wieder zu den Barmherzigen Schwestern.

Fra Ioannis erwartete ihn, nein, das Fieber sei nicht gesunken, natürlich mache er sich Sorgen, aber noch nicht allzu große, in der ersten Hälfte der kommenden Nacht erwarte er eine Besserung. Roberto folgte der Bitte des Arztes gern, der ihn bat, die Nacht über im *ospedale* zu bleiben, man habe für Angehörige Besucherzellen. Die Patientin rede oft in ihren Fieberträumen, aber leider Deutsch, das der *commissario* doch verstünde. Er könne sie vielleicht beruhigen, denn sie riefe immer wieder seinen Namen.

Roberto willigte nur zu gern ein, aber eine Besucherzelle brauche er nicht, er säße lieber neben dem Bett der Kranken. Und tatsächlich, als er ihre rastlos über die Decke streichende Hand in die seine nahm, wurde sie ruhiger und murmelte nur noch leise Unverständliches vor sich hin. Er war erschrocken über die Hitze, die ihre Hand ausstrahlte.

»Das kann noch lange so gehen«, bemerkte Fra Ioannis, und Roberto erkundigte sich erschrocken, ob Giulia am Sterben sei.

»Sie ist am Kämpfen, und Gott steht ihr bei!«

»Und die Antibiotika?«

Robertos Glaube hielt sich lieber an Greifbares.

»Wirken die schon?«

Der alte Arzt schüttelte den Kopf und zuckte mit den Schultern.

»Sie bekommt laufend welche durch die Infusionslösung.«

Fra Ioannis deutete auf ihr linkes Handgelenk, das festgebunden war, damit der Zugang mit dem Schlauchanschluss bei ihren zum Teil heftigen Bewegungen sichergestellt war; auch ihr Kopf war fixiert.

Fra Ioannis zog sich zurück, nicht ohne Roberto zu bitten, ihn zu rufen, sobald sich Julias Zustand verändere.

Giulias rasselnder Atem tat Roberto körperlich weh. Mein Gott, wie sie sich quält, dachte er, und er konnte nichts tun, als ihre Hand zu halten und mit leiser Stimme auf sie einzureden, ihr ab und zu den Schweiß vom Gesicht zu wischen und zu warten. Am schlimmsten waren die Hustenstöße, die sie auseinanderzureißen drohten. Roberto litt mit jedem einzelnen. Irgendwann übermannte ihn die Erschöpfung, sein Kopf sank auf ihre Hand, und er schlief ein.

Er erwachte von der Stille im Raum. Wo eben noch ihr rasselndes Atmen zu hören gewesen war, herrschte nun eine geradezu unwahrscheinliche Stille.

Mein Gott, sie atmet nicht mehr, schoss es ihm durch den Kopf. Voller Panik drückte er den Notruf, stürzte auf den Flur und hämmerte an die Tür von Fra Ioannis.

»Sie atmet nicht mehr, *dottore,* kommen Sie! Schnell!«

Der alte Mann hastete an ihm vorbei, die Bereitschaftsärztin eilte den Flur entlang, und plötzlich tauchte auch eine Schwester mit übergroßer Flügelhaube auf.

»Ist die Lunge kollabiert?«, erkundigte sich die Ärztin.

Fra Ioannis schüttelte den Kopf, hob ein Augenlid der Patientin und horchte sie ab, während er gleichzeitig die Monitore im Auge behielt.

»Das klingt gut«, sagte er schließlich mit einem Lächeln, und seine pergamentartige Haut bildete kleine Schachbrettfelder. »Sie ist nicht mehr bewusstlos, sie schläft. Wir haben es geschafft, gelobt sei die Jungfrau Maria. Schwester, das Fieber?«

»Es ist leicht gesunken.«

»*Dio mio laudate!*«, sagte die junge Ärztin, »wir überprüfen es alle Stunde!«

»Und Sie gehen jetzt auch schlafen, *commissario!*«, ordnete Fra Ioannis an, aber Roberto schüttelte den Kopf.

»Ich bleibe an ihrem Bett, vielleicht wacht sie auf und redet oder spricht im Schlaf.«

Und wie zur Entschuldigung seines Widerspruchs fügte er hinzu:

»Sie ist meine wichtigste Zeugin, und ich kann ganz gut im Sitzen schlafen.«

»Ach so!«, der alte Mann schien enttäuscht. »Und ich dachte schon, sie gehöre zu Ihrer Familie. Die *marchesa* ruft nämlich die Mutter Oberin dauernd an, um sich nach dem Befinden des Mädchens zu erkundigen, und die fragt dann mich.«

Roberto antwortete nicht, er verbarg seine Erleichterung, gefolgt von einem Gefühl der Hoffnung. Giulia würde es schaffen, und er würde ihren Schlaf bewachen. Bestärkt ergriff er wieder ihre Hand. Von Zeit zu Zeit tupfte er ihr sacht das schweißnasse Gesicht ab, und ihre Züge entspannten sich immer mehr. Einmal erwachte sie kurz und versuchte ein Lächeln, das aber misslang, und schlief gleich wieder ein.

»Ich habe Durst, Ro«, weckte sie ihn eine Stunde später, sein Kopf lag wieder auf ihrer Hand, und er fühlte sich nicht mehr ganz so zerschlagen. Er flößte ihr ein paar Schlucke Tee ein und strich sorgsam auf ihre vom Fieber aufgesprungenen Lippen eine bereitstehende Creme. Sie atmete tief und gleichmäßig, nur gelegentlich von einem leisen Rasseln in ihrer Brust unterbrochen.

Wieder eine Stunde später hauchte sie:
»Ro?«
»Hm?«
»Wo bin ich? Was ist passiert? Ich kann mich an nichts erinnern.«
Aber schon während er es ihr zu erklären versuchte, schlief sie erneut ein.

Eine Schwester schaute herein.
»Das Fieber sinkt immer weiter«, sagte sie milde lächelnd. »Sie sollten auch etwas schlafen, *commissario*! Oh!«
Ein vorwurfsvoller Blick traf ihn.
»Sie haben das Essen ja überhaupt nicht angerührt!«
»Lassen Sie es stehen«, entschuldigte er sich. »Vielleicht später.«

Irgendwann in dieser Nacht wurde das Gefühl der Erleichterung von der Trauer und der damit verbundenen Gewissheit übermannt, dass er Giulia durch seine unkontrollierte Eifersucht und die daraus für sie entstehenden schrecklichen Folgen für immer verloren geben musste.

Dass er ihr im *Ca' Rosso* eine Eifersuchtsszene gemacht und sie damit in höchste Gefahr gebracht hatte, weil er ihr sein Vertrauen willkürlich entzogen und sie schutzlos zurückgelassen und damit in die Arme der *Tre Condottieri* getrieben hatte, würde sie ihm nicht verzeihen können.

Nur um sein Vertrauen wiederzugewinnen hatte sie sich in unkalkulierbare Gefahren begeben und so risikoreich gehandelt, dass sie auf Grund seines Versagens in die Falle des *Tre-Condottieri*-Syndikats getappt war. Durch die Gehirnerschütterung würde sie noch eine Zeitlang Erinnerungslücken haben, aber dann würde sie sich an sein ungeheuerliches Verhalten erinnern und sich von ihm abwenden.

Am Morgen war das Fieber weiter gesunken und Julia schlief tief und entspannt. Fra Ioannis meinte, in zwei bis drei Tagen würde *La Tedesca* fieberfrei und normal ansprechbar sein, auch mit ihrem Erinnerungsvermögen würde es dann aufwärtsgehen. Er konnte nicht ahnen, dass Roberto sich gerade davor fürchtete.

Die erste Woche im Krankenhaus verschlief sie fast vollständig. Jeden Morgen stand Roberto pünktlich um sechs an der Pforte und betrat das Kloster mit den ersten Glockenschlägen, begrüßt vom Lächeln der uralten Schwester Pförtnerin und dem nicht minder herzlichen Empfang der Schwestern im Flur, die ihn wie ein Klostermitglied begrüßten, selbst die um diese Zeit zur Morgenandacht schreitende Mutter Oberin nickte ihm freundlich zu.

Jeden Morgen zögerte er länger, die Klinke zu Giulias Zimmertür herunterzudrücken, in der Angst, dass ihre Erinnerungen in der Nacht zurückgekommen seien und sie ihm sein Versagen vorhielt, und jeden Morgen atmete er auf, wenn er die Tür öffnete und ihr Lächeln bei seinem Anblick aufleuchtete.

Von Tag zu Tag wurden die Augenblicke länger, in denen sie wach blieb und sich auf ein Thema konzentrieren konnte, aber außer Roberto wollte sie nur noch Umberto sehen. Am Mittwochmorgen – durch seine Suspendierung hatte er viel Zeit – begleitete er Roberto mit einem Arm voller Geschenke und Blumen.

Umberto nahm ihre Hand, als sei sie aus zerbrechlichstem Porzellan und wagte nur zu flüstern.

»*Eccomi*, hier bin ich, *bimba*! Hast du uns Sorgen gemacht!«

Er häufte einen Blumenstrauß, Pralinen und Schokolade auf ihr Bett, einmal, um ihr Freude zu bereiten, und zum anderen, um sein Gewissen zu beruhigen. Noch immer hatte man nicht herausgefunden, wie es dazu gekommen war, dass Giulietta in der Universität nicht unter Polizeischutz gestanden hatte und *Colombo* sich ihr nähern konnte, und er fühlte sich zumindest mitschuldig.

Sie unterhielten sich ein Weilchen, bis sie mitten in einem Satz mit einem Lächeln einschlief, denn erneut hatte es Umberto verstanden, die witzigsten Wortverdrehungen anzubringen, obwohl ihm eigentlich nicht nach Ulk zumute war.

»Wo sind denn die vielen Blumen, die du ihr mitgebracht hast, Roberto? Alle schon verwelkt?«, spöttelte er beim Hinausgehen. »Und die vielen Geschenke in deinem Auto? Für wen sind die?«

»Sie kann noch nicht übersehen, dass ich Schuld an ihrem Zustand bin«, erklärte Roberto steif, »ich will sie durch Geschenke nicht verpflichten, mir zu verzeihen.«

»*Cristo Signore,* bist du kompliziert! Mit ihrem Lächeln hat sie mir schon verziehen, und ich glaube nicht, dass ich mir das erkauft habe. Sie hat ein weites und großmütiges Herz.«

»Das habe ich schon genug ausgenutzt!«

Carmagnola

Teil III

Un bel morir, tutta la vita onora!
Ein schöner Tod ehrt das ganze Leben!

(Petrarca)

a.ð. 1429–1432 / veneto

Niedergang und Tod

iccolò Machiavelli erwähnte ausgerechnet Carmagnola als einen honorigen Vertreter seiner Zunft in »Der Fürst«! Manipulation oder wiederum schlampige Recherche, Messer Niccolò?

Großzügigkeit ist Sache der Venezianer nicht. Nach dem überwältigenden Sieg Carmagnolas bei Maclodio für die Liga (Venedig-Florenz und ein paar kleinere Verbündete) wagte ihn keiner seiner Brotherren laut zu tadeln, aber schon damals war für den, der genau hinhörte, ein leises Murren zu hören.

Warum gab der capitano generale die drei gegnerischen condottieri ohne Lösegeld frei? Warum gab er dem Visconti ein kaum dezimiertes Heer zurück, ohne Waffen zwar und ohne Pferde und Rüstungen, die die Soldaten zurücklassen mussten? Zehntausend Gefangene unterzubringen, sollte doch machbar sein! Als Galeerensklaven zur Not!

Das sei für einen condottiero undenkbar? In venezianischen Diensten zu stehen, bedeutete, Geschäftsmann zu sein! Oder wollte Carmagnola gar den Visconti nicht zu sehr gegen sich aufbringen, um gegebenenfalls zu ihm zurückkehren zu können?

Auch die verbündeten Florentiner murrten. Warum Carmagnola ihnen nicht den Gefallen getan hätte, einen ganz bestimmten Mailänder Offizier zu hängen?

Ein General töte keinen Gefangenen, war die arrogante Abfuhr. Da hatte wohl ein klein bisschen Verdrängung eigener Taten der Vergangenheit stattgefunden.

Ob es der Sturz in voller Rüstung vom Pferd war oder das Heimweh eines Lombarden oder sein Hochmut den venezianischen provveditori, den Inspektoren, gegenüber, oder eine heimlich abgeschlossene condotta mit Filippe Maria Visconti, die den kometenhaften Aufstieg Carmagnolas jäh beendete, lässt sich heute nicht mehr mit Sicherheit feststellen.

Tatsache bleibt, und zumindest darin sind sich alle Chronisten einig, dass sich Carmagnola nach der 1429 ausgehandelten zweiten condotta mit den Venezianern völlig anders verhielt. War seine erste Wut gegen den Visconti verraucht, die ihn die grandiosen Siege für die Serenissima erringen ließ? Überlegte er, wie er seine Besitzungen auf Mailänder Gebiet sichern konnte, ohne der großzügigen Bedingungen seiner condotta mit Venezia verlustig zu gehen? Oder war er nur ein kranker Mann, der sich nichts anderes als Ruhe wünschte, obwohl er mit seinen Anfang vierzig doch in der Blüte des Lebens stand? Er klagte häufig über Schmerzen und Schwindelanfälle und suchte, wann immer er konnte, Linderung, wenn nicht gar Heilung in den heißen Thermalquellen von Abano Terme. Die Venezianer schickten ihm zwei Militärärzte, die Carmagnola untersuchten und ihm nach bewährter Manier Abführmittel verordneten, die natürlich gegen die Folgen eines Sturzes nicht halfen.

Der capitano generale schien kampfesmüde zu sein, und als er mit seiner Streitmacht lustlos hin und her marschierte, löste das nicht nur in Venedig Verwunderung aus.

Der Visconti schickte ihm in schöner Regelmäßigkeit Botschaften, die Carmagnola klugerweise in gleicher Regelmäßigkeit der Serenissima zeigte, die ihn in ebenso prompter Regelmäßigkeit anwies, jede Kontaktaufnahme mit dem Visconti zu unterlassen. Zwei unabhängig voneinander operierende Geheimdienstoffiziere leiteten Berichte nach Venedig weiter, Carmagnola stand unter genauester Beobachtung und er wusste es. Sollte er trotzdem gegen seine Brotherrin Geheimabsprachen mit dem Visconti getroffen haben? Die Ereignisse von 1431 und 1432 lassen diesen Schluss zu.

Winter 1431	Carmagnolas Überraschungsangriff auf Lodi gerät zum Fiasko.
Winter 1431	Carmagnola greift das Kastell von Soncino an, der von ihm bestochene Kastellan verrät ihn trotzdem an die Mailänder, und Carmagnola gerät in einen bösen Hinterhalt, aus dem er sich in erbittertem Kampf zurückziehen muss, seine Leichtgläubigkeit beklagend.
2. Mai 1431	Erneuter Angriff auf Soncino. Carmagnola wird wieder zurückgeschlagen. Bis hierher lässt sich kein Fehlverhalten Carmagnolas beweisen, man ist in Venedig nur verwundert über den bisher so brillanten Strategen und tapferen Kämpfer.
Juni 1431	Die Serenissima befiehlt die Einnahme von Cremona und schickt den Admiral Niccolò Trevisiani mit einer Flotte die Adda hinauf. Viel zu siegesgewiss erleidet er eine vernichtende Niederlage, für die er nicht seinen Leichtsinn, sondern Carmagnola und dessen unterlassene Hilfeleistung verantwortlich macht. Während die Schlacht tobt, schickt der Admiral nach seiner Aussage Boten auf Boten um Hilfe an den capitano generale,

der aber nicht reagiert und sich später mit mangelndem Informationsfluss entschuldigt.
Seine Rechtfertigung wird in Venedig akzeptiert, allerdings nur von seinen Freunden, seine Kritiker murmeln hinter noch vorgehaltener Hand, ob Carmagnola nicht vielleicht doch auf zwei Schultern trüge?

Sommer 1431 — *Carmagnola lässt für sich und seine Familie eine Ruhestätte anlegen, allerdings nicht wie erwartet in Venedig, sondern in der Kapelle der Empfängnis von S. Francesco in Mailand.* Die Serenissima ist entweder nicht informiert oder ignoriert dies, noch hält der Doge die Hand über seinen condottiero, *den er einst zum Ruhme der Serenissima in seine Dienste genommen hatte.* Der Sommer vergeht mit Nichtstun, ganze fünf Monate lang verdient Carmagnola tausend Goldgulden pro Monat, ohne eine Schlacht zu schlagen, von den Kosten für die dreißigtausend Mann unter Waffen, die er befehligt, ganz zu schweigen. *Die Stimmen seiner Kritiker werden lauter, wo bleibt der Gegenwert für den Sold?*

17. Oktober 1431 — Guglielmo Cavalcabò und der hochmotivierte Bartolomeo Colleoni, zwei junge Offiziere Carmagnolas, dringen samt ihren Lanzen mit einem Überraschungsangriff in Cremona, Cavalcabòs Heimatstadt, ein, sicherlich mit Wissen ihres Feldherrn; er aber unterstützt sie in keiner Weise, außer beim Rückzug, den sie nach drei Tagen tapfersten Kampfes enttäuscht und verletzt antreten müssen.
Seit Carmagnola vor Soncino in einen Hinterhalt gekommen sei, entschuldigen seine Freunde in Venedig sein Nichtstun, lasse er große Vorsicht walten, um nicht wieder in so eine missliche Lage zu geraten. Seine Kritiker fragen nicht nur sich, wo der Mut des ach so gepriesenen Bauern aus Carmagnola geblieben sei.

28. Januar 1432 — Il Consiglio dei Dieci, *der Rat der Zehn, lässt Carmagnola übermitteln, er möge umgehend die Adda überqueren als einzige Möglichkeit, den immer stärker werdenden* Visconti *zurückzudrängen, Carmagnolas Ausreden werden nicht mehr so recht geglaubt. Eine Seuche unter den Pferden? Starke Regengüsse? Na und?*

Bis hierher hatte sich die Serenissima *mit ihrem* capitano generale *in großer Geduld geübt, seinen Rechtfertigungen geglaubt, aber nun, als die*

Zeichen sich mehren, dass Carmagnola das große, in ihn gesetzte Vertrauen verspielt hat, und da er nicht mehr zum Wohle der ihn unter Vertrag haltenden Seerepublik agierte, handelte sie jetzt umso entschlossener und schneller gegen ihn.

In »Der Fürst« schrieb Machiavelli über das Handeln der Serenissima und das tragische Ende ihres condottiero Carmagnola:

»Und nachdem sie unter seiner Führung den Herzog von Mailand
geschlagen hatten und merkten, dass sein Eifer erkaltete,
glaubten sie von ihm keine Siege mehr erwarten zu können.
Da sie ihn aber weder entlassen wollten noch konnten,
um ihre Eroberung nicht zu verlieren,
so waren sie, um vor ihm sicher zu sein,
genötigt, ihn umbringen zu lassen.«

Carmagnola der Staatsräson geopfert? Warum bediente sich die sonst nicht gerade skrupellose Serenissima *nicht der einfachsten Lösung, ein bisschen Gift an der richtigen Stelle hätte es doch auch getan oder ein Dolchstoß im Dunkeln, ein Lanzenstich oder eine Seidenschnur?*

Der Rat der Zehn musste sich seiner Beweise sehr sicher gewesen sein, um sich eines öffentlichen Gerichtsverfahrens zu bedienen.

Die Geschäftsbeziehung sollte sauber gelöst werden, Carmagnola hatte der Serenissima *durch sein Nichtstun immensen finanziellen Schaden zugefügt, er musste ein Verräter sein, hätte er sonst so gehandelt, pardon, nicht gehandelt? Der Visconti sollte seinen* condottiero *nicht zurückbekommen, viel zu viel wusste der über die* Serenissima, *eine Entlassung Carmagnolas war also undenkbar, ein Prozess musste die Lösung bringen. Die Justiz der* Serenissima *war für ihre relative Sachlichkeit bekannt, ihr Urteil würde akzeptiert werden. Von all diesen Beratungen und Überlegungen ahnte der* capitano generale *nichts.*

27. März 1432 Der Rat der Zehn tritt zusammen, um über das Schicksal Carmagnolas zu beraten.

28. März 1432 Eine giunta wird zusammengestellt, bestehend aus dem Dogen, dem Rat der Zehn, zwanzig Edelleuten aus dem Großen Rat und sechs Räten, die der Doge benennt, sechsunddreißig Personen alles in allem, die über Carmagnola richten sollen.

29. März 1432 Das Gericht beschließt, Carmagnola durch eine List von Brescia nach Venedig zu locken, es befürchtet Aufstände seiner Soldaten und Unruhe auf der terra ferma, und beauftragt Giovanni de Imperiis den capitano generale

	auf Einladung des Dogen nach Venedig zu bringen, um einen neuen Angriffsplan zu besprechen. Ahnungslos folgt Carmagnola dem Sekretär von Brescia über den Gardasee und Verona, bei jedem Halt wird er von den Statthaltern mit Ehren empfangen.
6. April 1432	*Carmagnola und de Imperiis werden in Padua von Federico Contarini empfangen und übernachten bei ihm. Auf der ganzen Reise sind alle Gastgeber genauestens informiert, dass, sollte Carmagnola Verdacht schöpfen, er sofort zu verhaften und in Sicherheitsverwahrung zu nehmen sei.*
7. April 1432	*Als Carmagnola den Dogenpalast betritt, angeblich um mit dem Dogen zu speisen, entlässt er seine eigene Leibgarde und wird von acht Edelleuten empfangen, die ihm die bedauerliche Mitteilung machen, der Doge fühle sich unwohl. Das ist wohl die einzige wahre Aussage dieses Tages, denn dem Dogen Foscari gefällt diese ganze Verschwörung sicher nicht. Als Carmagnola den Palast verlassen will, drängen ihn die acht Edelleute gar nicht edel in Richtung auf die Gefängniszellen ab und in diesem Augenblick ist dem großen Strategen klar, was gespielt wird.* *»Ich sehe, dass ich ein toter Mann bin!«, soll er an dieser Stelle geseufzt haben und: »Einen gefangenen Vogel lässt man nicht wieder fliegen.« Aber über die Seufzerbrücke musste er nicht gehen, die neuen Gefängnisse auf der anderen Kanalseite entstanden erst viel später.* *Am gleichen Tage werden sein Neffe, seine Frau und sein Kanzler verhaftet.*
9. April 1432	*Das Gericht verliert keine Zeit, der Prozess gegen Carmagnola wird eröffnet. Der hat bis jetzt jede Nahrung verweigert, vielleicht fürchtet er einen Giftanschlag.*
11. April 1432	*Abends wird die erste Tortur des Gefangenen durch die »Herren der Nacht« angeordnet, einem besonderen Richterstand, denen es obliegt, Geständnisse der Angeklagten zu erwirken, denn in Venedig darf kein Angeklagter ohne Geständnis verurteilt werden.*
12. April 1432	*Carmagnola hält der ersten Tortur im Saal der Herren der Nacht stand, aber als man ihm einen Arm bricht und die Füße verbrennt, gibt er zu, Venedig in der Vergangenheit verraten zu haben und dies auch für die Zukunft geplant zu haben. Der Doge und ein paar der*

	Räte zweifeln an der Wahrheit der erpressten Aussage.
	Der Prozess wird während der Ostertage ausgesetzt.
23. April 1432	*Der Prozess wird fortgesetzt.*
5. Mai 1432	*Das Urteil fällt in geheimer Abstimmung, sechsundzwanzig schwarze Kugeln sind für den Tod Carmagnolas abgegeben, neun rote Kugeln fordern kräftigere Beweise; jedermann weiß, dass eine der roten Kugeln vom Dogen stammt.*

Der Doge und einige seiner Räte fordern nach dieser Abstimmungsniederlage lebenslangen Kerker statt der Todesstrafe, eine erneute Abstimmung bringt letztendlich kein neues Ergebnis: acht weiße Ja-Kugeln sind für Foscaris Antrag, neun rote Kugeln signalisieren Stimmenthaltung, neunzehn schwarze Nein-Kugeln stimmen für den Tod Carmagnolas.
Das Urteil lautet:

»Der genannte Graf Francesco Carmagnola,
öffentlicher Verräter unseres Staates,
wird heute nach der Nona zur gewohnten Stunde
mit einem Knebel im Mund und, wie es der Brauch ist,
mit auf dem Rücken gebundenen Händen,
zwischen die zwei Säulen des Markusplatzes geführt werden,
dem üblichen Ort für die Hinrichtung,
und dort wird ihm der Kopf von den Schultern geschlagen,
sodass er stirbt.«

Alle Großereignisse, egal ob ernster oder heiterer Art, beging die Serenissima *mit großem zeremoniellem Aufwand.*
Nicht einmal hundert Meter von dem Ort, wo die Tribünen 1429 für Carmagnolas Ehrung aufgebaut gewesen waren, hatte man sie nun, nur drei Jahre später, in aller Eile für seine Hinrichtung aufgestellt.
Die Damen und Herren der feinen Gesellschaft ließen sich darauf nieder, man plauderte über das Urteil, die Hinrichtung, die nächsten Festivitäten und was sonst noch so interessant war. Das Volk stand in gebührender Entfernung und schwätzte ebenfalls.
In seine Prachtgewänder gekleidet trat Carmagnola seinen letzten Gang an, scharlachrote Strümpfe, ein karmesinrotes Wams und einen scharlachfarbenen Rock mit Ärmeln, unter denen seine auf dem Rücken gebundenen Arme verborgen waren, dazu ein Samtbarett à la Carmagnola. Ein Holzknebel hindert ihn an einem letzten eventuellen Protestschrei, während er mühsam zum Richtblock schritt, die Verbrennungen an seinen Füßen waren nur notdürftig verheilt. Begleitet wurde er auf

seinem letzten Gang zum Richtblock nur von seinem alten Hund, der folgsam neben ihm hertrottete.

Als der Scharfrichter das Richtschwert erhob, spiegelte sich die Sonne auf seinem scharfgeschliffenen Stahl ebenso wie auf den Kuppeln von San Marco, drei wuchtige Schläge brauchte er, bevor Carmagnolas Kopf rollte. Die Herren unterbrachen vorübergehend ihr Geplauder, die Damen seufzten kurz auf, und das Volk hielt den Atem an, dann ging man zur Tagesordnung über.

Vierundzwanzig Fackelträger brachten den Leichnam nach San Francesco della Vigna, aber bevor er bestattet werden konnte, sorgte Carmagnolas Beichtvater Fra Jacomo Dolfin dafür, dass man den letzten Willen ausführte: Carmagnola wollte im Cà Grande bestattet werden.

Und so brachte man den in seine Prachtgewänder Aufgebahrten im Fackelschein quer durch die Stadt zu dem von ihm gewünschten Gotteshaus: Santa Maria Gloriosa dei Frari. Den capitaneo carceris, *dem das Prachtgewand eigentlich zugestanden hätte, entschädigte der Rat der Zehn mit zehn Dukaten, die Brüder von San Francesco della Vigna erhielten statt des berühmten Leichnams dessen Standarte aus Zandeltaffet und das Bildnis des* condottiero.

Wiedergutmachung? War Carmagnola doch nur der Staatsräson geopfert worden? Aber eigentlich war Großzügigkeit die Sache der Kaufmannsrepublik nicht! Auch die Großzügigkeit des erweiterten Urteils macht nachdenklich. Die zwischenzeitlich wieder frei gelassene und im Prozess als Zeugin vernommene Gräfin Antonia Carmagnola erhielt für ihren Lebensunterhalt die Zinsen von 10.000 Dukaten, für ihre beiden unverheirateten Töchter wurde gar eine Mitgift von je 5.000 Dukaten festgelegt, ebenfalls für die mit Sigismondo Malatesta verlobt gewesene Isabella. Dieser löste die Verbindung nach der Hinrichtung allerdings und auch den Teil der bereits gezahlten Mitgift behielt er ein, er habe schließlich Ausgaben gehabt.

Dem Schwiegersohn Carmagnolas, Luigi dal Verme, mit Luchina verheiratet und ebenfalls als condottiero *in venezianischen Diensten, ihm sprach man sein Bedauern über den Tod seines Schwiegervaters aus. Ohne Anklage frei gelassen wurden der Kanzler Giovanni de Moris und Matteo, der Neffe Carmagnolas.*

Man akzeptierte das Urteil allgemein, Carmagnolas Soldaten ließen sich widerstandslos auf ihre neuen Offiziere vereidigen, die Witwe und die Familie strengten keine Klage gegen die Republik an. War er also doch des Verrats schuldig?

Die Chronisten sind sich uneins, und sollten nicht neue Dokumente auftauchen, wird wohl nie mit letzter Sicherheit zu klären sein, ob Carmagnola wirklich mit dem Visconti paktiert und die Serenissima verraten

hatte oder wollte, um im Gegenzug vom Visconti *große Ländereien zu erhalten oder sogar dessen Nachfolge anzutreten, da der keinen männlicher Erbe hatte und Carmagnola mit einer unehelichen Viscontitochter verheiratet war. Oder ob er ein Opfer der Markusrepublik war, wie er in Manzonis Roman »Der Graf von Carmagnola« romantisiert wird?*
  Am besten hält man es wohl mit der Auskunft, die ein Epitaph in San Francesco in Milano gab:

Wenn du, ein Kriegsfürst und Leiter der Schlachten,
waffengewaltiger Franciscus,
schließlich ein unheilvoll Schicksal erlitten hast,
so freue dich doch deiner vergangenen Taten:
Was das Geschick befiehlt, muss man tragen.

Grabinschrift des unbesiegten Herrn der Schlachten,
des Grafen Franz Carmagnola Visconti,
der in Venedig am 5. Mai 1432 starb

Die Gräfin Antonia Carmagnola-Visconti hielt es nicht lange in Treviso. Sie nahm die erste sich bietende Gelegenheit 1434 wahr, um in ihre Vaterstadt Mailand zurückzukehren. Der Visconti nahm sie mit großen Ehren auf und sorgte großzügig für sie. Der Leichnam Carmagnolas wurde nach angemessener Zeit nach Mailand überführt und in der Familiengruft beigesetzt. Antonia zog mit ihren Töchtern in ihren früheren Palast Broletto Nuovo, und auch Luigi dal Verme löste seine condotta *mit Venezia und folgte mit seiner Frau* Luchina *seiner Schwiegermutter nach Mailand.*
  Von Carmagnolas vier Enkelsöhnen aus dieser Verbindung sollte der jüngste, Pietro della Verme, dem späteren Herzog von Mailand, Francesco Sforza, dienen.
  Antonia Visconti, Gräfin von Carmagnola, starb hochbetagt. In den letzten Lebensjahren allerdings verfiel sie in schwere Depressionen.
  Ihre drei Töchter wurden gut verheiratet, das Geschlecht der Carmagnola-Bussone erlosch im Mannesstamm schon nach sechzig Jahren mit dem Neffen Matteo.
  San Francesco wurde nach Napoleons Einmarsch 1798 geschlossen, kurz darauf zerstört, die Gebeine der Carmagnola-Bussones verstreut.

Was blieb von Francesco Bussone detto Carmagnola?

Ein Roman von Manzoni, *»Der Graf von Carmagnola«, in dem zwar einige geschichtliche Personen zu Worte kommen, aber auch eine Menge verklärender Fantasie des romantischen Autors vorhanden ist.*

Noch etwas?

Ja, wenn auch nur als Geist in den Kerkern des Dogenpalastes, so erscheint Carmagnola Jacopo Foscari, dem eingekerkerten Sohn des alten Dogen Francesco Foscari, in der »Tragedia lirica« von Guiseppe Verdi »I due Foscari«.

Wenn auch in Nebenrollen, so hat doch die Kunst letztlich dafür gesorgt, seinen Namen zu erhalten, den Namen eines Vielleicht-Verräters oder Vielleicht-Opfers.

Und, nun ja, ein schöner Tod ehrt das ganze Leben.

Kapitel 1
a.d. november 2000

Noventa Padovana

attamelata und Carmagnola saßen in der Bibliothek, und obgleich draußen eine zwar bleierne, aber doch genug Wintersonne verbreitende Helligkeit herrschte, hatten sie die Vorhänge zugezogen und das Licht eingeschaltet. Das Schachbrett zwischen ihnen diente mehr oder weniger als neutrales Gebiet, nur die Figuren waren in Stellung gebracht worden, würden aber aller Wahrscheinlichkeit nach nicht bewegt werden.

Die Zeichen standen nicht auf Sturm, sondern auf Orkan, so erregt hatte Carmagnola seinen Mit-Kondottiero noch nie gesehen.

»Du musst krank sein!«

Gattamelata sprang auf und ging gereizt hin und her.

»Wieso machst du mir jetzt Vorwürfe? Ich habe getan, was du gesagt hast, *capitano generale*!«

»Ich? Niemals hätte ich dem Mord an *Colombo* zugestimmt!«

»Du hast mir den Auftrag gegeben! Ich zitiere dich: Wenn ich mich noch einmal zu einer endgültigen Lösung bereit fände, dann bei *colombo!* Hast du das vergessen?«

»Das war eine rein rhetorische Bemerkung, Carmagnola. Und du kannst daraus jetzt nicht ableiten, dass ich verantwortlich bin und dir deswegen Asyl gewähren muss. Wenn meine Frau in der nächsten Woche zurückkommt, ist für dich hier kein Platz mehr!«

Der Angesprochene zuckte mit den Schultern.

»Bis dahin habe ich dank deiner Sonnenbank sicherlich genug Ganzkörperbräune, um offiziell aus der Karibik zurückzukommen. Mach dir keinen Kopf deswegen.«

Der letzte Satz klang sarkastisch.

»Hast du selbst Hand angelegt, *condottiero*?«

»*Niente*! Ich bin der Stratege, sonst nichts! Und beinahe hätten wir es auch geschafft, das Mädchen war kurz davor, das Versteck des Schlüssels preiszugeben. Nur, dieser verdammte *marchese* kam ein paar Stündchen zu früh zurück. Das Glück war nicht auf unserer Seite, es hätte auch alles ganz anders ausgehen können! Aber so ist das Leben, ein Spiel! Es kommen auch wieder gute Zeiten.«

»Spiel, sagst du? Ein Spiel, das Fra Moriale das Leben gekostet hat? Auch wenn du zur Tatzeit in Monaco in der Spielbank warst, liegt die Verantwortung bei dir, der Stratege bist schließlich du!«

Gattamelata bebte vor Zorn, als er an den Tod des alten Mannes dachte; in den frühen Morgenstunden, am Tag nach seiner Ankunft in Roma, hatte man ihm im Hotelzimmer den Kopf abgeschnitten. Weil die römische Polizei einen britischen Pass mit einem fremden Namen fand, hatte man in dieser Richtung ermittelt und die Identität des Richters im Ruhestand, Paolo Gallardi, erst spät festgestellt. Der *marchese* war zur Identifizierung im Rahmen der Amtshilfe nach Roma geschickt worden und hatte dort wohl die Äußerung getan, es sehe aus, als sei der alte Richter wie seinerzeit Fra Moriale in Roma hingerichtet worden.

Der *marchese* kannte also Fra Moriales Stellung im *Tre-Condottieri*-Syndikat und war ihm sehr dicht auf den Fersen gewesen, trotzdem hätte der alte Richter entkommen und unter einem fremden Namen seinen Lebensabend in der Karibik verbringen können, wenn Gallardi Carmagnola nicht vertraut hätte. Das hatte der unumwunden zugegeben, sich zu den näheren Gründen aber nicht erklärt.

»Wie schon unser großer Dichter Francesco Petrarca so schön formulierte: *Un bel morir, tutta la vita onora!* Ein schöner Tod ehrt das ganze Leben! Er war Jahrzehnte lang als Fra Moriale erfolgreich, und nun ist er geschichtskonform dazu gestorben, was regt dich so auf?«, sagte Carmagnola.

»Pass nur auf, Carmagnola, dass es dir nicht genauso ergeht, *un bel morir, tutta la vita onora!* Unglaublich, dein Zynismus!«

»Bestell der *Serenissima*, dass sie mich nicht so leicht los wird wie Fra Moriale. Außerdem sucht der *marchese* nach wie vor einen Gattamelata als Täter und nicht einen Carmagnola, der seine Freundin fast auf dem Gewissen gehabt hätte! Also pass *du* auf!«

»Sie ist nicht seine Freundin, er ist nur beruflich an ihr interessiert«, schnaubte Gattamelata. »Wie weit wärst du eigentlich bei ihr gegangen, um den Safeschlüssel zu bekommen?«

»Notfalls hätte meine Lanze zugestoßen und sie totgevögelt! Es hilft nichts, Gattamelata, meine *condotta* bindet mich zwar, nur für die *Serenissima* zu arbeiten, aber einen kleinen Nebenkampfplatz muss sie mir schon zugestehen. Der *marchese* hat mich offen bedroht und herausgefordert, das kann sich ein Carmagnola nicht bieten lassen!«

»Lass deine Finger von beiden, das ist ein Befehl der *Serenissima*. Du hast genug Porzellan zerschlagen, sieh zu, wo du das Geld herbekommst, um die verlorene Heroinlieferung zu ersetzen. Und sieh zu, dass du deine Schulden bei Fra Moriales Erben begleichst, sie sind enorm, wie mir berichtet wurde! Und sieh zu, dass du nur eine *condotta* zur selben Zeit hast!«

Ohne ein weiteres Wort fegte Carmagnola seine Figuren vom Brett und verließ die Bibliothek.

»*Buona notte*, Carmagnola!«, rief der Hausherr hinter ihm her. »Ich hoffe, du hast eine!«

Er vergewisserte sich, dass der andere tatsächlich im zweiten Stockwerk ins Gästeappartement ging, kehrte in die Bibliothek zurück und schloss hinter sich ab. Aus dem kleinen Schreibzimmer nebenan traten drei Frauen ein, die das ganze Gespräch durch die angelehnte Tür verfolgt hatten.

»Nun, ihr *großen Drei der Serenissima*«, Gattamelata redete weiter, während er vier Kelchgläser und eine Flasche Champagner aus dem als Bücherschrank getarnten Eisschrank holte und einschenkte, »ihr habt mit eigenen Ohren gehört, wie mörderisch und unzuverlässig unser großer *condottiere* ist. Was also schlagt ihr vor?«

»Wir werden es beraten, Gattamelata, und die Kugeln entscheiden lassen, ob er ein Verräter ist oder nicht. Wir sind deiner Loyalität gewiss und setzen dich umgehend in Kenntnis, wenn unsere Entscheidung gefallen ist«, sagte die Sprecherin der großen Drei der *Serenissima*.

Sie tranken langsam und mit Genuss und ohne jedes weitere Wort ihren Champagner aus, verließen das Haus so, wie sie gekommen waren, und ohne dass sie vom Gästeappartment aus gesehen werden konnten.

Gattamelata setzte sich unter Mitnahme der erst halb geleerten Flasche und seines Glases in einen tiefen Sessel und fragte sich, was gewesen wäre, wenn er seinem Vater nicht in das Tre-Condottieri-Syndikat gefolgt wäre und sich nicht dauernd zwischen seinen Loyalitäten hätte entscheiden müssen. Irgendwann würde er sich entschließen müssen, zwischen seinem abgelegten Eid als Staatsdiener und dem als *condottiero* zu wählen. Niemand würde ihm die Entscheidung abnehmen, es sei denn der *marchese* schöpfte Verdacht. Wenn er nicht aufpasste, würde er sich zwischen allen Stühlen wiederfinden.

Padova

Am Donnerstag, auf den Tag genau zwei Wochen nach Giulias Rettung, klingelte Roberto am *Ca' Rosso*. Die Schließanlage war ausgewechselt worden, denn keiner wusste, ob das *Tre-Condottieri*-Syndikat einen Nachschlüssel hatte machen lassen, und er selbst besaß noch keinen neuen Hausschlüssel. Seine Mutter öffnete höchstpersönlich, dem alten Pietro musste es also wieder schlecht gehen, und Roberto suchte ihn sofort auf.

Der Alte richtete sich mühsam auf. Als Roberto ihm die Hand gab, murmelte er: »Stimmt es, dass Tamassia nicht mehr bei der Polizei ist, junger Herr?«
»Ja, aber er kommt wieder, seine Unschuld steht fest.«
»*Niente*! Sein Vater war ein Verräter, und so wird es auch sein Sohn sein!«
Pietro fiel kraftlos auf sein Lager zurück. Trotz Robertos sofortiger Nachfrage blieb er stumm.
Seine Mutter erwartete ihn in der Küche, ein merkwürdiger Geruch hing in der Luft, aber bevor er ihn identifizieren konnte, fragte sie ihn:
»Wie geht es Giuliana? Wann kann ich sie endlich besuchen?«
»Es geht ihr viel besser, aber sie ist noch recht schwach; am Wochenende, denke ich, wird sie sich über deinen Besuch freuen.«
»Roberto, haben wir uns in Bezug auf Giuliana irgendetwas vorzuwerfen? Haben wir irgendwelche Fehler gemacht?«
»Du nicht, Mutter, aber ich..«
Er blickte auf den leeren Küchentisch. Hatte seine Mutter ihn heute nicht zum Abendessen erwartet? Und dass sie Schuld bei sich suchte, war auch neu.
Aus dem Salon drangen Gelächter und Stimmen.
»*Wir*, Roberto, haben *wir* Fehler gemacht?«
»Ich verstehe deine Frage nicht? Was ist hier überhaupt los?«
»Hat dein Onkel dir nichts gesagt?«
Roberto überkam eine Ahnung, dass etwas hinter seinem Rücken abgelaufen war, dem er auf den Grund gehen musste.
»Was soll er mir gesagt haben? Wir haben uns heute Nachmittag voneinander verabschiedet, und er trug mir Grüße an Giulia auf. Bis dann, hat er noch hinzugefügt.«
»Also doch!«
»Sei mir bitte nicht böse, Mutter, aber ich glaube, du schuldest mir eine Erklärung. Gäste im Salon, der eigentlich nicht bewohnbar ist, Farbgeruch, der hier nicht hergehört, Andeutungen, als ob ich zu einem Treffen erwartet werde. Also?«
Nun sah seine Mutter ihn an, als ob sie die Welt nicht mehr verstünde.
»Bisher haben wir dich zu den JAK-Treffen nicht eingeladen, damit du nicht in einen Interessenskonflikt gerätst. Aber nachdem Giuliana beinahe umgekommen wäre, müssen wir umdenken. Giovanni und Stefano sind sich da einig.«
»Der *vice-questore* und der *questore*?«
»Sie sind hier als dein Onkel und dein Patenonkel, euer Beruf ist heute nicht gefragt. Und der Farbgeruch? Na, sieh selbst! Wenn Giulianas Onkel kommt, ist wenigstens ein Raum anständig bewohnbar!«

»Ist das hier ein konspiratives Treffen, oder was?«
Es sollte ironisch klingen, aber seine Mutter antwortete ernst:
»Konspirativ? Nein! Geheim? Ja! Hat Giovanni dir nicht immer über die Beschlüsse des JAK berichtet? Ich dachte, er …«
»Berichtet? JAK? Was ist das? Was treibt ihr hier?«
»Das JAK trifft sich heute bei mir. Aber an deinen Augen sehe ich, dass dir das auch nichts sagt. Ich glaube, wir haben ein Problem. Komm mit, mein Sohn.«
Als sie den Salon betraten, verstummte schlagartig das angeregte Gespräch, und alle vier Augenpaare richteten sich auf ihn. Roberto blieb wie angewurzelt in der Tür stehen. Außer den beiden bereits Genannten befanden sich in dem nicht wiederzuerkennenden Salon Giancarlo Bertolini und, was ihn am meisten verblüffte, seine Tante Alessandra, die seit Jahren kein Wort mehr mit seiner Mutter gewechselt hatte.
Ein helles Feuer brannte im Kamin, der Farbgeruch musste von der frisch gestrichenen Decke herrühren, die durch ihr leicht gebrochenes Weiß den Raum hoch und licht erscheinen ließ. Ein übergroßer Kronleuchter aus Muranoglas verbreitete warmes Licht über der Tafelrunde. Schwere, bis auf den Boden reichende Vorhänge verbargen die Fenster und waren farblich auf den riesigen Teppich, auf dem ein barocker Esstisch mit acht dazugehörenden Armlehnsesseln stand, abgestimmt. Nur die etwas fadenscheinigen Seidentapeten waren geblieben, nichts sonst in diesem Raum gehörte ins *Ca' Rosso*, auch nicht das feine Porzellan und die Kristallgläser auf dem festlich gedeckten Tisch, und das kalte Büfett, das auf einem Seitentisch aufgebaut und zum großen Teil schon verspeist war, musste angeliefert worden sein.
Roberto begrüßte die Anwesenden, nichts in seinem Gesicht deutete auf Erstaunen oder Überraschung hin, er wartete. Seine Mutter räusperte sich mehrmals, bevor sie wiederholte:
»Ich glaube, wir haben ein Problem.«
»Inwiefern, meine Liebe?«, Bertolini hob fragend die Augenbrauen.
»Ich bin davon ausgegangen, dass Giovanni Roberto eingeweiht hat und ihn von der Existenz des JAK unterrichtet hat, schließlich seht ihr euch täglich.«
»O, Francesca, und ich habe gedacht, du als seine Mutter habest ihn auf dem Laufenden gehalten!«
»Heißt das, er weiß nichts vom JAK?«, Bertolini schien das erheiternd zu finden.
»O, Franci, gib dem Jungen erst einmal etwas zu essen, er sieht ja ganz fertig aus!«
Roberto erkannte seine Tante nicht wieder, sie war ihm immer wie eine

Eisprinzessin vorgekommen, und jede Menge Fragen jagten durch seinen Kopf, aber er beschloss, sein Schweigen erst einmal beizubehalten.

Sie nötigten ihn zu essen, ein Glas Prosecco zu trinken und überlegten dabei, wie und wo man mit dem Erklären anfangen müsse.

»Bei Carlo«, schlug Giovanni Deganello vor.

»Nein, eher bei Giulias Großmutter«, wandte Bertolini ein.

»Oder bei Giulias Großvater und Massimo Visian?«

»Tramontan, sag du doch auch mal was!«

Der *questore* war für seine Loyalität, seine Schweigsamkeit und überaus kurze Bemerkungen bekannt, das verband ihn mit Roberto, und er ließ sich auch jetzt nicht vorlocken.

»Zum Teufel, was bedeutet JAK?«

Roberto schob den Teller von sich und legte die Serviette auf den Tisch. Es klang wie ein Chor, als sie alle gleichzeitig antworteten:

»Julia-Andresen-Konsortium.«

Roberto zog fragend die Augenbrauen hoch, und seine Mutter und die vier anderen begannen wie bei einem einstudierten Theaterstück ihm abwechselnd eine schier unglaubliche Geschichte zu erzählen.

Francesca:	Ich habe dir von deinem Großvater erzählt, der während des Zweiten Weltkriegs als *combattente della resistenza* unter dem Namen Graf Brandolin gekämpft hat und der schwer verletzt auf Befehl eines deutschen Offiziers in unserem *Ca' Vecchia* Brandolin, das damals noch *Ca' Vecchia* Visian hieß, aufgehängt wurde. Verschwiegen habe ich dir, dass dieser deutsche Offizier Julia Andresens Großvater war, der vor dem Krieg hier im *Ca' Rosso* aus und ein ging und ein guter Freund deines Großvaters war. Außerdem habe ich dir verschwiegen, dass die Identität meines Vaters vermutlich durch Tommaso Tamassia verraten wurde, den Vater deines Freundes, der in die Hände der Gestapo gefallen war.
Tramontan:	Die Betonung liegt auf: man nimmt an!
Deganello:	Ja, ja, Stefano! Wir kennen deine Loyalität und wir wissen, dass du nicht daran glaubst! Damals, als Tommaso unehrenhaft aus dem Polizeidienst ausscheiden musste, hat dein Vater bis zuletzt an seine Unschuld geglaubt. Und über seinen Sohn hältst du schützend deine Hand, obwohl es auch bei ihm viele Ungereimtheiten gibt.
Tramontan:	Und hatte ich nicht auch diesmal recht? Seine Suspendierung musste aufgehoben werden. Der Fehler lag in meinem oder deinem Büro, und zwar daran, dass die

	Unterschriftenmappe mit der neuen Anordnung nicht fristgerecht weitergeleitet wurde.
Bertolini:	Ihr schweift ab!
Alessandra:	Wir nehmen heute an, dass Julia Andresens Großvater einen Akt der Nächstenliebe beging. Papa lag mit einem Bauchschuss da, und ein Mann von der Gestapo versuchte, Namen von anderen aus der *resistenza* zu erfahren. Als der Gestapomann kurz wegging, gab Julias Großvater den Befehl, so hat es der alte Pietro gesagt, Papa aufzuhängen. Vielleicht wollte er seine Qualen beenden, vielleicht auch sich selbst schützen und nicht als ehemaliger guter Freund genannt werden. Letzteres zumindest glaubte unsere Mutter, und deshalb hat sie nach dem Krieg jeden Kontakt mit Julias Großeltern abgelehnt.
Francesca:	Und ich war auf sie angewiesen und musste hier im *Ca' Rosso* in Frieden mit ihr leben. Deshalb habe ich dieser Version nie widersprochen, was wiederum meine Schwester mir so verübelt hat, dass sie jahrelang jeden Kontakt mit mir mied. Dank Julia Andresen ...
Bertolini:	Ihr schweift ab.
Francesca:	Vielleicht wollte er auch uns schützen, denn wir alle außer Bertolini verdanken Julias Großvater unser Leben, und Papa hätte wissen können, wohin wir in Sicherheit gebracht worden waren.
Alessandra:	Tatsache ist, dass zwei Tage vor Vaters Tod Niccolò Muggeof ...
	(*Robertos rechte Augenbraue hob sich.*)
Francesca:	Niccolò Muggeof – so spricht man den Namen von Niklas Müggehoff, Giulianas Großvater, auf Italienisch aus.
Alessandra:	Dass zwei Tage vor Vaters Tod Onkel Niccolò abends gegen acht mit einem deutschen Armeewagen vor dem *Ca' Rosso* vorfuhr und Mutter, Francesca und mich abholen wollte.
Deganello:	Meine Mutter und ich waren damals zu Besuch im *Ca' Rosso*. Vater war bei dem *conte* Brandolin in den Colli Euganei. Sie hat mir später erzählt, dass Niccolò im Gestapo-Hauptquartier zu tun und dabei unbeabsichtigt gehört hatte, dass die Ehefrauen und Kinder der *resistenza*-Mitglieder Visian und Deganello als Geiseln verhaftet werden sollten.
Tramontan:	An diesem Tag hatte mich Deganellos Mutter beauf-

| | sichtigt, deswegen war ich auch im *Ca' Rosso*. Tante Bea rief bei meinen Eltern an, aber die waren bereits verhaftet. Am Telefon war ein Deutscher. |

Deganello: Tante Bea, Beatrice Visian, weigerte sich, allein mit ihren Töchtern in Sicherheit gebracht zu werden, und so nahm Niccolò das erhöhte Risiko in Kauf und packte uns alle in das Auto, Mama, Stefano und mich im Kofferraum, Tante Bea hinter den Vordersitzen und Francesca und Alessandra vor dem Beifahrersitz unter Niccolòs Beinen und Wehrmachtsdecken versteckt. Die Kisten mit Dokumenten, die er und sein Fahrer nach Trento bringen sollten, packten sie auf die Rücksitze.

Francesca: Kurz vor Trento, in Pergine, übergab Niccolò uns an die Bassner-Brüder, alte Freunde meines Vaters, die uns in nächtelangen Fußmärschen ins Vinschgau brachten und uns dort auf verschiedene Höfe verteilten.

Bertolini: Ich kannte Julia Andresens Großmutter, sie wohnte im Haus meiner Eltern und studierte hier in Padova Gartengeschichte, und nur ihretwegen bin ich Gartenarchitekt geworden. Sie lernte Niccolò Muggeof im *Ca' Rosso* 1938 kennen. Ich habe ihn zutiefst gehasst, denn ich war unsterblich in Giuliana verliebt, ich war vierzehn, und er war ein Greis von dreiunddreißig! 1941 emigrierten dann meine Eltern und ich auf Drängen von Massimo Visian nach Argentinien.

Tramontan: Fass dich ein wenig kürzer!

Bertolini *(ihn böse anblickend)*: Ich habe als Einziger von euch allen Kontakt zur Familie eures Lebensretters gehalten und nach seinem Tod zu seiner Frau!

Deganello: Und uns nie informiert.

Bertolini: Schließlich doch, als Giuliana Muggeof mir kurz vor ihrem Tod schrieb, ihre Enkelin Julia Andresen käme zum Studieren ins Veneto. Ob ich mich ein wenig ihrer annehmen könne. Ihr Sohn Carlo würde mich informieren, wann sie aus Lubecca abreise und hier in Padova einträfe, da habe ich euch sofort informiert und wir haben das Julia-Andresen-Konsortium gegründet.

Roberto: Wozu?

Francesca: Ein wenig Wiedergutmachung?

Alessandra: Eine alte Dankesschuld begleichen?

Deganello: Vergangenheitsbewältigung?

Tramontan: Endlich etwas für die Muggeofs tun zu können?

Deganello:	Wir haben einen Fond gebildet und alle eine bestimmte Summe eingezahlt.
Francesca:	Außer mir, du weißt ... Ich habe im *Ca' Rosso* ein Zimmer für sie bereitgehalten, wo sie wohnen sollte, das war mein Beitrag. Obwohl Bertolini mir da Konkurrenz zu machen versucht hat.
Tramontan:	Halte dich bitte an die Reihenfolge!
Bertolini:	Carlo Muggeof rief mich am 6. Februar an, Julia Andresen sei am Vortag abgefahren. Die Schwierigkeit war allerdings, ihre Ankunft zu erfahren, ihre Großmutter hatte uns nämlich inständig durch Carlo gebeten, ihre Enkelin nicht merken zu lassen, dass für sie ein Sicherheitsnetz geknüpft sei.
Deganello:	Die von mir und Stefano angeordneten Straßensperren nutzten nichts mehr. Sie war bereits in der Stadt, wir wussten nur nicht, wo. Wir haben die Meldebögen der Hotels von Streifenbeamten durchchecken lassen, nichts! Wir riefen wieder in Lubecca an.
Tramontan:	Carlo erzählte, dass sie mit einem Freund gefahren sei, einem gewissen Robert Tauber, in einschlägigen Kreisen als *Colombo* bekannt.
Roberto:	Er wurde vorletzten Donnerstag hier ermordet.
Tramontan:	Genau der.
Deganello:	Wir waren entsetzt: Julia Andresen in Begleitung eines Drogenkuriers! Erst eine Woche später gelang es uns, ihre Spur in einem Hotel hier in Padova zu finden: Aber sie war nicht mehr da. Den Nachtportier haben wir ziemlich eingeschüchtert. Dann rückte er endlich damit heraus, dass in dem Zimmer, das *Colombo* mit dem Mädchen bewohnt hatte, die blutdurchtränkte Matratze ausgetauscht werden musste, *Colombo* habe ziemlich viel Geld da gelassen. Aber das Mädchen habe gelebt, er selbst habe die Abreise beobachtet.
Tramontan:	Julia Andresen blieb verschwunden.
Roberto:	Warum habe ich in der *questura* davon nichts erfahren?
Deganello:	Wir gingen davon aus, dass Francesca dir vom JAK berichtet hatte. Stefano und ich erzählten dem Konsortium nichts von unseren Misserfolgen, und wenn wir dich in der *questura* in unseren Plan und die Schreckensmeldungen eingebunden hätten, würdest du mit Sicherheit deiner Mutter und ihrer Schwester davon berichtet haben. Das wollten wir verhindern.

Roberto:	*(anklagend)*: Ich habe am Tag nach ihrer Ankunft in Padova stellvertretend für den erkrankten Umberto Tamassia dessen Razzia geleitet, und ausgerechnet ich habe die Papiere *La Tedescas* kontrolliert, alle beteiligten Polizeibeamten kannten ihren Namen und suchten nach ihr, nur ich nicht! Wenn ich den Namen Julia Andresen von euch genannt bekommen hätte, wäre das Mädchen nicht ein zweites Mal auf die übelste und brutalste Weise von *Colombo* vergewaltigt worden! *(Alle Anwesenden gaben ihrem Entsetzen und Bedauern Ausdruck.)*
Francesca:	Alle haben verzweifelt nach ihr gesucht, und dann brachtest du sie eines Sonntagmittags mit hier ins *Ca' Rosso*, und ich nahm natürlich an, im Namen des Konsortiums.
Roberto:	Von dem ich bis heute keine Ahnung hatte.
Bertolini:	Julias Großmutter hatte ihr nichts von den Vorkriegs- und Kriegsereignissen erzählt und meinte, wir sollten die Vergangenheit ruhen lassen. So haben wir versucht, ihr eine Zukunft zu bauen, ich mit dem Atelier und einem Jeep …
Deganello:	Und wir mit der Einladung in unser Haus und der Einführung in die Gesellschaft beim TCCP-Ball …
Tramontan:	Mithilfe des Dekans an der Fakultät hatte ich eine Sondererlaubnis für sie zum Besuch der Universität schon im Sommersemester erwirkt, Roberto in Nichtkenntnis seines Ursprungs hat ihr das Angebot überbracht.
Roberto:	Und sie hat alles abgelehnt.
Francesca:	Nur das Angebot hier zu wohnen nicht.
Roberto:	Aber das hat sie auch dreimal abgearbeitet!

Ca' Rosso

Wenn Roberto es richtig überlegte, hätte er durch viele kleine Anzeichen das über *La Tedesca* fein geknüpfte Netz entdecken müssen.

Da war einmal das spontane Eingehen seiner Mutter auf das Gartenhobby *La Tedescas* bei ihrem ersten Besuch im *Ca' Rosso* gewesen. Als Roberto angekündigt hatte, zum Essen eine junge Frau mitzubringen, hatte sie nur widerwillig zugestimmt. Erst als bei der Vorstellung der Name Andresen fiel, begann die *marchesa* einen ungeheuren Enthusiasmus für den Gast zu entfalten.

Es hätte ihm wie Schuppen von den Augen fallen müssen, dass der *questore* und der *vice-questore* jede Art von Polizeischutz für *La Tedesca* genehmigt hatten, sie, die sonst mit jeder Stunde für Personenschutz und Überwachungen geizten!

Den Dekan traf er im Frühjahr, kurz nach dem Tod seines Vaters, wie durch Zufall im Haus seines Patenonkels in Noventa Padovana, mit dem er zu einer Partie Schach verabredet war. Wer das Thema Sommersemester anrührte, wusste Roberto nicht mehr, wohl aber, dass er das Versprechen mitnahm, dass für Julia Andresen eine Ausnahmegenehmigung durchaus möglich sei.

Bertolinis Vernissage war auch so eine Sache! Der eitle *maestro* duldete auch nicht die kleinste Konkurrenz, und doch hatte er Giulia eine halbe Stunde seiner kostbaren Selbstdarstellungszeit geschenkt!

Die sogenannte Einführung in die Gesellschaft beim TCCP-Ball bekam nun auch einen leichten Beigeschmack und Roberto musste zugeben, reichlich naiv gewesen zu sein, hatte er doch Giulias Charme als Schlüssel zu ihrem Erfolg gesehen und nicht die massive Protektion durch das Julia-Andresen-Konsortium.

Ganz hellhörig hätte er bei Julias Umsiedlung von Torreglia ins *Ca' Rosso* werden müssen. Noch nie hatte seine Mutter Fremde ins Haus genommen, nie hätte sie einer Fremden einen Hausschlüssel gegeben. Wo war sein Instinkt für unechtes Verhalten geblieben, und das in der eigenen Familie?

Italiener sind freundlich und im Allgemeinen zu Fremden sehr höfliche Leute, aber sie legen ihnen gegenüber durchaus eine gewisse Reserviertheit an den Tag. Roberto hatte es Julias gewinnendem Wesen zugeschrieben, dass sie überall mit offenen Armen und sehr herzlich aufgenommen wurde. Jetzt glaubte er, dass diese Herzlichkeit nur bei den Zanellas und bei den Tamassias echt gewesen war, und gerade diese beiden Familien gehörten nicht zur sogenannten guten Gesellschaft.

Julia hatte ihn bezaubert und damit seine natürliche Skepsis, seine Vorsicht und sein Misstrauen anderen Menschen gegenüber eingeschläfert. Er ärgerte sich.

»Eure romantische Wiedergutmachungskampagne dürfte als gescheitert gelten, Vergangenheitsbewältigung ist nicht einfach mit Geschenken und Protektion zu leisten. Und was ich für äußerst bedenklich halte«, er wandte sich an Deganello und Tramontan und seine Stimme klang ziemlich scharf, »dass ein *questore* und sein *vice-questore* die hoheitlichen Aufgaben der Polizei für private Belange nutzen! Das ist genau der Filz, der unseren Staat lähmt, der Europa und die Welt lähmt, weil er überall ausgeübt wird, und ihr nicht einmal merkt, in welche Zwänge ihr euch damit begebt. Und was euch völlig fehlt, ist zumindest ein gewisses Unrechtsbewusstsein!

Habt ihr vergessen, dass sie meine Hauptzeugin für die Fangomorde ist und meine einzige dazu? Und ihr wollt sie finanzieren!«

»Roberto«, Francescas Stimme klang empört, »so darfst du mit uns nicht reden!«

»Und du«, er wandte sich an Deganello und beachtete den Einwand seiner Mutter überhaupt nicht, »du hast mir unterstellt, ein Verhältnis mit Giulia Andresen zu haben. Wie sagtest du doch noch, als du mir und Tamassia die angeblich kompromittierenden Bilder zeigtest? Du wärest entsetzt, dass ich mit einer Prostituierten schliefe! Wie vereinbart sich das mit dem JAK?«

»Ich wollte doch nur testen, ob du sie magst oder nur als Zeugin ansiehst«, er wand sich unter den protestierenden Blicken und Ausrufen der anderen. »Keine gute Idee, ich geb's zu!«

»*La Tedesca* braucht kein Geld, sie bestreitet ihren Lebensunterhalt aus der Erbschaft ihrer Großmutter, und sie arbeitet nebenbei. Wofür also habt ihr in den Fond eingezahlt? Vielleicht um einen Bodyguard für sie zu bezahlen, wenn kein Polizeischutz mehr gewährt wird? Habt ihr ein Programm? Und wenn ich weiter darüber nachdenke, dann stellt sich mir die unangenehme Frage, wie weit ihr eigentlich zu gehen bereit seid, um *La Tedesca* zu beschützen? Oder gar sie zu rächen? *Colombo* hat sie vergewaltigt. Könnte es sein, dass ihr ihn habt ermorden lassen?«

Entsetzt sahen sie ihn an, und alle widersprachen seinen Verdächtigungen gleichzeitig, vehement und lautstark. Roberto stand angewidert auf und sah einen nach dem anderen an.

»Nur ein Gedankenspiel, meine Lieben, auf das auch ein Staatsanwalt kommen könnte!«

Obwohl sie alle auf seine Reden im ersten Moment beleidigt reagiert hatten, sah er nun die ersten Selbstzweifel in ihren Gesichtern.

Bertolini antwortete als erster.

»Wir haben dein Nichtwissen für schweigende Zustimmung gehalten, Roberto, das musst du uns nachsehen. Was sollen wir deiner Meinung nach nun tun?«

»Wenn ich euch einen guten Rat geben darf, dann löst lieber heute als morgen dieses abstruse Julia-Andresen-Konsortium auf und nehmt euer Geld zurück. Wenn die Existenz des JAKs publik wird, steht ihr in der Kritik, und *La Tedesca* wird der Lächerlichkeit preisgegeben sein. Und das habt ihr doch bestimmt nicht gewollt! Sie ist eine starke junge Frau, sie schafft ihren Weg ganz allein. Das hätte ihre Großmutter auch wissen müssen. Mutter, begleitest du mich hinaus, ich hab noch mit dir zu reden!«

Sie stand wortlos auf und folgte ihm.

»Ich muss noch einmal in *La Tedesca*s Zimmer, sie braucht ein paar Sachen. Wir können auch da reden.«

Julias Zimmer glänzte in einem frischen Farbanstrich, mit hellen Gardinen und einer erneuerten Matratze, alle Spuren der Zerstörung waren beseitigt. Als er in den Schrank sah, fand er stapelweise neue Wäsche, Nachthemden und Handtücher, alles liebevoll einsortiert und bestimmt mit ebenso viel Liebe gekauft.

»Ach, Mutter! Was ich an dir immer geschätzt habe, ist deine Unabhängigkeit! Du hast dich unvermögend, aber unbeugsam stolz mit dem begnügt, was du hattest, und nun schau dir dein Esszimmer unten und das hier an. Ich wette, du hast ein Darlehen vom JAK bekommen, um Giulias Sachen zu ersetzen und um das Zimmer hier und das Esszimmer für ihren Onkel präsentabel herzurichten? Ja? Ich wusste es! Dabei lässt die Pracht des Esszimmers das übrige *Ca' Rosso* nur um so schäbiger wirken. Und du hast deine Unabhängigkeit verloren!«

Alessandra war ihnen unbemerkt gefolgt und versuchte, ihrer Schwester beizustehen, die auf einem Sessel zusammengesunken war und ihr Gesicht mit den Händen bedeckte.

»Die ganze Esszimmereinrichtung samt Muranoleuchter und Teppich stand bei uns auf dem Dachboden herum, ungenutzt. Wir haben sie deiner Mutter nur geliehen. Sei doch nicht so hart, Roberto. Dank Giuliana reden wir Schwestern seit einiger Zeit wieder miteinander.«

Er holte tief Luft und ging zu seiner Mutter.

»Mutter! Wenn deine Schwester dir das alles, einschließlich Gläser, Geschirr und Kronleuchter geliehen hat, kann ich sie nicht hindern. Aber für die Malerarbeiten, die neuen Gardinen und das kalte Büfett geht die Rechnung an mich, ist das klar? Keine *lira* vom JAK, ist das klar? Ich bitte euch beiden noch einmal: Löst es umgehend auf!«

Sie nickten, aber Roberto sah ihnen an, dass sie seine Bitte weder verstanden noch billigten.

»Alles, was ihr für dieses Zimmer ausgegeben habt, zahlt die Versicherung, ich hoffe ihr habt die Rechnungen noch. Das JAK ist also überflüssig. Welcher Onkel kommt eigentlich?«

»Carlo Muggeof!«, sagten beide wie aus einem Munde, und Francesca fügte trotzig hinzu: »Er wird dieses Zimmer bewohnen.«

Als er schweigend an das Bücherbord trat, verließen sie das Zimmer. Roberto suchte nach einem weiteren Buch über Gärten, aus dem er Giulia vorlesen konnte. Ein Vorschlag von Fra Ioannis, der sehr viel Erfolg brachte, er wirkte auf die Genesende wie ein Beruhigungsmittel und band außerdem Robertos Gedanken. Der Rosenroman von Guillaume de Loris war beendet, Roberto stellte ihn zurück und entschied sich für Boccaccios »Amorosa Visione«, in dem kapitelweise Gartenschilderungen vorkamen.

Als Roberto die Haustür ins Schloss zog, hatte er wieder vergessen, sich einen Schlüssel geben zu lassen, aber noch einmal klingeln mochte er nicht.

Ein gelungener Tag, dachte er, als er durch die Arkaden mit den wenigen, spärlich Licht gebenden Lampen schritt. Ich habe meine beiden höchsten Vorgesetzten vor den Kopf gestoßen und sie abgekanzelt, habe meine Mutter gedemütigt und mir eine Menge Schulden aufgehalst. Und obendrein stecke ich mitten im Filz mit drin, denn die Unmengen von Blumenzwiebeln, die Giulia am *Ca' Vecchia* Brandolin und am *Ca' Rosso* gesteckt hatte, kommen von eben dem Carlo, der nächste Woche erwartet wird. Hauptsache, sie gründen nicht umgehend ein CMK, ein Carlo-Muggeof-Konsortium!

kapitel 2
a.d. dezember 2000

Padova

etrograde Amnesie«, erklärte Fra Ioannis Julia geduldig, »das heißt, es handelt sich um einen Gedächtnisverlust, der bis vor die Zeit zurückreicht, als die Bewusstlosigkeit eintrat. Je schwerer die Gehirnerschütterung, desto länger die retrograde Amnesie. Ein Teil Ihrer Erinnerung wird für immer verloren sein, und das ist auch gut so, denn sonst würden die schrecklichen Ereignisse Sie immer wieder quälen.«

Das Letzte, woran sie sich erinnerte, war der Streit mit Roberto im *Ca' Rosso*, ihre Verzweiflung darüber und dass *Colombo* sie am anderen Tag in der Mensa getroffen hatte. Die Zeit danach war wie ein Tunnelaufenthalt ohne jedes Licht, vage meinte sie sich zu entsinnen, dass sie etwas sehr Unbesonnenes getan hatte. Am Ende hatte Roberto sie aus diesem Tunnel befreit, und nun konnte sie sich nicht ins Gedächtnis zurückrufen, was dort hinten im tiefschwarzen Dunkel geschehen war.

Nachdem sie aus der tiefen Bewusstlosigkeit aufgewacht war, konnte sie während der ersten Tage keine konzentrierten Gedankengänge verfolgen, sie pendelte zwischen Wachen und Träumen; ihr Kopf schmerzte oft so stark, dass sie nach Schmerzmitteln verlangte, die sie in einen Dämmerzustand versetzten, in dem Roberto wie aus dem Nebel auftauchte und wieder verschwand. In Zeiten großer Unruhe hielt er ihre Hand, aber seine Stimme war es, die ihr die meiste Linderung brachte, murmelnd wie ein Bächlein in den ersten Tagen, dann etwas lauter, sodass sie einzelne Worte verstehen konnte, schließlich ganze Sätze aufnahm und erstaunt registrierte, dass sie den Text kannte. Wann immer er während der ersten Woche an ihrem Bett saß, und nach ihrem Gefühl war das fast ununterbrochen, las er ihr vor. Kapitel auf Kapitel des Rosenromans drangen an ihr Ohr, und die Worte, die sie vor einem Jahr ihrer Großmutter in Lübeck vorgelesen hatte, perlten wie klare Wassertropfen in ihr Bewusstsein und reinigten ihre Seele.

Einmal war auch Umberto dabei gewesen, sie wusste, sie hatte mit ihm gesprochen, konnte sich aber rückblickend nicht mehr entsinnen, worüber.

Nach einer Woche war Julia wieder in der Lage, kurze, zusammenhängende Gedanken zu fassen.

»Die Erinnerung kommt von selbst«, tröstete Fra Ioannis sie, »je mehr Sie sich bemühen und sich krampfhaft anstrengen, desto schwieriger wird es. Lassen Sie sich Zeit, erholen Sie sich und genießen Sie Ihren Besuch. Die Erinnerung kommt erfahrungsgemäß nach und nach von selbst. Zwingen Sie sie nicht!«

Jeden Morgen mit dem Öffnungsläuten setzte das gleiche Ritual ein: Roberto erschien, begrüßte sie und fragte nach ihrem Befinden und fast im gleichen Atemzug, ob ihre Erinnerung Fortschritte mache. Danach kam das Frühstück. Aus der ersten Woche hatte sie verworrene Gedanken an lauwarme Milchsüppchen, während sie nun in der zweiten schon feste Nahrung bekam. Es war wohl der Mutter Oberin zu verdanken, dass immer wie durch Zauberei ein zweites Tablett mit Kaffee und Croissants für Roberto abgestellt wurde. Wenn sie dann schon wieder schwere Augenlider bekam, las Roberto ihr vor, am Ende der zweiten Woche war er mit dem Rosenroman fertig und begann mit dem zweiten großen Garten-Liebesroman des vierzehnten Jahrhunderts, der Liebesvision von Boccaccio, immer im Wechsel von Deutsch und Italienisch. Julia schlief nach einiger Zeit regelmäßig ein und wachte meist wieder auf, wenn er sich auf den Weg in die *questura* machte.

Julia litt unter ihrem Unvermögen, ihm bei seinen Ermittlungen nicht helfen zu können, und klagte auch bei Umbertos meist mittäglichen Besuchen.

»Mir ist, als komme ich aus einem unendlich langen, dunklen Tunnel ans Tageslicht«, entschuldigte sie sich, »aber was mit mir in dem finsteren Tunnel geschehen ist, weiß ich nicht!«

»Macht doch nichts, *ragazza*«, tröstete er sie und aß von seinen mitgebrachten Pralinen, »dein Gedächtnis kommt schon wieder. Aber tu mir einen Gefallen, ja? Wenn dir etwas einfällt, sag es nur Roberto oder mir, versprochen?«

Beunruhigt erkundigte sich Julia nach dem Grund, aber er meinte nur freundlich grinsend:

»Roberto und ich wollen die Ehre der Aufklärung mit niemandem teilen, also?«

Sie versprach es.

Nach etwa zehn Tagen, begannen ihre Erinnerungen tatsächlich wie von selbst einzusetzen, wenn auch noch bruchstückhaft.

Einmal fasste sie sich ein Herz, als sich Roberto mit einem vorsichtigen Kuss auf die Stirn von ihr verabschiedete.

Sie legte ihre Arme um seinen Hals und fragte:

»Warum warst du eigentlich vor dieser Geschichte so abweisend zu mir?«

Er lächelte etwas schief.

»Weil ich Angst hatte.«
»Du und Angst?«
»Angst, mich in den Schlingen einer kleinen Hexe zu verfangen!«
»Ernsthaft?«
»Ernsthaft!«
»Küss mich, Ro!«
»Dazu bist du viel zu krank, kleine Hexe!«, sagte er und löste ihre Arme von seinem Hals.

Selig schlief sie ein, aber nach dem Erwachen führte sie sich realistisch vor Augen, dass er zwar sehr freundlich und geduldig mit ihr umging, aber offensichtlich nur an ihren Erinnerungen und der Klärung der Vorgänge interessiert schien. Sie beschloss, seine Distanz zu respektieren, und schämte sich ihres Annäherungsversuchs.

Von nun an verhielt sie sich ähnlich reserviert, was ihn wiederum in seiner Meinung bestärkte, sie habe begonnen, sich an sein ungeheuerliches Verhalten ihr gegenüber zu erinnern.

In der dritten Woche ihres Krankenhausaufenthaltes schirmte Roberto sie in Absprache mit dem Doktor nicht mehr von Besuchern ab, die sich fast die Klinke in die Hand gaben. Alle waren vorher gut instruiert worden, keine Fragen nach dem Tathergang zu stellen und Julias abgeschnittene Haare nicht zu erwähnen. Fra Ioannis meinte, dass die Patientin sich an diesen Gewaltakt vielleicht nie würde erinnern können, jedenfalls sollte sie auf keinen Fall mit Fragen danach konfrontiert werden. Zurück zur Normalität, war seine Devise.

Jeder Besucher wurde genauestens von einem Polizisten kontrolliert, der direkt vor der Krankenzimmertür Wache hielt. Nachts wurde er abgezogen, denn die verschlossene Klosterpforte und die dicken Mauern boten genug Schutz. Selbst Napoleons Soldaten hatten 1797 erst großes Geschütz auffahren müssen, bevor die Barmherzigen Schwestern kapituliert hatten.

Als Gina sie besuchte, erwähnte sie nichts von Umbertos Rehabilitierung, da Julia nichts von seiner Suspendierung wusste. Die Zanellas besuchten sie alle abwechselnd nacheinander, versorgten sie mit Neuigkeiten und natürlich jeder Menge leiblicher Genüsse, die *mamma* produziert hatte. *Maestro* Bertolini ließ einen riesigen Präsentkorb vorbeischicken, Dave und Kjersti besuchten sie eines Morgens noch vor der ersten Vorlesung, gleich nach Robertos Lesung, er hatte sich von Boccaccio getrennt und war zu Petrarca und Alberti übergegangen.

Sogar die *marchesa*, die seit dem Tod ihres Mannes sonst jedes Krankenhaus mied, erschien mit einem riesigen Blumenstrauß und küsste Julia herzlich auf beide Wangen und dankte ihr für die viele Arbeit im Garten des *Ca' Rosso*, erst jetzt habe sie gesehen, in was für einem hervorragend aufgeräumten und gepflegten Zustand die Gartenanlage sei.

»Wann hast du das alles nur geschafft?«, wunderte sie sich, aber noch mehr wunderte sie sich, als Julia ihr erzählte, dass Roberto die schwerste Arbeit geleistet habe, während sie sich ganz der Gestaltung habe hingeben können.
»Roberto? Aber der kann doch nicht einmal einen Hammer halten!«
»Ich glaube, du täuscht dich, Francesca, er kann ordentlich zupacken und ist ziemlich geschickt.«
»Das muss an dir liegen, kleine Giuliana! Übrigens, ich bin deinem Rat gefolgt: Er kommt!«
»Wer?«
»Dein Onkel Carlo!«
Der *questore* und sein Stellvertreter besuchten Julia ebenfalls, worüber sie sich etwas wunderte und noch mehr darüber, dass sie ihr neben Blumen auch noch ihr Lieblingsparfüm mitbrachten. Die beiden entschuldigten sich offiziell für die Pannen, die der Polizei bei der Überwachung an *Il Bò* unterlaufen waren, und saßen anschließend etwas verlegen herum. Deganello ergriff schließlich das Wort.
»Übrigens brauchen Sie keine Angst mehr zu haben, dass das *Tre-Condottieri*-Syndikat den Safeschlüssel bei Ihnen suchen könnte. Er ist dank Ihrer Umsicht in den Händen der Polizei gelandet, und das Rauschgift wurde inzwischen sichergestellt. Und *Colombo* alias Robert Tauber haben wir auch gefunden, der belästigt Sie nie mehr.«
Ach ja, der Schlüssel, den hatte sie ganz vergessen, und dass sie *Colombo* verhaftet hatten, beruhigte sie auch.

Padova

Auf den Tag drei Wochen nach ihrer Rettung erschien Julias Onkel Carlo am Donnerstagmorgen in der Krankenstation der Barmherzigen Schwestern, wie immer in Eile und voller Unrast.
»Tut mir leid, Juli«, er nannte sie immer nach ihrem Geburtsmonat, »dass ich heute erst komme, aber die *marchesa* sagte, du würdest dich über Mangel an Besuch nicht beschweren können. Und wie ich sehe, geht es dir ja auch blendend.«
Sie setzten sich an den kleinen Tisch, und er überreichte ihr eine übergroße Schachtel mit Lübecker Marzipan.
»Von Niederegger natürlich! Die *marchesa* war auch ganz begeistert davon. Juli, du kriegst jede Woche eine große Schachtel, wenn unser Plan gelingt.«
Ein Onkel voller Pläne, voller Visionen, genial im Aufbau von Geschäftsverbindungen, weniger genial im Erhalten derselben, denn

Konstanz in Beziehungen und Arbeit fehlten ihm, er sprang von Idee zu Idee, und so war es kein Wunder, dass er dreimal oder auch vielleicht schon viermal Konkurs anmelden musste. Er brauchte immer neue Partner, die ihren Namen für seine neuen Firmengründungen gaben.

Dazu kam eine total missglückte Ehe, die vor etwa zehn Jahren geschieden wurde, als er gerade ein blühendes Exportgeschäft mit Gartenartikeln auf Teneriffa aufgebaut hatte. Seine Frau und seine beiden Töchter versuchten ihn finanziell auszuziehen, was ihnen auch gelang. Er verkaufte sein Exportgeschäft mit großem Gewinn an einen Spanier, zahlte seine Frauen aus und musste aber wieder ganz von vorn beginnen, denn sie ließen ihm keine müde Mark.

Aber eins konnte Onkel Carlo perfekt: immer wieder auf die Füße fallen, obwohl er nicht einmal einen Schulabschluss hatte. Soweit Julia wusste, lief sein Geschäft, das er jetzt von der alten Senatorenvilla in Lübeck aus betrieb, überaus erfolgreich. Trotzdem kamen ihr Zweifel, ob es klug gewesen war, Francesca an ihn zu verweisen, Carlo war ein risikobereiter Spieler, ein unverbesserlicher Visionär, dem es immer wieder gelang, andere für seine Ideen zu begeistern. Aber ob Francesca sich dieses Risiko leisten konnte?

»Was hast du vor?«

»Wir, die *marchesa* als Geschäftsführerin, ich als stiller Teilhaber, ha, das wird der Hit der Saison! Und dieses *Ca' Rosso*, Juli, ein Traum! Eine echte *marchesa* und ich, Carlo Maximilian Müggehoff – Muggeof sprechen sie mich hier aus –, ist das nicht köstlich? Ich werde im *Ca' Rosso* ein repräsentatives Büro haben, wie ich es mir immer erträumt habe. Der Familienanwalt der Visians setzt einen Vertrag auf, ein nobler Mann! Und die *marchesa* ist eine Frau, kann ich dir sagen! Oh, là, là!«

Julia musste lachen, aber bevor sie noch weiter fragen konnte, sprang er auf und verabschiedete sich, sein Taxi mit Gepäck stünde vor der Tür, aber er käme bald wieder.

»Nur deine neue Frisur gefällt mir nicht«, sagte er im Hinausstürzen, »deine langen schönen Haare standen dir besser! *Ciao*, Juli!«

Die Tür klappte ins Schloss, Julia saß eine ganze Zeit lang bewegungslos auf ihrem Stuhl, dann fasste sie behutsam an ihren Kopf und ertastete ihre Stoppelhaare. Bestürzt schloss sie ihre Augen.

Plötzlich erleuchtete ein Scheinwerfer den dunklen Tunnel.

»Und wie ich deine langen schönen Haare hasse! Ich hasse sie! Ich hasse sie! Ich hasse sie!«

Die Stimme hallte in ihrem Kopf, vor ihr stand der maskierte Erasmo Saccardo und schnitt ihr wutentbrannt die Haare ab, Schaum troff von seinem angeklebten Bart, und schreiend bekannte er sich zum Mord an Giuliana Bassner. Und dann umfing sie wieder die Dunkelheit, und irgendwie wusste Julia, dass dies ihre letzte Erinnerung war.

Als sie die Augen öffnete, war das Schreckensbild augenblicklich verschwunden, doch die Erinnerungen blieben. Als sie ihre Gedanken ordnete, erkannte sie voller Staunen, dass sie Erasmo Saccardo als Fangomörder und *condottiero* des Syndikats identifizieren konnte; außerdem konnte sie sein Geständnis bezeugen, den Mord an Robertos Schwester verübt zu haben. Nun lag es an ihr, Robertos über zwanzigjährige Jagd erfolgreich zu beenden.

Sie ging auf den Flur, um zu telefonieren; ihr Handy durfte sie hier nicht benutzen, es war sowieso nicht mehr aufgeladen. Nun konnte Roberto endlich an Gattamelata Vergeltung üben und das seinem Vater gegebene Versprechen einlösen, Giulianas Tod zu sühnen.

Um so größer fiel ihre Enttäuschung aus, als Roberto weder in der *questura* noch in seiner Wohnung, noch im *Ca' Rosso* zu erreichen war. Er hatte es an diesem Morgen eilig gehabt, von hier fortzukommen, aber über die Gründe geschwiegen, und natürlich war sein *telefonino* tot.

Umberto konnte ihr nicht weiterhelfen, er vermutete Roberto auf dem Gericht, war sich aber nicht sicher. Sie hielt mit den eben ans Tageslicht gekommenen Neuigkeiten auch vor ihm zurück, diese entscheidenden Puzzleteile sollte Roberto als Allererster von ihr erfahren.

Nach dem Mittagessen und einer weiteren Ruhepause versuchte sie erneut vergebens, Roberto zu erreichen. Hätte er doch nur sein Handy eingeschaltet!

»*Commissario* Bassner ist auswärts tätig«, hieß es in der Zentrale lapidar.

Heute ist Donnerstag, dachte sie, da wird er wie immer abends zu seiner Mutter ins *Ca' Rosso* gehen. Wenn ich irgendwie dahinkomme, kann ich ihm in Ruhe alles erzählen, und sicher bin ich dort auch. Bis morgen früh kann ich einfach nicht warten!

Schließlich unternahm sie einen letzten Versuch, Roberto in der *questura* zu erreichen, wo man sie mit dem *vice-questore* verband, der aber auch nicht wusste wo sein *dirigente* ermittelte.

»Wir haben uns gerade über Sie unterhalten. Der *questore* sitzt neben mir. Wir freuen uns über Ihre gesundheitlichen Fortschritte.«

»Danke. Falls Sie Roberto noch sehen, richten Sie ihm doch bitte aus, ich käme heute Abend ins *Ca' Rosso*, ich hätte Neuigkeiten.«

»Sie sind entlassen? Warum hat mich denn keiner informiert?«

»Es kam sehr plötzlich«, log Julia und verabschiedete sich.

Das gleiche Märchen tischte sie Umberto auf, der aber darauf bestand, ihr einen Polizeiwagen und einen weiteren Beamten zu schicken, um sie sicher ins *Ca' Rosso* begleiten zu lassen.

Noventa Padovana

Das *telefonino* war seine einzige Verbindung zur Außenwelt, bis überraschenderweise seine Frau bei ihm im Gästeappartement auftauchte. Sein Erstaunen war echt, echter jedenfalls als Angelas schwarzrot gelackte Fingernägel und ihr langes venezianisch blondes Haar.

Angela, wie immer perfekt aufgemacht, musterte ihn wie ein Stück Ware. Er bot ihr mit aseptischer Freundlichkeit einen Drink und eine Zigarette an, was sie beides ablehnte.

»Gattamelata hat dir also gesagt, dass ich nicht in der Karibik bin?«

Sie antwortete nicht, zog an ihrer Zigarette und sah dem durch den Raum ziehenden Rauch nach. Ihr Schweigen lastete auf ihm, es war unerträglich.

»Hast du schon einmal über eine Scheidung nachgedacht?«

»Einmal?«, sie spie das Wort förmlich aus. »Hundertmal!«

»Und?«

»Ich beginne, mich mit dem Gedanken anzufreunden.«

Wieder lastete Schweigen auf ihnen und wieder brach nicht sie es.

»Ich bin in großen Schwierigkeiten, ich brauche deine Hilfe.«

»Ich weiß! Deshalb bin ich hier.«

Er verlor die Beherrschung und schrie sie an:

»Tu doch nicht so schrecklich überlegen! Du hast nie hinter mir gestanden, mir nie geholfen! Warum ausgerechnet jetzt?«

»Euer *Tre-Condottieri*-Syndikat ist im Begriff, auseinanderzubrechen. Ich bin für Schadensbegrenzung.«

»Was weißt du schon vom Syndikat! Du willst nur ein schönes, großes Stück für dich! Alles, was du willst, ist Geld!«

»Du kennst mich überhaupt nicht, mein Lieber! Ich will kein Geld, davon habe ich reichlich. Was ich will, ist Macht!«

»Macht über mich?«

Sie schnipste ein nicht vorhandenes Stäubchen von einem Fingernagel, eine typische Angewohnheit, dann sah sie ihn offen an.

»Ich gebe mich mit so kleinen Lichtern wie dir nicht mehr ab!«

»Danke!«

»Oh, bitte. Du hast mich jahrelang gedemütigt, hast mich betrogen, geschäftlich wie privat. Ich gebe zu, es gefällt mir, dass ich mich jetzt revanchieren kann und du um meine Hilfe betteln musst.«

»In deiner Gegenwart erstickt man, Angela!«

»In deiner Gegenwart riecht es nach Aas, Emo. Du brauchst schnell viel Geld. Du kannst es haben. Dafür überschreibst du mir die Villa in Treviso, deine Kanzlei und das Hotel Farfallone. Danach kannst du meinetwegen in die Karibik fahren.«

»Und wovon soll ich leben, bitte schön?«

»Glaubst du, das interessiert mich?«

»Als wir heirateten, warst du mein *angelo custode*, mein Schutzengel, jetzt bist du mein *angelo sterminatore*, mein Würgeengel.«

»Theatralisch wie eh. Wie viel Morde hast du eigentlich bisher begangen?«

»Morde?«

Der Themenwechsel überraschte ihn.

»Komm, wir wissen doch beide, dass du Spaß daran hast. Heute könntest du noch einmal morden, aber du musst schnell sein.«

Sie sah auf die Uhr.

»Ich setze dich am *Ca' Rosso* ab. *La Tedesca* scheint sich an dein merkwürdiges Verhalten erinnert zu haben. Ich bin sicher, sie hat dich in deiner lächerlichen Verkleidung erkannt!«

»Woher weißt du das alles?«, stammelte er, während er ihr ergeben zum Auto folgte.

»Ich habe meine Spitzel überall, und deine sind in erster Linie meine.«

Sie musste ihm ja nicht sagen, dass ihre Spitzel meist elektronische »Mitarbeiter« waren, die den Vorteil besaßen, dass sie zum einen unbestechlich und zum anderen jederzeit abrufbar waren.

Keiner der Polizisten hatte den ständig wechselnden Parkplatz des Abhörwagens in der Nähe des Klosters bemerkt, der *marchese* war sogar mehrmals an ihm vorbei gefahren. Und so war sie heute auf dem Weg von Treviso nach Padova vom Inhalt des Gesprächs mit dem *vice-questore* informiert worden und innerhalb einer Viertelstunde in Noventa Padovana.

»Du hast eine Chance. *La Tedesca* wird heute Abend im *Ca' Rosso* erwartet, der *marchese* kommt dorthin. Wenn sie es betritt, knall sie ab. Sie allein kann dich identifizieren. Eine geladene Pistole liegt im Handschuhfach.«

»Und wenn ich mich weigere?«

»Kein Geld!«

»*Angela sterminatore*!«

Wortlos setzte sie ihn am Anfang der Straße ab.

Nebel waberte durch die Arkaden. Er schlug den Kragen seines Mantels hoch, als er langsam durch die Bogengänge auf das *Ca' Rosso* zuging.

Im Arkadengang auf der gegenüberliegenden Seite bezog er Stellung. Er brauchte nicht lange zu warten, bis ein Polizeiwagen langsam vor dem Portal aus rotem istrischen Marmor hielt.

Erasmo hielt die entsicherte Pistole schussbereit in der Hand, aber nur ein Polizeibeamter stieg aus und klingelte an der Haustür. Es dauerte etwas, er musste sich wohl erst ausweisen, bevor ihm geöffnet wurde. Als er zum Wagen zurückging, verließ ein zweiter Beamter den Wagen und deckte mit seinem Körper die nun aussteigende *La Tedesca* ab. Er hatte keine Chance, sie zu treffen, und einem Feuergefecht mit zwei Polizisten fühlte Erasmo sich nicht gewachsen.

So musste er zähneknirschend mit ansehen, wie sich die große, dicke Holztür hinter *La Tedesca* schloss. Er würde warten, bis sie das Haus wieder verließ. Oder bis der *marchese* kam. Die Schlacht mit ihm musste auch noch zu Ende gebracht werden.

Ca' Rosso

Überschwänglich nahm Francesca Julia in die Arme und nötigte sie in einen tiefen Sessel vor dem Kamin, in dem ein helles Feuer brannte und wohlige Wärme verbreitete. Trotzdem häufte sie noch Decken auf Julia. Der alte Pietro hieß sie mit einem dampfenden Becher Tee in der einen und einer Schrotflinte in der anderen willkommen.

»*Benvenuto, La Tedesca*!«, strahlte er über sein runzeliges Altmännergesicht und reichte ihr das Getränk. »Hier tut dir keiner was, ich pass schon auf!«

Stolz reckte er den Arm mit der Waffe. Julia hatte Mühe, ernst zu bleiben, es fehlte nur noch, dass er sich einen Patronengürtel umschnallte, aber er war so von seiner Mission erfüllt, dass Julia ihm den Gefallen tat, ihn zu bewundern. Doch sollte seine Hilfe wirklich gebraucht werden, hätte er gegen Männer wie den skrupellosen Erasmo Saccardo oder die beiden Brutalos Andrea und Angelo Longhi nicht die geringste Chance, sie würden ihn bedenkenlos niedertrampeln. Aber dazu musste es nicht mehr kommen, wenn Roberto die ganze Wahrheit erfuhr.

Es wurde dunkel, Roberto ließ auf sich warten.

»Wir essen in der Küche, da ist es am wärmsten«, bestimmte die *marchesa* und machte sich eigenhändig an die Zubereitung des Abendessens.

Unruhig schälte Julia sich aus den Decken und ging in den ersten Stock, wo man vom Erkerfenster aus die Straße überblicken konnte. Die Straßenlaternen verbreiteten wie die funzeligen Beleuchtungen unter den *portici* nur wenig Licht.

Alarmiert entdeckte sie unter den Arkaden des gegenüberliegenden Hauses die aufleuchtende Glut einer Zigarette. Beim nächsten Zug erahnte sie die Züge eines Mannes, der jetzt kurz hervortrat und die Straße inspizierte. Jetzt erkannte sie Erasmo Saccardo alias Gattamelata, den Fangomörder und Wahnsinnigen, der sie im *Ca' Vecchia* Brandolin gedemütigt und gequält hatte.

Am Ende der Straße bog ein Auto um die Ecke, die Scheinwerfer leuchteten die Straße voll aus, aber bevor sie Gattamelata erfassen konnten, war er in den sicheren Schatten der Arkaden zurückgetreten.

Julias Herz setzte einen Schlag aus, um dann um so heftiger zu pochen. Sie musste Roberto warnen, koste es, was es wolle, aber wie? Verzweifelt rüttelte sie an den bleiverglasten Erkerfenstern, doch sie ließen sich nicht öffnen. Ihre Glieder fühlten sich zentnerschwer an, aber sie musste etwas unternehmen.

Drei Autolängen vor dem *Ca' Rosso* hielt Roberto. Ahnungslos stieg er aus und ging auf die Haustür zu. Sie schrie seinen Namen, aber durch die dicken Mauern drang wahrscheinlich kein Laut nach draußen. Julia raffte all ihre Energie zusammen. Während sie zur Treppe rannte, hörte sie das Klingeln an der Haustür. Hatte er keinen Schlüssel? Sie stürzte die Treppe hinunter und rief Pietro zu, er solle sofort die Haustür öffnen, aber der alte Mann blickte sie nur verwirrt an.

Wieder klingelte es, und im selben Augenblick drang das Geräusch von Schüssen an ihr Ohr, gedämpft zwar, aber unüberhörbar. Ohne weiter zu überlegen riss sie die Haustür auf. Jetzt schaltete Pietro und folgte ihr mit seinem Gewehr. Roberto lag mit dem Gesicht nach unten auf den Treppenstufen, Gattamelata stand mit einer Pistole in der Hand in der Mitte der Straße.

Einen Herzschlag lang sahen sie sich an, dann hob er die Pistole und zielte auf sie. Sie sah, wie sein rechter Zeigefinger sich krümmte, meinte die Kugel schon zu spüren, aber nur ein metallisches Klicken ertönte und Gattamelata blickte irritiert auf seine Waffe. Fast gleichzeitig schob sich ein Gewehrlauf neben ihr aus der Tür, der alte Pietro kam in ihr Blickfeld und feuerte eine Ladung Schrot auf den Mann ab, ob er getroffen wurde, verfolgte Julia nicht weiter, sie kniete sich neben Robertos leblosen Körper, registrierte erleichtert, dass im Rücken seines kurzen Lammfellmantels kein Einschussloch zu entdecken war und drehte ihn in eine stabile Seitenlage, die Angst um ihn verlieh ihr ungeahnte Kräfte. Gattamelata musste das ganze Magazin auf Roberto abgefeuert haben, der wehrlos mit dem Rücken zu ihm gestanden hatte. Gottlob waren die meisten Schüsse danebengegangen, er war in der Lagune schon ein miserabler Schütze gewesen.

Eine Schramme an Robertos Kopf deutete auf einen Streifschuss hin, Besorgnis erregte dagegen das Blut, das sein linkes Hosenbein schon völlig durchtränkt hatte. Sie zog ihren Pullover aus und legte ihn unter seinen Kopf, fühlte seinen Puls und überlegte, was zu tun war.

Keine Panik, redete sie sich selbst zu, du musst jetzt schnell und präzise handeln. Und du kannst es!

»Pietro, komm hilf mir! Francesca, ruf eine Ambulanz und einen Notarzt! Dann die Polizei, am besten Umberto! Aber in dieser Reihenfolge: Ambulanz! Polizei!«

Pietro kniete sich ächzend neben sie, gemeinsam gelang es ihnen, Roberto die Hose abzustreifen. Ihre schlimmsten Befürchtungen bewahrheiteten sich. Zwei Kugeln hatten ihn von hinten in den linken Oberschenkel getroffen, eine hatte direkt im Kniegelenk den Knochen durchschlagen, weiße Knochensplitter ragten aus der Wunde, die zweite Kugel hatte die Schlagader verletzt, denn das Blut quoll stoßweise und unaufhörlich aus dieser Wunde.

»*Santo Padre*!«, stammelte Pietro und half Julia, den Hosengürtel um den Oberschenkel zu legen.

Sie drückte mit ihrem Daumen oberhalb der Blutung tief in den Muskel, und nach zwei weiteren Versuchen an etwas veränderter Stelle ließ die Blutung nach. Fieberhaft überlegte sie, was sie als Adernpresse nehmen sollte.

Es musste schnell gehen, auf Pietro konnte sie nicht bauen. Sie faltete ihr großes Seidentuch, Robertos Geschenk aus Treviso, zu einem kleinen festen Päckchen zusammen und legte es unter den Gürtel, zog den Gürtel fest an, veränderte noch einmal die Lage der provisorischen Adernpresse und legte sich mit ihrer ganzen Kraft hinein. Aber allein schaffte sie es nicht.

»Pietro, komm, zieh!«

Der Blutstrom wurde dünner.

»Los, noch einmal!«

Die Blutung stand. Nur nicht loslassen, dachte sie.

»Pietro! Decken!«

Die *marchesa* kam zurück und starrte entsetzt auf ihren Sohn, ihre Lippen bewegten sich, sie schien lautlos zu beten. Pietro kam mit zwei Decken aus der Tür gestolpert und breitete sie über Roberto, der sich zu Julias grenzenloser Erleichterung zu regen begann und stöhnend aus seiner Bewusstlosigkeit auftauchte.

»Roberto, mein Sohn«, schluchzte die *marchesa*, die jetzt auch auf dem Boden kniete, aber er hatte nur Augen für Julia.

»Giuli«, flüsterte er kaum hörbar, »*l'anima mia*, mir ist so kalt.«

»Halte durch, Ro, bleib bei uns! Die Ambulanz kommt gleich! Komm, bleib bei uns!«

Aber als habe er ihre Worte gar nicht gehört, wiederholte er: »*L'anima mia*, mir ist so kalt ... am Herzen, Giuli ... *ti amo* ...«

Seine Stimme brach ab, und er verlor wieder das Bewusstsein. Bis hierher hatte Julia keinen Gedanken an den Mann verschwendet, den sie liebte. Sie hatte alles ihr Mögliche getan, um das bedrohte Leben eines Verletzten zu retten, aber jetzt überfiel sie Verzweiflung, es könne nicht genug gewesen sein, und die Gedanken an ihre Liebe zu ihm wurden übermächtig.

Wie lange Julia dort, den Gürtel umklammernd, gesessen hatte, wusste sie nachher nicht zu sagen, es schienen Ewigkeiten zu sein. Umberto meinte später, es seien nicht mehr als zehn oder fünfzehn Minuten gewesen. Sie fror erbärmlich.

Endlich hörte sie Sirenen, von einem Ende der Straße fuhr ein Polizeiwagen, von der anderen die Ambulanz und ein Notarztwagen auf sie zu.

»Hoffentlich kommt die Ambulanz bald!«

Ihre Zähne klapperten.

»Schon da! Was ist passiert?«, Umberto war als Erster bei ihr.

»Gattamelata«, sie deutete mit dem Kopf auf die Straßenmitte, »von dort hat er auf Roberto geschossen.«

Nicht nur die andere Straßenseite schwankte auf und nieder, auch Umberto schwebte auf sie zu und wich dann wieder zurück.

»Giulietta! Hör zu! Wer ist Gattamelata?«

Täuschte es, oder flog auch der Notarzt auf sie zu, er bog sich wie ein Baum im Sturm und stürzte neben Roberto zu Boden?

»Die Adernpresse haben Sie wunderbar gemacht, *signorina*«, seine Stimme schwoll sirenengleich auf und ab, »aber nun lassen Sie los, wir machen das jetzt.«

Julia klammerte sich eisern an den Gürtel, nur nicht nachlassen! Das Blaulicht flackerte gespenstisch über die Gruppe um den Verletzten, alles war in Auflösung begriffen, die Konturen, die Schatten, die Gebäude.

»Giulietta«, hörte sie Umbertos Stimme, »lass los, es ist alles gut, sei ein braves Mädchen!«

Aber sie mussten ihre Finger einzeln mit Gewalt vom Gürtel lösen, dann fühlte sie sich hochgehoben und umklammerte Umbertos breite Schultern. Vor dem Kamin ließ er sie vorsichtig in den Sessel gleiten, sie war über und über mit Robertos Blut bedeckt.

Eindringlich fragte er:

»Giulietta, ich bitte dich, sag mir nur noch: Wer ist Gattamelata?«,

Sie riss sich ein letztes Mal zusammen.

»Erasmo ... Saccardo! Pietro hat auf ihn gesch...«

Dann erstarb ihre Stimme und ohnmächtiges Vergessen umhüllte sie.

Kapitel 3
A.D. Dezember 2000 / Februar 2001

Padova

oberto hasste Krankenhäuser, es hatte ihn schon große Überwindung gekostet, Giulia jeden Morgen in dem kleinen Hospital der Barmherzigen Schwestern zu besuchen, aber hier, in der sterilen unpersönlichen Atmosphäre der Universitätskliniken, reagierte er auf alles ungeduldig und misstrauisch. Es half auch nicht, dass er einen der ihn behandelnden Chirurgen von früher her aus Studientagen kannte. So waren sich Schwestern und Ärzte schnell einig, dass er für die Rolle des Patienten die denkbar schlechteste Besetzung war.

Als er auf der Intensivstation erwachte, galt seine erste Frage Giulia. Doch niemand konnte ihm Auskunft geben. Seine Mutter hätte es können, aber da sie unter der gleichen Krankenhausphobie wie er litt, war er sicher, dass sie keinen Fuß über die Schwelle dieses ospedale setzen würde, es war überhaupt schon ein kleines Weltwunder, dass sie Julia besucht hatte.

Woran er sich erinnern konnte, das war der durchsichtige Beutel mit der Infusionslösung, der über ihm im Krankenwagen schaukelte, und wie jemand ihm einen Schlauch in die Luftröhre zu schieben versuchte, er sich wehrte und eine Stimme sagte: »Er ist noch ziemlich lebendig!«

Irgendwann später kam Umberto mit dem sinnigen Trost, so alt wie Roberto aussähe, würde er nie, aber da hatten sie ihn schon von der Intensivstation in ein Krankenzimmer verlegt, auf der er sich fortwährend über den wie auf einem Bahnhof herrschenden Durchgangsverkehr beschwerte.

»Sie haben ziemlich lange an dir rumgeschnippelt«, meinte Umberto und man sah ihm die Erleichterung an, seinen Freund wieder bei Bewusstsein und noch am Leben zu finden. »Beinahe hätten wir schon für dein Begräbnis sammeln müssen.«

Statt einer Antwort erkundigte er sich nach Giulia und war überaus erleichtert zu hören, dass sie sich wieder bei den Barmherzigen Schwestern befand.

»Die Ärzte sagen, du wärst innerhalb kürzester Zeit verblutet, wenn sie nicht wie ein Profi Erste Hilfe geleistet hätte. Dabei war sie selbst noch nicht gesund und hat durch die Kälte und die Aufregung einen schweren Rückschlag erlitten. Die Äbtissin wollte sie eigentlich nicht wieder aufnehmen, weil sie sich aus dem *ospedale* gemogelt hatte, aber deine Mutter hat sie überredet.«

»Geht es ihr sehr schlecht?«

»Besser als dir. Fra Ioannis hat eine Tiefschlaftherapie angeordnet, ich glaube, um sie hauptsächlich vor den Vorwürfen der Mutter Oberin zu schützen!«

»Umberto, weißt du, warum sie mich unbedingt im *Ca' Rosso* sprechen wollte?«

»Keine Ahnung, aber sie muss sich an etwas sehr Wichtiges erinnert haben, was sie zuerst dir mitteilen wollte. Ich nehme an, es hing mit Gattamelata zusammen.«

»Wieso? Was ist mit ihm?«

Umberto antwortete mit einer Gegenfrage.

»Weißt du, wer auf dich geschossen hat?«

»Die Schüsse trafen mich von hinten, ich habe keine Ahnung, wer es war.«

»Giulietta hat ihn gesehen, es war Erasmo Saccardo, von dem du sagst, er sei Gattamelata. Anschließend wollte er auf Julia schießen, da hatte er aber schon sein ganzes Magazin auf dich verballert. Pietro sagt, er habe mit seiner Schrotflinte auf ihn geschossen, und Erasmo Saccardo sei getürmt.«

»Dann haben wir zwei Zeugen!«

»Zurzeit keinen! Der alte Pietro hat zwar seine klaren Momente, aber er bringt heute schon die Tatsachen von letztem Donnerstag durcheinander. Giulietta als Zeugin ist zwar Gold wert, nur zurzeit natürlich nicht, denn Fra Ioannis weigert sich, die Tiefschlaftherapie zu unterbrechen.«

Bevor Roberto weiter nach Gattamelata fragen konnte, wurde Umberto gnadenlos von einer Schwester hinausgeworfen. »Fünf Minuten hatte ich gesagt, *commissario*, und keine Aufregung für den Patienten. So wie er aussieht, ist sein Blutdruck um das Doppelte angestiegen.«

Am nächsten Tag fand Umberto einen ungeduldig verzweifelten Patienten vor.

»Sie haben mich total stillgelegt, sogar das Telefon und das Handy haben sie mir weggenommen!«

Sein linkes Bein war in einer nach oben offenen Gipsschale ruhiggestellt, erst wenn die Fäden der Operationswunden gezogen würden, hatten die Ärzte ihm mit viel Fachchinesisch erklärt, könne der Trümmerbruch fest eingegipst werden. Die vierstündige Narkose zeigte ihre Nachwirkungen, die starken Schmerzmittel machten den Wundschmerz einigermaßen erträglich, und wieder wollte er von Umberto wissen, was mit Gattamelata geschehen sei.

»Er liegt ebenfalls in einem *ospedale*«, sagte Umberto zutiefst befriedigt, »aber in einem mit vergitterten Fenstern! – Nein, nein, Schwester, ich rege ihn nicht auf, ich erzähle ihm nur das Märchen von *Cenerentola*[*]! Nein, ich mache mich nicht lustig über Sie! Gut, gut, fünf Minuten!«

»Also los, Umberto, spann mich nicht auf die Folter! Die Folterknechte hier«, er warf der immer noch in der Tür stehenden Schwester einen bösen Blick zu, »reichen mir völlig!«

Sie ging beleidigt hinaus, und sie waren sicher, in genau fünf Minuten würde sie auf die Sekunde wieder erscheinen.

»Die Geschichte ist zu lang, die erzähl ich dir später ausführlich. Nur so viel: Wir haben Saccardo im Farfallone verhaften können. Er hat sich ziemlich verletzt und verweigert jede Aussage.«

»Und *La Tedescas* Aussage kann ihn für lange Zeit hinter Gitter bringen?«

»So ist es!«

Roberto wunderte sich, dass das Gefühl der Genugtuung ausblieb, er hatte die Schlacht gewonnen, und so wie es aussah, endgültig. Aber Gattamelatas Schicksal bewegte ihn überhaupt nicht.

»Wann kann sie frühestens aussagen?«

»Sag mal, denkst du nur an das Ende deiner Jagd auf Gattamelata?«

»Wann?«

»Tatsächlich: Du denkst nur daran, wann du dein Halali blasen kannst«, sagte Umberto empört. »Das Mädchen, das dich liebt, liegt mit einem schweren Rückfall im Krankenhaus, in ein paar Tagen ist Weihnachten, und du denkst an nichts anderes als an ihre Aussage und wann du deinen Fall abschließen kannst!«

Roberto fühlte sich zu matt, um zu argumentieren, aber seine Sorgen musste er seinem Freund unterbreiten.

»Wenn sie im Tiefschlaf liegt, ist sie ein leichtes Opfer für das *Tre-Condottieri*-Syndikat, auch wenn sie jetzt dezimiert sind und erst Fra Moriale und jetzt Gattamelata aus dem Verkehr gezogen sind! Stellt ihr einen Polizisten vor die Tür!«

»Längst geschehen, der *vice-questore* lässt sie bewachen wie die Bank von England.«

»Dann ist es ja gut. Wann kann sie aussagen? Ruf die Schwester, ich brauch was gegen die Schmerzen. Wann also?«

»Nach Weihnachten, sagt Fra Ioannis.«

»Halte sie davon ab, bitte, Umberto!«

Aber bevor er ihm seine Gründe sagen konnte, erschien die Schwester und setzte Umberto resolut vor die Tür.

---

[*] Aschenputtel

Padova

Nachdenklich legte Umberto den Weg vom *ospedale* zur *questura* zu Fuß zurück. Er hatte gehofft, seinem Freund mit der Mitteilung von Erasmo Saccardos Verhaftung eine Freude zu machen, aber Robertos Reaktion war merkwürdig gewesen, so, als tangiere das Schicksal Saccardos ihn nicht mehr, und dass er von Giulietta wieder als *La Tedesca* sprach, bedrückte Umberto. Ganz so einfach, wie er Roberto die Geschehnisse erzählt hatte, lagen die Dinge nämlich auch wieder nicht.

Als sie die über und über von Robertos Blut bedeckte Giulietta einigermaßen gereinigt und in einem Krankenwagen unter massivem Polizeischutz ins *ospedale* der Barmherzigen Schwestern gebracht hatten, war Umberto in die *questura* zurückgeeilt, wo sich der Anschlag auf den *dirigente* der Mordkommission wie ein Lauffeuer herumgesprochen hatte. Der *questore* und sein Stellvertreter waren auf dem Weg in die *questura*, und ansonsten waren Robertos gesamte *squadra omicidi* anwesend. Ob sie etwas tun könnten?

Umberto erkundigte sich, ob sie auch ohne die Ankunft der Polizeispitze abzuwarten zu handeln bereit seien? Sie waren, und Umberto ordnete an, Sandro solle die Kollegen in Treviso einschalten, um Gattamelatas Villa und die Kanzlei nach ihm abzusuchen, während er mit den Leuten der *squadra* nach Montegrotto ins Farfallone fahren würde. Auch dort solle Sandro die Kollegen verständigen.

Als sie im Farfallone erschienen, hatte eine Karabinieri-Einheit bereits den Komplex umstellt.

Systematisch durchsuchte eine Abteilung das Hotel, die andere das Außengelände. Saccardo hatte sich in einem versteckt gelegenen Gartenhäuschen ganz hinten auf dem großen Parkgelände verborgen, doch als die Polizisten näherkamen, floh er in Richtung der Fangobecken.

Sie verloren ihn kurzzeitig aus dem Blickfeld, die aufsteigenden Thermalwasserschwaden entzogen ihn den Blicken der Verfolger.

Erneut durchsuchte man das ganze Gelände, bis einer auf die Idee kam, in dem normalerweise verschlossenen Brunnenhaus mit der Thermalquelle nachzusehen. Dort fanden sie ihn schließlich. Er wehrte sich verzweifelt in dem engen Gang und landete schließlich mit beiden Beinen in dem mit siebenundachtzig Grad heißen Wasser des Quellbeckens, wo er sich schwere Verbrühungen an den Füßen zuzog. Dann fiel er so unglücklich zwischen die heißen Rohre, dass er sich auch noch schwere Kopfverletzungen zuzog und einen Arm brach.

Saccardo wurde vernehmungsunfähig ins Gefängnishospital eingeliefert. In der Zwischenzeit hatte der *vice-questore* sich erfolgreich um einen Haftbefehl bemüht, nachdem er mit der völlig aufgelösten *marchesa* telefoniert hatte, die Umbertos Version als Zeugin zu bestätigen bereit war. Aber dann nahm die Presse sich des spektakulären Falles an, grub in der Vergangenheit nach und stieß auf eine vor mehr als zwanzig Jahren nach dem Tod von Robertos Schwester Giuliana gemachte Aussage, in der es hieß, er würde Erasmo Saccardo fertigmachen und ihn bis ans Ende seiner Tage verfolgen, und plötzlich wurde aus dem Täter ein Opfer der Polizeiwillkür, und man konnte lesen, er, Erasmo Saccardo, habe sich ständig von seinem Widersacher verfolgt gefühlt und daher in Notwehr auf ihn geschossen.

Der *questore* richtete unverzüglich eine Sonderkommisssion ein und übergab die Leitung dem von ihm favorisierten dall'Aria, erstens, weil der sich beweisen musste, bisher hatte er nur in der Verwaltung brilliert, und zweitens hätte man dem *vice-questore* und Umberto zu leicht Befangenheit nachsagen können.

Entgegen seinen sonstigen Gepflogenheiten hielt sich der *vice-questore* der Presse gegenüber erstaunlich zurück. Auf einer Pressekonferenz sagte er kein einziges Wort und überließ es vielmehr Tramontan, so zu antworten, dass die Sensationspresse einerseits nicht unnötig verärgert wurde, andererseits aber wichtige Ermittlungsergebnisse unter Verschluss blieben.

Natürlich behauptete die Presse sofort, die Polizei habe etwas zu vertuschen, und belagerte förmlich die *questura*. Der Name Julia Andresen fiel überhaupt nicht; und die Staatsanwaltschaft wartete erst einmal ab, solange der mutmaßliche Täter jede Aussage verweigerte.

Warum allerdings die kleine Plastiktüte mit den Blutresten, die Roberto ihm nach Giuliettas Befreiung übergeben hatte, um eine DNA-Analyse machen zu lassen, immer noch in Umbertos Brieftasche steckte, blieb sein Geheimnis.

Padova

Robertos Vernehmung durch die Sonderkommission ergab nichts und war in kürzester Zeit beendet. Dall'Aria ließ es sich nicht nehmen, höchstpersönlich mit der zuständigen Staatsanwältin in der Universitätsklinik zu erscheinen, doch Roberto hatte nichts gesehen, nichts gehört und konnte nichts sagen. Der Name Julia Andresen fiel nicht.

Eines Tages saß der Erasmo Saccardo vertretende Rechtsanwalt an Robertos Bett und ersuchte ihn, die Anschuldigung wegen versuchten Mordes zurückzunehmen. Bevor Roberto ihm erklären konnte, was der andere eigentlich wissen musste, dass nämlich die Staatsanwaltschaft bei Delikten am Menschen von Amts wegen ermittele, fügte der Anwalt hinzu, der *commissario* habe doch schon einmal versucht, seinen Mandanten des Mordes zu beschuldigen und sei kläglich gescheitert. Wenn der *commissario* die Anschuldigung zurücknehme, könne sein Mandant aus dem Gefängnishospital in eine Spezialklinik verlegt werden.

Roberto schwieg und dachte nach.

»Bezahlt Sie Angela Saccardo?«

»Wohl kaum, die beiden leben in Scheidung, und ich vertrete ihn dabei.«

Also hatte das *Tre-Condottieri*-Syndikat ihn beauftragt oder vielmehr das, was davon noch übrig war, um die Ihren zu schützen. Als der Anwalt noch einmal mit dem gleichen Ansinnen an ihn herantrat, erklärte ihm Roberto recht deutlich, dass er mit der Strafverfolgung nichts zu tun habe und sie auch nicht beeinflussen könne.

Dann müsse man eben auf die Aussage der einzigen Zeugin warten, obwohl stadtbekannt sei, dass sie die Freundin des *commissario* sei und ihrer Aussage deshalb nur bedingt Glauben geschenkt werden könne. Außerdem sei sie in einschlägigen Kreisen mit Rauschgift in Verbindung gekommen, abgesehen davon, dass sie übrigens auch die Geliebte eines ermordeten Drogendealers gewesen sei, was ihm die Frage an ihn nahelege, ob er das gewusst habe? Nun, fuhr der Anwalt auf Robertos Schweigen ungerührt fort, sich vorher indes versichernd, dass keiner zuhörte, bekanntlich sei in solchen Kreisen das Leben von Zeugen ganz allgemein gefährdet, und nahm nach dieser unverhohlenen Drohung sein Aktenköfferchen und ging.

Zwar war Giulias Name nicht gefallen, trotzdem gefiel Roberto diese Wendung überhaupt nicht, wenngleich er Ähnliches befürchtet hatte. Indem man Giulia diskriminierte, versuchte man seine Position zu schwächen.

Als er Umberto den Inhalt des Gesprächs wiedergab, einigten sie sich darauf, dass Umberto nach der Beendigung der Tiefschlaftherapie Giulia vorerst an einer offiziellen Aussage hindern solle. Roberto schlug vor, sie solle bis auf Weiteres ihre retrograde Amnesie vorschieben und gegebenenfalls etwas ausweiten. Und wenn die Aussage nicht mehr hinauszuzögern sei, solle Umberto unbedingt darauf dringen, dass Julia nur ihm oder seinem Onkel, am besten ihnen beiden gegenüber aussagen solle.

Es machte ihn fast wahnsinnig, dass er bewegungsunfähig im Krankenhaus lag, denn noch immer kam kein fester Gips in Betracht.

Die Silvesternacht verbrachten rührenderweise Gina und Umberto bei ihm am Krankenbett. Um Mitternacht erschien sein Onkel mit seiner Mutter und einer Flasche Champagner und der frohen Nachricht, dass Fra Ioannis die Tiefschlaftherapie für beendet erklärt habe und man *La Tedesca* am 1. Januar besuchen könne.

»Und was macht das JAK?«, erkundigte sich Roberto.

Umberto schaute ihn verständnislos an, aber keiner klärte ihn auf.

»Dein Vorschlag wurde nach reiflicher Überlegung einstimmig angenommen«, ertönte Tramontans Stimme, der mit einer weiteren Flasche Champagner eintrat.

Gina und Umberto wollten die Familienfeier nicht weiter stören, aber man ließ sie nicht gehen.

Beim Abschied bat Roberto seinen Freund noch einmal, an ihre Vereinbarung zu denken.

»Darf man wissen, welche?«

Durch den Alkohol hatte der *questore* seine sonst sprichwörtliche Zurückhaltung fast völlig verloren.

»*La Tedesca* sollte mit ihrer Aussage noch etwas warten, und kein Außenstehender sollte sie aufnehmen!«

Der *questore* schürzte die Lippen.

»Das *Tre-Condottieri*-Syndikat macht dir Kopfzerbrechen, mein Junge, nicht wahr?«

»Sehr!«

Padova

Am ersten Tag des neuen Jahres stand Umberto um sechs Uhr früh frierend und etwas verkatert vor dem Kloster der Barmherzigen Schwestern, um Julia seine und Robertos Neujahrsgrüße zu überbringen. Ihre Haare waren schon ein ganzes Stück gewachsen und kringelten sich in kleinen Locken, die ihr ein lustiges Aussehen gegeben hätten, wäre nicht die Traurigkeit in ihren Augen gestanden.

»Und du machst mir nichts vor? Roberto lebt?«, fragte sie immer wieder, und er bestätigte es mehrmals; aber sie glaubte ihm erst, als er ihr detailliert seinen Zustand beschrieb und immer wieder betonte dass die Chirurgen sein Bein retten konnten, obwohl es zuerst nach Amputation ausgesehen hatte.

Er verstand ihre Tränen nicht, weil er nicht ahnen konnte, dass sie sich schuldig fühlte, weil sie nicht gleich am Morgen in der *questura* Bescheid gesagt hatte, dass Gattamelata identisch mit Erasmo Saccardo sei.

Um sie abzulenken, erkundigte er sich nach ihren Erinnerungen und reagierte zwiespältig auf ihre Antwort, diesmal sei sie ja nicht auf den Kopf gefallen, es stünde alles klar vor ihrem inneren Auge, wenn er wolle, könne er gleich ein Protokoll schreiben.

»Heute am Neujahrstag? Ich habe frei! Ich komme morgen wieder, bis dahin hast du gretorade Amnestie, oder wie das heißt.«

Befriedigt registrierte er ihr Lächeln.

»Retrograde Amnesie.«

»Sag ich doch. Also, kein Wort zu keinem! Roberto möchte das so!«

Am anderen Morgen erschien er wieder mit seinem Notebook unter dem Arm und richtete sich gemütlich bei ihr ein. Sie hätten alle Zeit der Welt, sagte er und stellte eine Thermoskanne auf ihren Nachtisch, legte eine Tüte mit Croissants daneben und frühstückte in aller Ruhe.

Er habe einen Tag Urlaub eingereicht, keiner wisse um sein Hiersein, und nun könne sie loslegen.

»Klar ist, dass dein und Robertos Gattamelata ein und dieselbe Person ist. Als Arzt verkleidet hat er im Farfallone die Österreicherin im Ozonbad ertränkt und anschließend Lydia Tauber mit Fango erstickt. Er hat mich durch *Colombo* ins *Ca' Vecchia* Brandolin locken und dort gefangen nehmen lassen. Trotz seiner Verkleidung habe ich ihn an der Stimme als Erasmo Saccardo erkannt. Er war es, der meine Haare abgeschnitten und meine Kleidung zerfetzt hat. Er hat zugegeben, ein *capitano generale* des *Tre-Condottieri*-Syndikats zu sein und Robertos Schwester Giuliana getötet zu haben. Auf seinen Befehl haben Angelo und Andrea Longhi mich mit Gewalt zur Herausgabe des Safeschlüssels zwingen sollen. Und er war es, der zweimal auf Roberto geschossen hat, einmal in der Lagune und einmal vor dem *Ca' Rosso*. Reicht dir das?«

»Und das sind nicht nur Vermutungen, Giulietta? Nein, nein, ich glaub dir schon! Na, dann los, da wartet ja eine Menge Arbeit auf uns!«

Nach fast drei Stunden, nur unterbrochen durch eine mahnende Schwester und den besorgten Fra Ioannis, legte Umberto eine Diskette ein und speicherte die Daten ab.

»Geschafft! Ich drucke das jetzt zu Hause aus und bringe es Roberto. Und nun zu dir, Giulietta. Kein Wort weiterhin zu keinem!«

Plötzlich wurde ihm bewusst, dass die Plastiktüte in seiner Brieftasche ein ungeheures Gewicht bekam, wusste er doch, dass sie ein unbestechliches Indiz enthielt, aber als er nach ihr griff, musste er zu seinem Entsetzen faststellen, dass sie verschwunden war.

Padova

Roberto machte nach der Lektüre des Aussageprotokolls einen niedergeschlagenen Eindruck und gab auf Umbertos Frage, was denn nun mit dieser protokollierten Aussage von Giulia werden solle, keine Antwort.

»Soll ich sie erst einmal unter Verschluss halten, Roberto? Aber was sage ich dem *vice-questore*? Dass sie noch nicht in der Lage war?«

Roberto winkte ermüdet ab.

»Er ist zwar hundertprozentig vertrauenswürdig, aber er redet gern und viel. Und manchmal mit den falschen Leuten von der Presse. Sein Hang, lobend erwähnt zu werden, könnte fatal werden.«
»Und wenn ich dem *questore* …?«
Roberto unterbrach ihn.
»Das ist dasselbe, als ob wir den *vice-questore* informieren würden. Die beiden sind eng befreundet und haben keine Geheimnisse voreinander.«
»Okay, mein Freund, aber ewig können wir diese Version nicht aufrechterhalten.«
»Sicher nicht! Wenn ich mich nur nicht so verdammt hilflos fühlte, Umberto! Und dann wollen sie mich jetzt auch noch in eine Spezialklinik südlich von Roma verlegen. Aber ich will hier nicht weg, solange *La Tedesca* für alles, was wir Gattamelata und damit dem *Tre-Condottieri*-Syndikat anlasten können, die einzige Zeugin ist. Weil bisher alle annehmen, dass sie lediglich bezeugen kann, dass Erasmo Saccardo auf mich geschossen hat, ist sie relativ sicher. Von all den anderen Straftaten wissen nur du und ich und *La Tedesca*.«
Am anderen Tag erschien Umberto bei Roberto mit *La Tedescas* Aussageprotokoll. Sie hatte alles gründlich gelesen und unterschrieben.
»Deine Staatsanwältin hat sich für morgen bei Giulietta angesagt.«
Umberto wedelte unschlüssig mit den Papieren herum.
»Was soll ich damit machen?«
»Zerreißen!«
Umbertos Augen fielen fast aus den Höhlen, aber Roberto glaubte seiner Schauspielerei nicht.
»Tu nicht so erstaunt! Du hattest den gleichen Gedanken, nicht wahr? Giulias Sicherheit hat absoluten Vorrang.«
Umberto hob die Augenbrauen.
»Und wenn die Indizien gegen Gattamelata nicht reichen?«, fragte er, wohlweislich verschweigend, dass das Plastiktütchen mit dem Beweismaterial verschwunden war.
»Dann lassen wir ihn laufen«, kam die Antwort ohne jedes Zögern. »Und du gehst jetzt zu Giulia und hältst sie von einer Aussage ab.«
»Das wird schwer möglich sein. Sie will unbedingt aussagen. Roberto würde mir auf Dauer gesehen nie verzeihen, wenn ich ihn daran hindere, Rache an Erasmo Saccardo zu nehmen, waren ihre Worte.«
»So ein romantischer Quatsch! Sie soll die Morde Saccardos aus der Vergangenheit nicht erwähnen, und für die Schüsse auf mich ist sie nicht einmal eine einwandfreie Augenzeugin. Sie hat gesagt: Zum Zeitpunkt der Schüsse befand ich mich auf der Treppe im Obergeschoss.«
»Warum willst du die Aussage verhindern, Roberto?«

»Wenn *La Tedesca* beim Untersuchungsrichter wiederholt, was sie dir gesagt hat, gebe ich keine *lira* für ihr Leben. Wahrscheinlich würde sie den Prozess nicht mehr erleben.«
»*Sicuramente*! Und weil wir noch mindestens einen Informanten in der *questura* sitzen haben, wäre die Bekanntgabe dieses Protokolls Dynamit gegen Giulietta.«
»*Esatto*!«
Umberto nickte nachdenklich mit dem Kopf.
»Dass du einen mehrfachen Mörder davonkommen lässt, ist dir klar?«
Roberto senkte den Kopf und sagte gequält:
»Wir, Umberto! Wir! Du gehst ein erhebliches Risiko ein.«
»Geschenkt! Es gibt nur eine Schwierigkeit: Giulietta! Ruf sie an! Ach, geht ja nicht, sie hat kein Telefon in ihrem Krankenzimmer«
»Geh lieber zu ihr und versuche, sie zu überzeugen. Ich weiß, ich bringe uns damit in Teufels Küche, aber mir ist Giulias Sicherheit wichtiger als alles andere. Auch wichtiger als mein Berufsethos.«
Demonstrativ zerriss Umberto die Computerausdrucke.
»Die Daten sind offiziell nirgendwo gespeichert. Ich gehe gleich morgen früh zu ihr, jetzt ist das Kloster schon zu.«

Abano Terme

»*Sie* muss zum Schweigen gebracht werden!«, entschied Angela, aber die anderen beiden widersprachen.
Die Villa des alten Richters war wieder freigegeben worden. Nicht die Spur eines Beweises hatte man dafür gefunden, dass der Richter Gallardi und Fra Moriale ein und dieselbe Person gewesen waren, nur sein falscher Pass und ein Flugticket in die Karibik deuteten auf etwas Geheimnisvolles im sonst so durchsichtigen Leben Gallardis hin. Und eine Weinflasche mit einem *Verdicchio Superiore* namens Fra Moriale.
»*Er* muss zum Schweigen gebracht werden, je eher, desto besser für uns alle. Er ist ein unberechenbarer Psychopath. Und du profitierst doch davon, Angela. Sparst die Scheidungskosten und erbst alles!«
Angela entfernte wieder ein imaginäres Stäubchen von einem Fingernagel und gab sich noch nicht geschlagen.
»Wir haben einen Ruf zu verlieren! Das *Tre-Condottieri*-Syndikat, respektive die *Serenissima* als ihr Arbeitgeber, schützt die Ihren, deshalb haben wir uns auf die Loyalität unserer Mitarbeiter verlassen können!«
»Aber bei Carmagnola ist das anders!«, warf die Jüngste ein, die bisher geschwiegen hatte. »Er ist ein Verräter, und selbst Andrea und Angelo fordern seinen Tod. Er ist ein Sicherheitsrisiko. *La Tedesca* hat bei

ihrer Aussage, die dieser dicke *commissario* aufgenommen hat, kurz und knapp all seine Morde aufgelistet, angefangen bei der Ermordung Giuliana Bassners bis zu den beiden Fangomorden. Den ersten davon, wie wir wissen, ohne jeden Grund. Dann die Entführung von *La Tedesca* und der Mord an *colombo*, den er Andrea und Angelo in die Schuhe schieben will, kein Wunder, dass sie sauer auf ihn sind. Und nun noch den Mordversuch am *marchese*. Wir wissen, dass er für Fra Moriales Tod verantwortlich ist und den Juwelier in Venezia eigenhändig umgebracht hat. Was, liebe Angela, macht dich so sicher, dass du nicht die Nächste bist, wenn wir statt seiner *La Tedesca* töten und er freikommt?«
»Was sagt Gattamelata zu dem Protokoll?«
Angela lenkte ab.
»Er hat keine Ahnung von seiner Existenz.«
»Wie das?«
»Der Dicke hält es zurück. Und wir wüssten auch nichts davon, wenn man *La Tedesca* nicht wieder in dasselbe Zimmer mit der Wanze unten an ihrem Bett gebracht hätte.«
»Also, was ist?«
Die älteste der drei Frauen wurde ungeduldig.
»Wir können hier nicht die ganze Nacht sitzen! Lasst uns die drei Kugeln nehmen, drei schwarze bedeuten: Das Mädchen stirbt und Carmagnola bleibt am Leben! Rote Kugeln für die Stimmenthaltung gibt es heute nicht. Schwarz oder weiß!«
Angela griff in ihre Handtasche und legte ohne jedes Zaudern eine schwarze Kugel von der Größe eines Golfballs auf die Spitzentischdecke. Die Jüngste der drei zögerte und blickte die Älteste hilfesuchend an, aber die hielt den Blick gesenkt.
»Nun?«
Angelas Stimme klang ein wenig hämisch.
»Ist es so schwer, eine eigene Meinung zu haben? Oder denkst du immer noch an deine Affäre mit meinem Mann? Ich weiß: Er ist ein guter Liebhaber, wenn er nicht gerade seine brutalen Schübe hat.«
Die Jüngste blickte Angela entgeistert an.
»Du wusstest?«
»Er hatte gleichzeitig ein Verhältnis mit zwei anderen Frauen. Schau nicht so betroffen!«
Eine weiße Kugel wurde auf die Decke gelegt. Die Älteste der *Serenissima* sah jeder von ihnen in die Augen.
»Ihr müsst lernen, eure eigenen Befindlichkeiten zurückzustellen. Du, Angela, warst gekränkt, hast nun aber das Gegenteil von dem bewirkt, was du wolltest. Und du«, sie blickte die andere an, »hast emotional reagiert, ohne jede weitere Überlegung.«

Sie steckte die Hand in ihre Handtasche und wartete.

»Nun mach schon!«, forderte Angela sie genervt auf, sie konnte Kritik nicht vertragen. »Wie du schon sagtest, wollen wir nicht die ganze Nacht hier verbringen.«

Die die Kugel umschließende Hand wurde auf den Tisch gelegt, öffnete sich langsam, und die zweite weiße Kugel rollte zu den beiden anderen.

»So sei es! Der Tod Carmagnolas ist beschlossen!«

»Kann ich meine Meinung in diesem Fall noch ändern? Ich denke, Einstimmigkeit wäre hilfreich?«

Angela nahm die schwarze Kugel und tauschte sie mit einer weißen.

Die beiden anderen sahen sich an und nickten zustimmend.

»Mein Vater hat eine Bedingung.«

Die jüngste der drei Frauen, Gattamelatas Tochter, blickte nachdenklich auf die drei Kugeln.

»Wenn er seine Lanze im Gefängnis aktiviert, muss offensichtlich werden, dass es sich um Carmagnola handelt, der hingerichtet wird, der *marchese* hält ihn für Gattamelata. Vater legt Wert darauf, dass sein Name der eines loyalen *condottiero* bleibt.«

»Kinderkram!«, sagte die eine.

»Altersstarrsinn!«, die andere.

»Tut ihm den Gefallen! Er bittet uns selten um etwas!«

»Na gut«, sagte Angela mit einem abgründigen Lächeln; sie schien ihre Niederlage schnell verarbeitet zu haben. »Dann soll er ein Begräbnis bekommen, wie es einem *condottiero* geziemt.«

In diesem Moment klingelte ihr Handy. Sie hörte eine Weile schweigend zu, dann legte sie wieder auf.

»Die Staatsanwältin will *La Tedesca* morgen zur Vernehmung unter starkem Polizeischutz abholen lassen. Wenn die Justiz ihm Zugeständnisse macht und dafür von Erasmo die Strukturen und Namen der *Tre Condottiere* und der *Serenissima* fordert, wird er uns verraten. Also muss unser Plan schon heute Nacht verwirklicht werden!«

Sie wählte eine Nummer.

»*Pronto.*«

»*Capitano generale?*«

»Wie habt ihr euch entschieden, Durchlauchtigste?«

»Sein Kopf rolle. Bis morgen früh sechs Uhr!«

»*Signorsì!*«

Gattamelata trennte die Verbindung und wählte eine weitere Nummer.

»*Pronto.*«

»*Capo di lancia?*«

»*Sì. Capitano generale!*«

»Habt ihr alle drei heute Nacht Dienst?«

»*Sì!*«
»Es gibt eine kleine Häftlingsrevolte.«
»Heute?«
»Heute. In ihrem Schutz stirbt ein Verräter.«
»Wer?«
»Carmagnola.«
»Wann?«
»Bis sechs Uhr früh.«
»Wie?«
»Sein Kopf soll rollen.«
»*Signorsì, capitano generale.*«
Die Verbindung wurde getrennt.
Un bel morir tutta la vita onora. Petrarca ging ihm nicht aus dem Kopf.

Padova

Umberto kam zu spät.

»Die *signorina* ist nicht mehr hier«, sagte die Schwester Pförtnerin und lächelte weise in sich hinein, daran denkend, wie man sie abgekanzelt hatte. »Diesmal mit Einverständnis der Äbtissin.«

»Das kann nicht sein!«

Ungläubig schaute Umberto auf seine Uhr.

Die Schwester Pförtnerin zog ein ganz klein wenig indigniert die Augenbrauen hoch, man zweifelte nicht an ihrem Wort.

»Sie ist ganz früh in einem gepanzerten Wagen fortgefahren. Ganz viele Polizisten haben sie begleitet!«

Jahrhundertealte Geduld begleitete ihre Worte.

Wenigstens geht die Staatsanwältin kein Risiko ein, schoss es Umberto durch den Kopf. Nur: Acht Uhr dreißig ist für die Arbeit im *pubblico ministero* ungewöhnlich früh.

Vielleicht war doch noch etwas zu retten, Umberto sprang für seine Fülle ungewöhnlich behände hinters Steuer, schaltete Blaulicht und Sirene ein und jagte in die Stadt zurück.

»Tut mir leid, *commissario*«, trotz ihrer perfekt durchgestylten Erscheinung kam bei der Chefsekretärin des Oberstaatsanwalts Anteilnahme durch, »aber er ist nicht im Haus.«

»Aber *signorina* Andresen hatte einen Termin mit ihm oder der *dottoressa*!«

»Mit beiden und dann kam auch noch der *giudice istruttore*[*] dazu, aber

---

[*] Untersuchungsrichter

ich habe ihnen nur eine Tasse Tee gebracht und dann ein Taxi für die *signorina* bestellt.«
»Wie? Was?«
Umbertos Herz blieb vor Schreck fast stehen.
»Sie ist ganz allein weggefahren?«
»Im Vertrauen«, sie senkte ihre Stimme auf ein Flüstern, »aber Sie dürfen nicht sagen, dass Sie es von mir wissen. Sie haben von der Häftlingsrevolte gestern Abend im Gefängnis sicher gehört. Gott sei Dank ist sie heute Morgen unblutig zu Ende gegangen. Dachte man. Bis sie den *avvocato,* der auf einen Polizisten geschossen hat, in der Krankenstation in seinem Blute liegend fanden. Der Anruf kam gleich nach der Ankunft der *signorina,* und die drei andern sind sofort aufgebrochen. Die *signorina* ist mit dem Taxi weggefahren.«
Er musste sich so schnell wie möglich auf die Suche nach Giulietta machen. Erst dann konnte er seinem Freund unter die Augen treten. Er wählte ihre Handynummer und hörte erleichtert ihre Stimme.
»Wo bist du, Giulietta?«
»Im *Ca' Rosso.*«
»Bleib, wo du bist! Ich schicke dir so schnell wie möglich einen Polizeiwagen.«
»Nicht mehr nötig, meint der *procuratore.* Es ist alles vorbei. Ich bleibe vorerst hier im *Ca' Rosso. Ciao!*«
Umberto fuhr auf dem schnellsten Weg in die Universitätsklinik. Dort waren die Nachrichten schon zu Roberto vorgedrungen.
»Ob Giulietta nun in Sicherheit ist, Roberto?«
»Ich hoffe und glaube es! Sie konnte nur Erasmo Saccardo belasten. Was sollte das Synikat also noch von ihr wollen?«
Umberto wirkte unendlich erleichtert und strahlte über sein ganzes Gesicht.
»Dann ist ja jetzt alles in Butter mit dir und Giulietta!«
»Für *La Tedesca* schon! Für mich weniger, denn wie soll ich ihr jetzt, hinterher, erklären, dass sie mir wichtiger war als Gattamelata? Sie muss doch davon ausgehen, dass ich sie wieder einer Gefahr aussetzen wollte, um Erasmo hinter Gitter zu bringen. Wenn ich ihr jetzt versichere, alles sei ganz anders gewesen, glaubt sie mir nicht mehr. Nicht nach dem, was ich ihr alles zugemutet habe!«
»*Cristo Signore!* Denkst du schon wieder kompliziert!«
»Wenn ihre Liebe immer noch groß genug ist, mir zu verzeihen, wird sie sich schon melden. Du hast ihr ja die Durchwahl meines Telefons hier gegeben. Wenn nicht? Ich hatte das Glück schon fast in meinen Händen, Umberto, aber nun fürchte ich, es für immer verloren zu haben.«
Obwohl seine Gedanken ständig um Giulia kreisten, hörte und sah er

nichts mehr von ihr. Sie sei wieder zu den Zanellas gezogen, hörte er von Umberto. Seine Befürchtungen hatten sich bewahrheitet.

Eines Tages gab er schließlich die Hoffnung auf und sperrte sich nicht länger, in die Spezialklinik im Lazio verlegt zu werden. Eine Begleitperson musste mit, und die *marchesa* erklärte sich bereit. Die Entfernung und die Zeit von sechs Wochen sollten genügen, um mit den Erinnerungen an seine große und hoffnungslose Liebe fertig zu werden ...

Torreglia

Seit Erasmo Saccardos Tod wohnte sie wieder bei den Zanellas, nun allerdings in dem von Maria und Jano nicht benötigten alten Hof. Eigentlich sollte Clemente dort einziehen, aber der verzichtete, denn seine Hochzeit stand kurz bevor, und die zukünftigen Schwiegereltern bauten ihrem einzigen Töchterchen ein eigenes, wesentlich geräumigeres Haus.

Roberto gab nicht das geringste Lebenszeichen von sich, die Hoffnung darauf schwand jeden Tag mehr. Sein Fall Saccardo galt als abgeschlossen, die Zeitungen hatten zuerst in riesigen Schlagzeilen berichtet, bis der Fall Saccardo schließlich allmählich auch aus den letzten Zeilen verschwand.

Sein schrecklicher Tod bei der Gefängnisrevolte hatte die Gemüter kurzzeitig erhitzt, die Zustände in diesem Gefängnis wurden von einer neu gebildeten Kommission genauestens untersucht, ohne jedoch mehr herauszufinden, als dass es wahrscheinlich drei Täter gewesen sein mussten. Die Verfahren gegen die Gefängnisleitung und einzelne Aufseher liefen schleppend voran, schon jetzt war abzusehen, dass sie im Sande verlaufen würden. Wie so oft.

Der Verdacht gegen Erasmo Saccardo als mutmaßliches Mitglied des *Tre-Condottieri*-Syndikats, konnte nicht bewiesen werden, trotz eingehender Durchsuchung seiner Kanzlei, seiner Villa, des Hotels Farfallone und auch der Besitzungen seiner Frau in Milano. Er hatte über keine unangemessen hohen Einkünfte oder Gewinne verfügt, im Gegenteil, seine Konten waren alle weit überzogen, ohne dabei jedoch fragwürdige Transaktionen aufzuweisen. Das Gleiche galt auch für seine Frau. Julias Aussage, er habe sich ihr gegenüber als einer der drei *condottieri* bezeichnet, war von der Staatsanwaltschaft mit einem uninteressierten Abwinken abgetan worden, auch die Zeitungen griffen dies Thema nicht weiter auf, und die Presse gab sich mit der Version zufrieden, Erasmo Saccardo sei als Mörder von Giuliana Bassner im Zuge einer alten Familienfehde auch gegen ihren Bruder Roberto tätlich geworden und habe ihn fast umgebracht, bevor er schließlich selbst rein zufällig ein Opfer der Gewalt im Gefängnis geworden sei.

Einmal noch war Julia mit dem Oberstaatsanwalt, dem *questore* und dem *vice-questore* in der *questura* zusammengekommen, aber alle drei fanden nur einen Moment Zeit für sie, um ihr zu versichern, wie leid es ihnen täte, dass Julia in Padova so viele schlimme Erfahrungen habe machen müssen, und wünschten ihr alles Gute für ihr Studium.

Der Fall Saccardo war für die Justiz abgeschlossen, ebenso für Roberto. Damit auch sein ganzes Interesse an ihr?

Sie wusste es besser. Wenn sie im *ospedale* der Barmherzigen Schwestern nicht so verbohrt romantisch darauf beharrt hätte, keinem außer Roberto die Identität Gattamelatas zu enthüllen, wenn sie damals Umberto oder den *vice-questore* informiert hätte, statt den ganzen Tag verstreichen zu lassen, wäre eine sofortige Fahndung nach Erasmo Saccardo eingeleitet worden, und er hätte keine Möglichkeit gehabt, auf Roberto zu schießen.

Sie allein trug die Schuld, dass Roberto gehbehindert oder gar mit einem steifen Bein würde leben müssen, und sie wusste, dass auch er diese Überlegungen angestellt hatte und ihr nicht verzeihen konnte. Warum sonst hatte er nicht den geringsten Versuch unternommen, Kontakt zu ihr aufzunehmen?

Schließlich versank sie völlig in Hoffnungslosigkeit, als sie erfuhr, dass er mit seiner Mutter in eine Spezial- und Reha-Klinik südlich von Rom ausgeflogen worden war. Eines deutlicheren Beweises bedurfte es nicht ...

epilog

Die Totengondel

Sie suchte sich ihren Weg durch den schier undurchdringlichen Nebel, der um drei Uhr früh auf die Kanäle drückte. Der Gondoliere und zwei neben dem Sarg zusammengekauerte Männer trugen schwarze Mäntel, Masken und Hüte. Das Ruder tauchte lautlos ins schwarze Wasser des Rio Nuovo und die Totengondel glitt geräuschlos am Campo San Pantalon vorbei in den Rio di Ca'Foscari.

Es wäre viel einfacher gewesen, die Kirche San Francesco della Vigna anzusteuern, man hätte nur vom Canale della Fondamente Nuovo in den Rio di San Giustina einbiegen müssen und wäre schon im Rio di San Francesco und damit am Ziel bei den Minoritenbrüdern gewesen.

Aber die *Serenissima* hatte auf dem Cà Grande bestanden und so musste die risikoreichere, längere Gondelfahrt in Kauf genommen werden.

Das gefährlichste Stück lag noch vor ihnen. Der Nebel schützte sie, als sie an der Feuerwache vorbeizogen. Sie bogen nach links in den Canale Grande ein. Die drei Männer wagten kaum zu atmen. Der Gondoliere verschmolz mit den Schatten der Nacht, hier lag der Teil ihres Weges, auf dem sie am leichtesten entdeckt werden konnten. Es brauchte nur ein Patrouillenboot der Karabinieri auf sie zu stoßen. Dann erreichten sie endlich die Fundamente des Palazzo Balbi, die Anlegestelle San Tomà! Es war geschafft! Die Gondel bog in den winzigen Rio di San Tomà ein und glitt lautlos unter den Brücken durch. Eine kurze Wendung nach rechts, und der Rio dei Frari war erreicht. Geräuschlos machten sie die Gondel fest.

Sie wurden bereits erwartet, drei weitere in schwarze Mäntel, Hüte und Masken gekleidete Männer griffen wortlos zu. Vorsichtig wurde der Sarg auf den Rand des Kanals gestellt. Dann formierte man sich, drei Männer auf der einen, drei auf der anderen Seite des Sarges, so trugen sie ihn durch die sich wie von Geisterhand öffnende Tür der Kirche.

Im Chor wurde er niedergelassen, zwölf mannshohe Kerzen an beide Seiten gestellt, aber bevor sie entzündet wurden, öffnete man den Sarg. Der Tote trug ein rotgoldenes Prachtgewand und einen kostbaren Schal, der die Stelle verdeckte, wo der Kopf vom Hals getrennt worden war.

Der Gondoliere verschwand als Erster. Die anderen entzündeten die Kerzen und gingen zum Ausgang. Lautlos wurde die schwere Kirchentür ins Schloss gezogen, und die fünf Männer entfernten sich in die unterschiedlichsten Richtungen. Noch immer war kein Wort gefallen.

Der Nebel hob sich überraschend gegen fünf Uhr morgens. Ein Anwohner, den der Schlaf floh, blickte rein zufällig aus dem Fenster und sah flackernden Lichtschein in den Chorfenstern der Frarikirche. Im Gran Teatro de Fenice hatte keiner das Aufflackern bemerkt, und es hatte einen Großbrand gegeben, der mit der Vernichtung eines unersetzlichen Kulturguts endete. So stürzte Lucca Bandiera zum Telefon und rief Feuerwehr und Polizei.

Als die Polizei die Kirche gestürmt und man den Schein von zwölf flackernden Kerzen als Ursache herausgefunden hatte, aber nichts außer einem aufgebahrten Leichnam vorfand, war die Erleichterung groß, aber auch die Ratlosigkeit. Noch größer wurde sie, als man auf dem Markusplatz zwischen der Säule mit dem Markuslöwen und der anderen mit Theodorus und dem Krokodil die mit Kreide eingezeichneten Umrisse eines Körpers fand, den Kopf einen Meter entfernt auf die Steinplatten gemalt.

Erst die Anzeige eines Leichendiebstahls in Treviso brachte zumindest die Identität der Leiche ans Tageslicht, aber die Umstände und Hintergründe der Aufbahrung Erasmo Saccardos in der Kirche Santa Maria Gloriosa dei Frari, dem *Ca'* Grande der Franziskaner, blieben im Dunkeln.

Er wurde im engsten Familienkreise beigesetzt.

Literatur

Die Texte zu den historischen Kondottieri Fra Moriale, Carmagnola und Gattamelata haben biographischen Charakter. Viel Wissen verdanke ich folgenden Autoren:

- Block, Willibald: Die Condottieri (Studien über die sogenannten unblutigen Schlachten). Berlin 1913
- Burckhardt, Jacob: Die Kultur der Renaissance in Italien. Rev. Ausg. Stuttgart 1958
- von Graevenitz, G.: Gattamelata und Colleoni und ihre Beziehungen zur Kunst. Leipzig 1906
- Machiavelli, Niccolò: Der Fürst. Frankfurt 2001
- Semerau, Alfred: Die Condottieri. Jena 1909
- Schelle, Klaus: Die Sforza. Bauern – Condottieri – Herzöge. Essen Ohne Datum
- Trease, Geoffrey: Die Condottieri. Söldnerführer, Glücksritter und Fürsten der Renaissance. München 1974

Personen, Orte und Dienstgrade der Romanhandlung sind frei erfunden, Übereinstimmungen mit der Wirklichkeit wären rein zufällig. Die Geschichte hätte auch in jeder anderen norditalienischen Stadt angesiedelt sein können, soweit sie über eine Universität verfügt.

Meiner Mutter danke ich, dass sie mich zur Veröffentlichung der Condottieri-Trilogie gedrängt hat. Die Drucklegung dieses zweiten Bandes konnte sie leider nicht mehr miterleben.

Wiebke Lübbers